《外国文学名著名译丛书》出版说明

世界文学名著作为人类文明成果的一部分永放光芒，永远为广大读者所喜爱和珍藏。

本丛书在尊重文明累积与普遍共识的同时，细心体察今日读者的需求，突出一个“兼”字，即兼及价值内涵的多向多元，题材、语言、风格的多姿多彩，以及读者兴趣、爱好、需求的多种多样。译本的择选也兼顾到卓有成就的老翻译家与世纪之交崭露头角的中青年译者。所选书目以小说为主，兼及童书、成长经典、抒情诗、散文、剧本、批评……时段以十九世纪至二十世纪前期为主，适当上溯到古代。总的要求好看、可读，读之有益。

自二〇一二年起，计划三年推出二百余种。每种书前有作品及译本的择选依据和权威评鉴，书中辑入外版精彩图片。

漓江出版社编辑部

屠格涅夫画像（列宾作）

屠格涅夫终生女友波琳娜·维亚尔多的画像（布留洛夫作）

彼得堡的屠格涅夫雕像

屠格涅夫出生地奥廖尔城

外国文学名著名译丛书

屠格涅夫
中短篇小说选

（俄）屠格涅夫 著
Иван Сергеенч Тургенев
沈念驹 译

漓江出版社

图书在版编目(CIP)数据

屠格涅夫中短篇小说选/(俄罗斯)屠格涅夫 著;沈念驹 译.—桂林:漓江出版社, 2012.6(2020.7 重印)

(外国文学名著名译丛书)

ISBN 978-7-5407-5669-7

Ⅰ.①屠… Ⅱ.①屠… ②沈… Ⅲ.①中篇小说-小说集-俄罗斯-近代 ②短篇小说-小说集-俄罗斯-近代 Ⅳ.①I512.44

中国版本图书馆 CIP 数据核字(2012)第 069842 号

出版人:刘迪才

漓江出版社有限公司出版发行

广西桂林市南环路 22 号　邮政编码:541002

网址:http://www.lijiangbook.com

全国新华书店经销

三河市腾飞印务有限公司印刷

开本:960mm×700mm　1/16

印张:16.25　字数:254 千字

2012 年 6 月第 1 版　2020 年 7 月第 2 次印刷

定价:42.00 元

作家·作品

他的作品我读得很少,但都背了下来。多么有才气,多么富有独创性和表现力!

——乔治·桑

小说(《阿霞》)洋溢着心灵上的青春气息,它是诗中的纯金。它那精巧的布局和诗情洋溢的情节浑然天成,贯穿于整部作品之中的是一种罕见的美与纯洁。

——涅克拉索夫

您的作品中散发出一种略带涩味的温馨和微带甜意的哀愁,一直渗透到人的心灵深处。您掌握的是一种什么样的艺术!怜悯心、讽刺、细致入微的观察、丰富多彩的色调,这一切是多么巧妙地融合在一起,而且显得那么协调!

——福楼拜致屠格涅夫的信

念他的小说,有时如同看湘绣或苏绣,想及那纤巧的手,白嫩的人……

干净是好的;人和文都一样,要干净,像屠格涅夫,像初恋。

——董　桥

《阿霞》《初恋》和《春潮》

沈念驹

伊・谢・屠格涅夫(1818—1883)是享有世界声誉的俄国杰出作家,在我国早已广为人知。他在1818年生于俄罗斯奥廖尔省的一个贵族家庭。屠格涅夫家族是世代贵族,作家的父亲是近卫军重骑兵团的军官,但是到他这一代,家道早已中落。出于现实的考虑,他娶了比自己年长六岁的一个富裕的女地主——距屠格涅夫家族祖传领地不远处的斯巴斯科耶庄园的主人。她就是作家的母亲。这位庄园主的性格非常乖张暴戾,刚愎自用,对待自己的农奴十分残暴。

屠格涅夫在斯巴斯科耶度过自己的童年,目睹了农奴的悲惨生活,对农奴制充满了厌恶和反感。这使他后来在自己的文学创作中对这个制度采取了坚决批判的态度,写出了许多震撼人心的优秀作品。但是屠格涅夫在对农奴制度持激烈批判态度的同时,又反对剧烈的社会改革,不主张用革命的方式变革现存的专制制度,这成为他与自己的一些好友、激进的革命民主主义者们分裂的重要原因。他在15岁时考入莫斯科大学,继而转入彼得堡大学哲学系,1837年从该校毕业,翌年又赴柏林大学深造。如果把他在1833年12月莫斯科大学求学期间完成的诗剧《斯杰诺》,看作他初期文学创作的起始,那么直至逝世,他的文学创作活动亘绵了整整50年。

屠格涅夫的造诣是多方面的,除了文学创作,他还是语言大师,对音乐也有很深的修养,但他首先是一位文学家。就其文学创作而言,奠定他在文学史上一流作家地位并使他赢得世界声誉的,主要是小说创作,尤其是自19世纪50年代至70年代先后创作的六部长篇小说,依次是《罗亭》、《贵族之家》、《前夜》、《父与子》、《烟》、《处女地》。作家在自己的作品里塑造了俄国文学史上一个个具有典型意义的人物形象。例如,《罗亭》中的主人公罗亭就是继普希金塑造的奥涅金和莱蒙托夫塑造的毕巧林之后的又一个鲜活的多余人形象。他具有十分高尚的抱负和先进的思想,但是在需要行动，作出决断的时候却表现得优柔寡断，结果一事无成，被称为“语言的巨人，行动的侏儒”。《贵族之家》里的男主人公拉夫列茨基身上同样具有贵族阶级知识分子共有的那种软弱性。类似的例子还可以举出不少。

屠格涅夫的中短篇小说也在文学史上占有重要地位。具有特写性质的短篇小说集《猎人笔记》，是作家的成名之作，以诗意盎然的俄罗斯大自然为背景，表现俄国农村广阔的社会生活，作者以深厚的人道精神，对当时俄罗斯的农奴制度进行无情的揭露和深刻的批判，对生活在封建专制重压下的广大农奴倾注了深切的同情，具有巨大的现实意义。

屠格涅夫的创作还有诗歌、剧本和散文诗。晚年创作的 83 篇散文诗寓意深刻，内容丰富，充满哲理。“散文诗”这个名称也是屠格涅夫首先使用的，以后成为一种新的文学式样被许多作家采用，并为读者接受。屠格涅夫是景物描写的高手，技艺的高超简直达到出神入化的程度。景物描写将人物置于特定的典型环境，烘托了人物的内心世界。此外屠格涅夫高深的音乐修养，使他对音乐的描写也成为神来之笔，巧妙地表现了不同人物的内心世界和心理活动。

屠格涅夫一生中大部分时间居住在国外，却随时关注着国内的社会生活。可以说无论他的六部长篇小说还是许多脍炙人口的中短篇小说，都成功地表现了当时俄罗斯的社会现实和重大的社会政治问题。收入本书的中篇小说《阿霞》、《初恋》和《春潮》，是屠格涅夫的三个代表性作品，所以本文只重点地对这三个中篇小说作一简略介绍。关于他的长篇小说和其他作品，我们就不在这里介绍和分析了。

《阿霞》开始写作是在 1857 年夏，同年 11 月完稿，翌年在《现代人》杂志第一期首次发表。其时，作者正在欧洲旅行，在德国城市齐津格作矿泉治疗，这就是小说中的小城 З，另一座小城 Л 即德国城市林茨。这一年 4 月 7 日涅克拉索夫写信给屠格涅夫，称赞了他的中篇小说《浮士德》、《雅科夫・帕森科夫》和《三次相遇》，同时呼吁他回到“自己的青年时代和爱情中去，回到那尽管狂热却又不失为美好的朦胧的青春的激情中去，回到那似有若无的怅惘中去”，要他再写一些这样的作品。《阿霞》正是对涅克拉索夫呼吁的回应。

在公开发表前，《阿霞》就在《现代人》编辑中激起了广泛兴趣，大家为之兴奋、喜悦。车尔尼雪夫斯基为此专门写了一篇评论，这就是著名的《幽会中的俄罗斯人》，文中称《阿霞》是近年来“几乎唯一优秀的作品”，并联系屠格涅夫的其他作品对“多余人”进行了深刻、精辟的分析。

同样，1860 年 3 月发表在当年第三期《读者文库》上的《初恋》也是一篇感人肺腑、充满诗情画意和淡淡哀愁的爱情小说。作者是以自己少年时代的经历为小说素材的。作品中主人公父母亲的情况，与作家自己的双亲在许多地方相吻合。这部明显带有自传性质的小说和《阿霞》一样，都是屠格涅夫中篇小说的代表作。《初恋》发表后引起世界文坛的关注，于 1863 年被译成法文，两年后又译成德文。

《春潮》写于 1871 年。与其他小说不同，作品并没有表现重大的社会政治问题，从情节看似乎只是一个感人的爱情故事。虽然其篇幅与作者的长篇小说相差无几，但屠格涅夫本人却称其为中篇小说。1840 年 5 月屠格涅夫在游历了意大利和瑞士后回柏林途中，来到德国城市法兰克福。在那里他偶然踏进一家糖果店想喝杯柠檬汁，适遇店主的女儿向他呼救，请他帮助抢救突然昏厥的弟弟。女郎的美貌和气质使他产生爱慕之心，只是由于匆匆离去，爱情种子未及萌芽便夭折了。这成了 30 年后创作《春潮》的基础。小说开始部分的情节与作者的经历几乎毫无二致，但不能说这是自传体小说，因为作者只是采用了自己经历中的一件事作为小说的引子。值得注意的是，尽管《春潮》发表后受到广泛欢迎，被译成多种文字在国外出版，俄国评论界的反应则褒贬不一，后来的文学史家和传记作者在论及屠格涅夫创作时对它较少提及或几乎不提。究其原因，大概就如本段开始所说的那样，这部小说不像作者其他许多小说那样总是反映重大社会政治问题。不过《春潮》在艺术上仍是成功之作。无论杰玛这个从外表到内心都完美的少女形象，还是萨宁这个青年贵族的多余人的虚弱性格，甚至波洛索夫太太这个外表华美内心邪恶的少妇形象，都刻画得极为成功。情节的安排，景物描写都引人入胜。小说的俄文原名是 Вешние воды，确切地翻译应是“春天的河水”或“春汛”。由于以往已有“春潮”的译名播行于世，并成为许多读者熟知的书名，本文译者便袭而用之，不再着意更改。但是在小说开篇所引的古老抒情歌曲的第三行中出现该词时，则译作了“春水”。《春潮》是我早年的旧译，当初译出以后承恩师原杭州大学冯昭玙教授仔细对照原著一一校订，为译文质量的保障付出了许多时间与辛劳。惜恩师驾鹤西去已经多年，此恩此情无以为报，是为终生憾事，我将永远铭记在心。值此拙译重新出版之际，谨以心香一炷告慰先师在天之灵。

沈念驹于杭州西溪陋室
2012 年初夏

目　录

春　潮

欢快的岁月，幸福的时日——

恰似春水悠悠，已经一去不留！

——引自古老的抒情歌曲

夜半一点多钟他回到自己的书房，打发走点燃灯烛的仆人，便猛然坐到壁炉边的安乐椅里，用双手捂住了脸。

他还从未感觉到这样疲乏——肉体的与精神的。整个晚上他是与可人的女士们和有教养的男士们度过的。有几位女士颇具几分姿色，男士们几乎个个都智慧过人，才华出众。他本人的谈吐也相当成功，甚至非常精彩，因此被罗马人称作“taedi umvitae”的那种“生之烦恼”，还从来没有以那样不可抗拒的力量来左右他的心情，折磨得他透不过气来。假如他再年轻几岁，或许会由于苦闷、无聊、愤懑而哭泣起来，如同苦艾的味道一样强烈，灼人的苦痛充溢了他的整个心灵。一种萦回不去的厌烦心理，一种令人反感的沉重感觉，仿佛秋天的暗夜一般，将他团团围住，而他却不知如何摆脱这黑暗，这苦恼。对睡眠两字已无可指望——他明知自己不能入睡。

他开始沉思……缓缓地、无力地、又恨恨地。

他想到了尘世的辗转劳碌与无谓，想到了一切庸俗的虚伪。全部逝去的岁月徐徐在他的脑海里经过（他不久前刚满五十二岁），却没有一年一岁可以使他自我原谅的。到处是空话连篇一事无成，到处是竹篮打水一场空，到处是一半认真、一半故意的自我陶醉——只要孩子不哭，怎么哄他都成。但是倏然间想不到老之将至了，随之而来的是那不断增长、吞噬一切、消耗一切的对死的恐惧……于是扑通一声跌进无底深渊！如果生活就是这样风云突变，那倒反而好些！否则，临终以前，会出现虚弱无力，多病多痛……就像铁器生锈一样。在他的印象里，生活的海洋并不像诗人描写的那样，海面上汹涌着滚滚波涛，不，他设想这个海洋是安宁平坦、纹丝不动，直至最黑暗的底部也是清澈可见的。他自己则坐在一叶灵活易晃的小舟上，而在那淤泥堆积的黑暗海底，隐隐约约看得见一件件如巨鱼般丑陋的怪物——那是日常人生的种种疾病、弊端、苦痛、狂妄、贫困、盲目……他望着，眼见得一个怪物从黑暗中游离出来，向上升浮，越升越高，看起来越来越清晰，越来越令人厌恶地清晰……再过一分钟，载他的那叶小舟便会被它掀个底朝天！但是眼看着它又似乎模糊起来，它渐渐远去，沉到了水底，并在那里停下来，轻轻摆动着尾巴……然而命定的一天终将来临，于是它将小船掀翻了。

他抖了一下脑袋，猛然站起来，在屋子里来回踱了两遍，便坐到书桌前，将抽屉一只接一只地拉开，开始翻捡那些纸页，那些陈年的、大部分是女人的书简。他自己也不明白为什么要这样做，他并不想翻寻什么——他只是想做点表面上的事务来排遣使他苦恼的思绪。无意间他打开了几封信函（在其中一封里发现一朵干枯的小花，上面缠着一条褪了色的小带子），他只耸了耸肩，望了望壁炉，便将这些信件丢到一边，显然打算把这堆无用废物付诸一炬。他有时急匆匆地把手伸进这只抽屉，有时伸进另一只抽屉，突然他睁大了眼睛，缓缓地取出一只老式的八角形小盒，又缓缓地打开盖子。盒子里，两层发黄的棉花下面，放着一个石榴石的小十字架。

他困惑不解地对着这个十字架仔细看了一会，突然轻轻叫了一声……他面部流露的表情既不是悔恨，也不是喜悦。当一个人与早已音讯杳然的另一个人不期而遇，那个人他曾一度温存地爱过，而今忽然出现在他眼前——还是那个人，却被岁月整个儿改变了模样，在这个时候，他的脸上才会出现类似的表情。

他站起来，回到壁炉边，又坐到安乐椅上——又用手捂住了脸……“为什么要在今天？非得在今天？”他思忖道，于是回想起了许多早已成为过去的事。

下面就是他的回忆……

不过首先得交代他的名字、父名和姓氏。他叫萨宁·德米特里·巴甫洛维奇。

下面就是他的回忆。

一

故事发生在一八四〇年。萨宁刚过二十二岁，在从意大利返回俄国的途中，耽搁在法兰克福。他财产不多，却是个独立的人，几乎无家无室。由于一位远亲的故世，他获得了几千卢布，于是决计到国外去花掉这笔钱，趁他还没有去供职谋生，趁自己还没有受到公职这根锁链的羁绊（没有这锁链，要想得到生活保障是不堪设想的）。萨宁毫发不爽地执行了自己的计划，而且安排得恰到好处，在他抵达法兰克福时身边剩下的钱正好够他用到彼得堡。在一八四〇年铁路还十分稀罕，旅行家先生们乘坐的是公共马车。萨宁在拖车里订到一个座位，但是只有晚间十点才有出发的班车，时间绰绰有余。所幸天气晴好，萨宁于是在当时著名的“白天鹅”饭店用过午餐后便去城里闲逛。他顺道参观了丹奈格尔的阿里阿德涅[①]，不过他不怎么喜欢；参观了歌德故居，歌德的作品他只读过一本《少年维特之烦恼》，而且还是法文译本；沿美因河溜达徘徊了一阵，像体面的旅行者常做的那样寂寞无聊了一会儿，最后在傍晚五点钟的时候一身疲乏、拖着风尘仆仆的双腿，来到法兰克福最不起眼的一条街上。这条街令他尔后久久不能忘怀。在街上为数不多的房屋中，他看到其中一幢房屋上的一块招牌："乔万尼·路塞里记意大利糖果店"，这一行字招徕着过往行人。萨宁想喝杯柠檬汁，便走了进去。在刚进门的那个房间里，简朴的柜台后面，上了漆的橱窗的搁板上，像药铺一样陈列着几个贴有金色标签的瓶子，还有那么多盛有面包干、巧克力饼和冰糖的玻璃罐。这个房间里一个人也没有，只有一只灰猫，在窗边一张高高的柳条椅上眯起眼睛，四只爪子有节奏地一蹬一蹬打着呼噜。一个大大的红毛线球和一只翻倒的雕木小篮子并排放在地板上，在薄暮斜阳的映照下发出耀眼的红色。隔壁房里依稀听得见模糊不清的声音。萨宁站了一会，打了门铃，待它响过，便提高声音说道："这里一个人也没有吗?"就在那一刻隔壁房间的门开了——于是萨宁身不由己地一阵惊讶。

二

店堂里急急忙忙地跑进来一位十九岁上下的少女，她那裸露的肩头披散着棕色头发，一双没有戴手套的手向前伸着，见到萨宁后马上向他跑过去，抓起他的手，拉着他跟自己走，一面气喘吁吁地说："快，快，到这儿来，救救他吧!"萨宁不是因为不愿意跟她走，实在是过于惊讶了，所以没有立刻跟着去，仿佛要站在那里呆住似的——有生以来他没有见过这么漂亮的姑娘。她向他回过头来，说道："请来吧，来吧!"在她的话音里、目光里、痉挛地举向苍白面颊的紧握的手的动作里，都带有如此绝望的神情，使得萨宁马上跟着她冲进了敞开的门里。

在他跟随姑娘跑进去的那个房间里，一张老式的马鬃编的沙发上躺着一个十四岁左右的男孩，模样与姑娘惊人地相似，显而易见是她的弟弟。男孩满脸苍白，白中透着淡淡的黄色，就像白蜡或者古旧的大理石。他双目紧闭，浓密的黑发在仿佛僵硬

---

① 阿里阿德涅，希腊神话中克里特国王弥诺斯之女。她给雅典英雄忒修斯一个线团，帮他走出迷宫。《骑在豹身上的阿里阿德涅》是德国雕塑家丹奈格尔(1758—1841)的作品。

的前额和凝滞不动的细细的双眉上投下一片暗影,发青的唇间露出咬得紧紧的牙齿。看来他已停止呼吸,一只手耷拉着碰到了地板,另一只手枕在脑后。男孩穿着衣服,扣着扣子,紧紧的领结卡着他的脖子。

姑娘哭喊着向他扑去。

"他死了,他死了!"她喊道,"刚才还坐在这里和我说话,突然倒下不动了……我的天!难道就没救了?妈妈又不在!潘塔列昂,潘塔列昂,医生怎么啦?"她忽然又用意大利语说,"你去请过医生了吗?"

"小姐,我没有去,我派露易斯去了。"门后面响起一个嘶哑的声音,说着房间里一拐一拐地走进一个小老头,他穿一件黑纽扣的紫色燕尾服,系一个高高的白领结,下身是一条南京土布做的短短的长裤,一双蓝羊毛长袜。在一大堆铁灰色的花白头发下面,他那小小的脸已全然看不见了。这蓬头发先是在头的四周笔直向上翘起,然后又蓬蓬松松地一绺一绺往下挂,使得老人的形象酷似一只凤头鸡。在这一大堆深灰色的毛发下面,只辨认得出一个尖尖的鼻子,还有一双圆圆的黄眼睛,这就使这种相似越发惊人了。

"露易斯跑得快,我可跑不动,"老人依次抬了抬那两条穿在打花结的高帮鞋里的患风湿的脚,继续用意大利语说,"我这就打水去。"

他用干瘦变形的手指紧紧抓着水瓶的长颈。

"可爱弥儿这就要死了!"少女大声说道,同时把手伸向萨宁。"哦,我的先生,o, mein Herr![①] 难道您就无能为力吗?"

"应当给他放血,这是中风啦。"被叫做潘塔列昂的老头说。

尽管萨宁对于医道一窍不通,但是有一点他是确信无疑的——十四岁的小孩不会中风。

"这是昏厥,不是中风,"他向着潘塔列昂说,"你们有刷子吗?"

老人抬起了小小的脸。

"什么?"

"刷子,刷子,"萨宁用德语,又用法语说,"刷子。"他又说一遍,同时做出刷衣服的样子。

老人终于听明白了。

"哦,是刷子!Spazzette![②] 怎么会没有刷子呢!"

---

① 德语,重复前一句"哦,我的先生"。

② 德语,重复前一句"刷子"。

“请拿几把过来，咱们把他的晚礼服脱了，再给他刷身子。”

“好……Benone![1] 用不着往头上浇水吗?”

“不需要……过一会再说，现在快点把刷子找来。”

潘塔列昂把水瓶放到地上，跑了出去，一转眼就拿了两把刷子回来，一把头刷，一把衣刷。鬈毛狮子狗陪着他进进出出，使劲摇着尾巴，好奇地望着老人、少女，甚至萨宁，似乎想弄明白这一场惊吓究竟是怎么回事。

萨宁利索地从躺着的男孩身上脱下晚礼服，解开领口，卷起他衬衣的袖子，然后握住刷子，开始用尽力气刷他的胸口和两臂。潘塔列昂也用心地用另一把——刷头的刷子刷他的靴子和裤子。姑娘跪在沙发旁边，双手紧紧捧着脑袋，眼睛一眨也不眨，直勾勾地盯着自己的弟弟。

萨宁一面刷着，一面斜眼去看她。我的天！多么漂亮的姑娘!

三

她的鼻子略显得大些，却是美丽的鹰钩形的，上唇覆着一层细茸毛，但是均匀而没有光泽的脸色，活脱脱像象牙或乳白色琥珀。波浪形的头发就像比蒂宫里阿洛里的尤狄菲[2]。尤其是眼睛，那双深灰色、瞳孔四周有一个黑圈的喜气洋洋的美丽眼睛，即使现在，当惊吓和痛苦使之失去光彩的时候……萨宁不由得想起了他曾从那里启程回国的那个美妙的地方……是啊，他在意大利可没有遇上过类似的情景！姑娘呼吸的次数很少，而且不均匀，看样子她的每次呼吸都在期待着，看她的弟弟是否开始透气。

萨宁继续给男孩用刷子摩擦，但是眼睛却在看姑娘。潘塔列昂的古怪形象同样引起他的注意。老人已经一点力气也没有了，开始吁吁喘气。他的刷子每刷一下，他就身子一颠，尖声地哼哼，那蓬蓬的头发已被汗水浸湿，沉重地一左一右摇来摆去，仿佛受到水流冲击的巨大植物的根须。

“您至少得脱了他的靴子。”萨宁曾想告诉他……

---

① 意大利语，“好”。

② 比蒂宫在意大利佛罗伦萨，建于15至16世纪，自1828年起在此创办比蒂美术馆，收藏15至17世纪意大利和佛兰德斯绘画作品。《尤狄菲》是意大利著名画家阿洛里(1577—1621)的作品。

狮子狗大概是被所发生的种种反常现象激怒了,突然将前趾趴在地上,开始汪汪吠叫。

"塔尔塔里亚,坏蛋!"[①]老人向它发出警告……

但是此时姑娘的脸部表情变了。她的眉头舒展了,眼睛也变大了,并且开始闪现喜悦的光芒……

萨宁回过头去……年轻人的脸上开始显现红晕,眼皮微微动了一下……鼻孔也颤动了一下。他透过依然紧咬的牙齿吸了口气,发出一声叹息……

"爱弥儿!……"姑娘大声叫道,"我的爱弥里奥!"

一双大大的黑眼睛徐徐地睁开了。这双眼睛看人的目光还很迟钝,但是已经露出笑意——微弱的笑意。同样微弱的笑意也出现在他苍白的双唇上。接着他挪动一下下垂的手臂,然后一挥,搁到了胸口。

"爱弥里奥!"姑娘又叫了一声,身子稍稍抬起了一些。她脸部的表情是那么强烈和鲜明,使人觉得刹那之间她要么会眼泪夺眶而出,要么会爆发出一阵大笑。

"爱弥儿!怎么回事?爱弥儿!"门外传来一个声音——房里快步走进一个衣着整齐、头发银灰、脸色黝黑的女士。随她进来的是一位上了年纪的男人,女仆的头影在他的肩膀后面晃了一下。

少女迎着他们跑上前去。

"他得救了,妈妈,他活着!"她大声说道,一面痉挛地拥抱进门的女士。

"究竟是怎么回事?"她又问道,"我正回家来……突然遇见了医生先生和露易斯……"

姑娘开始叙述事情的经过,医生则走到病人的跟前。他已越来越清醒,继续挂着微笑,他仿佛开始为自己制造的这场虚惊不好意思起来。

"我看得出,你们用刷子刷过他了。"医生对着萨宁和潘塔列昂说,"你们做得非常好……这是非常好的点子……现在咱们再看看需要采取哪些措施……"他按了按年轻人的脉搏,"嗯!伸出舌头看看!"

女士担心地向他俯下身子。他笑得更加开朗了,把目光移到了她身上,于是脸红了……

萨宁想到他成了多余的人,便走出去到了店堂里。但是他还没来得及去抓通向街上的门的把手,姑娘又出现在他面前,使他停了下来。

---

① 原文为意大利文。

“您要走，”她温和地望着他的脸，开始说，“我不挽留您，但是今晚上请您一定再来这里，我们是那样地感激您——您，救了我弟弟的命，我们想感谢您——妈妈希望这样做。您应当告诉我们您是谁，您和我们在一起应当会感到高兴……”

“但是我今天就要去柏林。”萨宁结结巴巴地说了一句。

“您还来得及，”姑娘热情地说，“过一个小时请再来我们家喝杯巧克力。您答应吗？我还得回去看他！您一定来。”

萨宁还能怎么办呢？

“一定来。”他回答说。

美丽的少女很快握了握他的手，飞也似的走了，萨宁则来到了街头。

四

一个半小时以后当萨宁回到路塞里糖果店时，他在那里受到亲人般的接待。爱弥儿坐在给他刷身的那张沙发上，医生给他开了处方，建议病人“留意自己的感觉”，因为他这个人的气质是敏感型的，很容易得心脏病。他以前也曾有过昏厥，不过从来没有发得那么久，那么厉害。好在医生说一切危险已经过去。爱弥儿的穿着像一个正在康复的病人，套着一件宽大的睡衣，母亲在他脖子上围了一块天蓝色的三角头巾。但是他的样子非常快乐，几乎像过节一般。再说周围的一切也都呈现出一派节日气氛。沙发前面放着一张圆桌，上面铺了一块干净的桌布，高高耸立着一只盛满香喷喷巧克力的大瓷器咖啡壶，壶四周摆着茶盏、盛糖浆的长颈玻璃瓶、饼干、小圆面包，甚至还放了花，六根细细的蜡烛分别在两只古老的银烛台上点燃。沙发的一头是一张伏尔泰椅，正张开自己柔软的怀抱，萨宁正是被请在这张椅子上就座的。糖果店里在那一天他必须认识的一应人员，都到场了，连狮子狗塔尔塔里亚和猫咪也不例外。大家看起来都说不出的幸福，狮子狗甚至高兴得打起了喷嚏，只有猫咪还是装腔作势，眯着眼睛。萨宁被要求说说自己是哪里人，从哪里来，姓甚名谁。当他说到自己是俄国人时两位女士有点惊讶，甚至啊地叫了一声，但是马上又同声说他的德语说得非常好，不过假如他觉得说法语更方便的话，他也可以说这种语言，因为她们两人对法语的理解非常好，而且也说得不错。萨宁当即接受了这个建议。“萨宁！萨宁！”两位女士怎么也没有想到俄罗斯姓氏的发音竟如此容易，他的名字“德米特里”也使她们很喜欢。年长的那位女士说，她年轻时听过一个歌剧叫《德米特里奥和波丽比奥》[①]，但是“德米特里”比“德米特里奥”念起来好多了。萨宁以这样的方式闲谈了大约一个小时。从自己方面说，两位女士也向他叙说了自己生活中的一切详情。说得更多的是母亲，那位头发花白的女士。萨宁从她的谈话得知她叫来诺拉·路塞里，在丈夫乔万尼·巴蒂斯塔·路塞里去世以后一直守寡，她丈夫二十五年前作为糖果点心师迁居到法兰克福，乔万尼·巴蒂斯塔是维琴察人，虽然性情急躁，也有点孤高自傲，为人倒挺不错，而且，还是个共和主义者！说到这里路塞里太太指了指挂在沙发上方的那幅他的油画肖像。应当认为画像的作者（正如路塞里太太指出的那样：“也是个共和主义者！”）没有能完全抓住他的形貌，因为画上那位已故的乔万尼·巴蒂斯塔像个神色忧郁冷峻的绿林好汉，类似里纳尔多·里纳尔第尼[②]的人物！路塞里太太本人出身于“古老而美丽的帕尔玛城，那里有不朽的柯勒乔绘画的美妙绝伦的圆顶[③]！”但是由于久居德国，她几乎完全德国化了。后来她伤心地摇摇头继续说，她只剩下这一双儿女了（她依次用手指指了指）——女儿叫杰玛，儿子叫爱弥里奥，两个人都是很听话的好孩子，尤其是爱弥里奥……（“我不听话吗？”这时女儿插进话来。“哦，你也是个共和主义者！”母亲回答说）。他们现在的生意比起丈夫在世的时候，显然在走下坡路，她丈夫在糖果业方面可是个了不起的能手……（“un grand'uomo！”[④]潘塔列昂神色严厉地接口说）不过托上帝的福，生活还维持得下去！

五

杰玛听着母亲说话，有时哧哧暗笑，有时叹上一口气，有时抚抚她的肩膀，有时扬起一根手指向她警告，有时望望萨宁。最后她站起来，拥抱了母亲，亲了亲她的脖子——亲在颈窝上，这使她笑了好久，甚至尖叫起来。潘塔列昂也被介绍给萨宁。原来他一度当过歌剧演员，参加男中音组的演唱，不过早已结束自己的演出生涯，在路

---

① 原文为意大利文，系意大利作曲家罗西尼（1792—1868）的早期作品。文中“德米特里奥”与俄语的“德米特里”实为一词。

② 里纳尔多·里纳尔第尼，德国作家乌尔庇乌斯（1762—1827）的绿林小说《匪首里纳尔多·里纳尔第尼》的主人公。

③ 指意大利文艺复兴时期画家柯勒乔（1494—1534）在帕尔玛大教堂的天顶画《圣母升天》。

④ 意大利语，意为“了不能的能手”。

塞里家中成为一个介乎朋友和仆人之间的人物。尽管他在德国长年居住,他的德语却学得很糟糕,只会用来骂人。“费罗弗卢克托·斯比切布比奥!”[①]几乎每一个德国人都被他骂到了。他的意大利语说得非常地道,因为他出生在西尼加里亚[②],那里可以听到“罗马人说的托斯卡纳语”[③]!爱弥里奥明显地感到舒服起来,正尽情享受着一个脱离了危险或正在康复的人所感受到的那种愉悦。除此以外,从各方面可以看出家里人对他十分宠爱。他腼腆地向萨宁道了谢,不过更多的是请他吃糖浆和糖果。萨宁被迫喝了两大杯上好的巧克力,吃了许多饼干——他刚吞下一块,杰玛就已经给他放上第二块,而且不吃不行!不久他便感到如同在家里一样了。时间过得难以置信的快。他介绍了许多情况——关于俄罗斯的各个方面,俄国的气候,俄国的社会,俄罗斯的农民——尤其是哥萨克,有关一八一二年的战争,彼得大帝,克里姆林宫,又谈俄罗斯的歌曲,又谈排钟。两位女士关于我们辽阔而遥远的祖国的概念非常淡薄。路塞里夫人,或者按通常的称呼,来诺拉太太,甚至提出令萨宁惊讶的问题:在彼得堡还有没有建于上个世纪的著名冰屋,这是她前不久从她已故丈夫的一本叫《艺术之美》[④]的非常引人入胜的书里读到的。对于萨宁“难道您认为俄罗斯永远也没有夏天吗”的惊叹,来诺拉太太回答说,她至今还是这样想象俄罗斯的:永恒的积雪,人人都穿皮大衣,人人都当兵——但是异常好客,而且所有的农民都很顺良!萨宁便努力向她和她的女儿提供更准确的情况。当话题涉及俄罗斯音乐时,她们马上要他唱一曲俄罗斯的咏叹调,并指了指放在房间里的一架小钢琴。这架钢琴上白键的位置安的是黑键,黑键的位置安的是白健。他没有作什么推托,就服从了。他用右手的两根手指和左手的三根手指(拇指、中指和小指)在琴上伴奏,用细细的带鼻音的男高音先唱了《萨拉方》,接着唱了《在马路上》。女士们称赞他的歌喉和歌曲的音乐,但更多的是赞叹俄语的柔和与悦耳,于是要求他翻译歌词。萨宁满足了她们的愿望,但是由于“萨拉方”,尤其是“在马路上”(他是这样转述原意的:“在石头铺砌的街道上年轻的姑娘去打水”)这几个词不能引起他的听众对俄罗斯诗歌的深刻理解,他先朗诵了一遍,接着再翻译了一遍,然后又唱了普希金的《我记得那美妙的一瞬》[⑤],这首由格林卡谱曲的歌的几个忧郁的小段,他唱得稍稍走了点调。这时女士们的兴奋达到了

① 被潘塔列昂说走样的德语的拟音,意为“可恶的骗子”。

② 位于亚得里亚海滨的意大利小城。

③ 托斯卡纳地区在罗马帝国崩溃后成为意大利重要的文化中心,此地的方言在兼容意大利各地方言的许多特点后,逐渐发展成意大利的标准语。

④ 原文为意大利文。

⑤ 普希金1825年写的抒情诗,是献给女友凯恩的。

高潮——来诺拉太太甚至发现俄语和意大利语有惊人的相似点。“МГНОВЕНЬЕ”——“o, vieni”①;“СО МНОЙ”——“siam noi”②,等等。甚至连名字——普希金(她读作“普斯金”)和格林卡,在她听来也有亲切感。反过来,萨宁也请两位女士唱点什么。她们也没有客气,来诺拉太太坐到钢琴前,和杰玛一起唱了几首二重唱和民间歌谣。母亲从前曾是名出色的女低音,女儿的嗓子稍逊一筹,却非常动听。

六

然而萨宁欣赏的不是杰玛的歌喉,而是她这个人本身。他坐在稍稍靠后和靠边的地方,心里思忖道,任何一棵棕榈树——甚至在当时十分时髦的诗人别内迪克托夫的诗里——都不能和她身段的幽雅苗条媲美。当她唱到几个动人的音调而把眼睛抬起时,他觉得没有那样一块天空,在她那样的目光前面不会豁然开朗的。连潘塔列昂老人,他肩膀靠在门框上,下巴和嘴都缩到了宽大的领结里,也郑重其事、以行家里手的神情听着——连他也在欣赏美丽少女的面容,而且为之愕然——其实他该是司空见惯了的!唱完和女儿的二重唱后,来诺拉太太说爱弥里奥也有一副好嗓子,真正的银嗓子,但是他正处于变嗓期(确实,他说话的时候用的是一种不断变化的男低声),因此不许他唱歌。倒是潘塔列昂,也许能一展当年雄风!潘塔列昂顿时露出不满的神色,皱起眉头,搔乱了头发,声明他早已不干这一行了,虽然在年轻的时候确曾为自己保持荣誉——但那是属于那个伟大时代的事了,当时有名副其实的古典歌手——现在那些只会叽叽叫的人比都不能比!也有名副其实的音乐学校。有一次在摩德纳人们向他,这位来自瓦雷泽的潘塔列昂·奇巴图拉献了桂冠,为此剧场里还放了几只白鸽,而且一位名叫塔尔布斯基的“俄国公爵”(ilprincipe Tarbusski,他们的关系非常友好),在晚餐的时候总是叫他到俄国去,答应给他像山一样多的金子,像山一样多!……但是他不愿意离开意大利,离开“但丁的国家”(il paese del Dante!)。后来当然发生了……不幸的情况,是他自己不小心……这时老人中断自己的话,深深地叹了两口气,垂下了眼睑,接着又重新谈起了古典音乐的时代,谈起了著名男高音歌

① 前者为俄文,意思是“瞬间”;后者为意大利文,意思是“哦,来吧”。两者在发音上有相似处。

② 前者为俄文,意即“跟着我”;后者为意大利文,意即“是我们”,情况与上注同。

唱家加尔西亚[①],对他,他怀有真诚、无上的敬意。

"这才是个人!"他大声说,"伟大的加尔西亚(il gran Garsia)从来也不会降格到像今天那些唱男高音的家伙(tenoracci)那样用假音来唱——一直是用胸音,胸音(voce di petto,Si!),"老人猛烈地用干瘦的小拳头打了打自己衬衣的硬领,"多么了不起的演员!火山,我的先生们,火山,一座维苏威[②]!我曾荣幸地有缘和他在最著名的大师[③]罗西尼的歌剧《奥赛罗》[④]里一起演唱!加尔西亚演奥赛罗,我演雅各——当他唱这一句的时候……"

这时潘塔列昂站好姿势,用颤抖而嘶哑,却依然热情奔放的噪音唱起来:

愤怒……命运……我
再也不会害怕![⑤]

"全场都颤动了,我的先生们[⑥]!但是我不示弱,于是我接着唱:

愤怒……命运……我
再也不会害怕![⑦]

"蓦地里他像闪电,像猛虎一样唱道:'我要死了……但已经复仇……[⑧]'

"或者再比方,当他唱《秘婚记》[⑨]里这段著名的咏叹调时:'在……升起之前……'[⑩]这时,伟大的加尔西亚[⑪]在'千里快马'[⑫]四个字后面用念白叹道:'一刻不停地赶'——请听,这多么迷人,多么雄伟[⑬]!这时他用……"老人本来已开始用一种

---

① 马努埃尔·加尔西亚(1775—1832),世界闻名的西班牙歌剧演唱家和作曲家,也是屠格涅夫终身的朋友女歌唱家波丽娜·维亚尔多夫人的老师和父亲。

② 原文为意大利文。

③ 原文为意大利文。

④ 原文为意大利文。

⑤ 原文为意大利文。

⑥ 原文为意大利文。

⑦ 原文为意大利文。

⑧ 原文为意大利文。

⑨ 《秘婚记》,意大利作曲家契玛罗萨(1749—1801)的著名喜剧,原文为意大利文。

⑩ 原文为意大利文。

⑪ 原文为意大利文。

⑫ 原文为意大利文。

⑬ 原文为意大利文。

非同一般的装饰音唱起来，但是在第十个音符上打了个顿，咳嗽起来。于是挥了挥手，转过身去喃喃自语："你们干吗要折磨我！"杰玛立刻从椅子里一跃而起，很响地拍了一下掌，喊道："好！……好！"跑向可怜的退休的雅各，两手亲热地拍拍他的肩膀。只有爱弥儿毫不留情地笑着。"Cet age est sans pitie[①]，这个年纪的人是不知道怜悯的。"来诺拉太太已经在说话了。

萨宁试图安慰年事已高的歌手，便用意大利语和他说起话来（在他旅行的最后一程他稍稍涉猎了一点意大利语的皮毛）——假说到了"但丁的祖国，那里说着'是'这个字。"[②]这句话连同"放弃一切希望……"[③]构成了年轻的旅行者关于诗国意大利的全部知识。但是对于萨宁的讨好，潘塔列昂并不买账。他比以前更深地将下巴埋进领结里，闷闷不乐地鼓起了眼睛，这就使他更像一只鸟了，而且是只生气的鸟——一只大乌鸦或者一只老鹰什么的。一时间爱弥儿的脸稍稍有点红了，这在娇生惯养的孩子身上是通常会发生的，于是他转向姐姐，对她说，如果想让客人高兴，没有比朗诵一篇马尔茨的小喜剧再好的主意了，因为她朗诵起来是那么出色。杰玛笑了起来，在弟弟的手上打了一下，大声说他"总是会出这样的鬼点子！"但是她马上去了自己的房间，回来时手里带了本小书，在桌子前的灯光下坐定，向四周看了一圈，竖起一根手指——那是说"安静"的意思，纯意大利的手势，然后开始朗读。

七

马尔茨是三十年代的法兰克福作家，他在自己那些用当地方言写作的短小而信手拈来的喜剧里，描绘了当地法兰克福的人物典型，剧中含有虽不深刻、却逗人发笑和生动活泼的幽默。果然，杰玛的朗读非常精彩，完全是演员式的带表情朗读。她鲜明地表演了每一个人物，在使用与她的意大利血统一起继承来的脸部表情时，恰到好处地把握了人物性格。当需要表演一个年暮昏聩的老妪，或者愚不可及的市长时，她

---

① 引自法国作家拉封丹的寓言《两只鸽子》，意思即下一句话所示。

② 原文为意大利文，系萨宁不准确地引自但丁《神曲·地狱篇》第33歌中的句子。准确的说法是："说'是'的美丽地方……"但丁在他的论文《论民间语言》中曾就"是"这个字在南欧罗曼语地区的不同说法，叙述由拉丁语发展而来的各地罗曼语方言的区别。由此产生一个广泛认定的说法，称意大利语为"说'是'的语言"（准确的译文取自朱维基的译本《神曲》，下注同）。

③ 原文为意大利文，引自《神曲·地狱篇》第3歌中地狱之门的题词："……你们走进这里的，把一切希望捐弃吧。"

就不惜自己柔和的嗓子,也不惜漂亮的脸蛋——装出最逗人发笑的怪相,挤眉弄眼,扭动鼻子,混淆卷舌和不卷舌的儿字音尖叫……她自己在朗读的时候一点也不笑。然而当听众(当然潘塔列昂除外——他一听念到"一个可恶的德国佬"①时马上怒气冲冲地走开了)爆发出一阵和谐的笑声将她打断时,她把书放到膝头,自己也大声笑了。她把头向后一仰,那黑黑的鬈发的一个个柔软的发圈随着她的颈项和起伏的双肩跳动着。笑声停止了,她马上拿起书本,重又使自己的面容保持应有的气质,认真地朗读起来。萨宁对她真是惊叹不已,尤其使他惊讶的是什么奇迹使她这样一张理想化的美丽面孔会突然出现如此滑稽、有时几乎庸俗的表情?杰玛对几个年轻姑娘的角色,也即所谓的女主人公②的朗读比较而言不太成功,尤其是爱情场面她表演得就不尽如人意了。她自己感觉到这一点,所以朗读时使它具有一种轻松嬉笑的色彩,仿佛她对这些信誓旦旦的海誓山盟和慷慨激昂的言词全然不信似的,不过作者本人对此也是尽可能少用的。

萨宁没有发觉一个晚上飞也似的过去了,直到钟敲十点,他才想起自己行将奔赴的旅程。他像被刺了一下似的一骨碌从椅子上跳起来。

"您怎么啦?"来诺拉太太问。

"我本应在今天去柏林的,而且在公共马车已订了座位!"

"马车什么时候开?"

"十点半!"

"那您已经来不及了,"杰玛说,"留下来吧……我还要念一会儿。"

"您已经把钱都付了,还是只付了定金?"来诺拉太太好奇地问。

"全付了!"萨宁作出一副伤心的样子大声说。

杰玛眯起眼向他望了望,大笑起来,母亲则责怪了她一番。

"年轻人白花了钱,你倒还要笑!"

"不要紧,"杰玛回答说,"这不会让他破产,咱们设法安慰安慰他就是了。您要喝柠檬汁吗?"

萨宁喝了一杯柠檬汁,杰玛重新开始朗读马尔茨的剧本,一切都顺利地进行下去。

钟敲十二点,萨宁开始告辞。

"现在您得在法兰克福待几天了,"杰玛对他说,"您急匆匆地要上哪儿去?在其

---

① 原文为德文和意大利文的混合。
② 原文为法文。

他城市不会有比这儿更快活的地方了。”她静默了一会儿，“不错，不会有了。”她又说道，微微一笑。萨宁一句话也没有回答，心里想，由于口袋里一个子儿也没有了，他由不得自己，只好待在法兰克福，直到一位在柏林的朋友那里有了回音，因为他打算向他借钱去。

“留下来吧，留下来吧，”来诺拉太太也这样说，“我们要向您介绍杰玛的未婚夫卡尔·克留别尔先生。他今天不能来，因为店里很忙……您也许见过蔡尔街上最大的一家呢绒绸缎店？那就是了，他是那里的经理。不过他一定会非常乐意和您认识。”

听到这个消息——天知道为什么——萨宁微微为之一怔。“这个未婚夫真是个幸运儿！”这个念头在他脑子里一闪。他看了看杰玛，他似乎觉得在她眼睛里看出了某种嘲讽的神情。他开始鞠躬告辞。

“明天见？是不是，明天见？”来诺拉太太问。

“明天见！”杰玛说话的语气不是疑问的，而是肯定的，仿佛不可能有其他选择。

“明天见！”萨宁回话说。

爱弥儿、潘塔列昂，还有狮子狗塔尔塔里亚一直送他到街上的拐角。潘塔列昂忍不住要表示对杰玛朗读的不满情绪。

“她怎么不害臊！装腔作势，喊喊尖叫（una carricatura）！她倒不如扮演墨洛珀[①]或者克吕泰涅斯特拉[②]——总有点宏大、悲剧的味道，可她偏要装腔作势地摹仿一个丑恶的德国女人！这种事我也会……梅尔茨，盖尔茨，施梅尔茨。”他把脸向前一伸，掰开五根手指，用嘶哑的声音继续说。塔尔塔里亚向着他吠叫起来，爱弥儿却大笑不止。老人猛地向后转过身去。

萨宁回到“白天鹅”饭店时（他的行李留在那儿的大堂里），心情是相当混乱的。所有这些夹杂着德语、法语、意大利语的交谈，还一直在他的耳边回响。

“未婚妻！”他轻声说，这时他已躺在开给他的一间简朴的房间的床上，“而且是位绝代佳人！可是我留下来干什么？”

但是第二天他还是给柏林的朋友去了信。

---

① 墨洛珀在希腊神话中是墨塞尼亚国王库普塞罗斯的女儿，克瑞斯丰忒斯之妻。暴君波吕丰忒斯杀死她的丈夫和几个大儿子，又强占她为妻。她后来杀死暴君复仇。关于她的神话被欧里庇得斯用作悲剧题材。

② 据希腊神话，克吕泰涅斯特拉（又译“克丽达妮斯特拉”）是阿伽门农的妻子，她杀死丈夫又死在儿子俄瑞斯忒斯手里。这个情节曾被用作古希腊罗马悲剧的题材。

八

他还没有穿衣，茶房已经通报两位先生的到来。原来其中一位是爱弥儿，另一位仪表堂堂、身材魁梧、面容优雅英俊的年轻男子，就是卡尔·克留别尔先生，美丽的杰玛的未婚夫。

应当认为，在那个时候整个法兰克福城里还没有一家商店有像克留别尔先生那样温文尔雅、彬彬有礼、身居高位而又殷勤热情的店堂经理。他的衣着无可挑剔，正与他气宇轩昂的气派、优雅得体的风度相得益彰——当然他风度的优雅得体不免有点英国式的（他在英国待过两年）古板与拘谨，不过仍然是十分迷人的！一眼看去就可明白，这位英俊、略显严厉、受过良好教育、洗得一尘不染的年轻人，惯于对上司唯唯诺诺，而对下属则颐指气使，他在自己店里的柜台后面必定能赢得顾客的尊敬！对于他的诚实可敬不容有丝毫的怀疑——只要看一眼他那紧扣着的浆硬的领子就够了！他的嗓音也和应当预料的丝毫不差——浑厚、自信而圆润，但不太响亮，音色里甚至还略带一点亲切的意味。这样的声音用来吩咐属下的店员尤其相宜："把这块里昂产的大红丝绒拿来！"或者"给这位女士端把椅子！"

克留别尔先生从自我介绍开始，这时他弯腰致意的姿势是那么高雅，挪动双腿的样子叫人看了是那么舒心，鞋跟碰到鞋跟的动作是那么谦恭，使得任何一个人都一定会觉得，"这个人从衣衫到内在品质都是顶呱呱的！"他未戴手套的右手的修饰（戴着瑞典手套的左手托着一顶亮得像镜子一样的宽檐帽，帽子底部放着另一只手套）——他谦恭地、然而坚定地向萨宁伸过去的右手的修饰是出乎一般预料的——每一个指甲都修饰得别具一格地完美！接着他用最典雅的德语说，希望向外国先生表示他的敬意和感激，因为他为他未来的亲戚，他未婚妻的弟弟提供了重要的帮助。说到这里他用托着帽子的左手向爱弥儿的方向指了指，而爱弥儿却像发呆似的，转身向着窗口，一根手指含在了嘴巴里。克留别尔先生又说，从自己方面来说，如果能为外国先生做件使他愉快的事情，他将感到幸福。萨宁并非毫无难色地回他的话，也用德语，说他给予的帮助是微不足道的……同时请客人进屋里坐。克留别尔先生道了谢，一眨眼便撩开燕尾服的后襟，坐到了椅子上，但是他下坐的动作是那么轻，坐在椅子上的样子是那么不稳固，使人不得不这样理解，"这个人坐下来是出于礼貌，马上就会一下子站起来的！"果然，他马上霍的一下站了起来，不好意思地像跳舞一样将重心在两只脚上移动了两次，说非常遗憾，他不能在此久留，因为要赶到店里上班去——生意高于一切！——不过由于明天是星期日，所以他在征得来诺拉太太和杰玛的同意后，将在索屯举行一次娱乐性的郊游，并有幸邀请外国先生光临，希望他不会拒绝以自己的光临给这次活动增色。萨宁没有拒绝为之增色，于是克留别尔先生再次作了自我介绍，就走了，走的时候最柔和的豌豆黄颜色的裤子一闪一闪的，叫人赏心悦目，全新的皮靴的靴掌发出咯吱咯吱的声音，也是那么令人舒心。

九

爱弥儿甚至在萨宁邀请他们“请坐”后还继续朝窗口站着，当他未来的亲戚一出门，他便向左转了个圈，然后孩子气地装了个鬼脸，红着脸问萨宁，他能不能再在这儿待一会。“我今天好多了，”他补充说，“不过医生不准我做任何事情。”

“待着吧！您对我一点也没有妨碍。”萨宁立刻大声说，他像任何一个真正的俄罗斯人一样，乐意随便找个借口来应付，只要他自己不必做什么事。

爱弥儿向他道了谢，于是在最短的时间内完全感到无拘无束了，无论跟萨宁在一起，还是在他的这间客房里。他仔细看了他的东西，几乎每一样都要问个水落石出——他在哪里买的，多少价钱？帮他剃了胡须，同时对他说不留唇须是白费力气。最后还告诉他许多有关自己母亲、姐姐、潘塔列昂，甚至狮子狗塔尔塔里亚的细节，有关他们家的一切详情。任何类似胆怯的心理状态在爱弥儿身上已消失干净。他突然感到对萨宁异常地亲近，这完全不是因为他昨天晚上救了他的命，而是因为他这个人是那么可亲可近！他毫不迟疑地向萨宁倾诉了自己的全部秘密。他特别激动地坚持说，妈妈一定要把他培养成一个商人，可是他知道（也许他确实知道），他生来就是个当画家、音乐家、歌唱家的料，知道演出才是他的天赋使命，知道连潘塔列昂也鼓励他。但是克留别尔先生却支持妈妈的意见，并且对她有极大的影响，事实上要他成为一名生意人的主张属于克留别尔先生，按这位先生的概念，世界上没有任何一种称谓可以和商人这一称号相比！出售呢子或者丝绒，蒙骗公众，向他们收取“Narren-oder Russen-Preise（傻瓜或俄国人的价钱）”[①]，这就是他的理想！

---

① 根据作者自己的注释，先时，甚至在作者生活的当时，每年5月开始大批俄国人来到法兰克福，于是所有商店物价上涨，人们称这种价格叫“傻瓜或俄罗斯人的价钱”。

“怎么样！现在应该去我们家了!”萨宁刚梳洗完毕，写完给柏林那边的信，爱弥儿就大声嚷了起来。

“现在还早。”萨宁说。

“这一点关系也没有，”爱弥儿向他作出亲热的表示，说道，“走吧！咱们先去邮局，再从那里到我们家。杰玛见到您一定会很高兴！您到我们家吃早餐……您可以对妈妈说点关于我，关于我前途的事……”

“好吧，咱们走。”萨宁说道，于是他们出发了。

十

杰玛果然对他的来临表示高兴，来诺拉太太也非常友好地迎接他——显然昨天晚上他在两位身上留下了好印象。爱弥儿跑去吩咐早餐了，事先对萨宁咬咬耳朵："别忘记!"

“不会忘记。”萨宁回答说。

来诺拉太太身体不太舒服，她害了头痛病，所以半躺在安乐椅里，尽量不动弹。杰玛穿一件宽松的黄色短上衣，束一根黑色皮腰带。她看上去也显得疲乏，脸色有点苍白，眼睛四周蒙上了一圈黑晕，但是双眼的神采并未因此而稍减，面容的苍白反而使面部古典式的凝重的线条平添了一种神秘、亲切的成分。那一天萨宁尤其为她双手幽雅的美丽而惊愕。当她用这双手抚平深色而有光泽的鬈发并将它托住的时候，他的目光便无法离开这些灵活、修长、彼此分开、像拉斐尔的福尔纳里娜[1]那样的手指。

户外天气很热。早餐以后萨宁曾打算离去，但是他们向他指出，在这样的日子最好还是不要动，他同意了，便留了下来。后面的一间房里，也即他和两位女士就座的房里，笼罩着一片清凉。窗户开向一座小花园，那里长满了合欢树。许许多多的蜜蜂、黄蜂和熊蜂，在撒满金黄色花朵的繁枝茂叶间和谐而贪婪地嗡嗡叫个不停。这种不知停息的声音透过半闭的百叶窗和垂下的帘幕传进房来，诉说着室外空间的炎热——于是关闭在安适的居室内的清凉就变得更加甜美了。

---

① 据传，福尔纳里娜是爱上拉斐尔的一个贫苦女子。这里指拉斐尔所绘的以该女子命名的一幅画上的肖像。

萨宁谈得很多,按昨天的方式,不过既不谈俄罗斯,也不谈俄罗斯的生活。爱弥儿在早餐以后马上就被打发到克留别尔先生那里去实习会计了。由于想满足自己年轻朋友的要求,萨宁就把话题引到比较从事艺术与经商的好处孰多孰少上来。他毫不奇怪来诺拉太太站在经商一边——这是他意料之中的事,但是杰玛也谈了自己的看法。

"如果你是位艺术家——尤其是名歌唱家的话,"她热情地把手从上到下一挥,说道:"那你一定要做一流的!二流的就怎么也不行了。可谁知道你能不能达到一流水平?"潘塔列昂也参加了谈话(他作为早已在家的仆人和一位老人,即使有主人在场也被允许坐在席上。意大利人一般对礼仪的要求不太严格),他当然是全力维护艺术的。老实说他的理由相当乏力,他说得最多的,是首先需要具备 d'un certo estro d'inspirazione——某种灵感的激情!来诺拉太太向他指出,说他当然具备这种"灵感",但是……

"我有敌人。"潘塔列昂闷闷不乐地说。

"那么你(众所周知,意大利人很容易用'你'字称呼人)凭什么知道爱弥儿就不会有敌人呢,甚至在他身上将要展示这种灵感的时候?"

"那好,就让他当个店员吧,"潘塔列昂懊丧地说,"不过乔万尼·巴蒂斯塔可不会这样做,虽然他自己不过是个糖果点心师!"

"乔万尼·巴蒂斯塔,我的丈夫,可是个有头脑的人——要是他在年轻时迷上了……"

然而老人已经一句话也不想听了,便走了出去,临走时又一次用指责的口气说:

"啊!乔万尼·巴蒂斯塔!……"

杰玛大声说,如果爱弥儿觉得自己是个爱国者,并想为了意大利的解放贡献自己的全部力量,那当然可以牺牲有保障的前程——但不是为了演戏!这时来诺拉太太激动起来,开始央求女儿至少不要把自己兄弟的思想搞糊涂了,同时她又对这一点感到满意——她自己就是这样一个不顾一切的共和主义者!说这几个字的时候来诺拉太太嗷的一声叫了起来,于是开始诉说自己的头痛,说脑袋"要裂开来了"。(出于对客人的尊重,来诺拉太太和女儿说话用的是法语。)

杰玛马上开始讨好她,先在她的前额洒上花露水,再轻轻地吹气,轻轻地吻她的面颊,给她的头垫上枕头,不准她说话——又吻她。接着她转向萨宁,开始用半开玩笑、半动真情的语气告诉他,她有一位多么了不起的母亲,母亲曾经多么漂亮!"我说什么来着——曾经!她就是现在也十分迷人啊。请看,请看,她这双眼睛!"

杰玛一转眼就从口袋里掏出一块白手绢,用它盖住母亲的脸,然后徐徐把它的边沿从上往下移,逐渐露出来诺拉太太的前额,眉毛,眼睛。等了一会后又要她睁开眼。她服从了,杰玛因为赞叹而大叫了一声(来诺拉太太的眼睛果然很漂亮),接着她快速地将手绢从自己母亲脸上靠下面的不太整齐的部分滑过,便又扑过去吻她。来诺拉太太笑着,轻轻地转身躲她,故意装出努力躲避她的样子。杰玛也假装和母亲对抗,同时又跟她亲昵,但不是像猫那样,也不按法国人的方式,而带着意大利式的优雅,在这种优雅里总是可以感觉到力量的存在。

终于来诺拉太太说累了……这时杰玛立即建议她睡一会儿,就在这张安乐椅上,"我和俄罗斯先生(avese le monsieur russe)会那么安静,那么安静……就像小老鼠一样(comme des petites souris)……。"来诺拉太太微微一笑作为对她的回答,闭上了眼,稍稍叹了几口气后,开始打瞌睡。杰玛利索地坐到她旁边的长椅上,便再也不动了。只是偶尔当萨宁稍稍动弹一下的时候,她才抬起一只手的一根手指,凑到嘴唇边——另一只手她用来托住母亲头下的枕头——轻轻地嘘一下,斜过眼去看一看萨宁。结果他也仿佛僵住了,也一动不动地坐着,就像着了魔似的,全身心地欣赏着一幅图画,向他展示这幅画面的既有这个半暗不明的房间,在这个房间里,插在几只古老的绿茶杯里的新鲜而茂盛的玫瑰随处闪耀着显眼的红点,也有这位睡着了的妇女和她那温雅地收拢的双手、那张善良疲倦的脸以及雪白的枕头的四边,还有这位年轻、高度警觉、同样善良、聪慧、纯洁和难以言喻的美丽的人,连同那双如此黑、如此深、虽然带上阴影却依然炯炯有神的眼睛……这是什么?是梦?是童话?他怎么会在这里的?

十一

店堂的门铃响了。一个年轻的乡下小伙子戴一顶皮帽,穿一件红坎肩,从街上跨进了糖果店。一清早起,还没有一个买主来光顾过……"我们就是这样做买卖的!"早餐的时候来诺拉太太曾经叹着气对萨宁说过。此刻她还在打盹儿。杰玛不敢从枕头底下抽出手来,就悄悄地对萨宁说:"您去,代我做生意去!"萨宁马上踮起脚尖走到店堂里。青年人要四分之一磅的薄荷饼。

"收多少钱?"萨宁压低了声音隔门问杰玛。

"六克里泽。"[1]她同样压低了声音回答。

萨宁称了四分之一磅,找来纸头,卷成三角包,把饼包进去,漏出来一点,再包过去,又漏出了一点,最后交给了他,收了钱……年轻人惊奇地看着他,不住地在胸前揉着帽子,而隔壁房间杰玛却抿起嘴拼命在笑。这个顾客还未走开,又来了第二个,接着第三个……"看样子我手气不错呀!"萨宁自忖道。第二个主顾要一杯清凉杏仁酪,第三个要半磅糖果。萨宁都满足了他们。他兴奋地敲着羹匙,把盘子移来移去,灵巧地把手指伸到箱子和罐头里去。结账的时候发现他把杏仁酪卖便宜了,糖果却多收了两克里泽。杰玛一直在偷偷地笑,萨宁也感觉到异乎寻常的一种欢乐,一种非凡的幸福。他多么愿意永远这样站在柜台前面卖糖果和杏仁酪啊!与此同时那亲切的身影却以友善而嘲弄的目光从门里面看着他,而夏日的骄阳则透过窗外栗树繁茂的枝叶正把正午阳光和绿阴的幽幽金光洒满整个屋子,那种懒洋洋的甜蜜、那种无忧无虑与青春的——青春初期的倦怠,怎不叫人心里如痴如醉啊!

第四个主顾要一杯咖啡,只好叫潘塔列昂来了(爱弥儿还在克留别尔先生店里没有回来),萨宁又复回到杰玛身边坐下。来诺拉太太依然在打盹儿,这使她的女儿十分如意。

"妈妈睡着了就不头痛。"她说。

萨宁开始谈自己的"生意经"——当然仍旧压低了声音。他十分认真地打听各种糖果的价钱,杰玛也认真地把这些价目告诉他,同时两人都会心而友爱地欢笑着,仿佛意识到自己在演出一场最销魂的喜剧。突然从街上传来手摇风琴演奏《自由射手》中"穿过园田,穿过河谷"[2]这一段的音乐。琴声幽怨委婉,如泣如诉,在凝滞的空气里震荡,刺入耳鼓。杰玛打了个冷战……"这会吵醒妈妈的!"萨宁跳起来跑到街上,往拉风琴人的手里塞了几克里泽,吩咐他不要拉琴并离开此地。他回来的时候杰玛轻轻对他点了点头表示谢意。她若有所思地微笑了一下,于是用勉强听得见的声音哼起了韦伯的乐曲,在这首曲子里麦斯科把初恋的疑虑困惑表达得淋漓尽致。然后她问萨宁是否知道《自由射手》,是否喜欢韦伯的作品,接着又说自己虽然是意大利人,但像这样的音乐却比什么都喜欢。话题从韦伯转到诗歌和浪漫主义,转到当时还是尽人皆读的霍夫曼[3]……

---

① 克里泽,德国旧时货币单位,作辅币用。

② 原文为德文。《自由射手》,德国作曲家韦伯(1786—1826)的歌剧。韦伯的作品还有《欧里安特》、《奥伯龙》等。这些作品确定了德意志民族浪漫派歌剧的方向。

③ 霍夫曼(1776—1822),德国小说家,著有《谢拉皮翁兄弟》、《金罐》等。

来诺拉太太依旧在打盹儿，甚至发出轻微的眠鼾，然而阳光却透过百叶窗抛进一条条狭窄的光带，不知不觉而又片刻不停地沿地板、沿家具、沿杰玛的衣服、沿树叶和花瓣移动着，旅行着。

十二

原来，杰玛对霍夫曼并不怎么欣赏，反而认为他的作品……是枯燥乏味的！她的南方型的开朗性格领略不了他小说的那种北方型的幻想迷离的成分。“这无非是些童话，写给孩子看看的！”她说话的语气颇有几分轻蔑的意味。她同样模糊地觉得霍夫曼的作品缺乏诗意，但是她却很喜欢他的一部小说，虽然书名已经被她忘记了。其实她所喜欢的也只不过是小说的开头部分，至于结尾，或许她没有读完，或许同样被她忘记了。小说讲的是一个青年人在某个地方，好像也是在一家糖果店，遇见了一位美丽非凡的姑娘，一个希腊人，她的身边陪着一个神秘而奇怪的凶恶老头。青年人对姑娘一见钟情，而姑娘却用如此凄楚的眼神看着他，仿佛恳求他来解救自己……他暂离片刻——但是等他回到糖果店，无论是姑娘还是老头都已踪影全无。他四处寻找，不断发现他们的最新踪迹，他追赶他们，但是无论何时何地，就是无法赶上他们。对他来说，美丽的姑娘已经永远消失，然而他难以忘却她那哀求的眼神。一个念头折磨着他——也许他终生的全部幸福就此在他手里溜走了……①

霍夫曼的小说未必如此结尾，但是情节大致是这样构成的，也是这样留在杰玛的记忆之中的。

“我认为，”她说，“类似的相遇和类似的分离，人世间发生得比我们想象的要多得多。”

萨宁没有作声……不久以后他谈起了……克留别尔先生。这是他第一次提到他。在此以前他连想也没有想到过他。

现在倒过来，是杰玛不做声了，她陷入了沉思，把眼睛盯着旁边，轻轻地咬啮着食指的指甲。接着她夸奖起自己的未婚夫来，说到他明天将要举行的郊游，但是向萨宁迅速地看一眼后，又不响了。

---

① 这是霍夫曼的小说《错中错》里的情节。

萨宁不知该怎么说才好。

爱弥儿大声跑进来，惊醒了来诺拉太太……他的出现使萨宁高兴。

来诺拉太太从安乐椅里站起来。潘塔列昂进来通知午餐已经准备就绪。这位家庭朋友，昔日的歌手与今日的佣人，还兼任着厨师的职责。

十三

午后萨宁继续留在杰玛家里，她们不放走他的借口仍然是盛暑可畏。等到气温降下来，他又被请到花园里的合欢树下去喝咖啡，萨宁同意了，他心里很高兴。一成不变的宁静而平稳的生活之流，蕴藏着巨大的魅力——萨宁沉溺其间并感到是一种享受，他既不向今天索取什么特需的东西，也不设想明天，更不追忆昨天。有杰玛这样一个女子近在咫尺，仅此一点就值几何啊！不久他与她行将分别，也许是永远的分别。然而此刻他们却同在一只独木小舟里，像乌兰德的浪漫歌曲[①]里那样沿着平稳的生活之流漂游，既然如此，那么旅行者，你就享受、欢乐吧！在幸福的旅行者眼里，一切都是愉快而亲切的。来诺拉太太邀他和她还有潘塔列昂一起来打“特来赛得”，并且教会了他这种打法不复杂的意大利纸牌游戏，还赢了他几个克里泽，但他很高兴。潘塔列昂根据爱弥儿的请求叫来了狮子狗塔尔塔里亚，让它表演自己的全部本事。于是塔尔塔里亚就表演跳杆、“说话”——也就是汪汪叫、打喷嚏、用鼻子锁门、衔来主人的破鞋子，最后头上戴了顶高高的旧军帽，扮演起那个因叛变而受到拿破仑皇帝残酷责罚的贝那多特将军来。扮演拿破仑的，当然是潘塔列昂了——而且演得很逼真——他把两手交叉着叠在胸前，再把三角制帽的帽檐拉下来低低地压到眼睛上，说话的语气粗暴而生硬，而且操一口法语，不过说的是什么样的法语，真是天晓得！塔尔塔里亚坐在自己皇上的面前，浑身发抖，夹紧尾巴，两只眼睛在军帽的帽檐下不安地眯着，一眨一眨。只要“拿破仑”一提高嗓子说话，“贝那多特”就站起两只后腿。“叛徒，滚开！”[②]——终于“拿破仑”吆喝起来，但是盛怒之下他竟忘记应当始终保持的法兰西本色，于是“贝那多特”一溜烟跑到沙发底下去，但是马上从那里跳出来，愉快地吠叫着，似乎向大家宣布：演出业已结束。全体观众大笑不止——笑得最厉害的

---

① 指德国浪漫主义诗人乌兰德（1787—1862）的诗《独木舟》。

② 原文为意大利文。

便数萨宁。

杰玛笑声不断而且笑得特别亲切，还发出忘情的尖叫……这笑声简直使萨宁神魂颠倒——听到这些尖叫声他真想吻她个够！

终于夜幕降临。该是告辞回家的时候了！萨宁和大家一再道别，反复多次说了“明天见！”之后（他和爱弥儿甚至亲了嘴），启身回家，萦回在他身边的是一个青年姑娘美丽的倩影——时而笑容可掬，时而若有所思，时而安详静谧甚至淡漠无情，然而始终令人倾倒！她的双眼，有时睁得大大的，既明朗又愉快，有如白天；有时被睫毛半掩，既深邃又阴暗，宛如黑夜；那双眼透过一切人像与景物，老是浮现在他的面前，奇异而甜蜜。

对于克留别尔先生，对于促使他在法兰克福留下来的种种原因，一言以蔽之，对于昨晚曾经激动过他的一切种种，他连想也没有去想。

十四

然而应当就萨宁本人的情况说几句。

首先，他的外表长得相当相当不错——匀称英俊的身材、令人喜爱而轮廓不很分明的面容、一双和蔼可亲的淡蓝色眼睛、金黄色的头发、白净而透着红晕的皮肤——主要的还有那单纯、愉快、诚恳、坦率、乍一看去略显笨拙的表情（先时凭这一点可以一眼就认出那些在我们自由自在的半草原区出生长大的显赫门第的子弟、望族贵胄、出色的少爷）、从容的步态、带卷音的喉音、孩子般的见人就有的微笑……最后还有清新、健康——柔软、柔软而又柔软——这就是你看见的整个萨宁。其次，他并不愚笨，而且颇有涵养。尽管他经过海外的长途跋涉，却依然保持着清新。对于充塞于当时一部分优秀青年心头的那种惶惑不安的情绪，他是相当隔膜的。

近来，我们的文学界在对“新人物”经过一番毫无结果的探索以后，开始描写那样的青年，他们决意不顾一切，要使自己变得新鲜而又新鲜……新鲜得像刚运到彼得堡的弗伦斯堡[①]牡蛎一样……萨宁跟他们可不一样。若要比较，那么他更像一棵前不久才嫁接到我们黑土庭园的年轻繁茂的苹果树，或者更恰当一点说，好像早先“老爷

① 德国北部城市。

们”的养马场里的一匹刚套上练马索的强健、肥壮而驯服的三岁小公马……及至他备受生活的磨难而消失了自己身上那种青年人的饱满之后，那时遇到他的人们所见到的萨宁已完全是另一个人了。

翌日，萨宁还躺在床上，节日盛装的爱弥儿手里拿着拐杖，浑身香气扑鼻，闯进了他的房间，宣布说克留别尔先生驾车随后就到，而且今天将是个好天气，现在他们已经万事俱备，但是妈妈不能去，因为她头痛得厉害。他开始催促萨宁，要他一分钟也不要浪费……果然，萨宁还在卫生间洗漱时克留别尔先生就来了。他叩过门就跨进屋子，鞠过躬以后欠着身子说准备恭候，悉听尊便——尔后他坐下来，温雅地把帽子放在大腿上。这位仪表堂堂的店员穿着得十分讲究，浑身洒满了香水——他的一举一动都散发出高级香水的浓烈香气。他乘的是一辆叫做兰多的宽敞的敞篷马车，驾车的两匹马虽不漂亮然而强壮高大。一刻钟以后，萨宁、克留别尔和爱弥儿就乘着这驾马车，威风凛凛地来到糖果店的阶沿之下。来诺拉太太坚决不要参加郊游，杰玛想陪母亲留在家里，但是恰似常言所谓，母亲把她赶走了。

“我谁也不要，”她说，“我要睡觉。要不是店里没有人做生意，我连潘塔列昂也想打发和你们一起去。”

“能带塔尔塔里亚吗？”

“当然可以。”

塔尔塔里亚立即兴高采烈地爬上驾车的位子，龇牙咧嘴地坐在那里——它对这类事显然早已习以为常了。杰玛戴了一顶系着棕色带子的大草帽，帽子的前檐低低地压下来，几乎替她的整个脸庞挡住了阳光，帽檐的影子恰好遮到嘴唇的上方——那两片嘴唇闪耀着红光，那样纯洁和温柔，宛如盛开玫瑰的花瓣，透过两片嘴唇时而露出雪白的牙齿，也与儿童一样的纯真无邪。杰玛和萨宁并排坐在后面位子上，克留别尔和爱弥儿则坐在他们对面，窗口露出来诺拉太太苍白的身影。杰玛向她挥了挥手帕，于是马车辘辘启动了。

十五

索屯——一座不大的城市，距法兰克福约半小时路程。它坐落在位于唐奴斯山的一条支脉的美丽地方，大概是由于它的矿泉水对肺弱的人颇有裨益，所以在俄国享有盛名。法兰克福人到此地来毋宁说是为了消遣，因为索屯拥有美丽的公园和各种各样的“维尔沙夫特”[1]，可供人们在高大的椴树和槭树的绿阴下喝啤酒或咖啡。从法兰克福到索屯的道路沿美因河的右岸伸展着，沿途植满草木。马车沿平整的路面辘辘前进，而萨宁却在偷窥杰玛怎么与自己的未婚夫相处，他还是第一次看到他们俩在一起。她的态度平静而自然——但是比往常拘谨和严肃。克留别尔的目光恰似一个宽容的、能允许自己和属下分享一种有分寸而又拘守礼貌的快慰的上司。萨宁从他身上看不出他对杰玛的特别讨好和法国所说的“献殷勤”[2]。显然克留别尔先生认为大局已定，无须辗转奔忙或焦灼不安。然而那种宽容的样子一刻也没有离开过他。无论在午前沿索屯郊外的多林山冈和河谷长时间散步的时候，还是在欣赏自然美景的时候，甚至对这大自然本身，他也依然保持着这副宽容的样子，然而透过这种宽容的样子有时也不免要流露出上司通常的那种严厉。比如他指着一条小溪，说它流经山谷的那段过于平直，而没有转几个弯，以致大煞风景。他同样对一只鸟——碛鹨——的行为表示不满，嫌它鸣声单调！然而杰玛倒没有枯燥乏味的感觉，看样子甚至还感到满意。但是萨宁从她身上却认不出原先的杰玛来，并非因为她的身上投上了阴影——她的美色从来不是像四射的光芒那样溢于外表的——而是因为她把思想隐藏到了内心深处。她撑着阳伞，没有脱手套，稳重沉着、从容不迫地漫步，同一般有教养的女子散步的姿态一模一样，也很少开口。爱弥儿也感到拘束，萨宁更不用说。同时，那种老是用德语谈话的环境也使他有点窘迫。唯一不感到难堪的是塔尔塔里亚。它狂叫着去追赶迎面飞过的鸫鸟，从高低不平的地面上、树墩上、大水缸上一一跳过去，又一下子窜到水里，迫不及待地舔水喝，然后竦身抖落身上的水滴，于是又尖叫着向前飞奔而去，拖出红红的舌头，一直垂到胸口。对克留别尔先生来说，凡是他认为可以使一行人愉快的事他都已尽力而为了。他请大家到枝叶繁茂的橡树阴下坐下来，自己则从旁边口袋里掏出一本小书，书名叫《Knallerbsen——oder du sollst und wirst lachen!》(《爆破筒——或你应当而且一定会发笑》)，开始朗读充斥全书的诉讼笑话。他一共念了十二则笑话，然而听去却颇觉索然。只有萨宁一个人为了礼貌起见，总算龇了龇牙，再就是克留别尔先生本人，他在读完每个笑话以后总是例行公事般地发出一声短促的笑声——仍然是一种宽容的笑声。临近十二点时分一行人返回索屯，走进当地一家上等菜馆。

该叫午餐了。

克留别尔先生建议把吃午餐的地点选在一个“四面关闭的亭子里”(im Gartensa-

[1] 维尔沙夫特，德文的俄语音译，意为营业设施，诸如饭店、酒馆之类。

[2] 原文为法文。

lon)，但是杰玛突然表示反对，扬言非得在户外花园里、菜馆前面的一张桌子上不可，否则就不吃饭，说老是看这几张面孔，看都看腻了，她要看看另外的面孔。有几张桌子边已有新到的几位客人就座。

克留别尔先生宽容地服从了自己未婚妻的任性要求而去跟堂倌商谈了，这时杰玛却垂下眼皮、咬紧嘴唇一动不动地站着。她感到萨宁片刻不停、似带疑问地在看她——这，大概使她生气。终于克留别尔先生回来了，宣布说半小时以后就可开饭，于是建议先打会儿九柱戏，说这玩意儿有助于大开胃口，嘿嘿嘿！打九柱戏是他的拿手。他一面甩球，一面做出一个个令人惊叹的矫健姿势，炫耀自己漂亮的肌肉和优美的举腿踢腿。从某种意义上说他是一个竞技家——而且体格是第一流的！他的双手是如此白净、美丽，而用来揩手的又竟是如此昂贵的金光十色的印度富丽雅绸帕！

午餐的时刻到了——于是一行人在桌子四周入席。

十六

谁不知道德国的午餐是个什么样子？稀溜溜的一碗清汤里放上几块面疙瘩和桂皮；一盘干得像软木塞的煮得烂熟的牛肉，附着一层白色的脂肪，外加黏糊糊的土豆、圆鼓鼓的甜菜和洋姜泥；发青的鳗鱼加上白花菜芽和醋；拼上果酱的一盘炸冷盘，还有必不可少的一盘“麦黑尔斯沛斯”，一种浇上酸溜溜的红色作料的像布丁一样的东西——不过啤酒倒是一等的！索屯的饭店老板正是用这样的午餐来款待自己的主顾的。但是这顿午餐本身进行得倒还顺利，当然也看不出什么特别活跃的气氛，甚至在克留别尔先生举杯“为我们相爱”（Was wir lieben）而祝酒时也显不出这种气氛。一切都显得过于斯文和拘谨。午饭后端来了咖啡，纯粹是德国式的，稀淡而棕红色。克留别尔先生作为真正的骑士，请求她允许他抽一根雪茄……就在这当儿发生了一件出乎意料、简直是不愉快——甚至是不体面的事情！

邻近一张桌子上坐着几名美因兹警卫团的军官。从他们的目光和窃窃私语的样子不难猜出来，杰玛的美貌使他们惊讶。其中一个大概是到过法兰克福的，不时地看她，像看一个他所熟识的人一样——显然他知道她是谁。他忽然拿着酒杯站起身（军官们开怀痛饮以后，桌子上已摆满了酒瓶），向杰玛的桌子这边走过来。这个人非常年轻，淡黄色的头发，脸蛋长得很秀气，甚至很讨人喜欢。然而他喝下去的酒却使他变了样子——他的脸部抽搐着，发红的眼睛滴溜溜地转着，表情是恶作剧式的。他的伙伴们起先想阻拦他，但最后还是放他走了，说让他去吧——会出什么乱子？

那军官轻轻地摇晃着站定脚跟，在杰玛跟前停下来，喉咙里拼命挤出尖声怪气的声音来说话，这声音虽然是情不自禁的，但从中还是听得出他是在努力克制自己：“为全法兰克福、全世界最美丽的咖啡女郎的健康干杯（说着举起酒杯一饮而尽）——作为报答，我要带走这朵用她那圣洁的手指采摘的花！”他一把拿走了桌上放在杰玛的餐具前面的花朵。起先她愕然、惊恐、脸色煞白……继而转为愤慨，涨得满脸通红直到耳根——而她那双紧紧盯着侮辱者的眼睛，在同一个时间里暗淡下来、又迸射出光芒，充满了黑暗，既而燃起怒不可遏的火焰。军官大概被这双眼看得局促不安起来，他呢喃着别人听不清楚的话语鞠了个躬，就朝自己的那伙人走了回去。他们发出笑声和轻微的掌声来欢迎他。

克留别尔先生从椅子里突然站起来，挺直身，戴上帽，摆出很有身份的样子，只是声音不太响，说道：“闻所未闻！闻所未闻的恶作剧！”（Unerhŏrt！Unerhŏrt Frechheit！）——于是旋即用严厉的声音把堂倌叫来，要他马上结账……不仅如此，他还命令把车驾好，说体面的人不能来这里，因为要受污辱！杰玛依然静止不动地坐在位子里——她的胸脯急剧地、大幅度地起伏着——一听见这句话，杰玛把目光移到了克留别尔先生身上……而且像看那个军官一样，同样盯住不放。爱弥儿气愤得直打战。

“请站起来，我的小姐，”克留别尔先生用同一个严厉的声音说，“您留在这里是不体面的。我们到那边，菜馆里面去！”

杰玛无声地站起来，他弯起胳膊伸给她，她也把自己的手臂伸给他——于是他跨着庄严的步伐把她带到了菜馆里，离午餐的地方越远，他走路的样子也越庄严和傲慢，同他的外貌的变化一样。可怜的爱弥儿瘪沓沓地拖在他们后头跟着。

然而当克留别尔先生和堂倌清账的时候（他一个子儿小费也不给，以示惩罚），萨宁却快步走到军官们坐的桌子前面，对着侮辱杰玛的那个军官（此刻他正让自己的同伴们一个个轮流嗅她的玫瑰花），用清晰的法语说道：

“尊敬的先生，您刚才的举动有失一位正派人的名声，也有失您所穿戴的军服的体统，所以我特来奉告您，您是一个缺乏教养的无赖汉！”

年轻人跳了起来，但是另一个年纪比较大一点的军官制止了他，叫他坐下，并转身来向着萨宁，也用法语说道：

“怎么，这位是姑娘的亲戚、兄弟、抑或未婚夫？”

“我和她是毫不相干的，”萨宁大声说，“我是俄国人，但是眼看着这种恶作剧，我不能无动于衷。这里是我的名片和地址，军官先生可以来找我。”

说着，萨宁把自己的名片往桌子上一扔，同时一把抓起那朵已被一个桌边坐着的军官丢在身边盘子里的杰玛的玫瑰花。年轻人再次想从椅子里跳起来,但是同伴再一次制止了他说:“唐诃夫,安静点儿!”(Dŏnhof, sei still!)尔后那个同伴自己站起来,举手敬了个礼,对萨宁说(说话的语气和样子颇带几分敬意),明天一早他们团的一名军官将有幸前往他的公馆。萨宁微微欠了欠身子表示回答,就急忙回到自己的朋友们中间去。

克留别尔先生装作全然没有看见萨宁走开也没有看见他同军官交涉的样子。他催促马车夫快把马驾好,为他的动作缓慢大发雷霆。杰玛对萨宁也不置一词,甚至连看也不曾去看他。从她紧锁的双眉和苍白、紧闭的嘴唇,以及静穆不动这一点,可以想见她心绪很不好。只有爱弥儿一个人,显然想和萨宁搭嘴,想向他问个明白——他看见萨宁走到军官们面前,向他扔过去一样白东西——小纸片、字条或卡片什么的……可怜的少年的心怦怦在跳,脸上发烧,他想扑过去搂住萨宁的脖子,想哭一场,或和他一起马上去把这批混蛋军官砸个稀巴烂!然而他克制了自己,他注视着自己高尚的俄国朋友的一举一动,对此已经感到满意。

马车夫终于套好了马,一行人上了车。爱弥儿跟着塔尔塔里亚爬上了驾车的位子——在那里他觉得自由不拘,而且克留别尔先生也不会老在他眼前,因为他看见他的时候心里总不舒服。

一路上只有克留别尔先生一个人滔滔不绝地发议论……说了又说。不管是谁都没有表示反对的意见,同样也没有任何人去赞同他。他唠叨得最多的一点就是怪他们故意不听他的意见,到四面都关闭的亭子里去吃午餐,否则就什么不愉快的事也不会发生!接着他又发表了一些激烈的自由主义言论,说政府对军官们如此姑息纵容,不堪容忍,又不检点他们的纪律,对社会上的非军界人士又欠尊重(das bürgerliche Element inder Societăt)——因此不满情绪正在逐渐增长,而不满情绪的增长,就会使革命逼近,这方面已经有了可悲的先例(说到这里他同情地、然而严肃地叹了口气),这可悲的先例就是法国!可是他随即又补充说他自己是尊重当局的,而且永远……永远!……不会去做革命者——不过目睹这种不守纪律的行为,不得不表示自己的不满!以后又扯到一些老生常谈上去,诸如守德与缺德,礼貌与尊严之类!

杰玛在午前散步的时候已经对克留别尔先生不怎么满意了——所以她和萨宁保持了某种距离,仿佛有他在场她感到难为情,到克留别尔先生大发议论的时候,她明显地为自己的未婚夫感到羞耻了!到郊游快完毕的时候,她实在受不了了,虽然仍旧不同萨宁说话,但是突然向他投过去央求的一瞥……萨宁呢,则感到自己对她的怜悯远远超过了对克留别尔先生的愤懑。尽管他估计明天可能有人找他决斗,但是在潜意识里他却为那天在后来发生的一切而暗自高兴。

这次令人痛苦的郊游[1]终于结束了。在糖果店门口扶杰玛下车的时候,萨宁一声不响地把他夺回来的玫瑰花放到她的手里。她的脸刷地一下子涨得通红,紧紧握了握他的手,立即把玫瑰花藏了起来。他无意进屋里去,虽然天色已晚。她自己也没有邀他进去。这时台阶上出现了潘塔列昂,报告说来诺拉太太还在睡觉。爱弥儿羞答答地和萨宁告别。他使他感到不好意思,他太使他惊奇了。克留别尔用车把萨宁一直送到他的寓处,冷冰冰地向他鞠躬告别。这位穿戴得体的德国人虽然颇有自信心,却显得颇不自在。其实他们双方都感到不自在。

然而在萨宁心里那种感觉——不自在的感觉,不久就烟消云散了。它被一种捉摸不定的、然而是快意的、甚至兴奋的情绪所取代。他在房间里来回踱步,什么事也不愿去想,嘴里打着呼哨——感到十分得意。

十七

“上午十点以前我得等待军官先生来说明,”翌日早上他在洗漱时这样自忖着,“过时就恕不恭候了!”但是德国人起身很早——九点还未敲过,茶房就已来报告萨宁,说陆军少尉(der Herr Seconde Lieutenant)封·里希特先生希望进见。萨宁迅速穿上外衣,吩咐去“请他进来”。出乎萨宁的意料之外,原来里希特先生极其年轻,几乎是个孩子。他竭力在自己那张没有胡子的脸上装出傲慢的样子——但是装得一点也不像,他甚至掩饰不了自己的尴尬相——坐到椅子上去的时候被指挥刀钩住了,差点摔倒在地上。他操一口蹩脚的法语,结结巴巴地对萨宁说,他受自己的朋友封·唐诃夫男爵的委托而来,要求德·萨宁先生为他昨天说过的侮辱性的言语道歉,要是遭到德·萨宁先生的拒绝,那么封·唐诃夫男爵将提出决斗。萨宁回答说他无意表示歉意,但是对决斗倒颇为乐意。于是封·里希特先生仍旧结结巴巴地问,他应当和谁、在什么时间、什么地点举行必要的谈判?萨宁回答说他可以在大约两小时以后再来找他,在这以前萨宁将努力找到副手。(“真见鬼,我找谁来做副手啊?”他当时心里想。)封·里希特先生起身开始鞠躬告辞……然而在跨门槛的时候他停住了脚步,似乎感到了良心上的责备——于是转身对萨宁说他的朋友封·唐诃夫男爵不否认在昨

① 原文为法文。

天发生的事件中……自己也有某种程度的……过失，因此萨宁只要稍示歉意就够了（des exghizes léchères），萨宁回答说不管什么样的歉意，无论是深表歉意还是稍示歉意，他都不愿意做，因为他不认为自己有什么过错。

“既然这样，”封·里希特先生脸涨得更红了，回答说，“那就只好进行友谊的对射了——de goups de pisdolet àl'amiaple！[①]”

“这我就完全不理解了，”萨宁说，“我们朝天打，是吗？”

“噢，不是那个意思，不是的，”少尉难堪极了，嘟嘟囔囔地说，“不过我想，既然事情发生在体面人之间……我还是同您的副手谈吧！”他打断自己的话，走了。

萨宁待那人一走就坐到椅子上，盯着地板直发愣。“这到底是怎么回事？生活怎么会一下子风云突变呢？既往的一切，未来的一切忽然顿时烟消雾散，丧失净尽，唯一遗留的就是——我在法兰克福为了一件事要去和别人决斗。”他想起了自己的一个发疯的姑母，她往常颠来跳去地哼着一支歌：

少尉少尉
我心所爱。
我心所爱，
相将歌舞，
慰我情怀。

他哈哈大笑，学她的样子唱起来：“少尉少尉，我心所爱。我心所爱，相将歌舞，慰我情怀。”

“可是应当行动起来，不浪费时间。”他大声嚷道。他从椅子里霍地一下站起来，看见潘塔列昂站在面前，手里拿着一张字条。

“我敲了好几下门，可是您没有回音，我以为您不在呢，”老头说着把字条交给他，“是杰玛小姐的。”

萨宁接过条子的动作可以说是机械的，他打开条子，看完了它。杰玛对他写道，她为了他所知道的那件事十分不安并希望与他即刻就见一面。

“小姐非常不安，”潘塔列昂开口说，显然他是知道字条的内容的，“她让我来看看，您在干什么，还要我陪您去见她。”

---

① 法语“友谊的对射”，但说走了样。

萨宁抬眼向意大利老人望去——陷入了沉思。

他的脑海里突然闪过一个念头。在最初的刹那，在他看来这个念头是奇怪得不可思议的……

"但是……为什么不?"他自问。

"潘塔列昂先生!"他大声说。

老头吓了一跳，把下巴缩到领带里，盯着他看。

"您已经知道，"萨宁继续说，"昨天发生的事了吗?"

潘塔列昂扭动嘴唇，抖动自己的一头蓬发。

"知道了。"

(爱弥儿一回到家就把一切都告诉他了。)

"哦! 您知道了! 那我对您直说吧，一个军官刚到这里来过，那个家伙向我提出决斗，我接受了他的挑战，但是我没有副手。您愿意做我的副手吗?"

潘塔列昂颤动了一下，把眉毛高高地挺起来，使它们淹没在他那挂下来的头发里。

"您一定要决斗吗?"他终于用意大利语说，在此以前他一直是讲法语的。

"一定的。否则——就意味着我永远没脸做人了。"

"嗯。如果我不同意做您的副手，您就会去找别的人来吗?"

"会的……一定。"

潘塔列昂耷拉下脑袋。

"但是请允许我问一声，察宁尼先生[①]，您的决斗会不会给一个人的声誉带来不良的影响呢?"

"我不认为这样。但是不管怎么样，这已是无可挽回的了。"

"嗯。"潘塔列昂完全缩到了自己的领带里，"那么，那个克罗别里沃[②]先生——他干什么呢?"——他突然叫起来，向上抬起脸孔。

"他吗? 没什么。"

"咳! (che!)[③]"潘塔列昂鄙夷不屑地耸了耸肩，"无论如何我应当感谢您，"他终于用迟疑不决的声气说，"因为我目前处在这样低下的地位，您却仍然把我当做'一个体面的人'——un galant' uomo! 您这样做，就表明自己是个真正的体面的人

---

① 即"萨宁"，潘塔列昂不会说俄语，把音读别了。

② 即"克留别尔"，情况同上。

③ 意大利文的感叹词，相当于"好吧"。

（galant'uomo）。不过需要仔细考虑一下您的意见。”

“可是时间不等人呀！好心的奇……奇巴……先生。”

“图拉[①]，”老头接上去说，“我只要求一个小时作考虑。事情关系到我那恩公的女儿……所以我应当，我必须斟酌一下！！过一个小时……过三刻钟——您就会知道我的决定。”

“好，我等着。”

“可是现在……我拿什么向杰玛小姐回话呢？”

萨宁拿起一张纸，写道：“放心吧，我亲爱的朋友。大约再过三个小时我来看您——到时一切都会明白的。衷心感谢您的关切。”写完，他把纸条塞给潘塔列昂。

他小心翼翼地把纸条放进侧边的衣袋，再次说道：“过一个小时！”——他刚向门口举步走去，突然一个急转身跑到萨宁跟前，抓起他的手贴到自己的衣领上，抬起眼睛向着天空大声说：

“高尚的年轻人！伟大的心灵！（Nobil giovaotto！Gran cuore！）请允许我这个不中用的老头（a un vecchiotto）握一握您那双勇敢的手吧！（la vostra volorosa destra！）”然后他跳跃着略微后退几步，两手一挥——走了。

萨宁目送了他一阵……随后拿起报纸来看，然而他只是徒然地拿目光在字里行间移动，一点儿也没有看进去。

十八

一个小时以后，茶房又走进萨宁的房间，递给他一张污旧的名片，上面有这样几行字：潘塔列昂·奇巴图拉，祖籍瓦雷泽，莫登斯基公爵殿下的御前歌手（cantante di camera）。跟在茶房后面出现的正是潘塔列昂自己。他从头到脚都换了装。他穿一件褪成了棕色的黑燕尾服和白色的凸纹布马甲，马甲上别出心裁地挂着一根顿巴克铜制的链条，一块沉甸甸的光玉髓低低地垂挂到有翻边的黑色小管裤上。他右手拿一顶黑色兔皮帽子，左手握着一双厚实的麂皮手套，领带比以往系得更松更高，在浆过的硬领上则别着一颗叫做“猫眼”的宝石（oeil de chat）。右手的食指上戴着宝石戒

① 萨宁忘了他的姓，只记住了前两个音，这里是潘塔列昂自己接着说完全。

指,戒指的造型是一双交叉放着的手,而双手之间则镶着一颗火热的心!久置的陈旧气息以及樟脑和麝香的气味从老头的奇异装束上散发出来。他的外貌表现出来的那种若有所思的忧心忡忡的庄重样子,足使最为冷漠无情的人一见惊心!萨宁站起来迎接他。

“我就是您的仲裁人。”潘塔列昂整个身躯向前倾着用法语说,同时分开足尖,像跳舞的样子,“我前来聆听吩咐。您希望的决斗是无情的吗?”

“为什么要无情呢?我亲爱的奇巴图拉先生。我虽然不收回昨天讲出去的话来达成和解,但我不是嗜血成性的人!……您就地等一等,我的敌人的仲裁过会儿就会来的。我将到隔壁房间去,您就可以同他谈判。请您相信,我永远不会忘记您的鼎力支持,并且衷心地向您表示感谢。”

“名誉高于一切!”潘塔列昂回答说,未等萨宁说请坐他就在安乐椅里坐下来。“要是这个弗埃罗弗罗克托·斯庇契布皮沃,”他又一次把法语和意大利语混杂起来,“要是克罗别里沃这个商人不明白自己应负的直接责任,并且胆小怕事,那么事情的结局对他就更坏!……一钱不值的灵魂——如此而已!……至于决斗的条件,那么我作为您的仲裁,您的利益对我来说就是神圣的!!……当年我住在巴图埃,那里驻扎着一个白龙团,我和许多军官都很接近!……他们的全部章程纪律我都一清二楚。我还经常和你们的那个塔尔布斯基亲王谈这些问题……那个副手该马上就来吧?”

“我无时不在等他——看,走来的正是他。”萨宁向街上望了望说。

潘塔列昂站起身,看了看表,整一整额上的头发,把裤脚底下露出来的鞋带急忙塞进鞋子里。年轻的少尉进来了,依然红着脸,一副窘态。

萨宁将两位仲裁人彼此作了介绍。

“里希特先生,少尉!——奇巴图拉先生,演员!”①

少尉见到老头时微微一惊……哦,要是有人在这个时候在他耳边轻轻讲一声,说介绍他认识的那位“演员”还兼事伙房里的艺术,他该怎么说呢!……但是潘塔列昂装出一副样子,似乎参与安排决斗这样的事情,在他是极其平常的事——也许在这种场合对剧院生涯的回忆有助于他——担任副手的角色,正像在演戏一样。他和少尉,两个人都有一会儿默不做声。

“怎么?开始吧!”潘塔列昂手里玩弄着那块光玉髓,首先开腔。

---

① 原文为法文。

“开始!”少尉回答,“可是……敌对的双方有一方在场……”

“先生们,我马上离开!”萨宁大声说。他鞠过躬就走进卧室,随手把门关上。

他倒到床上,开始思念杰玛……但是副手之间的谈话却透过关闭的房门传入他的耳际。谈话用法语进行:双方讲的法语都各有一套,走样得一塌糊涂。潘塔列昂重又提起巴图埃的白龙团,塔尔布斯基亲王。少尉则说“稍示歉意”[①]和“友谊的对射”,但是老头什么“歉意”也听不进去。他突然向对方说起一个无辜的少女,说她的一个小拇指抵得过全世界一切所有的军官……(oune zeune damigalla innouceta, qu'a ella sola dans soun peti doa vale piu que toutt le zouffissie del mondo!)这使萨宁担心。他还几次三番激动地说:“这是耻辱!这是耻辱!”(E ouna onta, ouna onta!)少尉起先没有反对的表示,可是后来在年轻人的嗓音里听得出愤怒的颤动,他于是说他不是来听取有关道德的教训的……

“你们这种年纪,听听正义的言论总有好处!”潘塔列昂喊道。

副手先生之间的辩论有时进行得异常激烈。辩论延续了一个多小时,终于达成如下协议:封·唐诃夫男爵和德·萨宁先生将于明日对射;时间上午十点;地点加拿乌附近的小林里;相距二十步;每人有权按副手的信号开枪两次;手枪上不附加加速器和来复线。封·里希德先生离去了,于是潘塔列昂郑重其事地打开卧室的门,宣布谈判结果,继又大声叫道:“好哇,俄国人!好哇,孩子![②] 你将取得胜利!”

几分钟以后他们俩出发去路塞里糖果店。萨宁事先要潘塔列昂对决斗一事严守秘密,老头的回答只是翘起拇指,眯起一只眼连说了两声“Segredezza!”(机密!)他显然变得年轻起来,连举止也自在得多了。这一切异乎寻常的事件虽然令人不快,却把他带回到过去的年代,那时他也接受过和挑起过决斗——当然,是在舞台上。众所周知,男中音歌手扮演的角色往往是好斗的。

十九

爱弥儿跑出来迎接萨宁——他已经等候他一个多小时了——急忙在他耳边低声告诉他,母亲对昨天的不愉快事件还一无所知,因此即使暗示她一下也是不必要的,

① 原文为法文。

② 原文为意大利文。

他还是照样被送到店里去！……然而他自己不会到那里去，而到一个别的地方去躲起来！爱弥儿在几秒钟之内把这一切都说完，突然扑到萨宁的肩头，激动地吻了吻他就走下台阶向街上跑去。杰玛在店堂里遇见萨宁，她想对他说点儿什么，但是没有能说出来。她的嘴唇微微颤动着，眼睛却眯起来扫向两旁。他急忙安慰她说事情已经过去……说到底也不过是些琐屑小事。

“今天谁也没有上您那里去吗？”她问。

“来过一个人——我已经和他说清楚，所以我们……我们取得了最圆满的结果。”

杰玛回到柜台边。

“她不相信我！”他想……但是走进了隔壁房间，在那里遇见了来诺拉太太。

她的头痛已经好转，而情绪却是郁郁不乐的。她殷勤地向他微笑，同时却告诉他，说他今天和她在一起会感到乏味，因为她不能陪他。他靠近她坐下，发现她的眼皮发红，肿了起来。

“您怎么啦，来诺拉太太？您哭过了吗？”

“嘘……”她悄悄说，转过头去指指女儿现在所在的那个房间。“别大声说这个……”

“那您究竟为什么哭呢？”

“唉，萨宁先生，我自己也不知为什么！”

“没有人使您伤心吗？”

“不，没有！……我突然感到寂寞得很。我想起了乔万尼·巴蒂斯塔……想起了自己的青春……后来又想到这一切竟会如此迅速地消逝。我老了，我的朋友，而且对此我无论如何也无法妥协。看起来我这个人依然如故，可是转瞬之间老了……老了！”来诺拉太太的眼睛里滚出了泪珠，“我发觉您看着我感到奇怪……可是您也会老起来的，我的朋友，而且您将会明白这是何等痛苦的事！”

萨宁开始安慰她，告诉她已经在自己孩子身上再现了自己的青春，甚至想和她说笑话，说她喜欢别人对她说好话……然而她却求他“别说下去了”。于是他第一次确信，像这种意识到自己老之将至的伤感，任你用什么办法也是无可慰藉与排遣的，只好由它自行缓解。他提议她一起打牌——这个办法想得太好了，她立刻表示同意，而且好像高兴了一点。

午饭前后萨宁一直和她打牌。潘塔列昂也参加一份。他的头发垂挂到额角上，从来没有这么低，他的下巴缩到领带里，也从来没有这么深！他的每一个动作都显出他在专心致志地保持那副郑重其事的样子，令人一看他便会情不自禁地想到：这个人究竟有什么谨守不露的秘密呢？

然而——秘密！秘密！[1]

整整这一天，他百般努力，来表示对萨宁的最高敬意。在餐桌上，他把女士们撇在一边，庄严而果决地把菜先端给萨宁；打牌的时候让他得分，不使他吃亏；发些牛头不对马嘴的议论，说什么俄罗斯人是世界上最高尚、最勇敢和最果断的民族！

“咳，你这个老戏子啊！”萨宁心里自忖。

然而他感到奇怪与其说是因为路塞里太太的情绪突变，倒不如说是因为她女儿对他的态度。她不像在有意回避他，相反，始终和他保持不远的距离坐着，仔细听他说话，看着他。但是她决没有同他说话的意思，而且只要他对她一开口，她就悄悄地站起来，不声不响地走开一会儿。过后又走回来，重新在某个角落里坐下来——声色不动地坐着，若有所思和困惑莫解地……样子比任何时候都纳闷。来诺拉太太也发现了她的非常举止，问了她两次：“怎么啦？”

“没什么，”杰玛回答，“你晓得我常这样的。”

“那倒是。”母亲赞同她说。

这冗长的一天就此过去，既不热烈也不冷清——既不快乐又不乏味。假如杰玛的表现是另一番样子——那么萨宁……谁能知道呢？或许他会情不自禁地自我表现一番，或者在面临可能的、也许是永久的别离之时，他会完全沉溺于离情别绪之中……但是他连同杰玛说一次话的机会也没有，所以只好在晚茶前的一刻钟在钢琴上弹了几支凄婉的曲子。

爱弥儿回来得很迟。为避免被问及克留别尔先生，他一转眼就溜之大吉了。该是萨宁告辞的时候了。他起身向杰玛告辞，不知怎么的，他想起了《奥涅金》里连斯基和奥尔迦的分别。他紧紧握住她的手——试图正面看她一眼——然而她转过脸去，挣脱了自己的手指。

二十

他走下台阶时，已经是繁星满天。这些星星真是数不胜数——大的、小的、黄的、红的、蓝的、白的！它们分秒不停地闪烁着，密密麻麻，争相变幻自己的五光十色。天

---

① 原文为意大利文。

空没有月亮，然而在这半暗不明、无形无影的昏黄之中，虽无月光，每一样东西却依然历历可见。萨宁无意马上回住地……他一直走到街尽头。他觉察到自己有一种需求，要在洁净的空气里往复徘徊。他于是又折回来——可是还没有走到路塞里糖果店所在的那间房子前面，那里一扇临街的窗子忽然砰的一下打开了——在黑洞洞的方窗框里（房间里没有点灯）显现出一个女性的身影——于是他听见有人呼唤他：

“德米特里先生！”①

他立即向窗户扑过去……是杰玛！

“德米特里先生！”她用谨慎的声音说，“今天整整一天，我一直想给您一件东西……可是拿不定主意。想不到现在会重新见到您，所以我想这大概是命里有数……”

杰玛说到这里不由自主地停了下来。她未能继续下去，一件异乎寻常的事情就在此刻发生了。

突然，在这万籁无声的沉寂之中，从那万里无云的夜空，一阵狂风席卷而来，直吹得大地也仿佛在脚底下动荡起来，熹微的星光颤动着隐没下去，连空气也被卷成一团。旋风，不是寒冷的，而是温热的，几乎是燥热的旋风袭击着树木、房顶、窗户和街道，它一下子吹落了萨宁的帽子，并把杰玛的鬈发吹起来打转转。萨宁的头部齐窗台一样高，他不由得紧紧贴住了窗台——这时杰玛用双手抓住他的两肩，用胸脯护住了他的头部。喧哗声、呼啸声和轰鸣声延续了大约一分来钟……平地而起的旋风宛若巨大的鸟群疾驰而去……一切复归于万籁俱寂。

萨宁微微抬起头来，看到自己的头顶上竟是如此美妙、惊慌、激动的一张脸庞，如此巨大、惶恐、华美的一双眼睛——他看见的竟是如此美丽的少女，于是他的心屏住停滞了，他把嘴唇紧紧地贴在垂到他胸际的鬈发上，——只会说：

“哦，杰玛！”

“刚才是怎么回事？闪电吗？”她问，把眼睛睁得大大的，也不把自己裸露的双手从他的肩头收回。

“杰玛！”他又重复说。

她叹了口气，回过头去，向房间里看了一眼，急速地从身后拿出那朵已经枯萎了的玫瑰扔给了萨宁。

“我想把这朵花给您……”

---

① 原文为法文。

他认得出是昨天他夺回来的那朵玫瑰……

然而窗户已经砰然合上,而在漆黑的玻璃后面既看不见什么东西,也没有任何东西再隐现出来。

萨宁没有戴帽子,回到家里……他甚至没有发觉自己丢了帽子。

二十一

他直至凌晨方始入睡。这没有什么奇怪！在那阵转瞬而逝的夏季的旋风卷地而来的当儿,他的内心也浮上一种转瞬即逝的感觉——不是觉得杰玛是个美貌女子,也不是觉得他喜欢她——这,他早已知道,而是觉得他差点儿……没爱上她。爱情也有如那阵旋风,在同一刹那间向他袭来。然而这里却要举行这场愚蠢的决斗！不祥的预感开始折磨他。我们设想,就算他没有被打死……那么他对这位少女,他人的未婚妻的爱情究竟会引出什么结果呢？我们进一步设想,就算这位"他人"对他并无危险,而且杰玛也会爱他,或者已经爱上他……事情的结局又将如何呢？干吗要问结局呢？这样美丽的女子……

他在房间里踱来踱去,又坐到桌子边拿起一张纸,在上面写了几行字——又当即把它涂掉……他想起了杰玛令人倾倒的倩影,在黑洞洞的窗户里,星光之下,整个儿被温热的旋风吹得头发蓬松。想起了她那双如同奥林匹斯女神一样的大理石般的素手,感觉得到它们压在他肩头的实在重量……然后他拿起那朵扔给他的玫瑰——仿佛觉得从那半枯萎的花瓣间散发出来的是一种与寻常的玫瑰迥然不同、更为细腻的气息……

"难道他会突然死于飞弹之下或者被打成重伤?"

他没有上床,而在沙发上和衣入睡了。

有人摇他的肩膀……

他睁开眼,看见了潘塔列昂。

"像巴比伦战役前夕的亚历山大·马其顿一样睡着了!"老头大声说。

"几点啦?"萨宁问。

"七点差一刻,到加拿乌有两个钟点路程,不过我们得赶在前头。俄国人比起他们的敌人,总是捷足先登的！我雇的可是法兰克福城里上等的马车!"

萨宁开始梳洗。

"手枪呢?"

"手枪那个军官先生会带来的。医生也由他带来。"

潘塔列昂明显地显出精神百倍的样子,像昨天一样。然而待他和萨宁一同坐进马车,当车夫扬鞭一挥而马匹起步迅跑的时候——昔日的歌手和巴图埃龙骑兵的知交,却一下子变了样。他显得局促不安,甚至胆战心惊起来,似乎有某种东西,宛如胡乱堆砌起来的墙壁一样倾塌下来,压在他的身上。

"可是我们这算干什么呢,我的老天,至高无上的圣母[①]!"他突然逼尖了嗓子叫道,一面抓住自己的头发,"我这个老笨蛋,疯子(frenetico),干什么来着?"

萨宁感到奇怪,笑起来,一面轻轻搂住他的腰,告诉他一句法国谚语:"酒瓶已打开,就得喝下去。[②]"(用俄语说,相当于一不做二不休。)[③]

"对对,"老头答道,"这份酒咱们俩得分干而尽,不过我毕竟是疯子!我——真是疯子!曾几何时,一切是那么宁静,美好……可是突然间:噼噼噼,啪啦啦打起来了!"

"好像全部[④]都在奏军乐,"萨宁强装着笑颜说,"不过您没错儿。"

"我知道,不是我的错!还不够吗?这一切毕竟是放荡不羁的行为。见鬼!见鬼![⑤]"潘塔列昂反复说,抖动着头发,唉声叹气地。

然而马车却稳稳匍匐,不停地滚着,滚着。

晨色是迷人的。法兰克福开始热闹起来的街道,看上去是如此洁净安适,屋宇的窗户像锡箔一样泛着粼粼白光。马车一出城门,即从高处尚未全明的蓝天深际传来了云雀清脆的啼啭。忽然,在马路的拐角处,一棵高大的杨树背后,露出一个熟识的人影,走了几步又停下来。萨宁凝神望去,我的天哪!是爱弥儿!

"难道有什么事让他知道了吗?"萨宁对潘塔列昂说。

"告诉您,我真是疯子,"可怜的意大利人绝望地、几乎是叫喊着大声说,"这个不幸的孩子折腾得我一夜不得安宁——所以今天早上我只好对他全说了。"

"原来如此,你的'秘密'[⑥]。"萨宁自忖。

马车赶上了爱弥儿,萨宁吩咐车夫停车叫那个"'不幸'的孩子"走过来。爱弥儿

---

① 原文为意大利文。

② 原文为法文。

③ 俄语原文直译为:既然抓起了马车的轭索,就别说自己没有力气。

④ 原文为意大利文。

⑤ 原文为意大利文。

⑥ 原文为意大利文。

跨着迟疑不决的脚步走来，脸色像昏厥那天一样的苍白，一双脚勉强支撑着他的身子。

“您来这里干什么？”萨宁厉声正色地问他，“为什么不待在家里？”

“允许我……允许我和你们一起走吧。”爱弥儿用颤抖的嗓音喃喃说，两只手垂着，牙齿像打摆子一样地上下相碰。

“我不会妨碍你们——可是求您允许我去！”

“假如您觉得对我哪怕有一丝一毫的感情或敬意，”萨宁说，“那么您马上回家或到克留别尔先生的店里去，而且什么也不要对人说，等我回来。”

“等您回来，”爱弥儿沉吟道——但是他的声音刚出口就戛然而止了，“可是如果您被……”

“爱弥儿！”萨宁打断他的话，用眼色指指马车夫，“冷静一点！爱弥儿，回家去吧！听我的话，我的朋友！您说您爱我吧。那么我请求您！”

他把手伸给他。爱弥儿向前跃进一点，哽咽着，把他的手挪到自己的嘴唇边——于是从路上跳到旁边，穿过田野，转身朝法兰克福跑去。

“也是一颗高尚的心。”潘塔列昂嘟嘟囔囔地说，而萨宁却阴郁地看了他一眼……老头缩到马车的角落里。他意识到自己的过错，另外，他又越来越感到惊奇——难道真的是他当了仲裁，是他既雇来了马车，又只身张罗里里外外，一大早六点钟就离开了自己安逸的住房？而且他的腿病又发作了，肿得厉害。

萨宁觉得有必要给他鼓鼓气……说来也巧，他想出了该说的话：

“您当年的勇气哪里去了，尊敬的奇巴图拉先生？到哪里去了——il antico valor[①]？”

奇巴图拉先生挺直了身子，皱起眉头。

“Il antico valor？”他粗声粗气地宣告说，“Non è ancoraspento（它还没有完全消失呢）——il antico valor!!”

他装出煞有介事的样子，开始谈自己的经历，谈歌剧，谈伟大的男高音歌手加尔西亚——他今天来加拿乌，已经是够英勇的了。应当说：世界上最强有力或最软弱的……都莫过于诺言了！

---

① 原文为意大利文，意思为“当年的勇气”。

二十二

应当在那里举行决斗的小树林距加拿乌四分之一英里。与潘塔列昂的预言一样，萨宁和他先到达这里。他们吩咐马车在林边空地上等待，就一头钻进稠密的林阴之中。他们在此等候了大约一个小时。萨宁在等候时并未感到特别心焦，他沿小道来回散步，谛听鸟儿的鸣啭，凝视一种叫做“扁担”的蜻蜓的飞翔，力图不去思考，就像处于此情此景的大多数俄国人那样。他只有一次动过心——他碰上了一棵摧折的小椴树，看样子无疑是被昨晚的大风吹倒的。它肯定正在死去……树上的枝叶也正在死去。“这是什么？预兆吗？”他脑子里闪过这个念头，然而他立刻打着呼哨跳过这棵树，继续开始在小道上踱步。潘塔列昂呢——他嘴里叽咕个不停，骂德国人，叫苦连天，一会儿摸摸背脊，一会儿按摩膝盖。他甚至激动得打起呵欠来，这使他那小巧而皱成一团的小脸上出现一种极为滑稽的表情。萨宁望着他，差点儿没大笑起来。

终于传来了马车辘辘碾过松软路面的声音。“是他们来了！”潘塔列昂说着警觉起来，并且挺直了身子，刹那之间他神经质地打了个冷战，但是这冷战却被他设法掩饰了起来——他大喊一声“勃儿……”然后说今天的早晨非常凉。露水很多，压得草和树叶低垂下来，但是炎热已经直透到林子里头来了。

两名军官很快进入了树林，陪伴他们来的是一个身材并不高大的结实汉子，一脸倦容，几乎是睡意未央的样子——那是军医。他一手提着一只盛着水的瓦罐——以备万一，左面肩膀上背着一只盛放外科器械和绷带的背包。看样子他对诸如此类的旅行早已司空见惯，它们构成他收入的一个部分——每次决斗使他进账八块金币——双方各付四块。封·里希特先生提着装手枪的箱子，封·唐诃夫先生手里舞弄着一根小小的马鞭——显然是为了装“漂亮”。

“潘塔列昂！”萨宁轻轻在他耳边说，“要是……要是我被打死了——什么都可能发生的——那么把我边袋里的一张纸掏出来，里面包着一朵花，把这张纸交给杰玛小姐。听见吗？您答应吗？”

老头伤心地看了他一眼——于是肯定地点了点头……但是天晓得他到底是否明白萨宁对他的要求。

对手和仲裁照规定彼此行过礼，只有医生一个人连眉毛也不动一下，就坐到草地上，嘴里说："我才不顾那套骑士们的礼节呢。"封·里希特先生提议请"几罢图拉"[1]先生挑选地点，"几罢图拉"先生翻动僵硬的舌头（他心里压着的那堵墙又倒塌了）说："仁慈的先生，还是您来吧，我看着就是……"

于是封·里希特先生开始动手。他就地在林间找到一块开满鲜花的美好空地，量好步子，用两根现削的棒儿标明两个端点，再从箱子里拿出手枪，蹲下来装好子弹。一句话，他全力以赴地在操劳忙碌，不时用一块白手绢擦去脸上沁出的汗水。陪伴他的潘塔列昂倒更像一个冻僵的人。在整个准备过程中，决斗的对手远远站在两边，宛如两个受处罚的小学生在生家庭教师的气。

决定的时刻到来了……

"每个人拿起了自己的手枪……"[2]

然而这时封·里希特先生对潘塔列昂说，按照决斗的规则，应该由他，两个副手之中年纪较大的一位，在发布"一、二、三"的命令之前向决斗着的双方提出下面的规劝和忠告：讲和吧！虽然这种忠告毫无用处，而只是一种空洞的形式，但是奇巴图拉先生完成这种形式之后，可以卸去一定的责任。尽管作出类似规劝是所谓"不偏不倚的见证人"（unparteiischer Zeuge）的事——可是他们没有见证人，封·里希特先生乐意把这份特权让给自己尊敬的对手。潘塔列昂却早已赶忙钻进灌木丛里，使自己一点儿也不会看见盛气凌人的军官，他起初丝毫没有领会封·里希特先生的话，更何况他说话带着鼻音，但是他一下子忽然振作起来，伶俐地跨上前去，颤巍巍地用手拍着胸脯，用自己嘶哑的声音，用混杂起来的语言拉长了调子说："阿拉—拉—拉……多野蛮啊！两个年轻人决斗！——干吗这样？活见鬼！回去吧！"[3]

"我不同意和解。"萨宁急忙说。

"我也不同意。"他的敌手重复说。

"那么就喊：一、二、三！"封·里希特对张皇失措的潘塔列昂说。

他马上又钻进灌木丛里，全身发抖，闭起眼睛，别转头去，直接从那里，不过却是扯着嗓子喊出声来：

---

① 几罢图拉，里希特的法语发音不准，把奇巴图拉读别了。

② 引自普希金的诗体小说《叶甫盖尼·奥涅金》第六章第二十九节中的最后一句，该章描写奥涅金和连斯基的决斗。

③ 原文为意大利文和法文混杂在一起。

“一、二……三!”[①]

萨宁第一个开枪,但是没有击中。啪的一响,他的子弹打到了树上。唐诃夫男爵接着他打——但是故意向旁边朝天开了一枪。

降临了紧张的沉寂……谁也没有离开原地一步。潘塔列昂轻轻地发出一声“啊!”

“命令继续打吗?”唐诃夫说。

“您为什么朝天开枪?”萨宁问。

“这不关您的事。”

“第二枪难道您也朝天打?”萨宁又问。

“也许,我不知道。”

“对不起……对不起,先生们……”封·里希特先生开始说话,“决斗者自己是不许对话的。这完全不合规定。”

“我放弃自己这一枪。”萨宁说着把手枪甩在地上。

“那我也不打算把决斗继续下去,”唐诃夫大声说,也丢下自己的手枪,“另外,我现在准备承认,前天是我的不是。”

他在原地踟蹰了一会,犹豫地向前伸出一只手。萨宁快步走近他——握了他的手。两个年轻人含着微笑彼此看着——于是双方的脸上都泛起了红晕。

“好啊! 好啊![②]”潘塔列昂像疯了一般,一下子从树丛里猛冲出来,大声叫嚷着。军医原先坐在一个砍伐后留下的树墩上,现在则立起身来倒掉瓦罐里的水,懒洋洋地蹒跚着步子,走向林边空地。

“荣誉感已经得到满足——决斗就此结束!”封·里希特先生宣告说。

“Fuori! (фора!)[③]”潘塔列昂凭着早先的记忆,再次大叫一声。

说真的,萨宁在和军官先生们相互鞠过躬而坐上马车的时候,自己浑身感到的如果不是一种满足,那么就是犹如鏖战一场以后的那种轻快,然而另外还别有一番滋味,一种类似羞耻的感情在他心头蠕动。他觉得,适才自己参加的那场决斗,好像是一种虚伪,一种久积的恶习,一种常见于军官和大学生中的通病。他回忆起当那个军医看见他和唐诃夫男爵几乎手挽着手走出树林时脸上露出一丝微笑——就是说皱了皱鼻子。后来,当潘塔列昂向那同一个军医偿付他应付的四枚金币的时候……唉!

---

① 原文为意大利文。

② 原文为意大利文。

③ Fuori——语气词,意大利文。此词有两个意思:一是运动中强者对弱者表示让步;二是演出时观众要求演员再来一次的呼喊。此处当做第一义解,此词在欧洲其他语种里也有采用,如俄语(фвора)。

真不是味儿！

是的，萨宁感到有点惭愧和羞耻……虽然从另一方面说他不这样又怎么办呢？难道可以不给恶作剧的青年军官一点惩罚，难道可以和克留别尔先生一个样？他为杰玛说话，他保护她……事情就是这样。可是他心里总是沉甸甸地压着什么，他感到惭愧，甚至羞耻。

潘塔列昂则不然——简直同凯旋一样。他忽然充满了骄傲，即使是从赢得胜利的战场荣归的常胜将军，那种傲视四周的自满自足的神气也不会有胜于他的。萨宁在决斗时的举动使他欣喜若狂，他赞扬他的英雄气概——对他的规劝和要求竟连听也不要听。他把萨宁和大理石或青铜的纪念碑相提并论——和《唐·璜》里骑士团团长的全身塑像相比较！说到自己的时候他也老实承认一度感到有点惊慌。“我毕竟是个演员，”他说，“我的本性就有点神经过敏，可您——是雪山和花岗石山崖的儿子呀！”

萨宁想不出办法怎么让这位兴奋过度的演员平静下来。

几乎就是在两小时前他们赶上爱弥儿的同一地方——爱弥儿嘴里愉快地呼叫着，拿帽子在头顶上挥舞，蹦跳着又从树后头窜出来，直向马车扑过去，险些儿碾到车轮子底下，他不等车停下来，就爬进关着的车门，一头扎进萨宁怀里。

“您活着，没有打伤！”他肯定地说，“请原谅我，我没有听您的话回到法兰克福去……我不能！我在这里等您……请告诉我，结果怎么样？您……把他打死了吗？”

萨宁好不容易使爱弥儿安静下来，让他坐稳当。潘塔列昂脸上显露出满意的神色，滔滔不绝地对爱弥儿叙述决斗的全部细节，当然也不会忘记重新提出青铜纪念碑和骑士团团长的全身像！他甚至从座位里站起，张开两脚保持身子的平衡，把两只手交叉在胸口，带着藐视一切的神色越过肩膀斜视着——一看便知是在装扮骑士团团长萨宁的样子！爱弥儿怀着敬意在倾听，有时发出赞叹声来把故事打断，或者一下子站起来，飞快地亲吻自己英勇的朋友。

车轮开始碰击法兰克福街道的路面——终于在萨宁下榻的旅馆门口停下来。

他在自己两位同路人的陪同下沿楼梯登上二楼——突然一位女士迅步从黑暗的走廊里走出来，她脸上罩着面纱。她在萨宁面前停下来，身子微微摇晃了一下，颤抖着叹息了一声，又立刻向楼下的马路疾奔而去——随即消失了，这使茶房大为惊诧，他说这位女士等外国先生的归来已经有一个多小时了。尽管她的出现是那么短暂，萨宁还是认出了她是杰玛。他透过稠密的咖啡色丝质面纱认出了她的一双眼睛。

“难道杰玛小姐知道这件事……”他拖长了声音用德语不满意地问跟着他而来的爱弥儿和潘塔列昂。

爱弥儿脸红了,显出局促不安的样子。

"我只好都告诉她,"他吞吞吐吐地说,"她猜到了,所以我怎么也不能……不过现在已经一点也不要紧了,"他高兴地接下去说,"一切都好了,这么顺当,她还见到了您,好好的,一点损伤也没有!"

萨宁别过头去。

"可是他们俩也太会搬舌头了!"他懊丧地说着,走进了房间,在椅子上坐下来。

"别生气。"爱弥儿央求说。

"好,我不生气。(事实上萨宁的确没有生气——而且说到底他未必真的希望杰玛一无所知)好……够了,别再拥抱了吧。现在请回去吧。我想独自留下来,我要睡觉,我累了。"

"好主意!"潘塔列昂叫道,"您需要休息!您完全应当休息,高贵的先生!爱弥儿,咱们走!踮起脚!踮起脚!嘘!"

萨宁虽说想睡,其实只不过想摆脱自己的伙伴。可是一旦只剩下只身一人,他倒真的感到全身精疲力竭了。昨夜他几乎通宵没有合眼,所以一躺到床上就酣然入梦了。

二十三

一连几个小时他都沉睡不醒。尔后他开始做梦,梦见自己仍在决斗,站在他面前的对手是克留别尔先生。枞树上停着一只鹦鹉,这只鹦鹉恰恰正是潘塔列昂,他从鼻子里不断地发出声音:预备——一——一——一!——一——一!

"一……一……一!"他已经听得非常清晰,他睁开眼抬起头来……有人在敲他房间的门。

"请进来!"萨宁大声喊。进来的是茶房,报告说一位女士非常需要见他。

"是杰玛!"他脑子里一闪……然而进来的女士却是她的母亲——来诺拉太太。

她一进门就坐到椅子上哭起来。

"您怎么啦,我善良、亲爱的路塞里太太?"萨宁开口问她,一面靠近她坐下,默默地亲切地碰碰她的手,"出什么事了?我请求您平静下来。"

“唉，德米特里先生[1]，我非常——非常地不幸！”

“是您不幸？”

“唉，非常不幸！我怎么预料得到呢！太突然了，真是晴天霹雳……”

她吃力地呼吸着。

“到底是怎么回事？说吧！要水喝吗？”

“不，谢谢。”来诺拉太太用手绢擦干眼泪，又复大哭起来，“我都知道啦！都知道啦！”

“什么都知道啦？”

“今天发生的事情！那原因……我也明白啦！您的行为堪称是一位高尚的人。可是事情怎么会凑得这么不巧呢？我不是平白无故地不赞成这次到索屯的旅行的……不是平白无故的！（来诺拉太太在旅行举行的当天什么也没有说过，但是此刻却认为她当时就预感到这一切了）所以我来看您，把您当做一位高尚的人，当做一位朋友，虽然五天以前我和您的见面才是第一次……可是要知道我是一个孤孀，孤零零的一个人……我的女儿……”

眼泪哽止了来诺拉太太的声音，萨宁不知道怎么办才好。

“您的女儿？”他重复说。

“我的女儿杰玛，”来诺拉太太几乎是呻吟着的声音从浸透了泪水的手绢里挣脱出来，“今天对我说，她不愿意嫁给克留别尔先生，要我去解除婚约！”

萨宁甚至轻轻地退了开去，他没有料到这一着。

“我姑且不说”，来诺拉太太继续说，“这是一种耻辱，未婚妻向未婚夫退婚，这是世界上从来没有过的事。可是德米特里先生，这对我们来说还意味着破产啊！”来诺拉太太用力把手绢紧紧地卷成小小的一团，仿佛想把自己的全部苦楚都包进里面，“德米特里先生，我们已经无法依靠自己商店的收入维持生计，而克留别尔先生却十分富有，而且还会更加富有。为什么要向他退婚呢？因为他没有保护自己的未婚妻？就算他这一点做得不够好，他毕竟不是个军人，也没有受过高等教育，但是作为一个体面的商人，对于一个不相识的军官的轻率的捣蛋，是应当蔑视的。这怎么能怪他呢，德米特里先生？”

“对不起，来诺拉太太，您好像在责备我……”

“我一点也不责备您，一点也不！您完全是两码事——您同所有的俄国人一样，

---

① 本章来诺拉太太所说的“德米特里先生”六字原文均为德文，下面不再一一注出。

是一个军人……”

“对不起，我根本不是……”

“您是一个外国人，一个过路的客人，我感谢您。”来诺拉太太没有听萨宁说话，只管自己继续往下说。她摊开两手，把手绢重新打开，擤了一把鼻涕。单凭她这种表露内心苦楚的方式，就可以看出她不是北方人。

“要是克留别尔先生和顾客打起架来，叫他怎么在店里做生意呢？这完全是不堪设想的！可是我现在就得向他退婚？那我们靠什么过日子？以前做止咳糖和奶油杏仁糖的就我们一家，所以生意兴隆。可是现在，家家都在做止咳糖！！您想一想，没有那件事，城里对您的决斗也一定会传得沸沸扬扬……难道那件事瞒得了吗？突然间说婚约解除这简直是荒唐，荒唐！杰玛是个好姑娘，她非常爱我。可是她又是一个固执的共和主义者，听不进别人的意见。只有您可以说服她！”

“我吗，来诺拉太太？”

“对，只有您……只有您一个人。我正是为此来找您，我想不出任何别的办法！您是那么博学、那么出色的一个人！您袒护过她。她信任您！她应当信任您——您毕竟为她而冒过生命危险！您会向她证实：她会毁掉自己和我们全家的。您救了我儿子——也救救我的女儿吧！您是上帝亲自派到这里来的……我愿意跪下来求您……”

于是来诺拉太太从椅子里半站起来，似乎打算在萨宁面前跪下来……但是他阻止了她。

“来诺拉太太，看在上帝的分上，您干吗要这样呢？”

她哆嗦着抓住他的双手。

“您答应吗？”

“来诺拉太太，请想一想，我有什么理由……”

“您答应吗？您想我在您面前就地立刻死去吗？”

萨宁手足无措。他生平第一次遇到激动起来的意大利血统的女性。

“好，我照您的意思去做！”他大声说，“我和杰玛小姐去谈谈看。”

来诺拉太太高兴得叫起来。

“不过我实在不知道会有什么结果……”

“啊，别推辞了，别推辞了！”来诺拉太太用央求的语调说，“您已经同意，结果也许会是好的，不管怎么样，我是想不出别的法子了！她不听我的！”

“她是这么坚决地告诉您不肯嫁给克留别尔先生吗？”萨宁沉默不久后问。

“是斩钉截铁的！她和她的父亲，乔万尼·巴蒂斯塔一模一样，真不好对付啊！”

“她不好对付?”萨宁拖长了声音说。

“是的……是的……不过她同时也是个天使。她会听您的。您来,马上来吗?啊,我亲爱的俄国朋友!”来诺拉太太从椅子里激动地站起来,同样又激动地抱住坐在她跟前的萨宁的头,“请接受一个母亲的敬意吧——现在给我点水喝!”

萨宁递给她一杯水,答应马上就去,送她下了楼梯一直到外面——但是一回到房间,他却两手一拍,简直目瞪口呆了。

“真是,”他想,“真是平地起风波!而且来得叫人晕头转向!”他不想去窥探自己的内心世界,去弄清楚那里发生了什么——反正一团糟就是了。“遇上这么一天!”他嘴里不由自主地轻声说道,“不好对付……还是她母亲说的……而我却要去规劝她——向她?可是说什么好呢?”

萨宁的脑子里真的打起转来——而在这旋风般转动着的一切形形色色的感受、印象和未曾表达出来的思想的上面,始终浮现着杰玛的影子,在那温暖的、被雷电震撼的夜晚、在那黑暗的窗户里、在闪烁的星光下如此不可磨灭地印入了他记忆里的那个影子!

二十四

萨宁迈着迟疑的步子走近路塞里太太的屋子。他的心激烈地跳动起来,他清晰地感觉得到它碰击肋骨的声音。他将对杰玛说些什么?怎么开口?他没有从店堂里走,而是经过后门的台阶进了屋。在并不宽敞的过道间里他遇见了来诺拉太太。她见到他又高兴又担心。

“我等呀等,一直在等您,”她轻声说,一面交替着用自己的两只手握他的手。“到花园里去吧,她在那里。您看,我对您寄予希望呢!”

萨宁朝花园里走去。

杰玛坐在长椅上,靠近小路的地方,从装满樱桃的大篮子里把熟透的樱桃拣出来放到盘子里。夕阳西沉——已是傍晚六点多钟了——斜阳的光辉淹没了路塞里太太整个小巧的小花园,宽阔的光带的颜色已经是深红甚于金黄了。有时可以隐约听见树叶沙沙作响的声音,似乎是从容不迫的。迟归的蜜蜂从一朵花飞到相邻的另一朵花上去,发出时断时续的嗡嗡声,还有一只斑鸠在鸣叫——鸣声单调而不知疲倦。

杰玛还是戴着去索屯旅行时戴的那顶草帽，她从突出的帽檐下向萨宁望了一眼，又低头看着篮子。

萨宁走近杰玛，不由自主地放慢了脚步，但是……但是……但是找不出任何别的话头来开口，只好问她：为什么要拣樱桃？

杰玛不慌不忙地回答。

“这些——比较熟一点，”她终于说，“用来做果子酱，那些用来做饼馅儿。您知道，我们卖加糖的圆馅饼。”

杰玛说完这些话，把头垂得更低了，她的右手停留在篮子和盘子之间，手指捏着两颗樱桃。

“可以在您旁边坐下吗？”萨宁问。

“可以。”杰玛在椅子上轻轻挪动身子。萨宁在她身边坐下。“怎么开口呢？”——他自忖道。但是杰玛帮助他解脱了困境。

“您今天决斗了，”她热情洋溢地说，把自己因羞怯而泛上红晕的脸整个儿转过来向着他，而在她的眼睛所射出的光芒里则饱含着满腔深切的谢意！“您就这样泰然自若？也许危险对您并不存在？”

“请别说了。我一点危险也没有遇到，一切都很顺利，也没有受委屈。”

杰玛用一根指头在眼前左右来回摆动……这也是意大利人的手势。

“不！不！不要这样说！您瞒不了我！潘塔列昂全对我说了！”

“您怎么好相信他呀！他把我比作骑士团团长的全身像了吧！”

“他的话也许是可笑的，可是无论是他的感情，还是您今天的全部所作所为，都没有丝毫可笑的地方。而且这都是因为我……都是为了我……这个，我永远也不会忘记。”

“请相信，杰玛小姐……”

“我不会忘记的。”她拖长了声音重复说，再一次凝神望了他一会，于是转过脸去。

现在他可以看清她那秀丽纯洁的侧影了，他仿佛觉得像这样的形象他从未见到过——而在这瞬间他所感受到的，也从未经验过。他心里的热血沸腾了。

“可是我的诺言呢！”他的脑海里闪过这个念头。

“杰玛小姐……”他犹豫了一下后说道。

“什么事？”

她没有向他转过脸去，她继续拣着樱桃，小心地用指尖拈起它们的蒂头，留神地把篮子拿起来……然而就是这一句“什么事”，却道出了多少充满信任的温情啊！

“您的妈妈对您什么也没有说起吗？有关……”

“有关?”

“关于我?”

杰玛突然把她拿在手里的樱桃扔回到篮子里。

“她和您说过?”她反问道。

“是的。”

“她究竟对您说了些什么呢?”

“她对我说,您……突然决定改变……自己先前的意愿。”

杰玛仍然低着头。面容已经在帽檐下面整个儿都看不见了,可以看见的只是脖子,柔软而温存,宛如一朵大花的梗子。

“什么样的意愿?”

“您的意愿……关系到……您未来的生活的。”

“就是说……您这是说……关系到克留别尔先生的?”

“是的。”

“是妈妈对您说,我不愿意做克留别尔先生的妻子吗?”

“是的。”

杰玛在椅子上移动一下身子。篮子倾过来,倒翻了……有些樱桃滚落到路上。过了一分钟……又过了一分钟……

“她为什么对您说这个?”是她的声音。萨宁依然只看得见她的脖子,她的胸脯比先前更快地起落着。

“为什么?您的妈妈认为,因为我和您可以说在短时间里建立了友谊,而您对我产生了某种信任,所以我能够向您提出有益的建议——而您也会听从我的话。”

杰玛的手轻轻地滑到了大腿上……她开始逐条摸弄自己连衣裙上的褶裥。

“您到底给我什么样的建议呢,德米特里先生[①]?”过了不久,她问。

萨宁看见杰玛放在腿上的手指在发颤……她之所以摸弄裙子的褶裥也仅仅是为了掩饰这种颤抖。他默默地把自己的一只手放到了这些苍白的、颤动着的手指上。

“杰玛,”他说,“您为什么不看我?”

她一下子把自己的草帽往肩膀后面一甩——把依然如故地怀着信赖和感谢的那双眼睛盯着看他。她等待他开口……然而她的脸部表情使他局促不安,似乎叫他迷惘。夕阳温暖的光辉映照着她年轻的头颅——而那头颅的表情则更比这光辉明亮、

---

① 本章中杰玛所说的“德米特里先生”六字原文均为法文。

耀眼。

“我听您的，德米特里先生”，她勉强露出微笑和微微扬起眉毛说，“可是您给我什么建议呢?”

“什么建议?”萨宁重复说，“您要知道，妈妈认为拒绝克留别尔先生仅仅是因为前天他没有拿出足够的勇气……”

“仅仅是因为这个吗?”杰玛说着俯下身子，扶起篮子，把它放在自己身边椅子上。

“还认为……一般地说……对于您来说拒绝他是考虑欠周的，因为这是需要认真权衡它的全部后果的一步，而且您这件事的状态，对你们家庭的每位成员都负有一定的责任……”

“所有这些——都是妈妈的意思，”杰玛打断他的话，“这——是她说的话，我知道。可是您的意见呢?”

“我的?”萨宁缄默了。他觉得有什么东西涌到了喉咙口，塞住了呼吸：“我也认为。”他开始费力地说……

杰玛挺直了身子。

“也？您——也认为?”

“是的……就是说……”萨宁说不出，完全无法再多说一个字了。

“好，”杰玛说，“如果您作为朋友，劝我改变自己的决定……也就是说不要改变原先的决定，那我考虑一下。”她自己也没有发觉自己在做什么，开始把樱桃从盘子里向篮子里放回去……“妈妈希望我听您的……怎么样？也许我真的听您的……”

“不过很抱歉，杰玛小姐，我想先了解是什么原因促使您……”

“我听您的，”杰玛重复着说，但是自己的双眉颦蹙得更紧了，脸色变得苍白。她咬着下边的嘴唇，“您为我做了这么多事情，所以我一定要照您的意思去做，一定要完成您的意愿。我会对妈妈说……我会考虑一下。看，她正好到这里来了。”

果然，来诺拉太太出现在通向花园的门槛上了。她沉不住气了，她再也坐不牢了。她估计萨宁早就该结束自己对杰玛的解释，虽然他和她的谈话不过进行了十五分钟。

“不，不，不，看在上帝分上，暂时什么也别对她说，”萨宁急急忙忙、几乎是怀着恐惧之情说，“请等一等……我会对您说，我会写信给您的……在此以前您不要作任何决定……等一等!”

他紧紧地握一下杰玛的手，从椅子上一下子站起来……将帽子向上微微一举，就从来诺拉太太身边溜了过去，嘴里喃喃地说着一些含糊不清的词语，于是消失了——这使她大吃一惊。

她走到女儿跟前。

“告诉我,杰玛……”

她突然站起来,拥抱她。

“亲爱的妈妈,您能不能等我一等,不多一会儿……到明天？能不能？而且到明天以前什么话也别说？……嗯！……”

她突然涌出了连她自己也猝不及防的、晶莹的眼泪。来诺拉太太尤其惊愕的是杰玛此刻的表情远非悲伤,毋宁是喜悦的。

“你怎么啦?”她问,“在我面前你从来不哭的——怎么突然……”

“没什么,妈妈,没什么！但是请您等一等！我们俩都需要等待。明天以前什么事也别决定——好,我们来拣樱桃吧,趁太阳还没有下山。”

“可是你会变得明白起来吗?”

“不,我头脑非常明白!”杰玛郑重地摇了摇头说。她开始把不大的一束樱桃扎起来,高高地擎在自己发红的脸孔前面。她没有擦掉自己的眼泪——它们自行干掉了。

二十五

萨宁几乎是跑步回到了自己的寓所。他觉得,他意识到唯有在这里,当他一人独处的时候,自己方始弄明白,他发生了什么事,他所发生的事属于什么性质。是的,当他一走进自己的房间坐到书桌前面去把双肘支撑在上面、用双手托住脸颊的时候,他就伤心而嘶哑地叫起来:“我爱她,疯狂地爱她!”——这时他的内心一下子热起来,宛然煤块被突然吹走了覆盖在上面的一层灰烬。瞬间……他简直无法理解,与他并排而坐的怎么竟会是她……是她！——他怎么会既同她交谈,却感觉不到自己对她的那种拜倒裙下的爱慕之情,犹如青年人常说的那样宁肯“在她的脚边死去”！最后一次在花园里的会面决定了一切。此刻,当他想念着她的时候,在他面前的她已不再是星光下那副头发蓬松的模样——他看到她坐在长靠椅上,一下子从头上摘下帽子,如此信赖地看着他……他全身战栗,热切的爱情流遍了他的全部脉络。他想起了那朵玫瑰,他随身带在口袋里已经有三天——他掏出花来,狂热地把它用力贴紧自己的嘴唇,被刺得直皱起眉头。此刻他已不再去作任何判断,作任何设想,既不作打算,也不作预测。他和过去的一切已经一刀两断,他向前跃进了一步,从自己孤单的、独身生活的忧闷的河岸上嘣地一下跳入了愉快、沸腾、汹涌的激流——他已不再感到有几许痛苦，他也不想知道，它会把他带到什么地方去，会不会把他甩在山崖上砸个粉碎！这已经不是乌兰德抒情歌曲里静静的细流，那些不久前催他入睡的曲子……这是汹涌的、无可遏止的波涛！它们向前奔腾，向前飞跃——而他也和它们一起奔腾！

他拿起一张纸，写下了下面的字句，未经涂改，几乎是一笔而就的。

亲爱的杰玛！

您一定知道我要给您带来的建议是什么，您也知道您妈妈希望的是什么和她请求我做的是什么——但是还有的是您不知道的，而此刻却是我必须告诉您的，那就是我爱您，以一颗初恋的心的全部激情来爱您！这火焰在我的心中骤然上升，竟是如此强烈，使我找不出言辞来形容！！您妈妈到我这里来向我提出请求的时候，它还仅仅潜伏在我的胸中——否则我作为一个诚实的人，也许会拒绝履行她的委托……现在我向您承认这一点，本身就是一个诚实的人所表示的承认。您应当明白自己和什么人建立了联系——我们之间是不应当存在什么误会的。您会发现我不会向您提出任何建议的……我爱您，爱您，爱您——除此而外别无所有，无论在脑子里，还是心灵上！！

德·萨宁

萨宁把条子折拢、封好，曾想叫茶房来送去的……“不！这样不妥当……通过爱弥儿？可是到商店，在其他的伙计之间去找他——也欠妥当。而且天已经黑下来，或许他已经离开店里了。”萨宁虽然只是这么思量，却已经戴上帽子出了门。他转过一个街口，又拐入另一个街口——正好看见爱弥儿就在自己跟前，他的高兴真是难以形容。热情的年轻人腋下夹着书包，手里拿着一卷纸，正匆匆赶回家去。

“此话不虚，每个热恋者都有自己的福星。”萨宁想，于是叫住了爱弥儿。

他回过头来，立即向他跑去。

萨宁没有让他兴奋起来，而把字条塞进他的手里，嘱咐他交给谁，怎么交……爱弥儿听得很认真。

“不要让任何人看见？”他问道，脸上露出煞有介事的神秘的神情，好像在说，“我们都明白其中的奥妙！”

“对了，我的朋友，”萨宁说道，现出有点难为情的样子，但又轻轻地拍拍爱弥儿的脸蛋……“要是有回条……就请您送来，好吗？我在家里等您。”

“这您就别担心了!”爱弥儿高兴地小声说,然后一溜烟跑了——但是他在跑着的时候还再一次向他点了下头。

萨宁回到家里,没有点蜡烛,就倒进沙发里,把手枕在头下面,沉溺在对方始意识到的爱情的感受之中,那种感受是无可描摹的,谁个经受过它,就知道它的苦恼与甜蜜,谁个没有经受过——任你对他怎么说也是徒然的。

门开了——露出了爱弥儿的头。

“带来了,”他轻声说,“这不就是吗,回条呀!”

他拿出一张卷起来的纸在头顶上扬着。

萨宁一骨碌从沙发里跳起来,从爱弥儿手里一把抓过字条。他的内心太激动了,现在他已顾不上掩饰它,也顾不上礼貌了——即使在这样一个孩子,她的兄弟面前。如果可能——他也许会为他害臊,也许会制止他这样做!

他走到窗前,借助屋前路灯的光线,读完了如下的字句:

> 我请求您,我恳求您——明天一天都不要来我们的家,也不要露面。我需要这样,必须这样——以后一切都会决定的。我知道您不会拒绝我,因为……
>
> 杰玛

这张字条萨宁读了两遍——啊,在他看来,她那亲切秀丽的笔迹是何等动人啊!——他想了想,向着爱弥儿大声叫他的名字——爱弥儿面对墙壁站着,正在用手指甲挖墙壁,为了向对方表示自己是一个多么诚实的青年人。

爱弥儿马上跑到他跟前。

“有什么吩咐?”

“您听着,朋友……”

“德米特里先生(Monsieur),”爱弥儿用抱怨的口气打断他的话,“您为什么不对我用‘你’称呼呢?”

萨宁笑起来。

“行。你听着,朋友(爱弥儿听得满意,所以向前跳了一步),听着,那边,你明白的,你去对那边说:一切照办(爱弥儿紧闭着嘴,郑重其事地点了点头)——而你自己呢……明天你干什么?”

“我?我做什么?您要我做什么?”

“如果可能,明天早晨你来我这里,要早一点来——我和你到法兰克福四郊玩儿去，一直玩到晚上……好吗？”

“那还用说，天下有比这更好的事吗？和您一起玩，这简直是奇迹！一定来！”

“要是他们不放你呢？”

“会放的！”

“注意……别对他们说是我叫你出来整天玩儿的。”

“干吗要说出去呢？我就这样走掉了，怕什么的！”

爱弥儿紧紧地吻了吻萨宁就跑了。

而萨宁却长时间地在房间里踱步——很晚才上床睡觉。他沉湎于面临新生活的那样一种魂悸魄动、甜甜蜜蜜的感受之中，那样一种紧张之中。萨宁很满意自己出的主意，邀爱弥儿明天来，他的容貌像他的姐姐。“他会使人想起她的样子。”萨宁想。

然而他更感惊奇的是，他怎么竟会昨天和今天不一样？他觉得自己“一直”在爱杰玛——以前正是这样爱她的，和今天一样地爱她。

二十六

第二天早晨八点钟，爱弥儿用皮带牵着塔尔塔里亚，来到萨宁这里。即使生在意大利人的家庭，他也能更遵守时间。他对家里人撒了个谎，说早饭前和萨宁一同散步去，然后再去店里。在萨宁穿衣的时候，爱弥儿曾想（当然是非常犹豫的）跟他谈起杰玛同克留别尔先生的口角。但是萨宁严肃地以沉默来回答他，所以爱弥儿就不再重提这件事，却装出一副样子，表示自己明白为什么这个问题即使稍微提一下也是不可以的——只是在有时露出专心致志、甚至严峻的神态。

两个朋友喝过咖啡就动身——当然是步行——去皋村了，这是一个距法兰克福不远，四周都是森林的小村。整个唐奴斯山脉从这里可以尽收眼底，如在掌中。天气很好，阳光明媚而和煦，却不炎热，清风在绿叶丛间呼呼劲吹，高处的云朵投出的块块不大的斑影沿地面平稳而迅速地推移。不久两个年轻人就到了城外，朝气蓬勃、心神愉快地迈步在清扫过的坦荡的道路上。他们走入林子，在里面良久散步，接着到一家乡间菜馆饱餐了一顿早饭，然后爬上山巅去欣赏风景，把石头从山上滚下去，看着它们像兔子一样有趣而奇怪地蹦跳而下，拍手叫好，直到一个他们看不见的过路人从下面大声骂了他们才罢休。以后他们伸开四肢在紫里透黄的薄薄的干燥青苔上躺下来，又在另外一家酒店喝了啤酒，接着他们赛跑，比跳远。他们发现了回声，于是同回声对话，唱歌，彼此啊啊呼应，他们摔跤，采树枝，用蕨薇的枝叶装饰自己的帽子，还跳了舞。塔尔塔里亚使尽解数参加了这一切活动——当然石头是没有甩，但自己跟着石头翻筋斗，青年人唱歌，它就汪汪叫，而且还喝了啤酒，虽然它表现出明显的反感——这玩意儿是一个大学生教会的，它一度属于他所有。不过它不大听爱弥儿的话——不像对它自己的主人潘塔列昂。当爱弥儿命令它“说话”或“打喷嚏”时，它只是摇摇尾巴，把舌头伸得像烟筒一样长。

青年人彼此间也开展交谈。萨宁因为年纪大一点，因而更懂事理，他在开始散步的时候一度把话题引到诸如天意或命运之类上去，像人的使命是什么意思，它应当是什么之类。但是不久话题就转到不怎么严肃的方面去。爱弥儿开始向自己的朋友和庇护人详细了解俄国的情况，问那里决斗是怎么进行的，那里的女人是否漂亮，学俄语容易不容易，军官向他瞄准的时候，他怎么想的？萨宁则反过来向爱弥儿打听他的父亲、母亲和他们家里的大小事务，竭力避免提到杰玛的名字——可是心里想的却是她。其实，他甚至没有去想她，而是想着明天，那将会给他带来未尝目睹的、前所未有的幸福的神秘的明天！在他思想的视野面前，仿佛挂着一幅薄薄的轻盈的纱幕，它在微微地飘动着——而在这纱幕的背后，他觉得……觉得有一张年轻的、静止不动的、令人神往的脸，那张脸的嘴角上留着亲切的笑容，还有严厉的、故作严厉的低垂的睫毛。但这张脸——并非杰玛的脸，它是幸福本身的脸！眼看着终于到了显露它的时刻，纱幕揭开了，嘴巴轻启了，睫毛抬起来了——让神灵看见了——于是马上充满了光明，仿佛四射的阳光，还有喜悦和无穷无尽的兴奋！！他设想着这个明天——而他的心房却因不断增长着的潜在的期待的苦闷而愉快、紧张地收缩着！

然而这期待、这苦闷于他毫无妨碍。它伴随着他的每一个行动——却于他毫无妨碍。它不影响他和爱弥儿在第三个酒馆里津津有味地共进午餐——只是偶尔在他脑里像转瞬而过的闪电一般闪过一个念头：要是世界上有人知道??!！这苦闷也并不影响他在午后和爱弥儿做“跳背”游戏[1]，这个游戏在一处空旷的绿色草坪上进行着……但是正当萨宁矫健地分开双腿从爱弥儿弓起的背上雀跃而过的时候，随着塔尔塔里亚猛烈的吠叫声，他突然看到自己的前面，在那绿色草坪的边上有两名军官，他立刻认出他们就是自己昨天的敌手和他的仲裁，封·唐诃夫先生和封·里希特先生，这时萨宁是何等地惊愕，何等地窘迫！他们俩每个人都戴了眼镜看着他，露出得意的微笑……萨宁双脚一落地，转过身就急忙穿上脱掉的大衣，急急巴巴地对爱弥儿

① 跳背游戏，一个人弓背而立，其余人经过助跑后以双手撑其背，分腿一跃而过，类似体育活动中的跳箱。

说了句话，他也穿上衣服，于是两人立即走开了。

他们回到法兰克福已经很晚。

“家里要骂我了，”爱弥儿分手时对萨宁说，“反正让它去！我到底过了这么美好，这么美好的一天！”

萨宁回到自己的寓舍后发现了杰玛来的条子。她约他会面——明天，早上七点，在法兰克福环城的一个公园里。

他的心多么激动啊！他是何等喜悦，因为他无可抗辩地服从了她的要求！天啊，它预示着什么……什么又不是它所预示的——这前所未有、独一无二、没有可能——然而无可置疑的明天！

他的眼睛盯在杰玛的字条上，写在纸条末端的字母G，她名字的第一个字母的修长秀美的尾巴，使他想起了她美丽的手指，她的手……他想，他还一次也没有用嘴唇接触过这只手……“意大利女人，”他想，“却同有关她们的传说相反，是既含羞而又严肃的……杰玛更是不用说了！女王……女神……处女般纯洁的大理石雕像……”

然而这时刻必将会来到——并且为期不远了……

那一晚在法兰克福有一个幸福的人儿……他睡了，但是他可以用诗人的语言对自己说：

“我睡了……然而多情的心灵没有睡……”①

心儿跳动得如此轻微，宛然贴近花朵、沐浴着夏日阳光的飞蛾在搏击着翅膀。

二十七

萨宁在五点钟醒来，六点已经穿好衣服，六点半到公园里，在杰玛条子里所提到的小亭子周围来回踱步。

清晨是宁静而温暖的，天色灰暗，有时使人觉得天好像就要下雨的样子，但是伸手探去却丝毫感觉不到，只有看着袖子的时候才会发现有玻璃珠那样细微的小水珠

---

① 引自俄国诗人梅伊(1822—1862)译自圣经歌曲《犹太人之歌》的组诗第五首。本小说中作者的引文稍有出入，应是：“我睡了，然而我那多情的心灵没有睡。”

的痕迹。然而就连这些小水珠不久也消失了。一点风也没有——似乎这世界上从来就没有过风似的。任何一点儿声音都飞逸不开去，而在花四周缭绕不绝。远处有一团白茫茫的雾气在逐渐变浓，空气中弥漫着木樨草和洋槐花的清香。

街上的店铺尚未开门，但已有行人。有时有一辆孤零零的马车在路上辚辚而过……公园里阒无游人。园丁用铁锹不慌不忙地清铲小道，还有一个老态龙钟的老太婆，穿着一件呢制的黑雨衣，摇摇晃晃地穿过林阴小道。萨宁无论如何决不会把这个病弱的老人当做杰玛的——然而他竟心里一阵紧张，眼睛注视这个徐徐远去的黑点。

七点了！钟楼的钟已经敲过了。

萨宁停下脚步。莫非她不来了？一阵冷战突然沿着他的肩背流过，一会儿又在他心里产生了同样的冷战，不过已经是出于另一个原因了。萨宁听到他的背后有轻微的脚步声和妇女服饰的轻微的窸窣声……他回过头去——是她！

杰玛沿着小路从他后面走来。她穿一件灰色披肩，戴一顶深色小帽。她向萨宁投过一瞥，向旁边转过头去——及至赶上了他，又迅步从他旁边走过去。

"杰玛。"他说的话勉强听得见。

她对他轻轻点一下头，继续朝前走去。他跟着她走。

他的呼吸断断续续，脚步也不大自然。

杰玛从亭子旁边走过，拐向右边，又走过一个小浅水池，那里一只麻雀在忙忙碌碌地拍打水面——终于走到一座种着一丛高高的丁香树的花坛后面，在一张长椅上坐下来。这是个安适而隐蔽的去处。

一分钟过去了——但是无论是他，还是她都一言不发。她连看也不看他一眼——他也没有看她的脸，却看着她那双握着一把小伞的垂着的手。说什么好呢？应当说出一番与此时此景相称的话来。他们来到此地相对而坐，别无闲人，在这样的清早，彼此靠得这么近。

"您……不生我的气吗？"萨宁终于开口了。

萨宁说不出比这更蠢的话了……他意识到这一点……但是至少沉默已经打破。

"我？"她回答，"为什么呢？不会的。"

"那么您相信我吗？"他接着说。

"是指您写在条子上的事吗？"

"是的。"

杰玛低下头，什么话也没有说。伞从她的手心里滑出去，她及时抓住了它，没让它掉到地下。

“啊，相信我，相信我给您写的事吧。”萨宁叫道，他的胆怯的心理一下子都消失了。他热情地说：“要是世界上存在真理，神圣的、毋庸置疑的真理——那么这真理就是：我爱您，热烈地爱您，杰玛！”

她迅速地瞟了他一眼，又差点把伞掉在地下。

“相信我，相信我。”他反复说。他央求她，向她伸出手去，却无勇气接触她，“您希望我做点儿什么……能使您相信呢？”

她又向他看了一眼。

“说吧，德米特里先生[①]，”她开口了，“前天您来劝说我的时候，看来您还不知道……没有觉察到……”

“我觉察到了，”萨宁接口说，“可是不知道。我打一看见您的那个时候起就爱上您了，但是没有立即弄明白，您将成为我的什么人！况且听说您是已经订了婚的未婚妻……至于您妈妈委托我办的那件事——我怎么好拒绝呢？这是一。第二，我用这样的方式转达她的委托，您是可以猜测得出来的……”

传来一阵沉重的脚步声，于是从花坛后面走出来一位相当结实的先生，肩上背着一只旅行包，显然是个外国人——他以外国旅客常有的那种不拘礼节的神态把目光投向坐在长靠椅上的那一对儿，大声咳嗽了一下——走了。

“您的妈妈，”萨宁等沉重的脚步声一消失就开始说，“对我说，您拒绝婚约会引起一场风波（杰玛微微皱起眉头），说这些闲言碎语部分地是我引起的，说我……当然……在某种程度上负有责任来劝告您不要拒绝您的未婚夫——克留别尔先生……”

“德米特里先生，”杰玛说着，一面用手撩一下朝萨宁一面的头发，“请不要称克留别尔先生为我的未婚夫。我永远不会做他的妻子了。我和他已经解除婚约了。”

“您和她解除了婚约？什么时候？”

“昨天。”

“当他本人的面？”

“当他本人的面。在我们家里。是他到我们家来的。”

“杰玛！也许，您也爱我？”

她转过脸去向着他。

“如果不是这样……我还会来这里吗？”她轻声说道，把两只手落到了椅子上。

---

① 原文为法文。本章中凡出自杰玛口中的这一称谓均同。

萨宁抓起那双无力的、掌心向上的手——把它们紧紧地贴在自己的眼睛上，嘴唇上……昨夜他依稀感觉到的纱幕，终于到了揭开的时刻！就是它，幸福，就是它，明媚灿烂的面容！

他微微抬起头——看着杰玛——直接地和勇敢地看着。她也看着他——颇有点居高临下的样子。她那半开半闭的眼睛的目光闪烁着轻细的、隐约可见的泪花。可是面部却不见笑容……不！它在笑，也是似隐若现地笑着，虽然并无笑声。

他想拉她过来贴近自己的胸口，但是她推开了，而且继续保持着那无声的笑容，否定地摇了摇头，"等一等。"似乎是她那双幸福的眼睛在说。

"哦，杰玛！"萨宁叹息着说，"我怎么能想象你（当他的嘴里第一次吐出'你'这个字的时候，他的心像琴弦一样地振荡起来）——你会爱上我！"

"我自己也没有料到这一点。"杰玛轻轻地说。

"我怎么能想象，"萨宁继续说，"我怎么能想象，本来我来到法兰克福只不过打算逗留几个小时，不料却找到了我终生的幸福！"

"终生？真的吗？"杰玛问。

"终生，永生永世！"萨宁怀着新的激情大声说。

离他们的椅子两步远的地方突然响起了园丁的铁锹铲地的声音。

"咱们回家吧，"杰玛低声说，"咱们一块儿走——你愿意吗？"

假如在这个当儿她对他说："跳到海里去——你愿意吗？"——那么不用等她讲完最后一个字，他就已经向着无底深渊纵身一跳了。

他们一起步出公园，向家里走去，没有走市区的大街，而是抄郊区的道路。

二十八

萨宁有时和杰玛并肩而行，有时稍稍落在她的后头，既没有让目光离开她，也没有停止过微笑。而她呢，似乎急于赶路，又似止步不前。他们两人向前移动着脚步，他满脸苍白，她激动得双颊通红，说真的，好像沉在迷雾之中。几分钟以前，他们俩共同完成的事情（这是心灵的交流），是如此强烈、新奇而可怕。他们生活中的一切如此突然地重新作了安排，起了变化，以致他们两个人还来不及清醒过来，只意识到有一阵旋风跟在他们的后头接踵而至，宛如那天晚上几乎要使他们投入彼此怀抱的那阵旋风。萨宁一面走，一面觉得自己异样地看着杰玛，刹那之间他发现她的举步和行动都有点不同凡响——我的天呀！这在他看来真是无穷的珍贵与亲切！她也觉察到，他正是那样地看着她。

萨宁和她，都是初次相爱，初恋的全部奇迹在他们身上实现了。初恋也是一场革命：既定生活的那种单调、井然的秩序在瞬息之间已被粉碎和摧毁，青春正站在街垒之巅高高地飘扬她的旗帜——不管前面等待她的是什么——是死亡抑或新生——她都致以热情洋溢的敬礼。

“这是什么人？该不是我们的那个老头吧？”萨宁用手指指着一个浑身包裹起来的人影说，那个人正从旁边徐徐走过去，似乎竭力不使自己被人发觉。在过度的幸福之中，他感到需要与杰玛谈些无关爱情的话，因为那件事已成定局，是神圣的，而要谈的是另外的话。

“是的，这是潘塔列昂，”杰玛愉快而幸福地回答，“也许他是跟着我的足迹从家里出来的。昨天一天他就在注意我的一举一动……他觉察到了！”

“他觉察到了！”萨宁赞叹着重复说道。有哪一句话杰玛能说出来不叫他赞叹的呢？

接着他要求杰玛详细讲一讲昨夜发生的一切。

她马上讲开了，结结巴巴、颠来倒去地，微笑着，急促地换着气，和萨宁交换短促、明朗的眼色。她告诉他，前天谈过话以后，妈妈怎么老是要她，杰玛，作出某种决定。而她，又怎么使得来诺拉太太同意她经过一昼夜的考虑以后再说出自己的决定。她又是怎么为自己求得了这个期限——这竟是多么困难！又怎么完全出乎意料地出现了克留别尔先生，他比以往更显得迂腐和固执了。他又怎么陈述自己对于那个不认识的俄国人所作的孩子般的不可原谅的，并且对于他，克留别尔先生来说是极端污辱性的（他正是这样形容的）轻薄举动表示的愤慨，“他指的是你的决斗，他要求家里立即拒绝接待你，因为他说（这时杰玛稍稍学着他的声音和腔调）‘这是替我的声誉抹黑。好像我连自己的未婚妻也不会保护似的。只要我认为这是必要的或有益的我当然会！明天整个法兰克福都会知道，说别人在为我的未婚妻同军官决斗——这像什么话？这是对我名誉的污辱！’妈妈是赞成他的——你可以想见！但是我突然当面向他宣布，说他对自己的荣誉和人格的担心是多余的，不必因为传播着有关他未婚妻的流言蜚语而感到屈辱，因为我再也不是他的未婚妻子，也永远不会成为他的妻子！其实我本来想在和他决裂之前先和您……和你谈一谈的，可是他来了……我无法忍耐下去。妈妈甚至吓得大叫起来，可我却走到另一个房间去拿来了他的戒指，交给了他——你没发现我两天以前就摘下了这枚戒指吧。他大受委屈，但是由于他这个人自尊和自负得要命，所以没有说多少话就走了。当然我得大大地忍受妈妈的脾气。

我看着她这么伤心，真是心痛极了，我想，我性急了一点。可是我有你的条子呀，不过没有这个我也已经知道……”

“我爱你！”萨宁接上去说。

“是的……你爱上了我。”

杰玛语无伦次地这么说下去，带着微笑，每当有人迎面走来或从旁边走过，她就把声音压低，或完全停住不讲。萨宁却兴奋地听着，欣赏着她的声音，如同昨夜欣赏她的笔迹那样。

“妈妈伤心极了，”杰玛又说——她说得很快，一句紧接一句，“她无论如何不肯相信克留别尔先生会叫我讨厌，我嫁给他并非出于爱情，而是她强烈要求的结果……她怀疑您……你，直说了吧，也就是说她确信我已经爱上了你——她觉得更加伤心的是自己前天居然没有想到，竟委托你来劝说我……这真是奇怪的托付，可不是吗？现在她说你……您是滑头，不是老实人，说您骗取了她的信任，还警告说我也会被您骗上当……”

“可是杰玛，”萨宁大声说，“难道你没有对她说……”

“我什么也没有说！未经和你商量，我有什么权利呢？”

萨宁举起双手啪地一拍。[①]

“杰玛，我希望现在你至少得把一切在她面前承认下来，你带我去见她……我想让她相信我不是骗子！”

萨宁的胸膛充满了高尚、炽烈的感情，挺了起来。

杰玛睁大了眼看着他。

“您当真想此刻就跟我去见妈妈吗？去看一个认为你我之间的这一切都是不可能的——并且永远也不会实现的妈妈吗？”有一句话杰玛迟迟说不出口……这句话使她的嘴唇感到灼热，然而萨宁倒反而更乐意说出口来。

“杰玛，和你结婚，做你的丈夫——对我来说没有比这再幸福的了！”

在他看来，无论是自己的爱情，还是内心崇高的境界，或者自己的决心，都是无穷无尽的。

杰玛一度想停下脚步来，但一听到这几句话，却走得更快了……她似乎想躲避这过于巨大而意想不到的幸福！

但是她的脚突然发软了。拐角处，离她几步远的地方，出现了克留别尔先生，他

---

① 举手拍掌是俄国人的习惯动作，当一个人为强烈的感情所影响时，就举起手来拍一下掌。

穿戴着新的草帽和新的大衣，身子挺得笔直，像箭杆一样，一头鬈发卷得像只狮子狗。他既看见了杰玛，也看见了萨宁——于是心里面哼了一声，把身子向后一挺，趾高气扬地迎面朝他们走过来。萨宁感到一阵厌恶，但是一看到克留别尔先生的脸孔，在那张脸上，它的主人使出平生所有的本领装出一副鄙夷不屑地惊奇甚至得胜的表情——一看到这张泛着红晕的、俗不可耐的脸，萨宁不由得怒从心头起，于是大踏步地向前迈去。

杰玛抓起他的手，冷静而果敢地把自己的手伸过去给他，直面自己从前的未婚夫……克留别尔眯起眼睛，佝偻着身子向一边一闪——从牙缝里喃喃地挤出几个字来："歌曲的通常结尾！"(Das alte Ende vom Liede!)仍然跨着那种做作的、略带跳跃式的步子走远了。

"这个混蛋，说什么来着？"萨宁问，他本想赶上去追克留别尔先生，但是杰玛没让他去，继续和他一起朝前走，她已不再把自己的手从他手里抽回来。

前面出现的是路塞里糖果店。杰玛的脚步再次停下来。

"德米特里，德米特里先生，"[①]她说，"我们还没有进门，我们还没有见着妈妈……要是您想再考虑一下，要是……您现在还是毫无牵挂的，德米特里。"

萨宁把她的手紧贴在自己的胸口，以此回答她的话——并且拉她向前走去。

"妈妈，"杰玛带着萨宁走进来诺拉太太坐着的房间时说，"我带来了真正的未婚夫！"

二十九

假若杰玛宣布说带回家来的是一身霍乱，或者干脆就是死亡，来诺拉太太听到这个消息或许不至于绝望。她立刻坐到角落里放声大哭起来，活像俄国的农家妇女在丈夫或儿子的棺材横头边哭边诉的样子。杰玛起初吓得手足无措，甚至没有走到她母亲身边去——她只是像一尊塑像那样站在屋子的中央。萨宁也全然失去了主意——他也忍不住要掉下眼泪来！这种无以慰藉的痛哭持续了整整一个小时，整整

① 原文为法文。

一个小时呢！潘塔列昂认为还是把店堂门关上好——免得有人走进来——好在时间还早。老头自己也感到困惑莫解，他无论如何不赞同杰玛和萨宁做得那么性急，不过并不打算责备他们，而且准备在必要的时候袒护他们——他太不喜欢克留别尔这个人物啦！爱弥儿把自己看成是自己的朋友和姐姐之间的联络员，而且几乎带点沾沾自喜的神色——这一切竟如此圆满地取得了成功！他怎么也理解不了来诺拉太太为什么要如此伤心，他在心里断定，即使是最优秀的女人，似乎也缺乏思考的能力！最为难堪的是萨宁，只要他一接近来诺拉太太，她就放声大哭，并且挥手不要他靠近——所以他只好站在远处，好几次试图喊过去："向您的女儿求婚！"却都没有成功。最使来诺拉太太懊恼的是"她竟会不长眼睛，什么也看不出来！"，"要是我的乔万尼·巴蒂斯塔活着，"她含着眼泪说，"什么事也出不了！"——"天哪，这到底是怎么回事啊？"萨宁自忖道，"毕竟太愚蠢了！"他不敢看杰玛一眼，她也没敢抬眼去看他。她能做的只不过是耐心地侍候母亲，而母亲起初还推开她去……

暴风雨终于渐渐停息下来。来诺拉太太不再哭泣，允许女儿把她从藏身的角落里带出来坐到窗口的安乐椅里，并且给她喝橘子水，也允许萨宁在屋子里留下来——当然不是允许他走近身边，不是的！（起初她一直要他出去）而且在他讲话的时候也不再打断他。萨宁马上抓紧利用这平静降临的机会，而且表现了惊人的口才，在杰玛面前他恐怕未必会如此热情洋溢和如此坚信不疑地陈述自己的打算与感情。这些感情是最真挚的，这些打算也是最纯洁无瑕的，就像《塞维里亚的理发师》里的阿尔玛维娃那样。无论对来诺拉太太，还是对他自己，他都不回避这些打算的不利方面。然而这些不利的因素毕竟只是看起来如此而已！确实——他是外国人，与她们相识不久，她们无论对他的为人还是对他的财产，都不甚了解，但是他准备引出必要的证据来证明他是个体面人，而不是穷汉子。他可以从自己的同胞中间找出不容丝毫置疑的证人！他希望杰玛跟他一起会得到幸福，他会使她离别亲人之后得到慰藉！……一提到离别这个字眼，几乎闯下了大祸——就是这离别两个字使来诺拉太太顿时全身颤抖起来，头晕目眩了……萨宁连忙分说这离别只是暂时的——而且说到头它也可能并不存在！

萨宁没有白费口舌。来诺拉太太开始看着他，虽然还带着伤心和责备，但是原先那种反感和怒气已经没有了。后来她又允许他走近身边坐下来（杰玛坐在她的另一边）。接着她开始责备他——不仅用目光，而且用言语，这意味着她心头的怒气在某种程度上缓解下来了。她开始诉苦，但是诉苦的声音越来越轻，语气越来越柔和，它被时而向女儿时而向萨宁提出的问题所代替。接着她允许他拿起她的手，并且不马上收回去……后来她又开始哭泣——然而这眼泪的意义已全然不同了……然后她苦笑起来,感慨乔万尼·巴蒂斯塔已不在人世,但是和先前的感慨已完全是两个意思……再过一会儿——两个罪人——萨宁和杰玛——已经跪在她的脚边,她则把双手依次放在他们的头上。又过了一会儿,他们已经在拥抱她、吻她,这时爱弥儿满脸通红兴冲冲地跑进屋来,投入到这紧紧团在一起的一堆人里面去。

潘塔列昂朝屋子里一看,笑了一笑,同时又皱起眉头——走到店堂里打开了通外面的门。

三十

来诺拉太太从绝望过渡到悲伤,又从悲伤转为"静候命运的安排",其间的变化相当迅速,即使是这"静候命运的安排",也很快转而成为暗自的满足,但是因为面子关系,这种满足总是千方百计地掩饰着、隐忍着。萨宁从认识来诺拉太太的第一天起就合她的脾胃,及至她认定他将成为她未来的女婿时,她便不再认为这个想法本身有什么特别不愉快的成分,虽然她依然认为有责任要让自己脸上保持某种受了委屈……甚至忧虑的表情。然而近日来所发生的事情竟是如此异乎寻常……接二连三!作为讲求实际的女人,一个做母亲的人,来诺拉太太觉得同样有责任向萨宁提出种种问题。萨宁早上出发去和杰玛约会时还连想也没有想过他会娶她——真的,当时什么也没有考虑过,只是被自己炽烈的爱情所驱使——此刻却胸有成竹地,甚至可以说是激情满怀地进入了自己的角色,未婚夫的角色,所以一切问题,他都回答得详尽而周到,而且兴致勃勃。来诺拉太太由于相信他出身于真正的贵族世家,而又有点诧异他竟不是一个公爵,所以摆出一副一本正经的样子,说"有话在先"——她将在他面前说得十分坦率、不拘礼节,因为做母亲的神圣职责迫使她这样做!萨宁回答她说,自己对她别无要求。他恳求她——别对他宽恕!

于是来诺拉太太向他指出,克留别尔先生(这个名字一出口,她就轻轻叹了口气,把嘴合上了,说起话来有点结结巴巴)——克留别尔,杰玛原来的未婚夫,现在的收入有八千金币,而且这个数目每年都在迅速增加,可是他,萨宁先生到底有多少收入呢?

"八千金币,"萨宁慢吞吞地重复说……"折合我们的钱大约是一万五千卢布……我的收入要少得多。我在图拉省有座规模不大的田庄……要是经营得法,也许——甚至一定可以有五千或六千的出息……还有,假使我出去任职,就会很容易得到二千左右的薪俸。"

“到俄国去供职？”来诺拉太太大声嚷道，“那么我和杰玛大概要分别了！”

“可以到外交部去工作，”萨宁接上去说，“我在那里有点儿关系……这样就可以在国外工作。要不，还可以这么办——而且是再好不过的办法——把产业卖了，再把得手的钱用来经营一家合适的企业，比如改善你们的糖果店。”萨宁也觉得自己说的事不大合情理，但是无以自解的一种勇气驱使着他！他向杰玛看去，自从“讲求实际”的谈话开始以来，她有时站起来在房间里踱上几步，又坐下来——他向她看去——此刻他的面前已经没有障碍，所以他甘愿立刻以最妥当的方式作出一切安排，只要不使她担心。

“克留别尔先生也想给我们一笔不大的款子来振兴糖果店。”来诺拉太太犹豫了一会儿后说。

“妈妈！看在上帝的分上！妈妈！”杰玛用意大利语大声说。

“这些事可得事先讲清楚，我的孩子。”来诺拉太太用同一种语言回答她。

她重新对着萨宁，开始问长问短：俄国婚姻法是怎么样的，和天主教徒结婚会不会遇到阻碍——会不会像在普鲁士那样？（当时在四十年代整个普鲁士还没有忘记为异教通婚而同科隆主教闹的纠纷。）当来诺拉太太听说自己的女儿嫁给俄国贵族以后，女儿自己也会成了贵族的时候，她显出一种满意的神色。

“那么您得先到俄国去啦？”

“为什么？”

“怎么？要取得你们政府的允许啊？”

萨宁向她解释说，完全不需要这样做……但是他倒确实需要在结婚前用最短的期限回俄国去一趟（一说出这句话，他的心就病态地抽搐起来，望着他的杰玛是明白这一点的，所以她脸红了，陷入了沉思），他将利用这个机会，无论如何争取把产业卖掉，再从那里把必需的钱带出来。

“我还想请您从那里给我带几张阿斯特拉罕羔羊皮来做件披肩，”来诺拉太太说，“听说那些东西怪好，怪便宜的！”

“那是一定的，我非常愿意给您，也给杰玛带来！”萨宁扬声说。

“还有我，我要绣上银线的上等山羊皮帽子。”爱弥儿从隔壁房间里探出头来插话。

“好，你也有份……还有潘塔列昂，给他带鞋子来。”

“这又何必呢？何必？”来诺拉太太说，“我们可是谈正经事儿呐。噢，对啦，还有，”讲求实际的女士又说道，“您说要卖产业。可怎么卖呢？难道您连农民也卖掉？”

萨宁仿佛被人从旁边刺了一下。他记起来了,他曾同来诺拉太太和她的女儿谈起过农奴制,用他的话来说,这个制度使他极其愤慨,当时他曾不止一次地向她们担保,说他不管什么原因,决不出卖自己的农民,因为他认为这类交易是很不道德的事情。

“我争取把自己的产业卖给一位我了解的好人,”他说得有点不大流利,“也可能,农民愿意自己赎身。”

“那就再好不过了,”连来诺拉太太也表示赞同,“否则,出卖活的人口……”

“野蛮!①”潘塔列昂嘟囔着,他跟在爱弥儿后面露了露脸,就摇晃着一头蓬发消失了。

“糟了!”萨宁心里想着,一面偷偷瞥了杰玛一眼,她似乎并未听见他最后的一句话。“还好!”他心里又想道。

讲求实际的谈话就这样一直继续到午饭的时候。来诺拉太太已经完全平静下来,并且对萨宁已称作德米特里,亲切地伸出一根手指对他扬了扬,说要报复他的阴谋。她不厌其烦地向他详细打听他亲属的情况,因为——“这也是非常重要的事情”。她还要他介绍婚礼,按俄国教堂的规定,结婚的仪式是怎么进行的——于是事先夸奖起杰玛身穿白色礼服头戴金冠的样子。

“她可是我的美女,简直像王后一样呢,”她以母亲的骄傲说,“而且这样的王后也是举世无双的!”

“世界上可找不出第二个杰玛呀!”萨宁接上去说。

“所以她的名字叫杰玛!”(众所周知,在意大利语里杰玛就是宝石的意思。)

杰玛扑过去亲吻自己的母亲……看样子到现在她的呼吸才感到自由,叫她郁郁不欢的重负也在她的心底释放净尽了。

萨宁突然感到自己是那么幸福,当他想到,那些理想,那些不久前正是在这几间房里他苦思冥索地追求的理想终于实现了的时候,他的心里充满了孩子般的欢乐。他全身热血沸腾,一下子冲到了店堂里,他希望无论如何要像几天以前那样站在柜台后面做会儿买卖……“现在我可以说,有充分的权利干这一行了!我毕竟已是自家人了啊!”

于是他真的站到柜台后面,并且真的做起买卖来,卖给两个进门的女孩子一磅糖果,但是他给她们的却有整整两磅,而钱却只收了半数。

---

① 原文为意大利文。

吃午饭的时候他正式以未婚夫的身份坐在杰玛的旁边。来诺拉太太继续她的讲求实际的设想。爱弥儿有时笑着,缠住萨宁,要他带他到俄国去。萨宁确定在两个星期以后动身。只有潘塔列昂一个人露出一种郁郁不乐的神色,这使来诺拉太太也说他了:“还是个仲裁人呢!”潘塔列昂斜过眼去看着她。

杰玛几乎一直缄口不语,但是她的脸庞从来没有这么美丽和明朗过。午后她邀萨宁到花园里去一会儿,她在前天拣樱桃的那张长靠椅前面停下来对他说:

“德米特里,别生我的气,我可要再一次提醒你,你不应当认为自己是一个有牵挂的人……”

他没有让她说下去。

杰玛向旁边转过脸去。

“妈妈提醒的那件事,您还记得吗?——就是关于我们信仰不同的那件事!……”

她抓起一个用细带子挂在颈项里的石榴石十字架,用力扯断带子,把十字架交给他。

“如果我属于你,那么你的信仰——也就是我的信仰!”

当萨宁和杰玛一起回到屋子里的时候,他的眼睛还是湿润的。

到了傍晚,一切都恢复正常,甚至还打了纸牌。

三十一

第二天萨宁很早就醒来。他处于人生幸福的顶点,但是影响他睡眠的并不是这一点,打扰他的安宁的是生活中命运攸关的一个问题——他用什么方式尽快地同时又尽可能有利地出卖自己的产业。他的脑子里各种计划交织在一起,现在还茫无头绪。他走出屋子去透透风、清清心神。他希望自己去见杰玛的时候已经有了现成的方案,而不是另外的样子。

这是谁呀?一个非常沉重而肥胖的,同时又穿着十分讲究的身影,慢悠悠地从他前面蹒跚着走过去。他在哪儿见到过——这个长满了一绺绺竖起的淡黄头发的后脑勺,这颗仿佛栽在肩膀上的脑袋、这个柔软而肥厚的背脊和这双浮肿的下垂着的手?莫非他就是他五年不曾见面的那位早年在寄宿学校的同学——波洛索夫?萨宁赶过这个走在他前面的人影,回过头来看……一张宽阔的、泛着黄色的脸,一双猪一样的小眼睛，眉毛和睫毛是白的，鼻子短小而扁平，两片嘴唇很肥厚，好像粘在一起似的，下巴圆圆的，没有胡子，再加上整个脸部的表情，酸溜溜、懒洋洋、将信将疑的样子。对了，就是他，依波里特·波洛索夫！

“难道又是我福星高照了？”萨宁的脑子里闪过这个念头。

“波洛索夫！依波里特·西多雷奇！是你？”

这人停了下来，抬起自己的一双小眼睛，稍过了一会儿，终于分开了那两片粘起来的嘴唇，用嘶哑的假嗓子说道：

“是德米特里·萨宁？”

“正是！”萨宁大声说，并握了握波洛索夫的一只手。他那双手紧紧地裹在一双灰色的细羊皮手套里，仍旧毫无生气地顺着鼓起的大腿挂着，“你来这里好久了吧？从哪里来？耽搁在哪儿？”

“我昨天从维斯巴顿来，”波洛索夫回答说，不慌不忙地，“给老婆买点东西——今天就要回维斯巴顿。”

“啊，对了！你已经结婚啦——而且听说娶了这么漂亮的一个女人！”

波洛索夫把目光移到一边去。

“是啊，据说是的。”

萨宁笑了起来。

“我看你还是老样子……对什么都漠不关心，同在寄宿学校里的时候一样。”

“我会变成什么样呢？”

“还有，据说，”萨宁补充说，特别加重“据说”两个字的语气，“你的妻子很有钱。”

“这也听说了。”

“难道你自己，依波里特·西多雷奇，这方面一无所知吗？”

“我嘛，老兄，德米特里……巴甫洛维奇？——是的，叫巴甫洛维奇！老婆的事儿我是不管的。”

“不管的？无论什么事？”

波洛索夫又把目光移到一边。

“什么事也不管，老兄。她——自己管自己……我呢——也自己管自己。”

“现在你到底去哪儿？”萨宁问。

“现在我哪儿也不去，我站在街上和你说话。等我们说完话，我就回到旅馆——就吃早饭。”

“我也参加一份——你愿意吗？”

“你是说吃早饭？”

“对。”

“那就有劳大驾啦，两个人一起要愉快得多。你该不是话匣子吧？”

“没想过。”

“那好吧。”

波洛索夫开始向前走，萨宁和他并肩而行。萨宁思量着（而波洛索夫的嘴唇又粘了起来，鼻子里呼哧呼哧地喘着气，又变得沉默不语了）——萨宁思量着：这头蠢猪怎么会攀上一个漂亮有钱的老婆的？他自己既不富有，也没地位，更不聪明。在寄宿学校里谁都知道他是个没精打采的笨孩子，既贪睡又贪吃——所以得了个“饭桶”的绰号。怪事！

“不过要是他的妻子很有钱——据说她是个商人的女儿——那么她会买进我的产业吗？虽然他说不管妻子的事情，这可是不足信的！况且我讨的是一个既便宜又优惠的价钱！干吗不试一试呢？也许，还是我的福星在起作用……行！试一试看！”

波洛索夫把萨宁带进法兰克福一家上等的旅馆，他在那里开的房间当然也是上等的。桌子上和椅子上堆着纸盒、箱子和包裹……“老兄，这些都是给玛丽娅·尼珂拉耶芙娜买的！”（依波里特·西多雷奇这样称呼他的妻子）波洛索夫在安乐椅里坐下来，叫道：“真热呀！”说着解开了领带。然后他按铃把茶房总管叫来，仔细地向他开了一顿极其丰盛的早餐。“一点钟要把马车备好！听见吗，一点整！”

茶房总管唯唯诺诺地鞠躬，然后奴相十足地消失了。

波洛索夫解开了马甲。他微微蹙起眉头，口里吐着大气，掀起鼻子，光凭这就一望可知——要他说话，将是他的一大负担，而且他是有点担心萨宁会不会叫他开口或者让他自己去挑这副说话的担子。

萨宁理解自己伙伴的心情，所以没有提一大堆问题去打搅他，只限于问些必要的问题。他知道他服了两年兵役（当了枪骑兵！他穿上短短的制服，样子是够好看的了！），三年以前结的婚——现在和妻子在国外已经住了两年，她出于某种原因在维斯巴顿治病——从那里正要去巴黎。反过来，萨宁也扼要地谈了谈自己以往的生活和眼下的打算。他开门见山，马上转入了正题——也就是说谈起了打算出卖自己产业的事。

波洛索夫默默地听他说，只是偶尔张望一下房门，早餐应当从那里送进来。早餐终于端上来了。茶房总管，还有另外两个下人一同端上来几盘罩着银罩子的菜。

“你说的是在图拉省的产业吗？”波洛索夫坐到餐桌边说，一面把餐巾塞进衬衫的领口。

“是图拉省的。”

“我知道了，就是在叶甫列莫夫斯克县的那份产业。”

“你知道我的阿历克赛耶夫卡吗？”萨宁问道，也在餐桌边坐下来。

“怎么不知道。”波洛索夫把一块夹蘑菇的煎鸡蛋塞进自己的嘴里，“那附近就有玛丽娅·尼珂拉耶芙娜，我老婆的一份产业……茶房，把这个瓶盖儿打开！土地很不错——但是你的农民们把森林砍了。你干吗要卖掉它？”

“我要钱用，老兄。我愿意卖贱一点。我看你就买进了吧……一举两得嘛。”

波洛索夫吞下一杯酒，拿餐巾擦了擦嘴，又开始咀嚼——嚼得很慢但声音很响。

“嗯，不过，”他终于说话了……“产业我是不买的，因为没有钱。你把黄油挪过来一点好了。也许我老婆倒会买的。你跟她说说看，既然你讨的价钱不大——这她倒不在乎……这些德国佬，真是蠢驴！连鱼也不会烧，还有比这更马虎的吗？还要说‘统一法特兰呢①’。茶房，把这盘混账东西给我拿下去！”

“难道你的妻子……自己掌管经济？”萨宁问。

“自己管。吃肉饼吧，真好吃，向你推荐。德米特里·巴甫洛维奇，妻子的事务我是从不插手的——现在再对你说一遍。”

波洛索夫继续咔嚓咔嚓地吃东西。

“嗯……可是我怎么才能和她洽商呢，依波里特·西多雷奇？”

“很简单，德米特里·巴甫洛维奇。到维斯巴顿去走一趟，离这里并不太远。茶房，你们这儿有英国芥末吗？没有！这批畜生！不过你别再浪费时间了，我们吃完早饭就走。让我给你倒杯酒吧，挺香的花酒——不是酸货。”

波洛索夫的脸部现出了生气，而且变红了。他只有在吃东西……或喝酒的时候，脸才会变红。

“可是我……确实不知道这件事该怎么办好。”萨宁自言自语地说。

“哎，你突然要这么急干吗？”

“就是这样，急得很，老兄。”

“需要的数目很大吗？”

“大。我……怎么对你说呢？我……要结婚了。”

波洛索夫把已经挪到嘴边的酒杯放回到桌子上。

“结婚！”他用嘶哑的——由于惊愕而变嘶哑的——声音说，同时把自己那双浮肿的手按到肚子上，“这么紧急！”

---

① 原文为德文，意为“统一祖国”。根据1815年维也纳会议的决定，德国成为三十多个小邦组成的松散邦联，以后几十年特别是在1840年以后德国开展了广泛的民族统一运动。

“是啊……很紧急。”

“对象——不用说是在俄国吧?”

“不,不在俄国。”

“在哪里?”

“这里,法兰克福。”

“那她是谁?”

“德国人,噢不,——意大利人。本地的侨民。”

“有家产吗?”

“没有家产。”

“看样子,爱情已经很强烈了?”

“你真可笑! 不用说,是很强烈了。”

“所以你需要钱?”

“唉,是的……是的,是的。”

波洛索夫把酒咽下去,漱了口又洗了手,用力在餐巾上擦干,然后掏出雪茄来抽。萨宁默默地看着他。

“只有一个办法,”波洛索夫终于开腔了,说着把头往后一靠,吐出一缕细细的烟,“找我老婆去。要是她肯,你的一切苦恼就都解除了。”

“可是我怎么见到她呢,你的妻子? 你不是说后天就走吗?”

波洛索夫合上了眼睛。

“听我说,我告诉你,”他用嘴唇转动着雪茄,吐出一口气,终于说道,“你回家去,快点整理好行装——再到这里来。我一点钟就要走,我的马车很宽敞,我带你走。这不就万事大吉了! 而现在呢,我要睡一会儿。老兄,我就像歌词里唱的那样,一定得睡一会儿。天性这样要求——我也不反对。你不要再打搅我。”

萨宁想着,想着——突然抬起了头:他决定了!

“好吧,我同意——而且要谢谢你。我十二点半再来这里——我们一起去维斯巴顿。我希望你的妻子该不会生气……”

然而波洛索夫却已经开始打呼噜。他迷迷糊糊地说:“不要打搅我!”——他悠晃着两条腿,像孩子一般地睡去了。

萨宁再度用目光打量了他那笨重的身躯、他的脑袋、脖子和那翘得高高的、像苹果一样圆的下巴——然后走出旅馆,快步向路塞里糖果店也去。应当先告诉杰玛。

三十二

他在店堂里遇见她和她的母亲在一起。来诺拉太太正弯着腰用一把小折尺量窗户之间的距离。一看见萨宁，她就直起身子，愉快地迎接他，但是脸上略有点局促不安的样子。

“昨天我听你说了以后，”她说，“脑子里一直在盘算着怎么来改良我们的店铺。我想就在这里放两只装镜子的柜子。您可要知道，现在这是时新的摆设。以后，再……”

“好，好，”萨宁打断她说，“这些都是应当考虑的。不过你们走过来，我有件事对你们说。”他挽起来诺拉太太和杰玛的手，把她们带到另一个房间。来诺拉太太紧张起来，尺子从她手里掉了下去。杰玛也警觉起来，但是仔细看了萨宁一眼以后，就放心了。他的脸部确实现出有心事的样子，可同时却流露出活泼的朝气和决心。

他要两个女人都坐下，自己却站在她们的面前——挥舞着双手并且抓捋着头发，把一切都告诉了她们：与波洛索夫的相遇，计划中的维斯巴顿之行，出卖产业的可能性。

“想一想，我该是多么幸福！”他终于大声喊道，“事情的变化真快，也许我连俄国也可以不去了！这样我们的婚礼可以比我估计的大大提前举行！”

“您应当什么时候动身呢？”杰玛问。

“就在今天——一个小时以后。我的朋友雇了马车，他会把我带到那里的。”

“您给我写信吗？”

“一到就写！只要和这位太太一开始商谈，我马上就写信来。”

“您说这位太太很有钱的是吗？”讲求实际的来诺拉太太问。

“非常有钱！她的父亲是位百万富翁，一切遗产都归她了。”

“统统——给她一个人？好——这是您走运了。不过得当心，可别贱卖了您的产业！您要精明果断。别让人家给迷了去！我理解您要早点做杰玛丈夫的愿望……但是小心第一！别忘了：您的产业越卖得起价钱，那么归你们俩——还有你们的孩子用的钱也就越多。”

杰玛转过身去，萨宁却依然手舞足蹈。

“您可以相信我的小心，来诺拉太太！不过我不想做生意。我向她讨个公道的价钱:她给了——再好不过;不肯——上帝保佑她。”

“您认识她……这位太太吗?”杰玛问。

“我和她素不相识。”

“那您什么时候回来?”

“假如我们的事毫无结果——后天就回来;要是办得顺当——也许呆上一至两天。无论如何,我决不会浪费一分钟。你看,我的心是留在这里的!不过我和你们谈得太久了,我在动身以前还得回旅馆去跑一趟……为了幸福,来诺拉太太,把您的手给我——我们俄国一直是这样做的。”

“左手还是右手?”

“左手——它更靠近心脏。我后天再来——无论成败如何!我好像听到一个声音在说:我将胜利而归!再见了,我的好心人,我的亲爱的……”

他拥抱和亲吻了来诺拉太太,又请求杰玛和他一起到她的房间里去——只一会儿——因为他需要告诉她一件非常重要的事……他只是想和她单独告别。来诺拉太太理解这一点,所以没有兴致去打听那么重要的是什么事……

萨宁还从未到过杰玛的房间。当他一跨进这个朝思暮想的神妙的门槛的时候,爱情的全部魅力与火焰,以及喜欣和甜滋滋的恐惧,一齐在他身上迸发出来,扰乱了他的方寸……他以深情的目光环视四周,然后跪倒在亲爱的姑娘的脚跟前,把脸孔紧紧地偎依在她的身上……

“你属于我吗?”她小声问,“你不久就回来吗?”

“我是你的……我一定回来。”他喘息着肯定地说。

“我一定等你,亲爱的!”

几分钟以后,萨宁已经在回自己寓所的街道上奔跑。他压根儿没有发现潘塔列昂蓬头散发地跟在他后面从糖果店的门里跳出来,摇摇摆摆地对他喊着什么,似乎还举高了手向他威胁着。

萨宁出现在波洛索夫那里正好是十二点三刻,他的旅馆门口已经停着一辆四驾马车。看见萨宁,波洛索夫只说了一句话:“啊!决定啦?”他穿戴好帽子、外套和套鞋,还用棉花塞了耳朵,虽然现在是夏天,然后走下台阶。茶房们按照他的吩咐,把他采购的为数众多的大宗物品统统搬进马车,他座位四周放满了丝绸枕头、提包、包裹,脚底下放了食品盒,车夫的座位上还拴了个箱子。波洛索夫慷慨地赏了钱——殷勤的看门人虽然是从后面搀扶着他,却是毕恭毕敬的,他呼哧呼哧地爬到了车里,自己坐定当,小心地揿实身边四周的东西,然后掏出一支雪茄来燃着了——这时他才只用一根手指向萨宁做了个手势说:“你也爬进来!”萨宁和他并排坐在一起,波洛索夫通过看门人吩咐驿车夫驾车要当心着点儿——如果他想赏酒钱的话。踏脚板被移开了,车门砰的一声关上,于是马车启动了。

三十三

现在从法兰克福到维斯巴顿乘火车不消一个小时,那个时候的加班驿车却要大约走三个钟头,一路上要换五次马。波洛索夫嘴里叼着雪茄,好像在打盹儿,又好像就是这么摇摇摆摆地晃荡着身子,话说得很少,对窗外连看也不看——他不喜欢风景,甚至说,"看风景简直是要他的命!"萨宁也不作声,也不去欣赏景致——他无心顾及这些事情。他一心一意处于遐想和回忆之中。波洛索夫每到一站都正确无误地付钱,对着表计算时间,根据驿车夫的卖力程度给予或多或少的赏钱。半路上他从食品盒里掏出两个橙子,自己挑了个好一点的,把另一个递给了萨宁。萨宁凝神看着自己的同伴,一会儿突然大笑起来。

"你笑什么?"波洛索夫问道,一面用自己短小的白指甲使劲地剥下橙子皮。

"笑什么?"萨宁重复说,"笑我和你的这次旅行哩。"

"有什么好笑的?"波洛索夫把一瓣橙子送进嘴里,又问道。

"真奇怪啊。老实说,昨天我还像想中国的皇帝一样,很少想到你——可是今天呢,和你一起坐车去向你那位我素昧平生的妻子出卖我的产业。"

"什么事都会有的,"波洛索夫回答说,"你只要多活几年时间——样样都够你看的。比方说,你能设想我会为了当传令官去训练骑马吗?可我训练了。可是米哈依尔·巴甫洛维奇大公却命令说:'叫这个胖子少尉快步跑,快步跑,再加把劲!'"

萨宁在自己的耳根搔了几下。

"依波里特·西多雷奇,请你告诉我,你的妻子是怎么样的一个人?她的性情怎么样?我可正要了解这一点呢。"

"他倒好,发个命令好了:'快步跑!'"波洛索夫突然愤慨地接着说,"可是我……叫我怎么办呢?我想:您把官衔和肩章拿回去吧——上帝保佑!对了……你刚才问我的老婆来着?问什么——老婆?和大家一样,是人呗。你别惹她——这她可不喜欢。主要的——你要多说话……好让她寻点儿笑料。说说自己的风流韵事,还有嘛……要好玩一点儿的,知道了吗?"

"什么叫好玩一点儿的?"

“就是这个。你不是对我说你爱上了个人，打算结婚吗？你讲这个就是了。”

萨宁生气了。

“这里头你有什么好嘲笑的？”

波洛索夫只是拿眼睛瞟了一下。橙子的汁水沿着他的下巴淌下来。

“是你的妻子派你到法兰克福去采办东西的吗？”过了不久萨宁问。

“正是她。”

“都买了些什么？”

“谁不知道：玩具。”

“玩具？莫非你有孩子了？”

波洛索夫简直要避开萨宁了。

“去你的！干吗我要有孩子？都是些女人的小玩意儿……装饰品。化妆用的。”

“你难道还懂这一门？”

“懂。”

“那你怎么说妻子的事儿一点儿也不管呢？”

“其他事不插手。这个嘛……管管不妨……出于无聊——也许是。而且老婆相信我的鉴赏力。还有，讨价还价的事我可行。”

波洛索夫的说话开始时断时续，他已经累了。

“你的妻子很有钱吗？”

“有钱倒是有钱的。只不过大多是给她自己用的。”

“不过，看样子你没有什么可抱怨的。”

“因为我是丈夫，我还能不享受点儿吗？我对她是个有用的人！她跟我一起——算她运气！我是个温和的人！”

波洛索夫用富丽雅绸手帕擦了擦脸，沉重地吐了口气，好像在说：“照应照应我吧，一句话也别让我再说了，你看见了，这实在叫我受不了哇。”

萨宁不再去打搅他的安宁——又复沉入深思之中。

马车在维斯巴顿的一家饭店前面停了下来，这家饭店简直像一座宫殿，里面立即响起了铃声，开始一阵忙乱和奔走。身穿黑色燕尾服、举止文雅的人们开始在大门口奔进奔出，全身金绣的看门人一下子打开了车门。

波洛索夫像凯旋的将军一样走下车来，登上铺着地毯、香气扑鼻的楼梯。他的跟前飞奔过来一个人，穿戴得同样很考究，脸型却是俄国型的，那是他的近侍。波洛索夫对他说，以后要把他永远带在身边——因为昨晚在法兰克福，他，波洛索夫夜里连热水也没有！近侍的脸上露出惊讶而愤慨的神色——接着恭恭敬敬地弯下身子替老爷脱下套鞋。

“玛丽娅·尼珂拉耶芙娜在家吗?”波洛索夫问。

“在家。太太正在穿衣,她要到拉松斯基伯爵夫人家里吃饭去。”

“啊!到她家里去!……你别走开!马车里有东西,都要你亲自卸下来,再搬到屋里。你呢,德米特里·巴甫洛维奇,”波洛索夫又说,“给自己开个房间,过三刻钟再来。我们一块吃午饭。”

波洛索夫走远了,萨宁开了个比较简单的房间,然后梳洗,换了衣服,稍事休息以后,就起步到波洛索夫公爵殿下下榻的巨大套间去。

这位“公爵”正端坐在一个富丽堂皇的沙龙里,一张豪华的丝绒安乐椅上。萨宁那位淡漠无情的朋友已经洗过浴,穿着奢华的缎子睡衣,他头上戴着一顶深红色的菲斯卡帽[①]。萨宁走到他身边,仔细打量了他好一会儿。波洛索夫声色不动,像木偶一样坐着,连脸也不向他转过来,连眉毛也不动一动,一句话也不讲。那种场面真叫庄严!萨宁大约欣赏了他两分钟,正想开腔打破这神圣的寂静——突然隔壁房间的门开了,门口出现了一位年轻漂亮的太太,身穿镶黑色花边的雪白绸子连衣裙,手上和颈项上戴着钻石——她就是玛丽娅·尼珂拉耶芙娜·波洛索娃。她那稠密的浅棕色头发从头部的两边垂下来,虽然扎成几条发辫,但没有盘起来。

三十四

“啊,对不起!”转瞬之间她用手捏弄着一根辫梢,用一双明亮的灰色大眼睛盯着萨宁,半含羞怯、半含嘲弄地微笑着说:“我没有想到您已经来了。”

“萨宁,德米特里·巴甫洛维奇,我自幼的朋友。”波洛索夫说,照旧不看着他也不站起来,但用手指指着他。

“是的……知道了……你已经告诉我了。认识您很高兴。可是我想劳你的驾,依波里特·西多雷奇……我的侍女今天好像有点头脑不清……”

“要我帮你梳头?”

“对了,对了,请吧,请原谅。”玛丽娅·尼珂拉耶芙娜带着原先的微笑说,她对萨

① 菲斯卡帽,一种平顶的圆锥形帽子,带穗,属于一些东方国家的民族服装。

宁点了下头，迅速地转过身去，在门后头消失了，留在她身后的是那迷人的颈项、令人神往的双肩和令人神往的身段一晃而过、然而袅娜多姿的倩影。

波洛索夫站起身来，沉重地蹒跚着，也走进了同一扇门里。

萨宁深信不疑，女主人本人一定再清楚不过地知道他已经来到“波洛索夫公爵”的沙龙，她这种装腔作势无非是想来炫耀一下自己的头发，那头发倒确实是美丽的。萨宁在心底里对于波洛索夫太太不寻常的举止甚至感到高兴，他想，既然他们想引起我的注意，在我的面前炫耀自己——也许是这样的，谁知道呢？那么在产业的价钱上大概会做些让步。他的心被杰玛牢牢地占据着，以至对其他任何女人都毫不介意，他几乎没有看到她们，即使是这一次，他也只是这么想：“人们说得不假——这位太太是挺美的！”

如果他不是处在这样一种特殊的精神状态之中，也许他的反应就两样了：因为出身于科累施金家族的玛丽娅·尼珂拉耶芙娜是一位非常出色的人物。这倒不是说她是一位一致公认的美女，庶民出身的痕迹在她身上甚至表露得相当明显。她前额低，鼻子略富肉质而上翘，无论是皮肤的细腻还是手足的优美都不足称道——但是这一切又有什么意义呢？普希金说得好，每一个遇见她的人都会踟蹰不前，不是因为面对着一个“美神”[①]，倒是因为面对着那强劲的，像是俄罗斯而又非俄罗斯，是茨冈而又非茨冈型的风华正茂的女性肉体的魅力……于是他就会并非情不自禁地停留了下来！

然而杰玛的形象却似诗人歌颂的铠甲一样地护卫着他。

大约十分钟以后，玛丽娅·尼珂拉耶芙娜在自己丈夫的陪同下又出现了。她走到萨宁跟前……那种走路的样子，使当时（唉，那已经是遥远的过去了）有的怪人一看到这种走路的样子就神魂颠倒起来，“这个女人哪，当她向你走过来的时候，就好像迎面送来你一生的幸福。”他们中的一个曾经说过。她走到萨宁跟前——向他伸出手来，然后用她亲切而似有节制的声调操着俄语说：“您会等到我来的，是吗？我一会儿就回来。”

萨宁恭敬地鞠了一躬，而玛丽娅·尼珂拉耶芙娜却已消失在通外间的门帘后面——然而在消失之时却又转过头来回眸一笑，在身后又留下了先前那婀娜多姿的倩影。

当她微笑的时候——不是一个，也不是两个，而是三个酒窝儿同时出现在她的每

---

① 典出普希金1832年的抒情诗《美人》。

一边面颊上——然而她的双眸所含的笑意更甚于两片嘴唇，甚于她那鲜红、宽阔而富滋味的、左边长着两颗小痣的双唇。

波洛索夫走进房间来——还是在安乐椅里坐下。他照旧默不做声，然而一种奇怪的冷笑不时使他那没有血色的、已经起皱纹的面颊鼓起来。

他虽然只比萨宁大三岁，看上去却很老相。

他用以款待自己客人的午餐，即使是最讲究的美食家无疑也会心满意足，然而萨宁却觉得它长得没有尽头，并且不堪忍受！波洛索夫慢吞吞地吃着，"带着感情，边吃边发议论，说说停停。"[①]他专心致志地扑在盘子上头，几乎每一样东西都要闻一闻，先呷一口酒润润嘴巴，再吞下去，嘴唇啪嗒啪嗒地辨着滋味……等热菜一上来，他突然打开了话匣子——可是谈什么呢？谈美利奴种绵羊，他打算订购整整一群——而且谈得很详尽，充满温情，所有的名词都用小称。他喝完一杯烫得像开水的咖啡（他几次带着哭音怒气冲冲地对茶房说，昨天给他端的咖啡冷得跟冰一样！），然后用他那发黄的、参差不齐的牙齿叼住一支哈瓦那雪茄烟，就按他的习惯打盹儿了，这使萨宁很高兴，他已经开始在柔软的地毯上迈着步子无声无息地前后来回走动，想象自己怎么和杰玛共同生活，带回什么消息去见她。然而波洛索夫醒来了，据他自己说今天比平常醒得早——一共只睡了一个半小时，他喝了一杯带冰的塞尔脱斯矿泉水，又吃了大约八调羹果子酱，是一种俄国式的果子酱，装在一只地道的"基辅罐头"里由他的近侍带来，用他的话来说，没有这样东西就活不下去，然后他用浮肿的眼睛盯住萨宁问，想不想和他一起打老K？萨宁欣然同意。他害怕波洛索夫又要谈起绵羊，还有什么没有产羔的母羊和长膘的大尾巴羊。主宾两人走进娱乐室，茶房端来纸牌——于是游戏开始，当然钱是不赌的。

正当这种无害的活动进行的时候，玛丽娅·尼珂拉耶芙娜从拉松斯基伯爵夫人家里回来了。

她一走进屋子，看见纸牌和呢面牌桌，便哈哈大笑起来。萨宁立刻从位子里站起来，但她大声说："坐下玩吧。我马上去换了衣服回来看您。"于是又消失了，衣服发出沙沙的响声，她边走边脱下手套。

她的确回来得很快。她脱去了自己华美的礼服而换上一件宽大的紫色绸短衫，挂着两只开口的袖子，一根粗线带子束着她的腰部。

---

① 引自俄国作家格里鲍耶陀夫（1795—1829）的喜剧《聪明误》，又译《智慧的痛苦》第二幕第一场。

她坐到丈夫身边，等他做了老K[1]，就对他说："好了，胖子，你够啦！（萨宁在听到'胖子'两个字时，惊奇地把目光投到她身上——可是她却愉快地微笑一下，同样把眼光瞟过去作为回答，并且把所有的酒窝儿都堆到了脸上。）你够啦，我看你要睡觉了，来，亲亲手走吧，我要跟萨宁先生两个人谈谈。"

"睡觉我倒不想，"波洛索夫从安乐椅里笨重地一点点站起来说，"说走我就走，手也来亲一亲。"她把自己的手掌伸给他，却不敛起笑容，也不停止继续朝萨宁望着。

波洛索夫也抬眼看了他一下，就不辞而别地走了。

"来，说说吧，说吧，"玛丽娅·尼珂拉耶芙娜热情地说，一下子把两只裸露的臂肘放到桌子上，不耐烦地用一只手的指甲抠着另一只手的指甲，"听说，您要结婚了，是吗？"

玛丽娅·尼珂拉耶芙娜说完这句话，甚至把头稍微倾向一边，以更加专注、更加透视一切的眼神盯着萨宁的眼睛。

三十五

虽然萨宁并非社交新手，而且也见过世面，但是如果他不是从波洛索夫太太的放肆和随便之中看到自己事情的好兆头，那么她待人的这种放肆态度也许一开始会叫萨宁难堪的。"对这位阔太太的任性脾气得顺着点儿。"萨宁暗自打定主意——所以他像她问他的时候一样地无拘无束地回答她：

"是的，我正要结婚。"

"和谁？是外国人？"

"是的。"

"您是不久前才认识她的？在法兰克福？"

"正是这样。"

"那么她是怎么一个人呢？可以让我知道吗？"

"可以。她是糖果商的女儿。"

玛丽娅·尼珂拉耶芙娜睁大了眼睛，并且扬起了眉毛。

---

[1] 老K即俄文中的дурak，意为傻瓜。这种游戏相当于我们这里一度流行过的打老K，输掉的人被称为дурak（杜拉克）。

“这真太妙了，”她用迟疑的调子说，“这是奇迹！我简直认为像您这样的青年人世界上找不出第二人。糖果商的女儿！”

“我看到，这件事使您奇怪，”萨宁有点自重地说，“可是第一，我根本不怀这样的偏见……”

“第一，我一点儿也不感到奇怪，”玛丽娅·尼珂拉耶芙娜打断他的话说，“偏见我也没有。我自己就是一个庄稼人的女儿。嗯！怎么，您相信了吧？我感到奇怪和兴奋的是人就是不怕爱。您不是爱上了她吗？”

“是的。”

“她很漂亮吗？”

这后面的一个问题使萨宁感到有点讨厌……但已无法回避。

“玛丽娅·尼珂拉耶芙娜，您知道，”他开始说，“不管是谁，总觉得情人的脸比别人漂亮，可是我的未婚妻——确实是美丽的。”

“当真？是什么型的？意大利型的？古希腊型的？”

“是的，她的容貌十分端正。”

“您没有带她的相片吗？”

“没有。”(那个时候照相还连影子也没有，铅版相片也刚开始流行。)

“她的大名？”

“她的名字——杰玛。”

“那么您的——叫什么？”

“德米特里。”

“父名呢？”

“巴甫洛维奇。”

“您听我说，”玛丽娅·尼珂拉耶芙娜还是用缓慢的声调说，“我非常喜欢您，德米特里·巴甫洛维奇。看来您是一位好人。把您的手给我，让我们交个朋友吧。”

她用自己美丽、白净、有力的手指紧紧握住他的手。她的手比他的手略小——但是温暖得多，细腻得多，柔软得多和更富有活力。

“但是您知道我在想什么吗？”

“什么？”

“您不会生气吗？不生气？您说她是您的未婚妻。可是，难道……难道非这样不可吗？”

萨宁皱起了眉头。

“我不明白您的意思，玛丽娅·尼珂拉耶芙娜。”

玛丽娅·尼珂拉耶芙娜轻轻笑起来，然后把脑袋一抖，将披到面颊上的头发挥到后头。

“他太迷人啦——真的，”她说话的样子既不像在沉思，又不像是漫不经心的，“骑士！有人说理想者已经绝迹，这种话今后哪个还会相信！”

玛丽娅·尼珂拉耶芙娜讲话一直用的是俄语，一口极其地道的莫斯科话——一口民间的白话，而不是贵族用的语言。

“您大概是在家庭里受的教育，在一个旧式的、敬神的家庭里受的教育吧？”她问。“您是哪个省的？”

“图拉。”

“好哇，咱们还是老乡呢。我的父亲……您总该知道吧，我的父亲是谁？”

“知道。”

“他生在图拉……是个图拉人。好吧……（玛丽娅·尼珂拉耶芙娜故意把这个“好”字完全用市民的腔调说出来，也就是读成 хершоо）[①]好，咱们言归正传。”

“那是说……怎么个言归正传呢？您希望我说什么？”

玛丽娅·尼珂拉耶芙娜眯起了眼睛。

“那您到这里来干什么？（当她眯起眼的时候，她的眼神变得很亲切，略带一点嘲弄的意味；当她完全把两眼睁大的时候，那么在她炯炯发光而又几乎是冷漠无情的眼神里，就露出一种存心不良……咄咄逼人的东西。她那浓密、微微簇聚、与貂毛酷似的眉毛，使她的一双眼睛具有一种特殊的美色。）您想要我买进您的产业，是吗？您为了自己的婚事，需要钱用？是这样吗？”

“对，要花钱。”

“那您需要很多吗？”

“我一开始就这样，能有几千法郎也就够了。您的丈夫了解我的产业，您可以和他商量一下——我要的价钱是不高的。”

玛丽娅·尼珂拉耶芙娜左右来回地摇动她的脑袋。

“第一，”她开始慢吞吞地说话，一面用手指尖敲着萨宁礼服的翻袖，“我没有同丈夫商量的习惯，除非事关衣服、化妆品——这方面他倒是个能手；第二，您为什么说您讨的价钱不高呢？我不想利用这样的机会——您正在恋爱并且准备作出任何牺牲……您的任何牺牲我都不会接受的。我怎么可以不鼓励您的……唉，怎么说好

① 俄文中“好”字是 хорошо，她把第二个音节的“о”省去不念，第一音节轻读，第三音节拖长，就成了 хершоо。

呢？……崇高感情，是吗？反倒像剥椴树皮似的把您的钱剥光？这不合我的脾气。我有时候也不怜悯别人——但是不用那种方式。”

萨宁怎么也弄不懂，她是在嘲笑他呢还是说正经？只好暗自寻思：“哦，我得对你提防着点儿！”

佣人在一只大托盘里端进俄式茶炊、茶具、鲜奶酪和面包干，把一应佳肴美饮在萨宁和波洛索夫太太之间摆好就走了。

她给他斟了一碗茶。

“您不嫌脏吧？”她用手指拿起一块糖放到茶碗里问道……而食品夹却就在一边搁着不用。

“请别这么想！……这样一双美好的手……”

他没有把话说完，而在吞一口茶的时候几乎呛了喉，她却专注地用炯炯的目光看着他。

“我之所以说我要的价钱不高，”他接下去说，“是因为您现在在国外，所以我不应当估计您有很多活动的钱款，而且在这种场合卖出……或者买进产业，我自己也觉得并非正常，所以我必须考虑到这一层。”

萨宁说得有点语无伦次和前后矛盾，玛丽娅·尼珂拉耶芙娜则轻轻地把身子靠到椅背上，交叉着双手，仍然用专注的炯炯目光看着他。他终于沉默下来。

“不要紧，说吧，说吧，”她说，仿佛来给他解围似的，“我听着您呢，我喜欢听您说话，说吧。”

萨宁开始叙述自己那份产业的情况，有多少亩土地，它的位置，其中哪些是可耕地，从中可以获利多少……甚至还说到庄园处在风景如画的地方。玛丽娅·尼珂拉耶芙娜还是不断地朝他看着，目光显得更为炯然和专注，而她的双唇似在颤动着，然而没有笑容——她把它们咬住了。他终于感到局促不安起来，于是再一次闭口不言了。

“德米特里·巴甫洛维奇，”玛丽娅·尼珂拉耶芙娜开始说——但又沉入了深思……“德米特里·巴甫洛维奇，”她又叫了他一声……“您听我说，我相信买进您的产业对我来说是相当有利的事情，所以我们是会拍板成交的。可是您得给我两天……对，两天的期限。这样您就得和您的未婚妻两天见不了面，您受得了吗？我不想多耽搁您，这违反您的愿望——我向您保证，如果您现在就需要五六千法郎，我倒非常乐意借给您用，然后我们再来结账。”

萨宁站起身来。

“您愿意为一个自己几乎是毫不相识的人效劳，对这样的一种盛情和美意，玛丽娅·尼珂拉耶芙娜,我应当感谢您……但是您如果认为一定要这么办才好,那么我宁肯等待您对我产业的决定——我在这里再待两天。”

“是的,我觉得这么办好,德米特里·巴甫洛维奇。可是您是否感到难过呢?十分难过?请告诉我。”

“我爱我的未婚妻,玛丽娅·尼珂拉耶芙娜,和她分离在我心里是并不轻松的。”

“啊,您真是好人!”玛丽娅·尼珂拉耶芙娜叹口气说,“我保证不会让您太难受。您要走了吗?”

“已经不早了。”萨宁说。

“您一路上辛苦了,又同我丈夫打了牌,是该休息了。您说——您是我丈夫伊波里特·西多雷奇的好朋友吗?”

“我们是在同一所寄宿学校的同学。”

“他那时候就这么个样子吗?”

“怎么‘这么个样子’?”萨宁问。

玛丽娅·尼珂拉耶芙娜突然笑起来,笑得满脸通红,她用手帕掩住嘴巴,从椅子里站起来——然后作出仿佛疲倦的样子,摇摇摆摆地走到萨宁跟前,向他伸出手去。

他鞠过躬——就向门口走去。

“明儿早上请早点儿光临——听见吗?”她从他后面喊过去。

他走出房间时回过头去看她——看见她又坐回到椅子里,把双手枕在头的后部。短衫的开口袖子几乎一直滑到了肩头——你不得不认为那双手的姿态和整个身段是美得令人倾倒的。

三十六

萨宁的房间里,直到半夜以后还亮着灯。他坐在桌子边给“他的杰玛”写信,告诉她一切事情,向她描述波洛索夫一家——丈夫和妻子,但是写得更多的是自己的感情——信的结尾处写着:三天后再见!!!(打上了三个感叹号)。一早他去邮局寄了信,就在库尔高萨公园散步,那里已经在奏音乐。游人还很少。他在乐队所在的亭子跟前站了一会儿，听歌剧《恶魔罗伯特》[1]里的集成曲，喝过一杯咖啡，他就走向旁边一条僻静的林阴小道，在一张长凳上坐下来，开始沉思。

阳伞的手把轻健地——但是相当有力地在他肩膀上敲了一下。他吃了一惊……他面前站着的是玛丽娅·尼珂拉耶芙娜，她穿着轻盈的灰里透绿的印花纱连衣裙，头戴一顶白色透花纱宽檐帽，手戴一双瑞士手套，神清气爽，脸色绯红，就像夏天的早晨一样，但是她的行动和目光还带着美梦初觉的那种惬意。

"您好，"她说，"我今天派人来请您，可您已经出去了。我刚喝完第二杯矿泉水——您要晓得，人家总是要我在这里喝矿泉水，可为什么呢？难道我身体不好？只有天晓得。所以我只好在这里散上整整一个小时的步。您愿意和我做伴吗？到那边，我们就喝咖啡。"

"我已经喝过了，"萨宁站起来说，"不过我非常高兴和您一起散步。"

"那么把您的手给我……别担心，您的未婚妻不在这里——她看不见您。"

萨宁无奈地笑了笑。每当玛丽娅·尼珂拉耶芙娜提到杰玛，他总觉得不是味儿。然而他还是急忙顺从地鞠了一躬……玛丽娅·尼珂拉耶芙娜的手慢慢地、轻轻地落到他的手上——又顺着他的手滑过去，仿佛紧紧地和它贴在一起。

"走吧——来，到这里，"她把撑开的阳伞往肩膀后头一搁，对他说，"我对这一带的公园已经熟同家门，我会把您带到好地方去。您听着（她老是用这三个字），现在我不和您谈那桩买卖，我们把它留到早饭以后再去细谈吧。而现在您应当向我谈您自己的事儿……让我知道我跟谁在打交道。以后，要是您愿意，我也向您谈我的，好吗？"

"可是玛丽娅·尼珂拉耶芙娜，您对什么事感兴趣呢……"

"慢着，慢着。您没有理解我的意思。我不是想对您卖情弄俏。"玛丽娅·尼珂拉耶芙娜耸了耸肩膀说，"人家有未婚妻，像一尊古代的雕像，可我却去向他卖情弄俏?！不过您有的是商品，我却是顾主。我想知道您有的是什么样的商品。来，让我看看，货色怎么样？我不仅想知道买进的是什么，而且是向谁买的。这是家父定的规矩。来，开始吧……好，即使不从童年说起吧——那么就——您在国外多久了？这以前您又在哪里？可是您得脚步小一点走——咱们可不是在赶路哇！"

"我从意大利来到这里，在那里待了几个月。"

"看起来，意大利的每一样东西对您都有一种特殊的吸引力？奇怪，您居然不是

---

① 德国歌剧作家梅耶贝尔（1791—1864）的作品。

在那里找到了自己的对象。您爱好艺术吗？画画？或者还有——音乐？”

“我爱好艺术……我喜爱一切美好的东西。”

“那么音乐呢？”

“音乐也爱好。”

“可我却一点儿也不喜欢，我只喜欢一些俄罗斯歌曲——而且是在乡村里，春天的时候——大家跳着舞，您见过吗……大红布头，一串串珠花，牧场里已经长出了嫩草，飘荡着阵阵烟香……真好啊！可这不是该我说的时候。您来吧，详细点儿说吧。”

玛丽娅·尼珂拉耶芙娜径自走着，一面不时朝萨宁看着。她的个子长得挺高，脸部几乎同萨宁的一样高。

他开始讲述——起先还不怎么乐意，也不会说，不久话就多了起来，甚至说得有点天花乱坠了。玛丽娅·尼珂拉耶芙娜很在行地听他说，同时显出十分坦然的样子，使你不由得也要对她开诚布公。她天赋有雷茨红衣主教所说的那种极其“随俗不拘的性格”(e terrible don de la familiarité)。萨宁讲述自己的旅行、寓居彼得堡的生活、自己的青春时代……如果玛丽娅·尼珂拉耶芙娜是一位举止温雅的上流贵族女子，他决不会如此海阔天空地乱谈一气。可是她自称是个好心而见识肤浅的“大老粗”，受不了任何繁文缛节。她也正是向萨宁这样自我介绍的。然而此时此刻这个“大老粗”却像猫一样细步慢走，和他并肩而行，轻轻靠在他身上，直视他的脸孔。这个“大老粗”以一个青年女子的形象出现，散发出那种令人倾倒、令人苦恼、无声无息然而炽烈如火的魅力，凭借这种魅力，她禀赋中的斯拉夫人天性——不过那只是部分，而且并不纯洁，却恰当地掺和着其他因素——堪使我们那伙邪恶、脆弱的男人招架不住。

萨宁与玛丽娅·尼珂拉耶芙娜的散步，萨宁与玛丽娅·尼珂拉耶芙娜的交谈，持续了一个多小时。他们一次也没有停下来过，而是沿着公园里没有尽头的林阴小道不断地走着，走着，有时登上山冈，欣赏沿途的风景，有时进入峡谷，淹没在不见天日的绿阴之中，而且一直手挽着手。有时萨宁甚至懊丧得很——他和杰玛，和他那亲爱的杰玛可从未一起这么散过步……然而这位太太却在这里缠着他不放——唉，够了！

“您累了吗？”他不止一次地问她。

“我从不会有感到累的时候。”她回答。

有时向他们迎面走来一些散步的人们，几乎人人都向她鞠躬致意——有些是恭恭敬敬的，有些甚至是低三下四的。其中有一个人，长得相当漂亮而且衣冠楚楚，是个黑发男子，她用一口地道的巴黎话老远对他大声说：“听着，伯爵，无论今天还是明天都不要到我家里来。”[①]那个人默默摘下帽子向她深深鞠了一躬。

“这是什么人?”由于俄国人都有的那种天生“好奇”的坏习惯,萨宁向她发问。

“他？一个法国人——这种人在这里转来转去的可多着呢……来讨好我——不用说了。不过该喝咖啡了。我们回去吗？您大概已经饿了。我那位良人也许已经扒拉开眼皮儿了。”

“良人？扒拉开眼皮儿?”萨宁暗自重复这句话说……“一口法语说得又多么漂亮……奇怪的女人!”

玛丽娅·尼珂拉耶芙娜的估计没有错。当她和萨宁一起回到旅馆的时候——她的“良人”或者说“胖子”头戴那顶一成不变的菲斯卡帽子,已经坐在摆好餐具的桌子边等着了。

“叫人好等!”他大声说,装出一副酸溜溜的样子,“我简直想不等你,自己喝咖啡了。”

“不要紧,不要紧,”玛丽娅·尼珂拉耶芙娜愉快地回答,“生气啦？这对你的健康有好处,要不你全身都要僵化了！看我把客人请来了。快打铃！来,咱们喝咖啡,咖啡——最好的咖啡——用萨克森瓷碗盛着,又铺上雪一样白的桌布!”

她摘下帽子、手套,往手心里一拍。波洛索夫斜着眼自下向上看了她一眼。

“干吗您今天兴致这么高,玛丽娅·尼珂拉耶芙娜?”他小声说。

“这您看不出,依波里特·西多雷奇！打铃吧！德米特里·巴甫洛维奇,请坐下来——再喝杯咖啡吧！啊,使唤别人真是一件快事！世界上令人满意的事莫过于此啦!”

“得别人听从你才好。”丈夫又抱怨说。

“当然,得别人听从你！因此——我才感到快乐,尤其是跟你在一起。对吗,胖子？好,咖啡来了。”

茶房端进来的大托盘里还有一份戏院的广告,玛丽娅·尼珂拉耶芙娜马上一把抓了过去。

“话剧!”她愤慨地说,“德国人的话剧。反正比德国人的喜剧要好。给我定一座包厢——要第一层厢座——不……最好要外国人用的包厢,”[②]她对茶房说,“听着,一定要外国人用的包厢。”

“可是也许这种包厢已经被市长阁下(seine Excelenz der HerrStadt-Director)包了

① 原文为法文。

② 原文为德文。

呢。”茶房壮着胆子说。

“那么就给这位阁下三十马克银币——把包厢让给我！听见没有！”

茶房乖乖地、灰溜溜地低下了头。

“德米特里·巴甫洛维奇，您陪我一起去看戏好吗？德国人的戏子蹩脚得很，可您得陪我去……好吗？好！您真够朋友！胖子，你不去吧？”

“得看尊意如何喽。”波洛索夫喝着端到嘴边的咖啡说。

“听着，你在家待着。你到戏院里去总是睡觉——再说德国话你又不大懂。你还是随便找点事情做做——给管家写封回信吧——记住，关于我们的磨坊……关于农民磨面的事。告诉他，我不要，不要，不要！这够你做一个晚上了……”

“听见了。”波洛索夫说。

“对，这就好了。你真是我的聪明人。先生们，既然我们说到了管家，那么就言归正传吧。德米特里·巴甫洛维奇，等茶房收拾了桌子，您就给我们详细介绍介绍您的那份产业——怎么个样子，是份什么产业，要卖多少价钱，您需要多少预付款，一句话，什么都讲！（“到底开始了，”萨宁自忖道，“天保佑！”）您已经向我作了些介绍，记得您说有个很好的花园——可是，说这话的时候，‘胖子’不在场……也让他听听——要不又要唠叨个没完没了！我想到自己能帮您办喜事，是很高兴的——况且我说过吃过早饭要留您在一起，我可是守信用的，是不是，依波里特·西多雷奇？”

波洛索夫用手掌擦了擦脸。

“对的总是对的，您可从来不说谎话。”

“从来不说！而且从来对谁也不说谎话。好吧，德米特里·巴甫洛维奇，开始谈正事吧，我们就像在枢密院那样。”

三十七

萨宁开始“谈正事”——即重新说一遍自己产业的情况，不过不再涉及自然景色——为了证实自己所举的“事实和数字”，他不时引波洛索夫说过的话来作证。可是波洛索夫只是发出嗯嗯的声音或摇摇头——他是赞同还是反对，连鬼也弄不清楚，况且玛丽娅·尼珂拉耶芙娜并不需要他的参与。她显露出来的商业和行政管理方面的才干，足以令人惊叹不已！她对经营管理的种种内情都了如指掌，桩桩件件她都要盘问得一清二楚，样样事情她都十分谙熟，她的每句话都深中肯綮，无须再拖泥带水。

萨宁意料不到这样一场考试，他毫无思想准备。这场考试持续了整整一个半小时，萨宁领略到了坐在一位严峻而明察秋毫的法官面前的狭小椅子上的被告所有的全部感受。“简直是一场审讯！”他暗自轻轻说道。玛丽娅·尼珂拉耶芙娜始终笑容可掬，仿佛在开玩笑一样，可是萨宁并未因此感到轻松。而当“审讯”过程中他竟连“土地重分”和“耕地面积”这样的词义也搞不清楚时，他甚至急得满头大汗了……

“行啦！”玛丽娅·尼珂拉耶芙娜终于决定下来，“现在我对您产业的了解……不比您差了。每个农奴您要多少价钱呢？”（众所周知，那个时候产业是按农奴的数目来估价的。）

“不过……我想……少于五百卢布是不行的。”萨宁难堪地说。（哦，潘塔列昂，你在哪里啊？要不你又会嚷嚷了：Barbari[①]！）

玛丽娅·尼珂拉耶芙娜举目望天，似在思量。

“怎么样？”她终于说了，“我看这个价钱是公道的。可是我要了两天期限——所以您得等到明天。我想我们会取得一致的——到时您再说您需要多少预付款。现在够啦[②]。”她发现萨宁想表示反对，抢着说，“我们谈臭钱谈得够了……把事情留到明天吧[③]！我告诉您，现在放您走（她看看塞在腰带后面的搪瓷挂表）……一直到三点钟……得让您休息一下。去玩玩轮盘赌吧！”

“我向来不搞赌博。”萨宁说。

“真的？那您真了不起。不过我也不搞。干那种把钱往水里扔的蠢事儿——真是。可是您不妨到赌场里去待上一会儿，看看各种各样的嘴脸。会碰上几个宝贝儿的。那里有个老太婆，戴着费朗埃[④]，长着胡须——是个怪人儿！还有我们的一位公爵——也是够怪的，个子大大的，鼻子长得像鹰嘴儿，押上三个银马克，就在衣服底下偷偷画十字。您可以看看杂志，散散步——一句话，想怎么着就怎么着……到三点钟，我等您……一定[⑤]。要早点吃午饭。这些可笑的德国佬，六点半就开演了。”她伸出手来，“我们将忘记以往的不快，是吗[⑥]？”

“得了吧，玛丽娅·尼珂拉耶芙娜，我干吗要生您的气呢？”

“因为我折磨得您筋疲力尽。等着吧，以后还要厉害呢，”她眯起眼睛说，在飞起

---

① 意大利文，意为“野蛮”。
② 原文为意大利文。
③ 原文为法文。
④ 法文 ferronniere 的俄语音译，一种戴在额上的饰宝石的首饰。
⑤ 原文为法文。
⑥ 原文为法文。

红晕的脸上一下子摊出了全部酒窝，“再见！”

萨宁鞠过躬就走了出去，他的后头传来一阵欢快的笑声——在他正从旁经过的镜子里反照出下面一幅图画——玛丽娅·尼珂拉耶芙娜一把拉下丈夫的菲斯卡帽子，罩在他的眼睛上，而他却无力地舞动双手挣扎着。

三十八

啊，萨宁一回到住处，便深深地叹了口气，感到如释重负的愉快！是的，诚如玛丽娅·尼珂拉耶芙娜说的——他应当休息一会儿了，因了这一切种种新的结识、接触、交谈，因了这一团钻进他头脑和内心的烟雾——因为与这位对他如此陌生的女性的不期而然、身不由己的接近而休息一会儿了！然而这一切究竟是在什么时候发生的呢？不正是当他得知杰玛爱他，他成了她未婚夫的第二天么！他曾千百次地在心底里请求过自己纯洁无垢的爱人的宽恕——尽管他事实上对自己无可指责，他也曾千百次地亲吻过她给他的十字架。如果不是寄希望于尽快顺利了结他为之赶到维斯巴顿的事务，他一定会飞奔而归，回到亲爱的法兰克福，回到那亲切的、现在已经结了姻亲的屋子里，回到她身边，回到他深深爱上的她的双脚跟前——然而没有办法！得把酒杯喝干见底，得穿戴好衣冠，赶去吃午饭——然后又从那里上戏院……但愿明天她早点儿放走他！

使他不安、生气的还有一件事——他怀着爱怜、怀着深情、怀着热切的感激之情思念着杰玛，想象着和她的共同生活，想象着自己期望于未来的幸福——而同时这位奇怪的女人，这位波洛索夫太太却一个劲儿地在他身边转来转去……不！不是转来转去……是讨厌地待在眼前……他正是以这样一种特殊的厌恶来形容的——讨厌地待在他眼前，他却无法摆脱这个形象，不得不去听她的声音，不得不回想她的谈吐——甚至不得不感受她衣服上散发出来的那种像黄百合花一样的特殊气息，那种清淡、新鲜而又穿透万物的气息。这位太太明显地在蛊惑他，千方百计地博取他的欢心……这是为什么？她需要什么？莫非这是那位养尊处优、家资万贯——很可能是道德败坏的女人的一种怪癖？还有，那位丈夫呢？他是个什么东西？他和她是什么样的一种关系？然而萨宁，一个无论与波洛索夫先生还是他的夫人均无任何干系的人，为什么会在脑子里钻进这些问题？为什么当他全心全意倾慕着另一个如白昼般洁净明朗的形象的时候，他甚至也不能驱除这个粘着不放的影子呢？它怎么竟敢透过那个几乎是神圣的形象而出现呢？它不仅透过那个形象而浮现出来——它还不怀好意地在冷笑。那双灰色贪婪的眼睛，脸上的那些酒窝儿，那几根蛇一样的发辫——难道这一切真的已如粘住了一般，使他竟无力、也不可能摆脱它，甩掉它？

荒唐！荒唐！明天这一切都将消失得无影无踪……可是明天她会放他走吗？

是的……所有这些问题都是他向自己一一提出的——然而时间却已经临近三点——于是他穿上一件黑色燕尾服，到公园里踱上一会儿步，就起身去波洛索夫家。

在他们的客厅里他遇见了大使馆的德国秘书，个子高高的，淡黄的头发，侧面看去像个马面，向后梳着个小分头（当时这算是时髦的发式），还有……啊，奇怪！还有一位是谁？封·唐诃夫，正是几天前和他决斗的那个军官！他无论如何意想不到会在这里和他相遇——所以不由得怔住了，但还是向他鞠了一躬。

"你们认识？"玛丽娅·尼珂拉耶芙娜问，萨宁的窘态没有逃过她的眼睛。

"是的……我曾有幸，"唐诃夫说，在向玛丽娅·尼珂拉耶芙娜欠一下身后又微笑着低声补充说，"就是那位……您的同胞……俄国人……"

"这不可能！"她同样压低了声音叫道，然后伸出手指一扬，马上开始告别——既向他，也向那位高个子秘书告别，从一切迹象看得出来，秘书爱她爱得已经神魂颠倒，因为每当他看着她的时候，总是咧着嘴在笑。唐诃夫既殷勤又听话，马上离开了，宛然他们家里的挚友，只要稍加示意就会明白要他干什么似的。秘书还想赖着不走，但是玛丽娅·尼珂拉耶芙娜毫不客气地把他打发走了。

"回到您那位主宰您的人儿那里去吧"，她对他说（当时维斯巴顿有个贵妇人，活像一个蹩脚的风流女子），"干吗坐在我这个平民百姓身边啊？"

"请原谅，太太，"倒霉的秘书说，"世界上所有的贵妇人……"

然而玛丽娅·尼珂拉耶芙娜毫不留情，秘书和他的小分头于是一起溜走了。

玛丽娅·尼珂拉耶芙娜这一天的穿着同她自己"一帆风顺的际遇"十分相称，就像我们的姥姥们所讲的那样，她穿一件玫瑰红的富丽娅绸衫，绸衫的衣袖是封当式的[①]，每只耳朵上都挂着一颗大钻石。她的双眼炯炯有光，并不亚于这对钻石，她显得心神愉快和洋洋得意。

她让萨宁在自己身边坐下，开始同他谈巴黎，她过几天将要去的地方，说对德国人她已经感到讨厌，他们在自作聪明的时候显得愚蠢，而做蠢事的时候又聪明得不得要领。突然间，她向他（就像人们常说的那样）单刀直入地提出问题，问几天前他为

---

① 原文为法文，封当公爵夫人是法王路易十四的宠幸之一。

了一个女子而与之决斗的，是不是就是刚才坐在这里的那名军官？

“您怎么会知道这件事？”萨宁难堪地喃喃说。

“有事传千里，德米特里·巴甫洛维奇。不过话得说回来，我知道您做得对，一千个对——而且干得落落大方，像个骑士。您说——这个女子——就是您的未婚妻吗？”

萨宁的眉头稍稍蹙起来了……

“好，不说啦，不说啦，”玛丽娅·尼珂拉耶芙娜忙说，“这使您不愉快，请原谅我，我不问啦！别生气！”波洛索夫从隔壁房间里出来，手里拿着一张报纸。“你怎么啦？午饭准备好了？”

“午饭一会儿就端来，你看看我在《北蜂报》上读到的新闻……格洛莫伏依公爵死了。”

玛丽娅·尼珂拉耶芙娜抬起头来。

“唉！愿他进入天国！每年，”说着她转向萨宁，“在二月里，他在我生日的前一天用山茶花装点我所有的房间。不过为了这一点而住到彼得堡，是不值得的。他大概七十岁了吧？”她问丈夫。

“是的，报纸上描写了他的葬礼，整个宫廷都参加了。这里是科夫里施金公爵为此写的诗。”

“好极了。”

“要我念出来吗？公爵称他为大丈夫呢。”

“不，不要念。他是个什么大丈夫！他只不过是塔吉娅娜·尤里耶芙娜的丈夫。吃饭去吧，活着的人生计第一。德米特里·巴甫洛维奇，把您的手给我。”

午餐同昨天一样极其丰盛，席间气氛也很活跃。玛丽娅·尼珂拉耶芙娜健谈得很……作为一个女人，而且是俄国女人，这样的才干真是不可多得！她说话毫无顾忌，尤其把自己的女同胞贬得一钱不值。萨宁不止一次被她的有些泼辣、中肯的字眼引得捧腹大笑。玛丽娅·尼珂拉耶芙娜最看不惯的是假仁假义、空话连篇和虚伪做作……她几乎随便可以举出这类现象。她对在其中开始自己生活的那个低级阶层似乎是炫耀和吹嘘的，说些自己童年时代的亲戚们的相当稀奇古怪的趣事，说自己是乡下佬，同娜塔里娅·吉里洛夫娜·娜留施金娜[1]没什么两样。萨宁开始明白，原来她

① 娜塔里娅·吉里洛夫娜·娜留施金娜，彼得一世的生母，出身贫寒。

一生的经历要比她许许多多的同龄女子多得多。

波洛索夫若有所思地吃着,专心致志地喝酒,间或用自己那双暗淡无光、看上去像瞎掉了一样而事实上却很敏锐的眼睛看看妻子,或者萨宁。

“你真是我的聪明人!”玛丽娅·尼珂拉耶芙娜转过来对他大声说,“看你把我派你到法兰克福去的使命完成得多好! 为了这个,我倒想亲亲你的额角——你也不追求这个。”

“我才不想呢。”波洛索夫回答,一面用银餐刀切着菠萝。

玛丽娅·尼珂拉耶芙娜瞧着他,用手指敲着桌子。

“我们就这么打赌吗?”她一本正经地说。

“好。”

“好,你输定了。”

波洛索夫向前撅出下巴。

“看吧,这一回啊,玛丽娅·尼珂拉耶芙娜,不管你打算得多么如意,我认为你是输定了。”

“赌什么? ——能让我知道吗?”萨宁问。

“不……暂时还不行。”玛丽娅·尼珂拉耶芙娜回答说——接着笑起来。

时钟敲响七点,茶房进来报告马车已经备好。波洛索夫送走妻子,马上就摇摇晃晃地向后面的安乐椅走去。

“记住,别忘了给管家写信!”玛丽娅·尼珂拉耶芙娜从前厅里喊进来。

“会写的,别担心。我可是说一不二的。”

三十九

一八四〇年维斯巴顿的剧院连外表也是很差的,它的剧团台词冗长、平庸无奇、又竭力去墨守俗套,因此丝毫也没有超出迄今对德国所有剧院来说堪称正常的水平,而最近由“著名”的台甫里恩特先生经管的卡尔斯卢埃城的剧团则是这个水平的典范[①]。在茶房为封·波洛索夫太太所包的包厢后面(天晓得茶房是怎么设法把它弄

① 这段文字被认为是屠格涅夫对德国戏剧的攻击,引起了一场轩然大波。但台甫里恩特到1852年才出任卡尔斯卢埃剧院的经理。屠格涅夫把它说成是1840年的事,在时间上不确切。

到手的——事实上他并没有贿买市长先生!)——在这座包厢的后面有一个小房间,里面放着沙发,进包厢之前,玛丽娅·尼珂拉耶芙娜请萨宁把包厢与剧场相隔的帷幕拉起来。

"我不希望别人看见我,"她说,"要不马上会有人钻进来。"

她让他坐在自己旁边,背对着大厅,使人看起来好像包厢里是空的。

乐队奏起了《费加罗的婚礼》的序曲……幕拉了起来,戏开演了。

这是无数杜撰作品中的一部,在这类作品里看似博览群书然而毫无才华的剧作者用文绉绉的、然而死气沉沉的语言,辛辛苦苦地然而愚不可及地表达出一个"深刻的"或"感人至深"的思想,来展开所谓的悲剧冲突,引起一种像常见的亚细亚霍乱病一样的亚细亚式的无聊。玛丽娅·尼珂拉耶芙娜耐着性子听完了半幕,但当第一个情人(他穿一件打裥的棉绒领栗壳色礼服,一件条子背心,钉着珠母做的纽扣,一条绿裤子,裤脚的翻边是漆布做的,外加一双麂皮白手套)得知自己的情妇变了心的时候,当这个情人把两个拳头顶在胸口而使臂肘向前突出形成一个尖角,像狗一样号叫起来的时候,玛丽娅·尼珂拉耶芙娜受不了了。

"法国最偏僻的外省小城里最蹩脚的演员,要比德国最有名的明星演得自然,演得好,"她愤慨地大声说——说着坐到后面的房间里,"您也过来,"她用手拍拍沙发上自己身边的位子对萨宁说,"我们来聊天吧。"

萨宁服从了。

玛丽娅·尼珂拉耶芙娜看他一眼。

"我看您是挺温存的!您的妻子和您一起会感到轻松。这个小丑,"她用扇子柄指着哀号的演员继续说(他演的是个家庭教师),"使我想起了自己的青春——我也曾爱过一个教师,他是我的第一个……不,第二个爱过的人。第一次,我爱上了顿河修道院的院长。我十二岁,仅能在礼拜天见到他穿着丝绒长袍,浑身都发出香水的气息,提着手提香炉从人群里走过去,用法语对女士们说:'对不起,请原谅'——从不抬起他的眼睛来,可他的眼睫毛——您知道怎么个样子啊!"——玛丽娅·尼珂拉耶芙娜用大拇指的指甲划出半个小拇指给萨宁看。"我的老师叫加斯东先生[①]!应当告诉您,这个人很有学问,又极其严格,是个瑞士人——而且他的脸庞是那么刚毅有力!鬓须长得漆黑,侧面看去是希腊型的——嘴唇好像铁铸的一样!我怕他。我一生中只怕过他一个人。他是我哥哥的家庭教师,我哥哥后来死了……是淹死的。一

① 原文为法文。

个茨冈女人预言我会死于暴力——不过那是毫无根据的,我不相信它。您能想象依波里特·西多雷奇会带刀吗?"

"也可能不是死于刀斧之下。"萨宁指出。

"这些都是胡话!您相信吗?我——可一点也不。不过注定的事是逃不过的。加斯东先生住在我们家里,就在我头顶的房间。常常有这样的情况——我夜里醒来,听到他的脚步声——他睡得很迟——于是我的心就抽紧了,由于崇敬……或者另一种感情。我的父亲勉强识几个字,但是给予我们的却是良好的教育。您知道我还懂拉丁语呢?"

"您?懂拉丁语?"

"是的——我。是加斯东先生教会我的。我跟他读完了《埃涅阿斯纪》[①],乏味得很,不过也有些地方很好。您记得吗,当狄多和埃涅阿斯在树林里的时候……"

"是的,是的,记得。"萨宁急忙说。他自己学的拉丁语早就忘得一干二净,对《埃涅阿斯纪》的故事也印象很淡薄了。

玛丽娅·尼珂拉耶芙娜习惯地望了他一眼,斜着眼,从下向上望。

"可是您别以为我很有学问。啊,我的老天,不——我没有学问,而且毫无才干。我勉强会写几个字……是的,又不会大声朗读,既不会弹钢琴又不会画画,也不会做针线——什么也不会!我就是这么个人——整个儿都在你面前!"

她摊开双手。

"我把这一切都告诉您,"她继续说,"第一是为了不去听那些笨蛋的话(她指指舞台,那里,此刻女演员接替了男演员的号叫,也把两个臂肘向前突出出来);第二是因为我欠了您一笔债——昨天是您对我讲了自己的事。"

"那是因为您问了我。"萨宁说。

玛丽娅·尼珂拉耶芙娜突然转过脸去向着他。

"难道您就不愿意了解我是个怎么样的女人吗?但是我不奇怪,"她又靠到沙发背上说,"一个人准备结婚,而且是出于爱情,在决斗之后……他哪里会想到其他的事情呢?"

玛丽娅·尼珂拉耶芙娜开始沉思,用自己阔大的然而整齐和洁白得如牛奶一般的牙齿咬啮扇柄。

萨宁感到他无法摆脱的那团烟雾又开始在他脑子里升起来——这已经是第二

---

① 古罗马维吉尔的名著,取材于希腊神话。埃涅阿斯是希腊神话中特洛亚英雄之一,是皇帝安喀塞斯和女神阿佛洛狄忒的儿子,传说中罗马人的祖先,是他于伊里昂城陷落后把余存的人们带到了罗马。

天了。

他和玛丽娅·尼珂拉耶芙娜之间的谈话是压低了声音进行的，几乎是窃窃私语——而这尤其使他生气和不安……

这一切到什么时候才会了结呢?

脆弱的人们永远不会主动去了结它——老是等待着它的终结。

舞台上有人打喷嚏，这个喷嚏是作者安排到自己的剧本里作为“喜剧因素”的，剧本里再也没有其他的喜剧成分了，所以观众仍很满意这个情节，都笑了。

这笑声也叫萨宁生气。

他一度不知该怎么好——是生气呢还是高兴，是愁闷呢还是欢娱? 唉，要是杰玛看见她的话!

“是的，这太奇怪了，”玛丽娅·尼珂拉耶芙娜突然又说道，“一个人向您宣布，而且语气是这样平静：‘我打算娶亲’，可是谁也不会平静地对您说：‘我打算投河去’。可是——这两者又有什么区别呢? 奇怪，真的。”

萨宁已经十分懊丧。

“区别是很大的，玛丽娅·尼珂拉耶芙娜! 那个投河的人他并不害怕，他会游泳，再则……至于婚姻结合的怪诞……如果真要说的话……”

他戛然而止，不说了。

玛丽娅·尼珂拉耶芙娜用扇子往自己的掌心里一拍。

“说下去，德米特里·巴甫洛维奇，说下去——我知道您想说的是什么。‘如果真要说的话，亲爱的太太，玛丽娅·尼珂拉耶芙娜·波洛索娃，’——您是想这样说，‘再也想象不出比您的婚姻更奇怪的事了……对您的丈夫我可是十分了解的，而且从小就开始了!’这就是您想说的话，您，一个会游泳的人!”

“对不起。”萨宁刚想开口说……

“难道不是这样吗? 不是吗?”玛丽娅·尼珂拉耶芙娜固执地说，“来，请正面朝我看，说我讲得不对吧!”

萨宁不知道把眼睛朝哪里看好。

“好，请原谅，您说对了，既然您一定要我这么办。”他终于说。

“是这样……是这样。那么——您，一个会游泳的人，是否问过自己，究竟是什么原因使一个女人，她既不贫穷……也不愚蠢……也不难看，产生这样奇怪的行动呢? 也许您对此不感兴趣，不过反正如此。现在我不告诉您原因，等到幕间休息一结束再说。我一直担心可别有人撞进来……”

玛丽娅·尼珂拉耶芙娜还来不及把这最后一句话说完，通外间的门真的打开了一半——于是探进一个油汗满面的红色脑袋来，它虽然还年轻，却已经掉了牙，一头平直的长发，一个挂下来的鼻子，一双蝙蝠一样的大耳朵，好事而迟钝的一双眼睛，戴着一副金丝边眼镜，眼镜上又夹着一副夹鼻镜。这个脑袋向内扫视一遍，发现了玛丽娅·尼珂拉耶芙娜，不怀好意地咧嘴笑了笑，点点头……脑袋下面青筋嶙嶙的脖子伸得长长的。

玛丽娅·尼珂拉耶芙娜朝着他挥动手帕。

“我不在家！Ich bin nicht zu Hause，Herr P……！ Ich bin nicht zu Hause……[①]走开，走开！”

脑袋吃了一惊，强装出一副笑容，学着它一度顶礼膜拜的李斯特的样子，用仿佛哭泣的声音说：“很好！很好！”[②]——然后消失了。

“这是什么人物？”

萨宁问。

“他？维斯巴顿的批评家。一个‘耍笔杆儿的’或者当差的，随你怎么说。他被本地的一个商人雇用，所以一定得样样都说好话，什么都要表示兴高采烈，可自己装了满肚子的牢骚却不敢说。我很担心，他是个惹是生非的可怕家伙，他马上会说出去，说我在戏院里。管它，反正这样了。”

乐队奏起华尔兹舞曲，幕又升起来……舞台上又开始装腔作势和隐隐啜泣。

“来，”玛丽娅·尼珂拉耶芙娜重新坐到沙发里，开始说，“因为您落到我手里了，只好和我坐在一起，不是享受同您的未婚妻贴近的快意……所以不要转动眼睛，也不要生气——我理解您并且已经答应放您去自由驰骋——不过现在您得听我的自白。您想知道我最爱什么吗？”

“自由！”

萨宁接上去说。

玛丽娅·尼珂拉耶芙娜把手放到他的手上。

“对了，德米特里·巴甫洛维奇”，她说，嗓音里听得出有某种不同寻常的东西，某种毫无疑问的真诚和庄严，“爱自由，甚于一切，先于一切。您别以为我拿它来夸耀自己——这里没有丝毫值得夸耀的东西——无非本来如此，对我来说是从来如此，永远如此，直到我死去。也许我小时候奴役的现象看得太多了，也受够了它的苦楚，但

---

① 意为“我不在家，先生……！我不在家”。

② 原文为德文。

是加斯东先生[①],我的老师,开了我的眼界。现在您也许明白我之所以要嫁给依波里特·西多雷奇的缘由了,和他在一起我是自由的,彻底的自由,就像空气,像风……这一点我结婚前就知道了,我知道和他一起,我将永远是一个自由的哥萨克!"

玛丽娅·尼珂拉耶芙娜静默下来——把扇子扔到一边。

"我再告诉您一件事——我不反对思考……它是件快事,我们的智慧就是为思考用的,但是对于我自己的所作所为的后果,我却从不考虑,直到事情临头,我就不怜惜自己——哪怕是一丝一毫——因为犯不着。我有句口头禅:'不会带来任何后果。[②]'——我不晓得俄语里怎么说的。但是真的,不会带来后果[③]吗?——反正没有人要我在这里——在今世说出来,至于到了那里(她向上竖起指头)——唉,那里么——让人家照他们知道的样子去摆布吧。到我在那里受审判的时候,我可不再是我啦!您在听我吗?您不觉得无聊?"

萨宁俯首坐着,他抬起了头。

"我一点也不觉得无聊,玛丽娅·尼珂拉耶芙娜,而且怀着好奇听您说。但是我……老实说……我问自己,您干吗老跟我谈这些个?"

玛丽娅·尼珂拉耶芙娜将身子在沙发上轻轻移动一下。

"您向自己提出问题……您就这么不善于猜测?或者说就这么老实?"

萨宁的头抬得更高了。

"我把这一切都告诉您,"玛丽娅·尼珂拉耶芙娜继续说,用的是平静的语调,但是那语调同她的表情却不怎么协调,"因为我非常喜欢您。请不要奇怪,我不是开玩笑,因为自从同您见面以后,如果对我留着一个不好的印象……或者,即使您对我的印象不是不好(这对我反正一样),而是不正确,我想起来会感到不愉快的,所以我才把您带来这里,单独和您一起,如此开诚布公地和您谈话……是的,是的,开诚布公。我不说假话。请注意,德米特里·巴甫洛维奇,我知道您爱上了另一个人,您准备和她结婚……请公正地对待我的无私!不过该轮到您说话了——不会带来任何后果的!"

她笑起来,但笑声又戛然而止——她端坐不动,仿佛她为自己的话而愕然,而在她的眼里,在她往常如此快乐和勇敢的眼里,则闪现出某种似是胆怯,甚至忧伤的东西。

"蛇!啊,她是蛇!"萨宁当时思忖道,"可是又是多么美丽的一条蛇啊!"

"请把我的眼镜拿给我,"玛丽娅·尼珂拉耶芙娜突然说,"我想看看,难道这位

---

① 原文为法文。

② 原文为法文。

③ 原文为法文。

演女主角的[1]真的这么难看？不错，可以认为政府是为了教化才物色她的，好让青年不致过于迷恋。”

萨宁把手持式长柄眼镜递给她，她在从他手里接过来的时候，一下子，用双手抓住了他的手。

“请不要一本正经，”她微笑着悄悄说，“要知道，想用锁链套住我是不成的，可我也不拿锁链去套别人。我爱自由，并且不承担责任——不止是对我自己。好，现在坐开去一点，我们来听会儿戏。”

玛丽娅·尼珂拉耶芙娜拿眼镜来对着舞台看，萨宁也往那里看，他和她并肩而坐，在包厢的半暗不明处，闻着，不由自主地闻着从她华贵娇艳的身躯发出的暖意和香气，而晚间她向他说的一切又是如此不由自主地在他脑海里翻腾——尤其是最后几分钟里说的。

四十

戏还要演一个多小时，但是不久以后玛丽娅·尼珂拉耶芙娜和萨宁就不再往舞台上看。他们又复开始聊天，话题依旧，不过此番萨宁缄口不言的时间较少。从内心讲他既对自己，也对玛丽娅·尼珂拉耶芙娜生气，他竭力向她证明她的“理论”是站不住脚的，看上去她似乎对理论颇有兴趣！他开始同她争论，这使她暗自高兴——既然他来争论，就是说已经让步或者将要让步。向诱饵走去了，已经动摇了，不再怕生了！她反对、她笑、她赞同、她沉思、她进攻……与此同时他的脸和她的脸接近起来，他的目光不再回避她的眼睛……这双眼睛似乎迷了路，似乎顺着他的形象转来转去，他用微笑回答她——彬彬有礼，然而微笑着。有一点对她是很有利的，那就是他开始谈抽象的东西，议论彼此的忠诚、责任、爱情以及婚姻的神圣不可侵犯……事情已很明白——这些抽象的东西作为一个开端……一个出发点是十分相宜的……

熟悉玛丽娅·尼珂拉耶芙娜的人们相信，当她整个强健有力的躯体里突然出现某种温存和谦恭的东西，某种少女般的羞怯的时候（虽然可想而知，她哪里会有这些东西呢！），那个时候啊，那个时候事情就走向了另一个危险的极端。

看样子对萨宁来说，它已经转向这个极端……要是他有哪怕是刹那间的专心自

---

① 原文为法文。

度，他就会感到要蔑视自己，然而无论是专心自度或蔑视自己，他都无暇顾及。

可是她却没有白费时间，而这一切都是由于他相貌长得不错。人们不禁要说："谁知道什么地方有得，什么地方有失呢！"

戏演完了。玛丽娅·尼珂拉耶芙娜请求萨宁帮她披上披肩，当他用柔软的织物包裹她那简直是王后般的双肩时，她动也没有动一下。然后她挽起他的手，走到走廊里——突然，她几乎失声叫起来——正靠包厢的门口，唐诃夫幽灵般地出现在面前，而在他的背后，则探头探脑地露出维斯巴顿批评家的污秽的影子。"耍笔杆儿的"满是油污的脸上直射出幸灾乐祸的凶光。

"太太，您不吩咐我为您找来您的马车吗？"年轻的军官对玛丽娅·尼珂拉耶芙娜说，喉咙里强压着的狂暴颤动着。

"不，谢谢啦，"她回答，"我的仆人会找来的。"——"请留步吧！"她用命令的口气小声补充说，接着拉萨宁迅速远离而去。

"见您的鬼去！还站在面前干啥！"唐诃夫突然对记者大声发作，他需要有个人让他来发泄怒气。

"很好！很好！"记者嘟囔着溜走了。

在过道间等着玛丽娅·尼珂拉耶芙娜的仆人，一转眼就找来了她的马车——她利索地坐到里面，萨宁也随她跳上了车。门砰的一声关上了——于是玛丽娅·尼珂拉耶芙娜爆发出一阵笑声。

"您笑什么？"萨宁好奇地问。

"哦，请原谅……不过我想到一个问题，如果为了我……唐诃夫又要和您决斗……这不成了奇迹了吗？"

"您和他很熟悉吗？"萨宁问。

"和他？和这个小孩子？他是替我跑腿的，您别担心！"

"担心我倒一点也不担心。"

玛丽娅·尼珂拉耶芙娜叹了口气。

"唉，我知道您不会担心。不过请听我说——要知道您是多么亲切可爱，您不应当拒绝我的最后一个请求。请别忘记，三天以后我要到巴黎去了，而您要回法兰克福去……我们要到何时再见啊！"

"您的请求呢？"

"您该会骑马吧？"

"会。"

"就这件事。明天一早我带您走，我们一起出城去。我们会有好马骑，以后我们再回来，事情就此了结——阿门！您别大惊小怪，别对我说这是任性，说我是疯子——这都是可能的——您只消说：我同意！”

玛丽娅·尼珂拉耶芙娜把自己的脸转过去向着他。马车里一片漆黑，然而正是在这样的黑暗里她的眼睛却闪耀着光芒。

“好，我同意。”萨宁叹着气说。

“啊！您在叹气！”玛丽娅·尼珂拉耶芙娜戏谑地学着他的腔调说，“这就叫一不做二不休。可是不，不……您——太迷人，您太好了——不过我会信守自己的诺言的。现在我把自己的手给您，不戴手套的，是右手。握住它吧——请相信这一次握手。我是什么样的一个女人，我不知道，可是我却是一个诚实的人，是可以和我打交道的。”

萨宁未经仔细思索怎么办好，就把她的手贴到自己的嘴唇上。玛丽娅·尼珂拉耶芙娜轻轻地把手抽回来——突然沉默下来——直到马车停下来，一直沉默不语。

她开始下车……这是什么？是萨宁的幻觉还是真的感觉到自己脸颊上一种一闪而过然而热辣辣的接触？

“明儿见！”玛丽娅·尼珂拉耶芙娜在楼梯上对他轻轻说，她全身被大烛台上的四支蜡烛照得通亮，打扮得金光闪闪的看门人在她出现的时候高高地擎着烛台。她的眼睛一直朝下看着，“明儿见！”

萨宁回到自己的房间，看到桌子上杰玛的来信。刹那之间……他吓了一跳——但是为了尽快对自己掩饰他的恐惧之情，他马上又现出快乐的样子。信只有几行字——她为“事情开端”顺利感到高兴，劝他耐着点儿性子，还说举家安好，并预先为他的回归表示高兴。萨宁觉得这封信写得相当枯燥，但还是拿起了笔、纸……然而又都丢开了。“写什么呢？明天自己就要回去了……是该回去了，该回去了！”

他立即躺到床上，竭力使自己尽快睡去。假如不躺下来，处在清醒无眠的状态之中，他也许要开始思念杰玛——可是要思念她，他就不知怎么地会感到羞耻。他的良心不安。然而他安慰着自己——明天一切都将永远了结，他将和这位反复无常的太太永远告别——于是把这一切荒唐事情忘记得一干二净！……

脆弱的人们在同自己对话的时候，喜欢使用坚决的言辞。

往后……不会再带来严重的后果了！①

① 原文为法文。

四十一

这就是萨宁躺着睡觉时所想的，但是第二天，当玛丽娅·尼珂拉耶芙娜不耐烦地用马鞭的珊瑚把手敲他的房门，当他看见她出现在自己房间的门槛上的时候——她手挽深蓝色骑服的后拖襟，梳成辫子的鬈发上戴着一顶男式小帽，脸戴垂到肩膀的面纱，嘴角上、眼睛里、整个脸部都露出挑战似的微笑。——这个时候他所想到的是什么，对此历史却是保持缄默的。

“怎么，准备好了吗?”响起一个愉快的声音。

萨宁扣上礼服的扣子，默默地拿起帽子。玛丽娅·尼珂拉耶芙娜拿明亮的眼睛看他一眼，点了点头，便飞快地跑下楼梯。萨宁跑在后面跟着她。

马匹已经站在台阶前的街道上。一共有三匹：一匹纯种母马，黄里透红，长着一副龇牙咧嘴的干瘪嘴脸，一双黑眼睛鼓鼓的，就像铜铃子，四只像鹿脚一样的蹄子，一身精肉看起来挺壮实，是一匹漂亮的红鬃烈马——那是玛丽娅·尼珂拉耶芙娜骑的；另一匹公马，强壮、魁伟、有点实敦敦的，浑身乌黑，并无一点杂色——是萨宁骑的；第三匹是跟班骑的。玛丽娅·尼珂拉耶芙娜敏捷地跨上自己的马……它颠起四只蹄子打转转，翘起尾巴，把屁股拱得高高的，但是玛丽娅·尼珂拉耶芙娜(真是一个了不起的骑手!)就地把它制服了——还得和波洛索夫告别，他正出现在阳台上，戴着终年不换的菲斯卡帽子，敞开了睡衣的胸襟，从那里挥动麻纱手帕，然而毫无笑容，倒不如说是愁眉不展的。萨宁也上了马，玛丽娅·尼珂拉耶芙娜扬起马鞭向波洛索夫致意，然后往低下头的光溜溜的马颈项里抽了一下。它前蹄一踮人立而起，向前一跃，开始平稳地小跑起来，抖动着浑身的筋肉，收拢了马嚼子空咬着，打起阵阵响鼻。萨宁从后头骑马赶上来，望着玛丽娅·尼珂拉耶芙娜，她那纤细、柔软、束得紧紧而得体的腰身伶俐而匀称地摆动着。她回过头来，使眼色催促他走近前来。他赶上来和她并行。

“哎，您看该多好啊，”她说，“我在最后和您要分手的时候对您说，您真迷人——而且您不会后悔。”

说完后半句话，她多次自上而下点着头，似乎想证实它并让他也明白它的意思。

她看上去是如此幸福，简直使萨宁为之吃惊。她的脸上露出的是那样一种郑重其事的表情，唯有当孩子们非常……非常满意的时候才会有类似的表情。

他们一下子就到了不远的城门，尔后纵马沿大路疾奔而去。天气很好，完全是夏天了，风迎面吹来，在他们的耳际愉快地呼啸吼叫。他们情绪很高，两人都陶醉在对年轻、健康的生命的感受之中，陶醉在畅快、飞速的向前运动的感受之中，而这种感受又无时不在增长。

玛丽娅·尼珂拉耶芙娜勒住马又开始让它细步慢行，萨宁也学她的样子走。

“正是，”她深沉地、怡然自得地叹了口气，开始说话，“正是为了这个才值得活着。本来似乎是不可能的而你却是在向往的事，终于做到了——啊，心啊，尽情地享用吧！”她用手在自己的喉部横向一划，“在这个时候人会感到自己是多么善良！正是在现在，我……是多么善良！我真想拥抱整个世界！可是不，不是整个世界……像这个人我就不拥抱他。”她用马鞭指指在一旁走过去的一个衣衫褴褛的老人，“不过我打算叫他幸福。呶，拿着。”她用德语大声喊道，随即把一个钱袋扔到他的脚边。沉甸甸的钱包（那时皮夹子还连影儿也没有呢）当的一声碰在地上，过路人吃了一惊，站住了，玛丽娅·尼珂拉耶芙娜却大笑起来，纵马而去。

“您对骑马感到这么高兴吗？”萨宁赶上去问她。

玛丽娅·尼珂拉耶芙娜又把马一下子勒住——她勒马而止从不用别的方法。

“我只想避开别人的感谢。谁感谢我，就扫了我的兴。我可不是为了他才这样做，我是为自己。他怎么敢感谢我呢？我没有听清楚，您问什么来着？”

“我问……我想知道为什么今天您这么高兴？”

“我听说，”玛丽娅·尼珂拉耶芙娜说（也许她还是没有听清萨宁说的话，也许是认为没有必要回答他的问话），“这个跟班真叫我讨厌死了，这个家伙老是跟在咱们后头，大概老在盘算，先生们到底什么时候回去？该怎么把他甩掉呢？”她轻巧地从口袋里掏出笔记本，“差他到城里送信去？不……不恰当。有了！就这样！前面是什么？饭馆吧？”

萨宁朝她指点的方向看去。

“嗯，像是饭馆。”

“那就好啦。我吩咐他留在饭馆里——叫他喝酒，等我们回来。”

“他会怎么想呢？”

“干我们什么事？而且他也不会去想，他只会去喝酒——就是这样！来，萨宁（她第一次只称他的姓），快马向前！”

赶到饭馆门口，玛丽娅·尼珂拉耶芙娜把跟班叫过来，告诉他她对他的要求。跟班，一个英国出生和具有英国气质的人，默默地把手靠向制帽的帽檐，跳下马来抓住了缰绳。

“好，现在我们成了自由之鸟啦！”玛丽娅·尼珂拉耶芙娜大声说。

“我们上哪儿去？向北、向南、向东、向西？看——我像加冕典礼上的匈牙利国王了(她拿马鞭指向四方)。一切都属于我们！不,看,那边的山峰多么可爱,还有,多好的森林！我们去那边吧,到山里去！到山上去！”

“到自由主宰着的山里去！”①

她避开大路,奔上一条窄小、坎坷不平的小道,那条小道好像确实是通向山间的。萨宁跟在她后面飞奔。

四十二

这条小道不久就变成一条羊肠小径,最后完全消失了,横在前面的是一条小沟。萨宁提议往回走,可是玛丽娅·尼珂拉耶芙娜却说:“不！我要进山！我们一直走吧,像鸟儿一样飞翔！”——说着纵马一跃跨过了小沟。萨宁也跳了过去。沟的对面展现出一块草地,起先是干的,尔后变得湿润,再后完全成了沼泽,到处渗水,出现一个个水洼。玛丽娅·尼珂拉耶芙娜故意叫马在水洼里走,大声笑着说:“让我们开心开心吧！”

“您知道什么叫踩着水坑打猎吗?”她问萨宁。

“知道。”萨宁回答。

“我的舅舅是带着狗打猎的,”她接着说,“我跟他一块出去过——那是在春天。真有趣！现在我和您不也是——踩在水里吗？但是我看到,您是个俄国人,却想娶个意大利女人。正是这个——构成了您的不幸。这是什么？又是沟？跳！”

马是跳了过去——但是玛丽娅·尼珂拉耶芙娜的草帽却从头上落了下来,使她的头发披散到她的肩膀上。萨宁想下马去捡草帽,可是她喊住了他:“别动它,我自己来。”她从马鞍上俯下身,用马鞭的把手勾住了面纱,当真把草帽捡了起来,戴到了头上,可是并不把头发整理好,却又向前飞奔而去了,甚至还狂呼大叫着。萨宁和她一起肩并着肩奔驰,肩并着肩一起呼叫,穿过篱笆、小溪,陷进去又拔出来,跑到山脚下,跑上山冈,朝着她的脸看。那是一张什么样的脸啊！它的一切仿佛都是开放的——眼睛开放着,贪婪、明亮而粗犷;嘴巴、鼻孔也开放着,而且贪婪地呼吸着;她直视前方,凝神

---

① 原文为德文。

注视自己眼前的事物，似乎想把目光所及的一切，无论大地、天空、阳光乃至空气，统统置于她的意志之下。她感到遗憾的只有一点，危险已经不多——还得要把它们一一征服！“萨宁！”她喊着，“这不像在毕尔格[①]的《莱诺勒》里吗？只不过您没有死——嗯？没有死？……我也活着！”有一种无可阻遏的力量正在奔放出来，这不是一位女骑士在纵马驰骋——这是年轻的女性的人马神——半兽半神的怪物——在跳跃，而在那些被她的狂暴践踏过的文明而有教养的地方，人们都为之惊愕！

玛丽娅·尼珂拉耶芙娜终于把她那匹浑身是汗，口吐白沫的马停了下来，它悠然自得地在她的胯下步态不稳地走着，而萨宁的那匹强壮而笨重的公马断断续续地喘着气。

“怎么，过瘾吗？”玛丽娅·尼珂拉耶芙娜以一种优美的调子低声问他。

“过瘾！”萨宁兴奋地说，他全身的热血沸腾起来。

“等一等，过瘾的事还在后头哩！”她伸出手来，手上的套子已经绽开。

“我说过要带您到树林里去，到山上去……这不就是山吗？”果然，距离骁悍的骑士们飞奔而至的地方大约二百步远处，蜿蜒着一条被高高的森林覆盖的山岭。“看，有路。走——到前面去。不过得慢慢儿一步步走，该让马匹休息一会儿。”

他们骑马而行。玛丽娅·尼珂拉耶芙娜用手使劲一甩，把头发抛到后头，然后看看自己的手套，把它脱下来。

“手会有皮革的气味的，”她说，“您难道不在乎吗？啊？……”

玛丽娅·尼珂拉耶芙娜微笑着。萨宁也微笑着。这场狂奔疾走似乎使他们彼此终于接近，友好起来。

“您几岁？”她突然问。

“二十二。”

“不可能吧？我也二十二岁。正是青春年华。就加在一起也远没有到老年。可是真热啊。怎么样，我的脸红吗？”

“像罂粟花一样地红！”

玛丽娅·尼珂拉耶芙娜用手帕擦脸。

“只要到了林子里就好了，那里会凉快的。像这样的老林——简直是我的老朋友，您有朋友吗？”

萨宁想了想。

---

① 毕尔格(1747—1794)德国诗人，“狂飙突进”思想的代表人物，法国大革命的拥护者。《莱诺勒》是他模仿英国民谣的形式创作的叙事歌谣，描写一个少女控诉“七年战争”夺去了她的未婚夫。

“有……但是很少。真正的朋友没有。”

“可我有,真正的——不过不是老朋友。这也是朋友——这匹马。看它多么小心地载着你!啊,这里真好!难道我后天就要去巴黎?”

“是啊……难道?”萨宁接上去说。

“而您要去法兰克福?”

“我一定得去法兰克福。”

“唉,有什么办法呢——上天保佑您!但是今天是属于我们的……我们的……我们的!”

马匹到达林间空地后继续走到了里面,森林从四面八方把宽阔而柔和的浓阴铺在他们身上。

“啊,这里简直是天堂!”玛丽娅·尼珂拉耶芙娜大声赞叹说,“萨宁,再进去,继续往阴影里去!”马匹静静地向着“阴影的更深处”前进,轻摇慢摆地,有时打着鼻鼾。他们走的那条路突然拐到一边,伸入一个非常狭窄的山谷。帚石南、蕨薇和松香的气息,还有去岁的枯枝败叶的腐霉气息,交织起来迎着他们扑鼻而来,醇厚而醉人。陡峻的巨石的裂缝里透出一股股强烈的清新凉气。小道的两旁冈峦嵯峨,到处披覆着绿色的苔藓。

“停一下!”玛丽娅·尼珂拉耶芙娜大声说,“我想在这块鸭绒般的绿茵上歇一会儿。您帮我下马。”

萨宁跳下来跑到她跟前,她撑着他的肩膀一下子跳到地上,在一处铺满青苔的高地上坐下来。他立在她面前,手里握着两匹马的缰绳。

她抬眼望着他……

“萨宁,您会忘记吗?”

萨宁想起了昨天的事……在马车里。

“这什么意思——是问题……还是责备?”

“有生以来我没有在任何方面责备过任何人。可是您相信媚术吗?”

“怎么?”

“媚术——就是我们的歌子里唱的那个,您是知道的。俄国民间歌曲里唱的那个?”

“啊!我懂了,您说的是什么……”萨宁支吾着。

“是的,就是这个。我相信……您也相信。”

“媚术……妖法……”萨宁重复着说,“世界上什么都可能。我以前不相信,现在也相信了。我变得连自己也认不出来了。”

玛丽娅·尼珂拉耶芙娜想了想——回过头来。

“我觉得好像这块地方挺熟似的。萨宁，您看，在那棵大橡树后面竖着一个红色的大十字架吗？是不是？”

萨宁向那边走了几步。

“是的。”

玛丽娅·尼珂拉耶芙娜得意地笑了一下。

“啊，好啦！我知道我们在哪里了。我们还没有迷路。是什么在响？砍柴的声音吗？”

萨宁向密林里望去。

“是的……那里有个老头在砍干树枝。”

“得把头发理好，”玛丽娅·尼珂拉耶芙娜说，“要不让人看见了会说闲话的。”她摘下帽子，开始梳理自己的长辫子……无声而庄严地。萨宁站在她跟前……她那苗条的身段在衣衫暗淡的皱裥下面清楚地显现出来，那些皱裥上满是不知哪里粘来的苔藓毛毛。

萨宁背后，有一匹马突然颤抖一下，他自己也不由自主从头到脚打了个冷战。他心里乱纷纷的——神经像琴弦一样绷得紧紧的。他说得对，他连自己也认不出来了……他真的被妖术迷住了。他的整个身心被一个……一个念头，一个愿望所充塞。玛丽娅·尼珂拉耶芙娜把透视一切的目光投向他。

“好，现在样样都如意了，”玛丽娅·尼珂拉耶芙娜戴上帽子说，“您不坐下吗？就坐在这里！不，等一等……别坐下来！这是什么？”

一阵闷沉沉的震动声沿着林木的顶端，顺着林间的空气滚滚而来。

“是雷声吗？”

“好像是真的打雷了。”萨宁回答。

“好哇，这可是大喜事啊！简直是喜事！就差这个了！”沉闷的轰隆声又一次响起来，响起来又隆隆地消失下去。“好哇！再来一下！记得吗，昨天我对您说的《埃涅阿斯纪》，他们不也是在森林里遇上雷雨吗？不过得准备动身了。”她迅速站起来，“您把马拉过来……托我的手一把。就这样。我身体并不重。”

她像鸟一样飞到马鞍上，萨宁也上了马。

“您——回家去？”他用迟疑的声音问。

“回家？！”她慢慢地说，并抓起马缰，“跟我走。”她几乎是粗暴地命令说。

她出来上了路，经过红色十字架，走下谷地，到达岔路口，向右拐弯，又走上山去……显然她认得这条路通到哪里——而这条路却越来越深地向森林的深处延伸过去。她什么话也不说，也不回头来看，她不顾一切地向前走去——他驯服地乖乖跟着她走，在僵滞的心灵里没有一丁点儿意志的火花。天开始飘下零星的雨滴，她加快马匹的步伐——他也毫不落后。终于透过云杉树丛的浓密绿阴，在灰暗的山崖下面，出现了一间简陋的守林用的小屋，荆条编成的墙上安着一扇低矮的门。玛丽娅·尼珂拉耶芙娜驱马穿过灌木丛，跳下马来——于是突然走到门口，向萨宁回过头来说："埃涅阿斯！"

四个小时以后，玛丽娅·尼珂拉耶芙娜和萨宁，由在马鞍上打瞌睡的跟班陪同，回到维斯巴顿，来到旅馆里。波洛索夫先生迎接了自己的夫人，手里拿着给管家的信。但是当他比较仔细地打量了她一番以后，脸上现出了某种不满的神色——甚至自言自语说：

"当真我输了吗？"

玛丽娅·尼珂拉耶芙娜只是耸了耸肩。

而在同一天，两个小时以后，萨宁在自己的房间里，站在她的跟前，仿佛丧魂落魄一般，仿佛死去了一样……

"你到底去哪里？"她问他，"去巴黎——还是法兰克福？"

"我跟你去你要去的地方——只要你不赶我走，我总跟着你。"他绝望地回答，伏在自己占有者的双手上。她抽出双手，把它们放在他头上，用所有的十根指头来抓他的头发。她徐徐地梳理着绞弄着这些柔顺的头发，自己则挺直了身子，一缕洋洋得意的笑意像蛇似的掠过唇间——而眼睛，那双大而亮得发白的眼睛，则流露出一种残忍的迟钝的神色和对胜利的满足。鹞鹰在用爪子撕裂捕获的兔子时，它的眼睛常常是这样的。

四十三

这就是萨宁在寂静的书房里翻检自己的故纸堆而发现石榴石十字架时所回忆起来的事。我们听到的故事在他的脑海里清晰地一幕幕再现出来……然而当他想到自己竟如此低三下四地向玛丽娅·尼珂拉耶芙娜哀求的时候，想到自己跪在她的双脚前面的时候，想到自己的奴仆式的地位的时候——他掉过头去避开了被他呼唤出来的一个个形象，他不愿再往下想了。这倒并非因为他忘记了——不！他记得，他记得太清楚了，继之而来的是什么，可是羞耻压得他喘不过气来——即使是现在，经过许多年之后,他害怕那种无可克服的对自己蔑视的感情,他深信不疑,只要他一旦不让自己的记忆沉默下去,这种感情就会如滚滚的波涛向他涌来,将其余一切感情淹没。然而不管他如何避开业已勾起的回忆,他无法使它们通通泯灭。他回忆起他寄给杰玛的那封卑劣的、如怨如诉的、虚伪而可怜的信,一封没有回音的信……去见她,回到她身边——在经过如此的欺骗,如此的背叛之后吗——不!不!他身上究竟还有几许良心和诚实啊。而且他失却了对自己的任何信念,任何尊敬——他已经没有勇气作任何保证了。萨宁还记得,后来——哦,耻辱啊!他怎么样打发波洛索夫的仆人到法兰克福去取自己的东西——他又怎么样胆战心惊地挨日子,怎么样一心想着:快点到巴黎去,到巴黎去。他怎么样遵照玛丽娅·尼珂拉耶芙娜的吩咐巴结和奉承依波里特·西多雷奇——而且讨好唐诃夫,他发现他的手指上戴着同玛丽娅·尼珂拉耶芙娜送给他的一模一样的一只铁戒指!!!他继续回忆下去,以后的事情更糟糕,更丢人,茶房递给他一张名片,印在上面的名字是潘塔列昂·奇巴图拉,尊贵的莫登斯基公爵殿下的御前歌手!他想躲开老头,但是无法避免在走廊里与他相遇——于是向上翘起的那蓬灰白头发下面的那张怒气冲冲的脸出现在他的面前。老人的一双眼睛红得像燃烧的煤块——于是听见了可怕的叫喊和咒骂声:"可恶!"[①]还听到了甚至更为可怕的骂人话:"胆小鬼!可耻的叛徒!"[②]萨宁闭起眼睛,摇摇头,一次再次地避开不去想它——然而还是看到自己坐在旅行轿车前面一个窄小的座位上……在后面安适的座位上坐着玛丽娅·尼珂拉耶芙娜和依波里特·西多雷奇——四匹马踏着和谐的步伐,沿着维斯巴顿的马路迅跑——直向巴黎进发!直向巴黎进发!依波里特·西多雷奇吃着梨儿,那是他,萨宁给削的,而玛丽娅·尼珂拉耶芙娜看着他,露出冷笑,一种他——一个被奴役的人,所熟悉的冷笑——一个私有者,主宰别人的人的冷笑……

可是天啊!就在那里,街角转弯处,离城门不远的地方——不正是潘塔列昂又站在那里吗——还有,和他一起的是谁?莫非是爱弥儿?哦,正是他,那个热情奔放忠心耿耿的孩子!曾几何时,他那幼小的心灵对自己的英雄,理想中的完人充满着敬慕之情,然而此刻,他那苍白美丽的脸——那是多么美丽的脸庞,以致玛丽娅·尼珂拉耶芙娜也发现了他,而且从车窗里探出头来——那张高尚的脸上流露出来的却是厌恶与蔑视,一双眼睛(和那双眼睛是多么酷似!)——盯着萨宁,双唇闭得紧紧的……又突然张大了嘴来骂他……

---

① 原文为意大利文。

② 原文为意大利文。

潘塔列昂伸出手指着萨宁——是为谁在指点？为站在旁边的塔尔塔里亚，于是塔尔塔里亚也向萨宁吠叫——而这只忠诚的狗的吠叫本身，听起来就是一种不堪忍受的凌辱……不像话！

然后是那边——寓居巴黎的生活——依然是屈辱，依然是一个奴仆的悲惨的苦痛，他不许妒忌，不许申诉，而最终像穿旧的衣服一样被一脚踢开……

尔后——回到故乡，受到毒害、空虚无聊的生活，琐碎的忙碌，无谓的奔波，痛苦而枉然的悔恨——而要忘记它却又是多么不易，多么痛苦——是一种并不明显的惩罚，然而每时每刻，天长日久都在进行着，宛若并不厉害却无法根治的病痛，一戈比一戈比地永远还不清的债务……

苦酒斟得满出来了——够了！

杰玛给萨宁的十字架怎么会安然无恙地保存下来，为什么他竟没有把它还掉，而在此日以前他怎么竟会一次也没有发现过它？他久久地坐着想了又想——尽管经过如许岁月他已老于世故，但是仍然不能理解他怎么会抛弃他如此温存、热烈地爱过的杰玛——为了一个他根本不爱的女人？……第二天他所有的朋友和熟人大吃一惊——他向他们宣布自己要出国去。

社会上普遍对此困惑莫解。萨宁在白雪皑皑的仲冬离开了彼得堡，虽然刚刚租赁好一套讲究的家具和住宅，甚至预订了意大利歌剧的演出，这出歌剧是巴蒂夫人本人亲自参加演出的——巴蒂夫人本人，本人，本人！朋友和熟人们不理解。然而人们一般不会长久操心他人的事儿，所以当萨宁动身出国的时候——只有一个法国裁缝到火车站来替他送行——其实那也是为了想讨取一笔未付的账目——“一件最时新的丝绒水手装的工钱”。①

四十四

萨宁对朋友们说要出国去，可是没有说究竟到哪里。读者不难猜测到，他是径自去法兰克福了。由于铁路已经四通八达，他在离开彼得堡的第四天就到了那里。自

---

① 原文为法文。

一八四〇年以后他没有再来过。“白天鹅”饭店依然耸立在老地方，尽管已经够不上第一流的资格，却兴隆得很。法兰克福的主要街道变化不多，但是不仅路塞里太太的房子，就是它所在的街道，也都已经荡然无存。萨宁像傻子一样徘徊在昔日如此熟悉的地方，然而竟一点儿也认不出来——当年的建筑物消失了，代之而起的是林立着鳞次栉比的高楼大厦和精美别墅的街道，连他最后一次向杰玛倾吐衷肠的公园，也长满了繁茂的草木，变了模样，以至萨宁要反问自己——算了吧，会是那一座公园吗？他怎么办？用什么办法，又到哪儿去打听？从那个时候以来，已经三十年了……要找，谈何容易！不管他听——人们甚至连路塞里的名字也没有听到过。旅馆的主人建议他到公共图书馆去打听——据他说从那里可以找到当年的全部宿报，可是这会带来什么结果，店主人也说不清楚了。萨宁在绝望之余打听起克留别尔先生来。这个名字店主人倒很熟悉——然而马上就断了线儿。仪貌堂堂的店员在显赫一时并且爬上资本家的地位以后——赔了本，破了产，最后死在监狱里……不过这个消息丝毫也没有使萨宁丧气。他已经开始感到自己的旅行过于冒失……然而就在一次他翻阅法兰克福通讯册的时候，发现了退役少校封・唐诃夫（Major a. D.）的名字。他立即叫了马车去找他——虽然说，这个唐诃夫为什么就一定会是那个唐诃夫，而且那个唐诃夫为什么一定会告诉他有关路塞里一家的消息呢？无非因为——落水的人抓到稻草就是命。

萨宁到达时，退役少校唐诃夫正好在家里——从接见他的那位两鬓苍苍的先生身上他马上认出了自己当年的敌人。他也认出了他，并且为他的出现而感到高兴。这使他回忆起自己的青春——和青年时代的调皮捣蛋事儿。萨宁从他那里得知，路塞里一家很久以前就迁往美国，到了纽约。杰玛嫁给了一个批发商。不过他唐诃夫有个熟人也是个批发商，那个人大概会知道她丈夫的地址，因为他和美国有很多事务往来。萨宁请他到那个熟人那里去一趟——于是——啊，真叫人高兴！——唐诃夫给他带来了杰玛的丈夫耶来米・斯洛肯先生的地址——耶・斯洛肯先生。纽约，百老汇大街五〇一号！[1] ——只不过这个地址还是一八六三年的。

“但愿，”唐诃夫大声说，“我们当年的那位法兰克福美女还活着，并且没有离开纽约！不过，”他压低了声音补充说，“那位俄国太太，您记得吧，那个时候到维斯巴顿来玩过的那位——封・勃……封・勃索洛夫太太——还活着吗？”

“不，”萨宁回答，“她早就死了。”

---

① 原文为英文。

唐诃夫抬起了眼睛，但是当他发现萨宁转过了身去并且皱起了眉头的时候——就二话不说——接着走了。

当天萨宁就给纽约的杰玛·斯洛肯太太写了信。在信里他告诉她自己在法兰克福给她写信，他仅仅是为了寻找她的踪迹才来到这里的。他非常明白，要求她回信的即使是丝毫的权利也已经丧失干净。他丝毫不值得她宽恕——他仅仅希望她在自己所处的幸福环境之中，早已忘记了他这个人的存在。他还说由于一件偶然事情，决计向她提起他自己，因为那件事向他唤起的往事的影子实在太强烈了。他向她叙述自己的生活，孤苦伶仃，无家无室，寂寥寡欢，请求她理解促使他同她对话的原因，不要使他把意识到自己过错的痛苦带进坟墓——他早已因自己的过错而饱经忧患，但是还没有得到宽恕——假如能得悉她所去的新世界里的生活情况的哪怕是最简短的一点讯息，也足以使他高兴了。“即使只给我一句话”，萨宁是这样结束自己的书信的，“您就做了和您美好心灵相称的善事，而我则将感激您，直至生命的最后一息。我耽搁在这里，‘白天鹅’饭店里（他给这几个字加了着重号），并且将一直等您的回信，直至春天。”

他发了这封信——于是开始等待。整整六个星期他都待在旅馆，关在房间里几乎闭门不出——而且决计不见任何人。无论从俄国、还是其他任何地方，谁也不能与他通信，这是他的心愿。只要有他的信，他就可以知道一定是自己所等待的信。他从早到晚地阅读——但不是期刊，而是一些严肃的书籍，一些历史著作。这种持续的阅读，这种无声的静寂，这种蜗牛式的隐逸生活，正好都符合他的心意——光凭这一就应当感谢杰玛！可是她还活着吗？她会回信吗？

终于来信了——贴的是美国邮票——寄自纽约，写着他的姓名。信封上的笔迹是英文……他不认识，于是他的心紧张地收缩起来。他不敢马上拆开信封。他看了签名：杰玛！泪水立即从他的眼睛里泉涌而出——单凭她只署自己的名字，不加姓氏这一点，就已经是对他的和解和宽恕了！他打开薄薄的蓝色邮用信纸，从中落出一张照片来。他急忙捡起来，一下子愣住了——杰玛，活生生的杰玛，和他三十年前所见的一样年轻！还是那双眼睛，依然是那两片嘴唇，还是那样一个脸型。照片的背后写着：“我的女儿，马里安娜。”整封信写得非常亲切和朴实。杰玛感谢萨宁，因为他决定给她写信，因为他对她保持信任。她也不向他隐瞒，在他跑掉以后她确实有一段时间很难过，但是马上说，她还是认为——而且永远认为——自己和他的相遇是幸福的——因为这种相遇阻碍了她成为克留别尔先生的妻子——所以虽然这是间接的，但却成了她和现在的丈夫结婚的原因，她同他已经共同生活了二十八年，过得十分幸福、美满和富裕——他们的房子是全纽约闻名的。杰玛告诉萨宁，她已经有五个孩子——四个儿子和一个十八岁的女儿，行将出嫁的新娘，还给他寄来了她的照片——因为一般人都认为她长得很像她的母亲。信结尾的时候杰玛报告了不幸的消息，来诺拉太太已在纽约去世，她是随女儿女婿到这里来的——不过还是赶上了与自己的孩子共享幸福，而且照管了外孙。潘塔列昂也曾打算到美国的，但是就在要离开法兰克福的时候去世了。"而爱弥儿，我们亲爱的、无与伦比的小爱弥儿——为了祖国的自由，他加入伟大的加里波第领导的'千人团'开到了西西里，在那里光荣殉难了。我们都为我们无比珍贵的弟弟恸哭，但是在流泪的时候我们也为他骄傲——并且将永远为他骄傲，永远神圣地纪念他！他那高尚无私的灵魂配得上殉教者的花圈！"接下去杰玛表示了自己的惋惜之情——看来萨宁的生活安顿得实在太差了，于是希望他首先自己要宽心，要平静，她还说乐意和他见面——虽然她也知道这种见面的机会是何等渺茫……

我们不想描写萨宁阅读这封信的时候的感受。这种感受是找不到令人满意的词句来加以形容的，它比任何语言更为深刻，更为强烈——也更为难以捉摸。能够表达它的唯有音乐。

萨宁马上回了信——给新娘寄去了"一位不相识的朋友赠送给马里安娜·斯洛肯"的礼物——一个结在华贵的珍珠项链上的石榴石十字架。这件礼物虽然昂贵，却并未使他破产——在第一次到达法兰克福后的三十年里，他积蓄了足够的家资。他在五月初的几天回到了彼得堡——不过未必会久居下去。据说他在变卖自己的全部家产，准备到美国去。

（全文完）

阿 霞

一

那时候我二十五岁光景(HH 开始叙述),你们都知道,那是早已过去许多年的事了。我刚挣脱家里的束缚,就去国离乡到了海外,这倒不是像当时流行的说法那样,为了"修完我的学业",我不过潜意识地想看看人间世界。我身健体壮,正当年少,愉快潇洒,也不愁缺钱少用,而且还用不着操什么心,——我毫无后顾之忧,想干什么就干什么,总而言之,正在兴旺时期。我当时压根儿想都没有想过,人不同于植物,是不可能青春永驻长荣不衰的。青春年华正在品尝镀金的蜜饼,还以为这本是天经地义必不可少的东西。然而终于会有那么一天你要为一块小小的面包而苦苦奔波乞求。不过说这些干吗呢,没必要。

我漫游四方,毫无目的,也无计划。只要喜欢,我就会随处驻足,小作逗留,一旦我觉得想要见识见识新的面孔——就是人,我就立刻启程赶路。唯有人才使人感兴趣。我讨厌那些令人好奇的文物古迹,精致美妙的收藏品,旅途上临时雇来的导游总是那副千人一面的神气,使我孤寂无聊,引起我的反感。德累斯顿的"格留恩·盖沃尔贝"[①]几乎令我精神失常。大自然尽管对我产生巨大的影响,但是我却不喜欢所谓的湖光山色、奇峰异岭、悬崖峭壁和急流飞瀑,更不愿让观赏自然风光成为一个累赘,妨碍我的自由。不过面孔,活泼生动的人的面孔——人们的音容笑貌、言谈举止,这才是我须臾不可或缺的东西。在稠人广众之中我总是觉得轻松愉快,别人往哪儿走,我也跟着去,别人高声大叫,我也跟着喊,这样我才高兴,同时我还喜欢看别人叫喊的样子。观察别人使我感到其乐无穷……其实我简直不是在观察,而是怀着欢欣万分和不知餍足的好奇心在仔细地审视。看,我又扯得离题了。

就这样,大约二十年前,我在莱茵河左岸的一座德国小城3城住过一段时间。我正要找个地方单独清静清静:我刚被一个在矿泉区认识的年轻寡妇刺伤了心;她十分漂亮,绝顶聪明,逢人就卖弄风情——对我这个孽种也不例外——起初她甚至使我信心十足,后来却残忍地伤害了我,撇下我去跟一个面色绯红的巴伐利亚中尉相好。不过话要说回来,我心头的伤痕并不太深:但是我觉得有必要让自己有段时间沉浸在忧

---

① 系德文 Grun Gewolbe 的俄文译音,意为"绿色拱廊"。德累斯顿历史上曾为萨克森王国首都,此指王室城堡内一套珠宝制品的名称。

伤和孤寂之中——对青年人来说什么事不能消愁解闷呢！就这样我在3城住了下来。

我喜欢上了这座小城，因为它坐落在两座高高的小山的脚下，有颓败的城墙和钟楼，还有几百年的椴树，一座跨在莱茵河清澈的支流上的陡桥，主要的还因为此地有一种上好的葡萄酒。傍晚，当太阳一下山（故事发生在六月），便有容貌姣好、头发浅淡的德国女子沿窄小的街道信步溜达，遇见外国人就用动听的嗓音说上一句："晚上好！[①]"其中有些人甚至到月亮在古老房舍尖尖的屋顶后面升起、铺砌街面的小石块在静止的月光下历历可数的时候，还迟迟不肯离去。这种时候我爱在城里溜达。月亮仿佛从明净的天空凝视着小城，而小城也仿佛感觉到了这目光，显出心领神会、宁谧安详的样子，让自己沐浴在月光里，沐浴在宁静平和、同时又叫人心里暗暗激动的月光里。高高的哥特式钟楼顶上的金鸡雕塑闪耀出淡淡的金光，河里黑魆魆的水流也泛起同样金光闪闪的粼粼波光。石板屋顶下一个个窄小的窗户里昏暗地点燃着细细的蜡烛（德国人是精于持家的！），葡萄藤从石头围墙后面神秘地伸出蜷曲的蔓须。三角形空地上一口老式井台边的阴影里有东西一掠而过，蓦然间巡夜的更夫吹起一声睡意蒙眬的口哨。温顺的狗发出低声的抱怨，空气不停地抚摸着人的面孔，椴树散发出强烈的香味，使人不由自主地一阵深似一阵地呼吸，于是一声"葛丽卿"[②]，——既不像赞叹，又不像发问，就脱口而出了。

3城距莱茵河两俄里地。我常去观赏这条气势不凡的河流，久久地坐在一棵孤零零的大梣树下的一张石椅上，对那个狡猾的寡妇神思遐想，不免心潮起伏。透过梣树的枝叶，一尊小小的圣母雕像忧郁地露出，圣母的脸面几乎是孩童般的，胸口有一颗被几把剑刺穿的红心。河对岸有一座城市Л，比我所居住的那座城略大一点。有一天晚上，我坐在心爱的椅子上，时而看着河水，时而仰望天空，时而眺望葡萄园。我的面前，搁着一条拖上了岸的小船，上了油的船肚子向天翻着，一群浅色头发的男孩子攀住了船的两边向上爬着。河里的船只张着微鼓的风帆静静地驶去，碧绿的水浪，轻轻地掀动，呜咽着从船边滑过。突然，一阵乐声传到我的耳边，我便侧耳谛听起来。Л城里正在奏华尔兹舞曲，大提琴时断时续地响着，小提琴隐隐约约，鸣声幽咽，长笛吹得正欢。

"这是在干什么？"我问一位向我走来的老人，他身穿一件波里斯绒布背心，脚穿一双蓝色长筒袜和带环扣的低帮鞋。

---

① 原文为德文。

② 歌德的悲剧《浮士德》中爱上浮士德的女人。

"这呀,"他在回答我之前先将烟斗的咬嘴从一边的嘴角换到另一边,"是Б城的大学生来这儿参加可梅尔施[①]。"

"那我倒不妨去见识见识这个可梅尔施,"我思忖着,"再说我还没到过Л城呢。"我找来摆渡的船夫,便动身去对岸。

二

也许不是随便哪个人都知道可梅尔施是怎么个样子的。这是同一乡里或团体(同乡会[②])的大学生团聚的一种别具一格的隆重酒会。几乎所有参加酒会的人都穿着早已约定俗成的德国学生装:匈牙利骠骑兵服、大靴子和带有一定颜色帽圈儿的小帽子。通常在正餐开始前学生们在一位先生——即会长的主持下会集起来,于是宴饮达旦,又喝又唱,唱《国民之父》[③],唱《让我们乐吧》[④],抽烟,咒骂凡夫俗子;有时他们还雇佣乐队。

在Л城一家挂有太阳招牌的不太大的旅馆前面、一座园门向街的花园里,举行的正是这样的一个酒会。旅馆和花园的上方飘扬着旗帜,大学生们在一棵棵修剪过的椴树下傍桌而坐,一张桌子下面躺着一条大巴儿狗,旁边,一座爬满常青藤的亭子里乐师们在卖力地奏乐,不时喝几口啤酒提提神。街上,花园矮墙的前面汇聚了许许多多人,Л城善良的市民们不愿意错过一睹外乡来客的机会。我也混进了看热闹的人群,望着这些大学生的面容我感到高兴。他们的拥抱、欢呼,青年人纯真无邪的亲昵,热情的目光,无端的笑声——人世间最美好的笑声,所有这一切年轻、新鲜、融融乐乐的欢腾场面,这一往无前——不问前方何处,只求奋勇向前——的激情,这温厚善良的潇洒风度,使我深受感动,激得我心里痒痒的。"我是否也加入到他们中间去?"我对自己说……

"阿霞,你看够了吗?"突然我背后传来一个男子用俄语说话的声音。

"再等一会儿。"另一个声音,一个女子的声音用同一种语言回答说。

---

① 德语Kommers的俄语音译,系学生团体的酒会。

② 原文为德文

③ 原文为德文。《国民之父》系古老的德国歌曲。

④ 原文为拉丁文。《让我们乐吧》系一首古老的拉丁语学生歌曲。

我迅速回过头去……我的目光落在一个漂亮的年轻人身上，他戴一顶鸭舌帽，穿一件宽松的短上衣，一手挽着一个个头不高的少女，那少女戴一顶宽檐儿草帽，脸面的上半部都叫帽檐儿给遮了。

“你们是俄罗斯人？”我情不自禁地脱口问道。

年轻男子莞尔一笑，说道：“不错，是俄罗斯人。”

“我怎么也没想到……在这么偏僻的地方。”我刚开始说。

“我们也没有想到，”他打断我的话，“那有什么关系呢？不是更好吗？请允许我自我介绍——我叫加京，这位就是我的……”他犹豫了一下，“我的妹妹。请问您的大名？”

我报了自己的名字，我们便聊了起来。我得知加京也和我一样，为了消遣而出来旅行，一个星期前来到Л城，就耽搁了下来。说实话，我可不喜欢在国外结交俄国人。根据他们走路的样子、衣服的式样，主要的还是根据他们的脸部表情，即使老远我也能一眼认出他们。他们这种自满自得、傲视一切、经常颐指气使的神情突然之间会变换成一副谨慎、胆怯的表情……一个人一眨眼就浑身警觉起来，眼睛惶惑不安地扫来扫去……“天哪！我可别说错了什么，他们该不是在嘲笑我吧！”这匆匆扫过的目光仿佛这样在说……过了一袋烟的工夫——又恢复了那副不可一世的嘴脸，有时又变成一副迟钝困惑的样子。所以，我避免和俄国人打交道，然而加京却让我一见倾心。世界上有这样一些幸福的面容，谁见了都乐意，这些面容仿佛给你以温暖，给你以爱抚。加京所具有的正是这样的一副面容，亲切、和蔼，长着一对温和的大眼睛，一头柔和的鬈发。他一张口说话，即使不看见他的脸部，单凭那嗓音也会感觉到他在微笑。

被他称为自己妹妹的少女，我一眼看去就觉得非常漂亮。她那张略显黝黑的圆脸，长着一个细巧的鼻子、几乎稚气未脱的面颊和一双水灵灵的黑眼睛，那张脸的气质里蕴藏着某种她自己特有的东西。她体态优雅，但似乎尚未充分发育。她长得一点不像她的哥哥。

“您愿意顺便去我们住处吗？”加京对我说，“我觉得德国人咱们已经看够了。要是换上咱们的人哪，恐怕玻璃也给打破了，椅子也给折断了，可这些人啊，实在太文气了。你看怎么样，阿霞，咱们回家好吗？”

少女肯定地点了点头。

“我们住在城外，”加京继续说，“葡萄园里，一所孤零零的小屋子里，在山上。我们那儿美极了，去看看吧。房东太太答应给我们做酸奶。现在眼看天要黑下来，您可以乘着月色去渡莱茵河。”

我们就这样出发了。经过低矮的城门（小城四周是一座卵石铺砌的古老城墙，连女墙上的射孔也还没有完全崩塌)，便来到城外的田野。沿一道石砌围墙走过一百来步，我们就在一扇窄窄的篱门跟前停住了脚步。加京打开篱门，领我们沿一条陡峻的小道走上山去。路的两旁，一层层台地上长着葡萄。太阳刚下山，淡淡的红光还残留在绿色的藤蔓上、高高的支架上、铺满大大小小石板的干燥的土地上、小屋的白墙上，这间有黑色斜梁和四扇明亮小窗的小屋，就坐落在我们攀登的这座小山的巅顶。

"这就是我们的住处!"我们刚走到小屋跟前加京就大声地说，"看，房东太太拿牛奶来了。太太，晚上好![①] ……咱们马上开饭。不过，"他补充说，"您先四面看看……景色怎么样?"

景色确实美极了。莱茵河横在我们面前，夹在翠绿的两岸之间，浑身披满银鳞，河上有一处铺着一道残阳，殷红似火，金光闪闪。傍岸而筑的小城将自己的屋宇和街道和盘托出，山峦和田野连绵不绝，美不胜收。山下固然风景如画，山上则更见佳妙，尤其叫我惊异的是天空竟那么清洁明净、深邃无底，空气也竟那么闪闪有光、清澈透明。新鲜、轻盈的空气在静静地轻摇曼曳，荡起阵阵波浪，似乎它也觉得在高空更加逍遥自在。

"你们拣了个好住所。"我说。

"是阿霞找到的。"加京回答道，"来，阿霞，"他继续说，"你来吩咐吧。让把饭菜都端到这儿来，晚饭咱们在露天吃。这里听音乐更清楚些。您有没有发觉这一点，"他转过来向着我补充说，"有时候华尔兹舞曲近听起来怎么也不对劲——声音既庸俗又粗鲁，可是远听起来，好得出奇！所有富有浪漫色彩的琴弦就这样在您心里轻轻地颤动。"

阿霞(她的本名是安娜，但是既然加京叫她阿霞，那就请允许我也这样称呼她吧)——阿霞于是走进屋去，不久就和房东太太一起走了出来。她们俩一起抬着一个大托盘，上面有一罐牛奶、盘子、匙子、糖、浆果和面包。我们就了座，开始用餐。阿霞摘去了帽子，她那一头黑色的秀发修剪和梳理得像个男孩，大绺大绺的鬈发披到颈项和耳边。开头见到我时她很腼腆，但是加京对她说："阿霞，够了，干吗缩头缩脑的！他不咬人。"

她露出了笑容，不久便主动和我说起话来。我从来没有见过比她更好动的人，一刻也不知安宁，老是站起来跑进屋去，又跑回来，轻声哼着歌曲，常常笑着，笑的样子又挺怪——她笑，似乎不是因为听到了什么话，而是因为钻进脑子里的各种念头。她

---

① 原文为德文。

那双大眼睛看人的时候直截了当、炯炯有神、毫无惧色，然而她的眼睑有时会轻轻地眯起来，这时目光会一下子变得既深邃又温柔。

我们闲谈了两个多小时。白昼早已消歇，就是傍晚也在悄悄地融化，起先晚霞似火，布满天空，继而晴空如洗，遍地红光，接着逐渐苍白暗淡，化成茫茫夜色。然而我们的闲聊依然在延续，犹如周围的空气一样平和、温馨。加京吩咐端上一瓶葡萄酒，我们悠闲自得地品味着。音乐依然飘入我们的耳际，令人更觉甜美、温柔。城里和河岸上都上了灯。阿霞突然低下头去，这样鬈发便垂下来遮住了她的双眼，她不再说话，叹了口气。后来她对我们说想睡觉，便进屋去了。可是我却看见她久久伫立在没有洞开的窗前，也没有点燃灯烛。终于一轮明月升空，开始将月华洒遍整条莱茵河。万物照亮了，变暗了，改变了，就是我们那有棱角的玻璃杯里的酒也闪耀出神奇的光彩。风儿仿佛垂下了两翼，变小了，止息了。地面上散发出夜间芬芳馥郁的暖气。

“我该走了！”我大声说，“要不，怕找不到渡工了。”

“该走了。”加京也这样说。

我们沿小道下山去。忽然后面滚来几颗石子——是阿霞追赶我们来了。

“你怎么没睡？”哥哥问她，她却一句话也不答理，从我们身旁跑了过去。

旅馆花园里，学生们燃点的最后几盏行将燃尽的灯火从下面照亮了树叶，使这些树叶平添了一种喜庆和奇幻的景象。我们在河边找到了阿霞，她正在跟船夫交谈。我跳进小船，便和新结识的朋友们道别。加京答应明天去看我。我握过他的手，又把手伸给阿霞，可是她只看了我一眼，摇了摇头。小船离了岸，沿急湍的水流驶去。船夫是个精神爽朗的老头，用力地把桨划入漆黑的水中。

“您驶进了月亮的光柱，您将它搅碎了！”阿霞大声向我喊道。

我垂眼望去，小船四周荡漾着黑魆魆的波浪。

“再见！”再一次传来她的声音。

“明天见！”加京接着她说。

船靠岸了。我跨出小船，回头望了一眼，对岸已看不见一个人影。月亮的光柱依然如一条金桥横跨整个河身。古老的拉奈尔[①]华尔兹舞曲的乐音仿佛也涌来向我道别。加京的话没错——我觉得我的每一根心弦都已颤动起来，去应答这令人神往的乐音。我穿过夜幕下的田野往回走，舒缓地呼吸着芬芳的空气，回到房里的时候浑身软绵绵的，在漫无目标、漫无止境的期待中，心里充满了陶然忘我的甜蜜。我感到幸

① 拉奈尔(1801—1843)，奥地利作曲家，维也纳华尔兹舞(一种新式舞蹈)的创始人。

福……然而为什么我是幸福的呢？我什么也不想要，我什么也没有想……我是幸福的。

由于过分愉悦、轻快的心情，我忍不住想笑，我一头钻进了被窝，刚要合眼，忽然脑海里闪出一个念头：整个晚上我竟然一次也没有去想念那位冷美人……“这说明了什么呢？”我扪心自问，“莫非我坠入了情网？”然而刚向自己提出这个问题，我似乎立刻进入了梦乡，就如婴儿在摇篮里一般。

三

翌日清晨（我已经醒来，但是尚未起身）我的窗下响起了手杖的橐橐声，同时传来了歌声，凭声音我一下子听出是加京在唱：

你还睡着吗？我要用吉他
将你唤醒……①

我赶紧给他开了门。

“您好！”加京进来说，“我一大早来打搅您，可是您看看，早晨天气多好。空气新鲜，露水满枝，云雀唱得正欢……”

看他那一头很有光泽的鬈发、不系领结的脖子、红润的双颊，他本人就像清晨一样新鲜。

我穿好衣服。我们走进小花园，在长凳上坐下，吩咐端来咖啡，便开始聊天。加京向我谈了自己未来的计划：他有一份像样的产业，用不着依靠任何人，所以想献身绘画事业，只是惋惜自己觉悟得太迟，许多时间白白浪费了。我也说了自己的打算，顺便也向他吐露了我那情场失意的隐秘。他体谅地听完我的叙述，但无论如何，我发觉我激不起他对我的深切同情。出于礼貌，加京只附和地叹了一两口气，便建议我到他寓所去看他的画稿。我当即同意了。

我们没有遇见阿霞。听房东太太说她到“废墟”去了，离Л城大约两里地有一座

① 引自普希金1830年的抒情诗《我在这里，依聂西里娅》。

封建时代的城堡遗址。加京向我展示了他的全部画稿。虽然这些画里，蕴含有丰富的生活和真实，还有一种狂放、旷达的意境，但却没有一幅画是画完的，我觉得他画得随意，也不准确。我坦诚地向他谈了自己的看法。“是的，是的，”他叹口气接着我的话说，“您说得对，这些画都画得不好，也不成熟。有什么办法呢！我没有像模像样地学过，而且让我那该死的任意放纵的斯拉夫脾气占了上风。在你们想着干一番事业的时候，你会像鹰一样展翅奋飞，这时似乎大地也被你推动了——但一旦做起来，马上就虚弱无力，疲惫不堪了。”

我想鼓鼓他的气，可是他却挥了挥手，收起他的画稿，抱起来扔到了沙发上。

“只要有恒心，兴许我能干出点名堂来，”他从牙缝里挤出话来说，“要是缺乏恒心，那我只好仍旧做我的贵公子了。咱们找阿霞去吧。”

我们出发了。

四

通向废墟的道路，蜿蜒在一条多林的窄小谷地的斜坡上。谷地的底部奔流着一条溪涧，溪流飞溅着越过块块岩石，仿佛急匆匆要赶去和那条位于群峰壁立的山岭连成的幽暗屏障后面、悠闲地闪着光的大河汇合。加京要我留心观赏阳光下几处赏心悦目的地方，听他说话的口气我觉得他即使不是个风景画家，也有几分艺术家的气质。不久一座废墟展现在眼前。光秃秃的山巅耸立着一座四角方方的塔楼，整个塔身已经发黑，还挺结实，不过已出现一条纵向的裂隙，仿佛刀劈一般。布满苔痕的城墙与塔楼相衔接，有的地方爬满了常青藤，弯弯扭扭的小树从灰色的女墙和坍塌的拱顶上悬挂下来。石铺的小道直通残存的楼门。我们走到门前时，忽然前方闪过一个女人的身影，迅速地跑过一堆废墟，来到悬崖上方的城墙斜坡上坐了下来。

“那不是阿霞吗?”加京大声说，“真是个疯姑娘!”

我们走进大门，来到一个小小的院落，野苹果树和荨麻几乎长满了半个院子。在颓垣残壁上坐着的正是阿霞。她向我们转过脸，笑了起来，不过坐在原地没有动。加京伸出一个指头向她发出警告，我则大声责备她太冒险。

“得了，”加京小声对我说，“别逗她。您不了解她，说不定她还会往塔楼上爬呢。您不妨看看此地的老百姓多么会精打细算，那才叫人吃惊呢。”

我环视四周。墙角里，一个老婆婆栖身在一间小小的木板售货棚里编织长线袜，从眼镜框后面斜睨着我们。她向游客出售啤酒、蜜糖饼干和矿泉水。我们在长凳上坐下，拿起沉重的锡杯，开始啜饮冰冷的啤酒。阿霞盘起双腿，头上包着块薄围巾，还是一动不动地坐着。明朗的天空清晰地映衬出她姣美的面影。我望了她一会，心里不免有些反感。昨天晚上我就发现她身上有种不太自然的东西……"她想叫我们惊奇，"我想，"干吗要这样？这种幼稚举动有什么意思？"她仿佛猜出了我的想法，突然向我投来一瞥洞察一切的目光，随即笑了起来，一下两下从城墙上跳下来，走到老婆婆跟前向她要了一杯水。

"你以为我想喝水？"她向着哥哥说，"不，城墙上有些花不浇水不行了。"

加京一句话也没有回答她。她手里拿着水杯，开始沿断壁攀援，有时停下来，弯起腰，显出煞有介事的有趣样子洒下一点水，水珠在阳光下闪着耀眼的光芒。她的动作十分可爱，然而我依然对她感到懊丧，尽管对她的轻巧伶俐我情不自禁地怀有一种激赏之心。在一个危险的地方她故意大叫一声，接着一阵大笑……我心里更加懊丧了。

"简直像山羊在爬坡。"老婆婆的眼睛离开手头的长袜子，轻声自语说。

阿霞终于倒空了杯里的水，调皮地摇晃着身子，回到了我们身边。异样的笑容牵动了她的双眉、鼻孔和嘴唇，她眯起深色的两眼，露出半含轻慢、半含欢乐的神色。

"您觉得我的行为不大得体？"她的脸似乎在说，"反正我无所谓，我知道您看着我心里喜欢。"

"棒极了，阿霞，棒极了！"加京轻声说。

她似乎突然不好意思起来，低下了长长的睫毛，仿佛做了错事似地在我们身边乖乖坐了下来。这时我才第一次看清楚她的面容，我见过的面容中这张脸是最富变化的。稍过了一会儿，那张脸已全然变得苍白，现出了专心致志、几乎凄楚忧愁的表情。我觉得她的面容变大了，变严厉了，变坦然了。她完全安静下来了。我们绕废墟走了一圈（阿霞跟在我们后面），欣赏着自然风光。这时已近午饭时分，加京在向老婆婆付钱时又要了一杯啤酒，转过身向着我，调皮地做个鬼脸高声说道："为您心上的女人干杯！"

"难道他——难道您有这样一位女人吗？"阿霞猝然问道。

"谁没有心上人呢？"加京反问说。

阿霞一时出了神。她的面容又变了，现出了挑衅性的、近乎傲慢的冷笑。

回家路上她嬉笑、淘气得更凶了。她折下一根长长的树枝，像猎枪一样扛在肩上，用围巾包着头。这时迎面走来一大家子头发浅黄、态度拘谨的英国人，他们仿佛有人命令似地带着冷淡惊诧的神色、睁着玻璃样的眼睛看着阿霞走过去，阿霞却仿佛有意对着干似的，一面走一面大声唱起歌来。一回到家，她就走进自己房里，直到吃饭的时候才露面。她穿上自己最好的一件连衣裙，梳理得端端正正，束着腰，戴上了手套。吃饭的时候她显得非常端庄文静，几乎有点古板，稍稍尝了点菜，啜了几口高脚杯里的水。显然她想在我面前扮演一个新的角色——一位彬彬有礼、教养有素的小姐的角色。加京没有干预她，显而易见，他在各方面对她姑息纵容惯了。有时他只是善意地望着我，轻轻地耸动一下肩膀，似乎想对我说："她还是个孩子，您就对她宽容点吧。"刚吃完饭，阿霞就起身向我们行了个屈膝礼，戴上宽檐儿帽，问加京她可不可以去看看露伊斯太太。

"你什么时候开始学会请示报告了？"他还是含着那一成不变、这次却略显局促的微笑回答她，"难道和我们一起你觉得没意思？"

"不是的。不过昨天我答应露伊斯太太去看她的，再说我觉得你们两个人在一起更好些，H 先生（她指了指我）还有话要对你说呢。"

她走了。

"露伊斯太太，"加京竭力避开我的目光，开始说，"是本地前市长的遗孀，一位好心而浅薄的老太太，她深深地喜欢上了阿霞。阿霞渴望和地位低微的人结交，我发觉个中原因通常是出于自傲。您看得出来，我把她娇纵惯了。"他沉默了一会儿后又说道，"可是您叫我怎么办呢？我对谁也不会苛求，更不用说对阿霞。我有责任对她宽宏大量。"

我没有说话。加京转换了话题。随着我对他的了解越多，我越来越觉得他这个人可亲可近。过了不久我就对他完全了解了。他完完全全是个俄罗斯人，正直、诚实、淳朴，可惜有点萎靡不振，缺乏执著的追求和内心的激情。在他身上青春的活力没有如流水般奔腾泉涌，它只是静静地放射出光芒。他非常亲切可爱，也十分聪明，但是我无法想象他将来一旦长大成人会有什么结果。成为一个艺术家……没有艰苦不懈的劳动不会有艺术家……然而劳动，望着他那瘦弱的身影，听着他那慢条斯理的谈吐，我想，不！你不会去劳动，你的心坚定不起来。然而你不可能不喜欢他，你的心会紧紧地被他吸引住。我们两人一起度过了大约四个小时，有时坐在沙发里，有时在屋前徐徐踱步——这四个小时之内我们彻底地成了好朋友。

太阳已经下山，我该返回了。阿霞还没有回来。

"看她在我面前主意有多大！"加京说，"您要我送送您吗？我们顺路拐到露伊斯太太那儿，问问阿霞在不，绕不了多少路。"

我们下山向城里走去，拐进一条狭小弯曲的街巷，在一幢两个窗户宽、四层楼高的房屋跟前停下来。二层楼挑出在街道上方，超过了第一层，三、四层又比第二层挑出更高。整幢房子,连同它陈旧的雕饰、楼下两根粗廊柱、尖削的瓦屋顶和呈鸟喙形伸出的顶间的尖顶,看起来像一只硕大无朋、背部弓起的鸟。

“阿霞,”加京大声喊道,“你在这儿吗?”

三楼亮着灯的窗户砰地响了一下,打开了,我们看见了阿霞黑黑的头影。她的背后探出一张口中无牙、高度近视的老年德国女人的脸。

“我在这儿,”阿霞娇媚地将两肘支在窗台上说,“我在这儿挺高兴。给你,拿着,”她向加京抛下一根天竺葵的花枝继续说,“把我想象成你的心上人吧。”

露伊斯太太笑了起来。

“H要走了,”加京回答说,“他想和你告别。”

“是吗?”阿霞说,“既然这样你把我的花给他,我这就回来。”

她砰的一下关上了窗户,好像亲了亲露伊斯太太。加京默默地伸手把花交给了我。我默默地把花放进口袋,走到渡口,渡到了对岸。

记得在返回的路上虽然我什么也没有想,心头却感到异样地沉重,犹如突然闻到一种强烈、熟悉而在德国难得遇到的气息,使我不胜惊讶。我停下脚步,看到路旁有一小块大麻地。它那草原的气息顿时使我想起了故乡,在我心里激起了炽烈的乡愁。我不由得想呼吸俄罗斯的空气,在俄罗斯的大地上行走。“我在这儿干什么?为什么我要在异国他乡、在异族人中间颠沛流离?”我大声喊道,于是我在心头感到的那种凝结的重压突然间化作了苦涩、强烈的激情。我回到寓所时心情和昨天夜晚截然不同。我感到自己几乎是怒气冲冲的,久久不能平静。一种连我自己也搞不清楚的懊丧情绪搅得我心烦意乱。最后我坐下来,想起了我那位阴险的小寡妇(我的每一天都以对这位女士礼仪式的回忆而告终),掏出了她的一张字条。然而我根本没有打开它,我的思绪马上又向别处想了。我开始想……想到了阿霞。我想到加京谈吐间向我暗示过有某种难处,阻碍他返回俄国……“别想了,她是他妹妹吗?”我大声说。

我脱衣上床,努力使自己入睡。但是一个小时后我又在床上坐起,把一只胳膊肘支在枕头上,重又想起了这位“发出做作的笑声的任性小姑娘”,“她风姿绰约,仿佛法尔内塞宫里拉斐尔画的小伽拉忒亚①,”我轻声说,“不错,她也不是他的妹妹……”

小寡妇的字条异常安详地躺在地上,在月光下现出雪白的颜色。

---

① 指拉斐尔的名画《伽拉忒亚的胜利》。

五

翌日早晨我出发去Л城。我说服自己此去是为了和加京见面,然而心底里却是渴望看看阿霞会怎么样,是否还像昨晚那样怪里怪气。他们两个都在客厅里,真是怪事!——不知是不是因为夜里和一早我想俄罗斯想多了的缘故——我觉得阿霞不折不扣是个俄罗斯姑娘,一个朴实无华的姑娘,简直像个女仆。她身穿一件旧连衣裙,头发梳到了耳根后面,坐在窗前一动也不动,绣着绷子上的花,稳重、文静,仿佛这一辈子别的事什么也没有做过。她几乎一句话也没有说,静静地看着手里的活计。她的脸部表情显得那么平淡无奇,普普通通,使我不由自主地联想起我们寻常百姓家长大的卡佳和玛莎之流。她还轻声哼起了《我的亲人好妈妈》[①],这就更像了。我望着她憔悴微黄的面容,回忆昨天的胡思乱想,心里感到一种怜悯。天气非常好,加京对我们说今天他要去练习写生。我问他是否可以让我陪他一起去,我会不会妨碍他。

"相反,"他回答说,"您可以成为我的好参谋。"

他戴上凡·戴克式[②]圆形宽檐儿帽,穿上男式短上衣,胳膊下夹一个画夹子,就上路了,我走在他后面,阿霞则留在家里。临行时加京请她留神别把汤煮得太稀,阿霞答应到厨房照看。加京走到我们已经熟悉的谷地,在一块岩石上坐下,开始对一棵有树洞、枝叶扶疏的老橡树写生。我在草地上躺下,掏出书来看。但是我两页书也没有读完,他也只在画纸上随意涂抹了一番,我们更多的是在探讨问题,至少我觉得诸如究竟应当怎样工作,应当回避什么,坚持什么,在我们的时代画家本身的意义何在等等问题,都谈论得头头是道,鞭辟入里。最后,加京确认他"今天兴致不高",便在我身边躺下来,于是年轻人的话匣子就无拘无束地打开了,那滔滔不绝的议论时而热情洋溢,时而若有所思,时而充满激情,然而这些议论往往含糊不清,倒是俄罗斯人最乐而为之的。我们东拉西扯谈了个够,心里充满了志得意满的情绪,仿佛我们已经有所作为,已经达到某个目标,于是回到了家里。我觉得阿霞和我刚才同她分手时毫无二致,不管我怎么留神观察,都没有发现在她身上有一丝一毫卖弄风情的影子,没有一

① 系作曲家古里廖夫(1802—1856)根据30年代诗人莫克林斯基的歌词谱写的歌曲。

② 原文为法文。凡·戴克(1599—1641)系佛兰德斯画家,善画肖像画、宗教和神话题材画。此指肖像画中的帽式。

丝一毫有意扮演某个角色的模样。现在无论如何不能指责她矫饰做作了。

“啊哈!”加京说,“罚自己守斋和忏悔啦!”

傍晚她毫不做作地打了几次哈欠,早早地回自己房里去了。不久我也向加京告辞。回家以后我已经什么也不想了,这一天是在清醒的感觉中度过的。但是我记得上床时我不由自主地出声说道:“真是个变色龙,这个姑娘!”想了一想后又说道,“不管怎么说,她不是他妹妹。”

六

整整过了两个星期。我每天拜访加京兄妹。阿霞似乎在躲避我,但是像我们认识最初两天里使我惊讶的淘气行为,她再也没有过。她似乎暗自有点伤心或感到不好意思,甚至连笑也不爱笑了。我好奇地留神观察她。

她的法语和德语讲得都很棒,但是各方面都显示出她从小没有受过母性的照料,所受的教育与加京的完全不同,是一种奇特的、与众不同的教育。加京尽管戴着凡·戴克式帽子,穿短便服,却依然流露出大俄罗斯贵族公子的气质,柔顺温良,多少有点养尊处优。阿霞却不像一个贵族小姐,无论举手投足,处处流露出一种局促不安的心理,仿佛这棵野生的小树不久前刚刚嫁接,像这酒还在发酵。她生性羞怯胆小,因而恼恨自己的忸怩不安,由于恼恨就强作潇洒、勇敢,结果总是适得其反。我多次和她谈起她在俄国的生活,她的过去,但是她对我的寻根究底并不乐意回答,然而我知道直至出国以前她曾长期住在乡下。有一次我遇见她正在看书,独自一人。她双手支头,十指深深插进发际,两眼如饥似渴地盯着字行。

“了不起!”我走到她跟前说,“您真用功!”

她微微抬起头,庄重而严厉地看了看我。

“您以为我光知道笑。”说着她就起身走开……

我扫了一眼书名,这是一本法国小说。

“不过您所选的这本书我却不敢恭维。”我说。

“那看什么好!”她大声说,接着把书往桌上一丢又说道,“我还不如瞎胡闹好!”说着便向花园里跑去。

就在当天傍晚，我给加京朗读《赫尔曼与窦绿苔》[①]。起初阿霞只是一直在我们旁边转来转去，后来忽然停下来，竖起耳朵细听起来，悄悄坐在我身边，一直听到我念完。第二天她又变得我认不出来了，当时我猜不到她脑子里突然会钻进这样的想法：要像窦绿苔那样善于理家，举止稳重。总之她对我来说是一个捉摸不定的人物。她极端地自尊，所以对我具有吸引力，甚至在我生她气的时候也是如此。不过有一件事我越来越确信不疑，那就是她不是加京的妹妹。他待她不像个哥哥，过于和气，过于宽容，同时有点迫不得已地这样对她。

看来是一个奇异的机会证实了我的猜疑。

有一天傍晚，我走到加京兄妹耽搁的那个葡萄园旁边，发现栅栏门锁着。我未经多少犹豫就走到有一段栅栏破损的地方。这地方我以前已经发现了，于是跳了过去。离这儿不远，路的一旁有一座合欢树编成的亭子，我走到亭子跟前，已经想走过去了……蓦然间阿霞的声音惊住了我，她啜泣着、激动地诉说着下面的话语："不，除了你我谁也不想爱，不，不，我只想爱你一个人——而且永远。"

"好了，阿霞，放心吧，"加京说道，"你知道我相信你。"

他们的声音从亭子里传出来。我透过编织得不大稠密的枝叶看到了他们两个人。他们却没发现我。

"我，只爱你一个。"她重复说道，扑过去搂住他的颈项，抽抽搭搭地哭着，开始亲他，紧紧地贴紧他的胸前。

我凝神屏息呆呆地站了一会……忽然我浑身猛地一怔。"到他们身边去？绝对不行！"我脑子里闪过这个念头。我大步流星回到栅栏边，一跃而过到了路上，几乎跑也似地回到了寓舍。我脸带笑容，搓着双手，惊喜终于得到一个机会来证实自己的猜疑（我一刻也没有怀疑过它的真实性），与此同时我心里却非常难过。"可是，"我想，"他们多么会装模作样啊！但是为什么要这样做？怎么这么喜欢愚弄人？想不到他会来这一招……多么动听的解释！"

七

我睡得很不安稳，次日清晨一早就起了床，在背后系上旅行背囊，关照房东太太

---

① 歌德的长篇叙事诗。

让她别等我回来过夜,就沿3城所在的那条河,溯流而上,向山里进发了。这些山是一条名叫“狗背”的山岭的支脉,就地质学的领域而言是极其引人入胜的,尤其是玄武岩层的平整和纯净堪称一绝,然而我无心进行地质考察。我不明白自己内心发生了什么事,只有一种感情是清楚的:不希望再和加京兄妹见面。我相信我突然对他们失去好感的唯一原因是他们的狡狯多诈。谁强迫过他们冒充同胞兄妹?不过我竭力不去想他们,从容不迫地在山间和谷地优哉游哉,在乡村小饭馆里随意就座,一面和店主与顾客们融洽地交谈,或者躺在晒热的平坦的岩石上看云团游移飘忽,好在天公作美,晴好无比。我就这样度过了三天,不无心满意足的感觉,——虽然有时也有忧郁的情绪袭上心头。我的心情与此地大自然宁静的环境正好十分和谐。

我完全忘情于静静地回味偶尔遇到的景象,领略不经意来到心头的感受,它们缓缓地流经我的心田,彼此交替着,最后在心里留下一个共同的感觉,这三天内我所目睹、所感受、所耳闻的一切都在这种感觉里融为一体了。松脂在林间散逸着淡淡的清香,啄木鸟发出鸣叫和击木的橐橐声,涧底活跃着花色斑斓的鲜鱼,明晃晃的小溪在喋喋不休地絮语,群山不太鲜明的轮廓,闷闷不乐的山崖,外形可观的古教堂和林木葱茏、清洁的小村落,草地上的鹳鸟,轮子急速旋转的磨坊,农夫们殷勤好客的面容,他们蓝色的无袖短上衣和灰色长袜子,套着肥胖的马匹或套着母牛的吱吱作响、慢条斯理的大车,在两旁栽满苹果树和梨树的路上走着的蓄着长发的年轻人……

即使时至今日,我回忆起当时的那些景象,还心里乐滋滋的。向你致敬,德意志大地朴素的一角,你简单淳朴、知足常乐,你勤劳的双手和尽管从容不迫却坚持不懈的劳动到处留下了痕迹……向你致敬并愿你平安!

到第三天快傍晚时我才回家。我忘了交代,由于对加京兄妹的恼恨,我试图在心里重新唤起对那位狠心的小寡妇的形象的回忆。不过我的努力毫无结果。记得我开始想念她的时候,我眼前看到的却是个五六岁的乡下小女孩,长着一张圆圆的脸蛋儿,纯真无邪地鼓起的一对小眼睛。她那样稚气十足地、单纯地望着我……面对她纯洁的目光,我感到无地自容,我不想当面对她说谎话,便顿时和我昔日的对象彻底、永久地告别了。

我在家里发现了加京留下的字条。他对我的突然决定纳闷不解,怪我为什么不带他一起走,要我一回来就去他们家。我念完这张字条心里颇感不满,但是翌日还是去了Л城。

八

加京迎接我的时候还是像朋友一样，说了一大堆温和的责备的话。然而阿霞却仿佛有意似的，一见到我就无缘无故地大笑起来，然后就同她惯常所做的那样，一转眼就跑开了。加京感到尴尬，看着她离去，轻声嘀咕着说她是个疯姑娘，请我不要介意她。说实在的，我心里对阿霞非常恼火，本来我心里就很不好受，现在她又发出这不自然的笑声，作出矫揉造作的奇怪举动。不过我装作什么也没有注意的样子，详细地向加京介绍我这次短途旅行的情况，他也告诉我我不在的时候他都做了些什么，可是我们谈得并不投机。阿霞走进屋来又跑了出去，最后我说我还有要紧的事，应当回家了。加京起先还挽留我，后来专注地看了看我，自告奋勇说送我走。在前厅里阿霞突然走到我身边，向我伸出手来。我轻轻握了握她的手指，微微向她欠身致意。我和加京一起渡过莱茵河，在经过我喜欢的那棵梣树和圣母雕像的时候，我们在长椅上坐下来观赏风景。这时我们之间进行了一段意味深长的对话。

开头我们交谈了几句，后来望着水光潋滟的河水就都不做声了。

“告诉我，”加京脸含平常的笑容，突然向我发问，“您对阿霞怎么看？您是不是觉得她有点怪？”

“不错。”我并非毫无困惑地回答道，没料到他会提到她。

“如果要对她作出判断，必须得好好了解她，”他说，“她心地非常善良，可是爱起怪念头，任性得很，和她相处可不容易。不过这不能怪她，如果您知道她的身世……”

“她的身世？……”我打断他的话，“难道她不是您的……”

加京向我瞟了一眼。

“您是不是已经觉得她不是我的妹妹？……不，”他没有注意我当时的狼狈相，继续说道，“她的确是我的妹妹，她是我父亲的女儿。您听我说完，我信任您，所以要把什么都告诉您。”

“我父亲为人非常厚道，聪明，有教养——然而并不幸福。和其他许多人相比，命运对他并不薄，但是他连命运的第一个打击也忍受不住。他结婚很早，而且是恋爱结婚。他的妻子，也就是我的母亲，很快就遗世而去了。她死时我才六个月。父亲把我带到乡下，整整十二年没有出过远门。他亲自管我的教育，如果不是他的哥哥，也就是我的亲伯父，到乡下来看我们，他怎么也不会和我分离的。这位伯父长住彼得堡，担任着一个相当重要的职位。由于父亲说什么也不愿意离开乡间，他就说服我父亲把孩子交给他管。伯父告诉他，像我这样年龄的孩子，成天生活在一个完全与世隔绝的环境里，又和像我父亲这样一个终日闷闷不乐、沉默寡言的教育者相处一室，是十分有害的，我必定会落后于同龄的孩子，而且天性很容易受到损害。父亲好久听不进兄长的规劝，但最后还是让了步。和父亲分手时我哭了。虽然我从来没有见过他的笑容，但是我爱他……然而来到彼得堡后，我很快就忘记了我们那幽暗、没有欢乐的老家。我进了士官学校，毕业后又进了近卫军团。每年我都到乡下去住上几个星期，发现父亲变得一年比一年更愁眉不展，更内向，更沉思默想，甚至胆小怕事。他每天都上教堂，几乎连话也不会说了。一次回家省亲时（我已经二十出头了），我在家里第一次见到一个十岁左右、瘦瘦的黑眼睛小姑娘，她就是阿霞。父亲说她是个孤儿，是他领养的——他就是这么说的。我没有特别注意她。她怕生，动作利索，不爱说话，像头小野兽。只要我一走进父亲喜欢的那个宽大阴暗的房间，阿霞就会马上躲到父亲的伏尔泰椅或书橱的后面去。我母亲就在那个房间里去世的，屋里连白天也点着蜡烛。这以后三四年间，我因公务缠身，不大能抽身到乡下去。每月我收到父亲寄来的一封短信，信里他难得提起阿霞，即使提到也是一笔带过。他已年过半百，不过看上去还像个年轻人。所以您可以想象我是多么惊恐不安——当我突然间收到管家的来信说我父亲已经病情危笃，而这一点我当时连做梦也不会想到。他请求我尽一切可能火速回家，如果我想给父亲送终的话。我拼命往家里赶，总算见到父亲还活着，但是也已奄奄一息。他对我的到来喜出望外，伸出他那双骨瘦如柴的手，拥抱了我，用一种似询问又似哀求的目光久久凝视着我，直到我保证履行他最后的请求时，才吩咐他的贴身老侍仆把阿霞带来。老人带了她来，她勉强站着，浑身瑟瑟发抖。

"'现在，'父亲费劲地对我说，'我把我的女儿——你的妹妹托付给你了。你可以向雅科夫了解一切。'他指了指贴身侍仆又说道。

"阿霞大哭起来，脸向下扑倒在床铺上……半小时以后父亲与世长辞了。

"下面就是我所了解到的情况。阿霞是我父亲同我母亲从前的女仆达吉雅娜所生的女儿。我清楚地记得这位达吉雅娜，记得她那苗条的身材，秀美、端庄、聪慧的脸庞，还有那双深色的大眼睛。她是个出了名的傲气十足、难以亲近的姑娘。从雅科夫毕恭毕敬、吞吞吐吐欲言又止的谈话中我可以明白，父亲是在妈妈死后几年里和她两情相投的。当时达吉雅娜已经不住在东家的屋子里，而住到了已出嫁的姐姐、一个养牲口的女仆的小茅屋里。父亲对她一往情深，在我离开乡下以后甚至想与她结婚，但是不管他怎么求她，她就是不肯做他的妻子。

“已故的达吉雅娜·瓦西里耶芙娜[①]，’雅科夫双手反背站在门口这样对我说，‘哪方面都显得通情达理，不愿意让您的父亲受委屈。她说我怎么配做您的妻子，我算什么太太？她就是这样说的，说的时候我在场。’”

“达吉雅娜甚至不愿意搬进我们的屋子住，继续住在姐姐家，带着阿霞。小时候我只在逢年过节、到教堂里时才见到阿霞。她缠一块深色头巾，披一块黄披肩，在人群里靠窗边站着——透明的窗玻璃上清晰地映出她严肃的侧影——安详、郑重其事地祷告，按老规矩深深地鞠躬。伯父把我带走时阿霞才两岁，到九岁那年她失去了母亲。”

“达吉雅娜一死，父亲就把阿霞带回自己家里。他先前就表示希望把阿霞带在自己身边，但是达吉雅娜连这一点也不肯。您不妨想一想，当阿霞被带到老爷身边时她会怎么样。至今她不能忘记第一次给她穿上绸衣服，人们亲她小手的那一刻。母亲还在世的时候对她管教非常严格，在父亲那里她却享受充分的自由。他当她的老师。除了他，任何一个别的老师她也没有见过，他不宠她，也就是说不娇惯她，不过他对她喜欢得不得了，从来就没有不许她做的事——他打心底里觉得对不起她。不久阿霞明白自己是家里的主要角色，老爷就是她亲爹。然而不久她同样明白了自己所处的虚假地位，在她身上自尊心大为膨胀，多疑的性格也滋长起来，坏习惯也扎下了根，朴实的天性再也看不到了。她希望（有一次她亲口向我承认这一点）全世界都不再记得她的出身。她既为自己的母亲感到耻辱，又为自己有这样的耻辱而感到羞愧，于是转而为母亲而自豪。您看得出来，无论以往还是现在，许多在她这个年龄不该知道的事，她都知道……难道这是她的错吗？青春活力在她身上发作起来，热血在沸腾，但身边没有一只手能为她指引方向。她彻底地独立自主！可是她就那么轻易熬得过来？她希望比别家小姐毫不逊色，于是钻进了书本里。这会有什么好结果呢？一开始就不正常的生活，其发展也不会正常。然而她心灵未受损伤，智力也很健全。

“就这样，我，一个年仅二十出头的年轻人带了一个十三岁的女孩子！在父亲死后的最初的日子里，一听到我的声音她就要打战，我对她表示的亲切爱抚反使她愁绪满怀，她只是慢慢地才一点点跟我熟悉起来。当然，后来当她确信我承认她是我妹妹，而且像对妹妹一样爱她时，她对我就非常亲了——她身上没有一种感情是半心半意的。

“我把她带到了彼得堡。尽管和她分开对我来说是那么难过，无论如何我还是不

---

① 瓦西里耶芙娜是达吉雅娜的父名，按俄语习惯，称父名表示尊敬。照理达吉雅娜身为女仆，是用不着以父名称呼的，作者用这种称呼表示雅科夫对她的敬重。

能和她住在一起，我把她安顿在一所很好的寄宿学校。阿霞明白我们俩必须分离，开始时大病一场，几乎死去。后来终于挺了过来，于是在寄宿学校熬过了四个年头。但是跟我的预料相反，她的性格还是和从前一模一样。女校长经常在我面前告她的状。‘既不好处罚她，’她对我说，‘来软的她又不吃。’阿霞的悟性异常高，功课学得很出色，比谁都好，可是怎么也不肯和大家一样随波逐流，她要我行我素，看上去像个孤僻的怪人……我不能过分责备她，处在她这样的地位要么阿谀奉承，要么孤高自傲。女伴里面她只跟一个人合得来，那是一个其貌不扬、因受虐待而胆战心惊、家境贫困的女孩子。其余和她同窗共读的小姐们，她们大部分出身于名门望族，都不喜欢她，对她竭尽挖苦讽刺之能事。阿霞对她们寸步不让。一次上神学课时老师说到了恶德。‘拍马和胆怯是最坏的恶德。’阿霞大声说。总之她继续按自己的路子发展，不过她的仪态风度却变好了，虽然这方面她的进步似乎还不太够。”

“终于她过了十七岁，让她继续长久待在寄宿学校已不可能。我处在十分为难的境地。突然我心生妙计——退伍，到国外去待上一两年，把阿霞也带上。怎么想就怎么做，于是我和她来到莱茵河畔，在这里我努力学画，她呢……淘气，跟从前一样耍怪脾气。现在我希望您不会对她过于苛求了，不过她即使装作什么也毫不在乎，对每个人的意见还是很重视的，对您的意见更是如此。”

加京又露出了淡淡的笑容。我紧紧地握住了他的手。

“全部真相就是这样，”加京又说起来，“但是和她一起对我来说真伤脑筋。她是个十足的火药桶，到现在为止还没有一个人让她喜欢，不过要是她爱上了谁，事情就糟了。有时我不知道拿她怎么办，这几天她不知又想到了什么怪念头，突然说我对她比过去冷淡了，说她只爱我一个人，而且一辈子只爱我一个人……说着就大哭起来……”

“原来这样……”我刚想说，但是咬住舌头没说出来。

“请告诉我，”我问加京——我们两人说话完全没有必要转弯抹角了，“难道迄今为止真的没有一个人叫她中意吗？在彼得堡她一定见过不少年轻人啊！”

“他们，她压根儿看不上眼。不，阿霞需要的是英雄，是非凡的人物——或者就是风景画上所画的山谷里的牧人。得啦，我对您唠叨得够了，耽误了您的时间。”他站起身的时候又说了一句。

“您听我说，”我开始说，“咱们一起到你们那儿去，我不想回去了。”

“那您的事儿呢？”

我一句话也没有回答。加京善意地笑了笑，我们便动身去Л城了。见到葡萄园和山顶的小白屋，我感到一阵甜意——心里感觉到的正是一阵甜意，仿佛有人暗地里把蜜糖浇在了我心头。听了加京的叙述后我心里变得轻松自如了。

九

阿霞正好在家门口迎接我们！我又在准备听她的笑声，但是她出门向我们走来时一脸苍白，眼睑下垂，不发一言。

“这不，他又来了。”加京开口道，“你可要注意，是他自己想回来的。”

阿霞疑惑地看了看我。于是我就向她伸出手去，这一次紧紧地握了握她冰冷的小手。我开始非常怜悯她。现在我对她身上先前使我莫名其妙的许多东西都理解了——她内心的不安情绪，她的不善自持，好炫耀的性格——这一切我都明白了。我窥视了她的内心——她总觉得受着一种隐隐的压迫，涉世未深的一种自尊心理惴惴不安地萦绕在心头挣扎，而她的整个身心又向往着返璞归真。我明白为什么这个古怪的少女令我心驰神往的原因了。牵动我心的不仅是她那整个纤纤玉体所洋溢的那种半粗野的魅力，我喜欢的还有她的心灵。

加京开始翻寻他的画稿，我向阿霞提议陪我去葡萄园散步。她马上同意了，怀着愉快、几乎顺从的心情同意了。我们下到山腰里，在一块宽大的石板上坐下。

“不跟我们一起，您不感到寂寞吗？”阿霞开始说。

“那么不跟我在一起你们感到乏味吗？”我问。

阿霞从侧面瞟了我一眼。

“是的，”她答道，“山上好吗？”她立刻又继续问道，“山高吗？是不是比云还高？请告诉我您都见到了些什么。您对我哥哥说了，可我一句也没有听到。”

“谁让您自己走开的呢？”我对她说。

“我走开了……因为……现在我可再也不走开了，”她话音里露出一种信任的柔情说，“今天您生气了。”

“我？”

“您。”

“为什么要生气呢，哪会有这种事呢……”

“我不知道，但是您生气了，而且是生着气离开的。您这样离开，我感到非常懊丧，您回来了，我又感到高兴。”

“我也高兴我回来了。”我说。

阿霞耸了耸肩膀，仿佛孩子们心里高兴时常做的那样。

“啊，我可会猜呢！”她继续说，“以前常这样，光凭爸爸从隔壁房间里传来的一声咳嗽，我就知道他喜不喜欢我。”

在那以前阿霞从来没有对我说起自己的父亲，这使我惊诧。

“您爱您爸爸吗？”我说道，叫我最为沮丧的是我感到我脸红了。

她一句话也没有回答，同样脸红了。我们两人都不说话了。远处，莱茵河上一艘轮船正疾驰而过，吐着烟。我们开始望那艘船。

“您为什么不说了？”阿霞轻声说道。

“今天您为什么一见我就大笑？”我问。

“我自己也不知道。有时我想哭，却反而笑了。您不该凭着……我的举动来判断我。哦，顺便问件事，洛勒莱[①]的故事是怎么回事？那块望得见的真是她的岩石吗？据说，从前她先把所有的人都淹死了，可是一旦自己堕入情网，她就投水而死了。我喜欢这个故事。露伊斯太太给我讲故事，什么样的都讲。露伊斯太太有一只黄眼睛的黑猫……”

阿霞抬起头，抖了抖长鬈发。

“啊，我真高兴！”她说。

此时飘来一阵时断时续的嗡嗡声。原来是一大帮朝圣者举着十字架和神幡，拉了长长的队伍正在山下的路上缓步而行。几百个人齐声反复祈祷吟诵的声音，有节奏地起伏着。

“要是走在他们中间该多好！”阿霞听着徐徐远去的声音说。

“难道您这么虔诚地相信上帝？”

“我要到随便哪个遥远的地方去祈祷，去建立艰苦的功勋，”她继续说道，“要不，日子一天天过去，生命也跟着消逝，我们会悔恨这一生究竟做了些什么！”

“您是个追求功名的人。”我向她指出，“您希望不虚度此生，在身后留下足迹……”

“难道这不可能做到吗？”

“不可能，”我几乎是脱口而出……然而我望了望她那亮晶晶的双眼，又说了一句，“试试吧。”

“请告诉我，”阿霞在沉默了不多一会儿后又开始说。在她沉默不语的时候，她

---

① 德国民间传说中一位少女的名字。她因恋人对她不忠而投入莱茵河自尽，死后化作水妖，经常引诱渔船触礁沉没。洛勒莱成为德国许多诗歌作品的题材，诗人海涅写有叙事诗《洛勒莱》。下文的“岩石”即指圣戈阿斯豪森附近莱茵河中以“洛勒莱”命名的回音岩。

那已经变得苍白的脸上掠过了某种阴影。“您很喜欢那位女士……您记得吗，在我们认识的第二天，在废墟上我哥哥曾为她的健康举杯祝福？”

我笑了起来。

“您哥哥是说着玩儿的，我还没有喜欢过一个女士，至少目前还一个也没有喜欢上。”

“那么您喜欢什么样的女人呢？”阿霞怀着纯真无邪的好奇心理，把头向后一仰，问道。

“多么古怪的一个问题！”我大声说。

阿霞微露出局促不安的样子。

“我不该向您提这样一个问题，对吗？请原谅，我已经习惯于想什么就胡扯什么。也正因此，我才害怕开口。”

“看在上帝的分上，说吧，别担心，”我接着说，“我真高兴，您终于不再害羞怕生了。”

阿霞低下了头，发出轻细的笑声，我以前没听到过她那样的笑声。

“好，那您说说吧，”她继续说，一面抚弄着连衣裙的下摆，将它放在大腿上，仿佛她准备要坐好久似的，“请说说，或者念点什么，就像您曾经给我们念过《奥涅金》里的片断那样，您记得吗……”

忽然她沉思起来——她轻声念道：

在我可怜的母亲的上方
如今只有一个十字架和葱葱树影！……①

“普希金的诗句不是这样的。”我向她指出。

“不过我真想做达吉雅娜。”她依然若有所思地继续说道，“请说说吧！”她热切地接着说。

然而我却无心讲故事。我望着她，她全身沐浴在明亮的阳光里，变得既安详又温顺。我们周围，我们头顶上，我们脚底下，万物都闪耀着欢快的光芒——天空、大地和河流，连空气本身也似乎充满了光明。

“请看，景色多么好！”我情不自禁地压低了声音说。

---

① 引自《叶甫盖尼·奥涅金》第八章第四十六节，原诗中“母亲”两字应为“奶娘”。

“是啊,真好!”她眼睛没有看着我,同样轻声地回答我说,“要是我和您是两只鸟,咱们会飞得多么高,又会飞得多么远啊……飞啊飞啊,就这样隐没在这蔚蓝的天空……可惜咱们不是鸟啊。”

“不过咱们会长出翅膀来。”我回答说。

“怎么会呢?”

“再过几年您就知道了。有这样一种感情,能托起我们离开地面。别担心,您会有翅膀的。”

“那么您有过吗?”

“怎么对您说呢……看来直到现在我还没有飞翔过。”

阿霞又沉思起来。我微微俯身望着她。

“您会跳华尔兹舞吗?”她突然问。

“会跳。”我回答道,感到有点尴尬。

“那咱们走,走吧……我让哥哥给咱们伴奏华尔兹舞曲……咱们想象自己在飞翔,长出了翅膀。”

她向屋里跑去。我跟在她后面跑——几分钟以后我们已经和着拉奈尔乐曲甜美音响的节奏,在拥挤的房间里旋转着翩翩而舞了。阿霞华尔兹舞跳得极好,她陶醉在里面了。从她那少女特有的严肃面容里突然透逸出某种温柔的、女性的气质。此后我久久地感受到我的手触碰着她柔软的腰肢,久久地听到她贴近的急速呼吸,总觉得她苍白、然而生机勃勃、被鬈发欢快地拂弄着的脸上,那双颜色深沉、凝滞不动、几乎闭阖的眼睛久久地浮现在我面前。

十

整整这一天过得好得不能再好,我们似孩子一般嬉戏作乐,阿霞显得非常亲切单纯。加京望着她,心里很高兴。我很晚才离去。渡船划到河中心后我请求船夫纵舟顺流漂去,老汉抬起了双桨,于是雄伟的大河便带着我们飞驰而去。眼望四周,听着,回想着,蓦然间我感到有一种隐隐的不安袭上心头……我举首望天,天空也没有安宁——天空布满了星星,不断地在微微颤动,移位,战栗。我俯身向着河水……可是就连这黑暗、寒冷的河水深处也有星星在摇曳、战栗,我觉得仿佛到处都有使人胆战心惊的活动——我自己身上也滋长起一种惊恐不安的情绪。我将臂肘支在船边上……耳际晚风的絮语、船后波浪的呜咽使我恼怒，而波浪清新的呼吸却未能教我冷静下来。岸上夜莺开始啼啭，它的鸣声犹如一服甘甜的毒剂感染了我。我的眼眶里滚出两行热泪，然而那不是无缘无故的兴奋引出的眼泪。我的感受已不同于那种朦胧不清、不久前才经历过的对世间万物都寄予期望的感觉。当时我的心灵正在扩大，正在呼唤，它觉得它能理解一切，热爱一切……不！我胸中燃烧着对幸福的渴望。我还不敢对“幸福”二字名正言顺地直呼其名，然而幸福，极度满足的幸福，正是我所希望的，正是我所为之苦恼的……小船依然奔驰而下，而老船夫却坐着，俯身靠着船桨在打盹儿。

十一

翌日我动身去加京家时，我没有问自己是否爱上了阿霞，但是对于她，我想了好多好多，她的命运使我关切，我高兴我们俩竟意外地彼此靠近了。我觉得，直到昨天我才了解她。以前她使我难以接近，正是现在，当她终于坦诚布公地将自己展现在我面前时，她的形象才放射出何等迷人的光彩，她的形象才使我感到何等新鲜，从这个形象羞羞怯怯地透出的又是何等隐秘的魅力……

我神清气爽地走在熟识的小道上，不住地眺望远处泛着白色的小屋，我没有去憧憬未来——我对来日想也不想，心境非常好。

我进屋时阿霞脸刷地一下红了起来。我发觉她还是打扮得漂漂亮亮的，然而她脸部的表情与这身打扮并不相称——表情是凄然的。而我来到时竟是那么兴高采烈！我甚至感觉到她似乎会像往常那样准备溜之大吉，但是她强制住自己——留了下来。加京正处于一个艺术家激动而狂热的状态，对于那些粗懂艺术的三脚猫来说，当他们想象自己有机会捉住他们所谓的“大自然的尾巴”时，就如突然发作似的，这种状态会使他们忘乎所以。他站在绷紧的画布前，头发凌乱，浑身被颜料弄得红一块绿一块，大笔大笔地在画布上挥擦，几乎恶狠狠地对我点了点头，退后几步，眯起双眼看上一看，又迅速向他的画幅走去。我没有去打扰他，在阿霞身边坐了下来。她那双深色的眼睛徐徐转过来注视着我。

“您今天的样子跟昨天不一样！”我力图唤起她嘴角的微笑，却徒劳无功，于是这样对她说。

“是的，不一样，”她用不慌不忙的声音，沙哑地回答说，“不过没关系。我没有睡好，整夜都在想。”

“想什么？”

“唉，我想得很多。这是我从小养成的习惯，还在我和妈妈一起住的时候就开始了……”

她吃力地说出这句话，接着又重复了一遍：

“还在我和妈妈一起住的时候……我想过，为什么谁也不能知道自己将会怎么样，有时你看见了不幸，却无法自救，为什么无论什么时候都不能将真话和盘说出呢？……后来我又想，我什么也不懂，我需要学习，我应当重新受教育，我所受的教育相当糟糕。我不会弹钢琴，不会画画，我连针线也做不好。我一点本领也没有，和我在一起大概会非常乏味。”

“您对自己不公平，”我回答说，“您读过许多书，您受过教育，还有您的聪明……”

“难道我聪明？”她怀着那样一种天真的求知渴望问着，使我禁不住笑了起来，可是她却一丝笑容也没有。“哥哥，我聪明吗？”她问加京。

他一句话也没有回答，继续从事他的劳动，不断地调换着画笔，高高地擎着手。

“有时连我自己也闹不清我脑子里究竟在想什么，”阿霞依然露出刚才那种若有所思的表情继续说，“有时我连自己也害怕起自己来，真的。唉，我多么想……说女人不应该读许多书，这话对吗？”

“读许多用不着，但是……”

“请告诉我，我应当读什么书？我应当做什么事？只要是您说的，我都会去做。”她怀着天真无邪的信赖态度向着我，补充说道。

我一时想不出该怎么对她说。

“您该不会感到和我在一起枯燥乏味吧？”

“哪儿的话！”我开始说。

“好，谢谢！”阿霞回答道，“我以为您会感到乏味呢。”

于是她热乎乎的小手紧紧地握住了我的手。

“H！”这当儿加京大声喊道，“这背景是否太暗了一点？”

我向他走去。阿霞起身离开了。

十二

一小时以后她回来了,在门口站定后招手要我过去。

“请听着,”她说,“要是我死了,您会可怜我吗?”

“您今天怎么尽想这些怪念头!”我扬声说。

“我设想我不久就会死去,有时我似乎觉得周围的一切正在和我告别。与其这样活着,不如死了好……啊! 别这么看着我,真的,我不是随便说说的,否则我又要害怕起您来了。”

“难道您害怕过我?”

“如果我是那样一个古怪的女人,那么我确是无辜的,”她回答说,“您看,我连笑也笑不出了……”

直至傍晚,她一直愁眉不展,心事重重。她心里产生过某种想法,而这正是我所不清楚的。她的目光经常停留在我的身上,在这种猜度不透的目光下,我的心暗暗地揪紧了。她的样子看似安详,而我望着她的样子,却想说,希望她不要激动不安。我怀着欣赏之情看着她,从她苍白的面容,从她那迟疑不决、慢条斯理的举止,我发现一种动人的魅力——而她却不知为什么居然认为我心境不好。

“听我说,”在我起身告辞前不久她说,“有一个想法折磨着我,我想您把我当成了一个轻浮女子……往后您要永远相信我说的话,只不过您得跟我坦诚相见,我将永远对您说真话,我向您保证……”

这“保证”二字又叫我忍俊不禁起来。

“啊,别笑,”她热切地说,“否则我就对您说昨天您对我说过的话:‘您为什么笑?’”经过短暂的静默后她又说,“记得吗,您昨天说过关于翅膀的话? ……我的翅膀已经长了出来,可我却无处可飞。”

“得了吧,”我说,“您的面前条条大路畅通无阻……”

阿霞直截了当、专心致志地望着我的眼睛。

“今天您一定认为我这个人很不像话。”阿霞蹙紧眉头说。

“我? 认为不像话? 指您! ……”

“你们俩怎么这么垂头丧气?”加京打断我的话说,“要不要像昨天那样,让我给你们奏华尔兹舞曲?”

“不要，不要，”阿霞反对说，一面捏紧了两手，“今天说什么也不要！”

“我不会勉强你，放心吧……”

“说什么也不。”她脸色变苍白了，重复道。

“难道她爱我？”在走向莱茵河边时我想道，河上翻腾着急湍的黑色波涛。

十三

“难道她爱我？”次日我一醒来就问自己。我不想窥测自己的内心，我觉得她的形象，一个强颜欢笑的少女的形象已深入我的内心，而且我不可能在短期内将它摆脱。我出发去Л城，在那里待了整整一天，但阿霞只在我面前晃了一眼。她身体不好，头痛，她下楼来只待了一会儿。她包着前额，脸色苍白，消瘦，几乎闭着两眼，她虚弱无力地莞尔一笑说：“会好的，不要紧，都会好的，是吗？”说着就走了。我开始觉得无聊，似乎有点烦闷和空虚。然而我又久久不愿离去，直至很晚才回去，因为再也没有见着她。

翌日早晨我在一种半醒半睡的状态中度过，我想开始工作，却做不到，想什么也别干，什么也别想……同样做不到。我便在城里踯躅徘徊，回到寓所又出门去，如此往复来回。

“您是H先生吗？”忽然我后面传来一个孩子的声音。我回过头去，我面前站着一个小男孩。“这是安娜小姐给您的。”他交给我一张字条，又说道。

我打开一看，认出是阿霞歪歪扭扭的潦草字迹。“我必须与您见面，”她字条里说，“今天四点钟来，在废墟旁的石砌小教堂。今天我做了一件非常冒失的事……看在上帝分上请一定来。您会明了一切的……请告诉送条人：一定。”

“有回音吗？”男孩问我。

“告诉她：一定。”我回答。

男孩儿跑着去了。

十四

我回到自己房间，坐下来沉思，心在胸膛里激烈跳动。我多次反复看了阿霞的字条。我看看表——还没有到中午十二点。

房门开了，进来的是加京。

他脸色阴沉，抓起我的手紧紧地握了握，样子显得异常激动。

“您怎么啦？”我问。

加京拿过一把椅子，在我对面坐下。

“大前天，”他强装出笑容，开始结结巴巴地说，“我用自己讲的故事使您吃惊，今天要叫您更加吃惊。要是换一个人，我恐怕下不了决心……这么直截了当地问他……可是您是一位高尚的人，是我的朋友，是这样吗？请听着：我妹妹阿霞爱上您了。”

我浑身一怔，微微站了起来……

“您的妹妹，您说……”

“不错，不错。”加京打断我的话头，“我告诉您，她疯了，还要把我也逼疯。不过幸好她不会说谎话，而且信任我。唉，这个女孩子心灵有多天真……可是她会毁了自己，一定的。”

“是您搞错了。”我开始说。

“不，没搞错。我告诉您，昨天她几乎躺了一整天，一点东西也不进口，而且不喊也不哼……她从来不诉苦。虽然傍晚时她稍稍有点热度，我倒不担心。今天凌晨两点房东太太把我叫醒，‘到您妹妹房里去吧，’她说，‘她不太好呢。’我跑到阿霞房里，发现她和衣躺着，浑身颤抖不止，满脸是泪，她额头火烫，上下牙齿碰得格格响。‘你怎么啦？’我问道，‘病了吗？’她扑过来搂住我的脖子，开始央求我尽快带她离开这里，如果我不想她死的话……我丈二和尚摸不着头脑，竭力安慰她……她哭得越发厉害……突然我从哭声里听出……总而言之，我听到她说她爱您。请相信，我和您都是有头脑的人，但是无法想象她的感情居然这么深，这么强烈，这感情在她身上来得那么突然，那么不可抗拒，简直像雷电一样。您是一位非常亲切可爱的人，”他继续说，“可是她为什么这么爱您，这一点，老实说，我真弄不明白。她说她一见到您就钟情于您了。因此前几天当她对我说，要我相信，除了我谁也不想爱时，她哭了。她认为您看不起她，认为您可能已经知道了她的身世，她问我是否告诉了您她的身世，我当然说没有，但是她的敏感简直令人害怕。她只有一个愿望：离开此地，立即离开。我陪她坐到清晨，她获得了我的保证，明天就离开这里，这时她才睡着。我想啊想，于是决计和您谈一谈。我认为阿霞的话是对的，最好的办法是我们两人都离开这里。如果不是我脑海里生出一个念头阻止了我的话，我今天就带她走了。也许……说不定？——您喜欢我妹妹呢？如果是这样，那我何必将她带走呢？所以我就打定主意，什么面子也不管了……况且我自己也发觉……我打定主意……向您了解……”可怜的加京窘住了。“请原谅我，”他补充说，“我不习惯于处理这样的麻烦事。”

我握住了他的手。

“您想知道，”我用坚定不移的口吻说，“我喜不喜欢您的妹妹？不错，我喜欢她……”

加京瞥了我一眼。

“可是，”他结巴着说，“您该不会娶她吧？”

“您要我怎么回答这样一个问题呢？您自己判断一下，现在我能……”

“我知道，我知道，”加京没让我说下去。“我没有任何权利要求您作出回答，而且我的问题也是有失礼貌的……可是您让我怎么办呢？火是玩不得的呀。您不了解阿霞，她会生病，出走，和您约会……换一个女人也许会不露声色，静候机会，但是这样的事不是她所能做的。这件事在她是头一次遇到——糟就糟在这里！假如您见到她今天跪在我脚边伤心痛哭的样子，兴许您能理解我的担心了。”

我开始沉思。加京的“和您约会”这句话在我心头刺了一下。他对我开诚相见，我未能以诚相报，为此我感到羞惭。

“不错，”我终于说道，“您的话是对的。一小时前我收到您妹妹的一张字条——就是这一张。”

加京接过字条，迅速看了一遍，便将双手放到了膝头上。他脸部的惊愕表情显得十分滑稽可笑，然而此刻我却顾不上笑。

“您，我再说一遍，是个高尚的人，”他说，“可是现在怎么办呢？怎么办？是她自己要离开这里，又给您写条子，又怪自己处事不谨慎……究竟她是什么时候写的？她要您干什么？”

我劝他放宽心，我们开始尽可能冷静地讨论我们应当采取什么措施。

最终我选定如下方案：为避免不幸事件的发生，我应当赴约并诚实地对阿霞作出解释，加京必须坐在家里，对于知道她字条的事要不露声色。我们约定晚间再见面。

“我坚定地相信您，”加京说着紧紧地握住我的手，“请原谅她，也请原谅我。明天我们还是得走，”他起身补充说道，“因为您毕竟不会娶阿霞做妻子啊！”

“您在傍晚以前给我点时间容我考虑考虑吧！”我回答道。

“好吧，不过您不会娶她的。”

他走了，我扑在沙发里闭上了两眼。我的脑袋在打转，太多的印象一下子涌进了脑海。我抱怨加京的坦率，抱怨阿霞，她的爱情使我快乐，又叫我难堪。我不明白是什么促使她向哥哥坦陈一切，我为无法避免迅速地、几乎要在瞬息之间作出决定而焦灼苦恼……

“和一个十七岁的女孩子结婚，又要对付她那样一种个性，这怎么可能？”我思虑着。

十五

在约定的时间里我渡过了莱茵河，在对岸遇见我的第一个人便是清晨来找过我的那个小男孩。显然他是在等候我。

“是安娜小姐送来的。”他悄声说着递给我另一张字条。

阿霞通知我改变会面的地点。我应当过一个半小时再来，但不是到教堂，而是到露伊斯太太的屋里，在楼下叩叩门然后走上三楼。

“还是回答：是？”男孩问我。

“是。”我做了肯定的回答，然后沿莱茵河岸边走去。

要回寓所已经没有时间，我又不愿在街上闲逛。城墙外有一座小庭院，里面有个打九柱戏的遮阳棚，还有几张为嗜好啤酒的人而设的桌子。我便走进院去。有几个已经上了年纪的德国人在打九柱戏，木球滚过去发出噼里啪啦的声响，有时爆发出一阵阵喝彩声。一个漂漂亮亮的女招待，哭得眼泪汪汪的，给我端来一杯啤酒。我望了望她的脸，她急忙转过身走开了。

“是啊，是啊，”一位坐在一旁的红光满面、胖墩墩的男人说，“我们的甘辛今天伤心透了，她的未婚夫当兵去了。”

我望了望她，她缩在角落里以手支颐，泪珠儿一颗接一颗从指缝间滚下来。有人叫啤酒，她递给他一杯后又回到自己的位置。她的痛苦影响了我，我开始思考我面临的约会，极力想从忧心忡忡、郁郁寡欢的思绪中解脱出来。但终究我这次赴约，心情难以轻松，因为等待着我的不是忘情于相互爱恋的欢愉，而是去履行许下的诺言，履行艰难的职责。“可不能跟她闹着玩儿!”加京的这句话像箭一般钻进了我心里。还在大前天,在这叶随波逐流而下的小舟上,我不是曾因为对幸福的渴望而苦恼吗?如今幸福变得可望而且可即了,我却犹豫起来。幸福的骤然而至使我难堪。老实说,阿霞这个人本身,连同她火一般的思想,她的身世,她所受的教育,这样一个迷人然而古怪的人,使我害怕,两种情感在我内心久久地较量着。约定的时间正在逼近。“我不能娶她,”我终于下了决心,“她不会知道我也爱上了她。”

我站起来,将一枚三马克的银币放进可怜的甘辛手心后(她连声“谢谢”也没对我说),就向露伊斯太太家走去。空中已布满晚间的憧憧暗影,幽暗的街道上空映照出一抹落霞般殷红的反照。我轻轻叩了一下门,门当即就开了。我跨过门槛,置身于一片漆黑之中。

“往这儿走!”是一个老年妇女的声音,“正等着您呢。”

我摸索着迈了一两步,一只瘦骨伶仃的手牵住了我的手。

“您是露伊斯太太吧?”我问。

“是我,”同一个声音回答我说,“是我,我的好小子。”

老太太又领我沿一条陡陡的楼梯往上走,然后在三层楼的楼梯口停了下来。借着小窗口射进的一束微弱的光线,我看见了市长遗孀的那张皱皱巴巴的脸。她拉开两片瘪嘴唇,露出一丝甜腻腻的狡狯的微笑,将一双浑浊无光的眼睛眯了起来。她向我指指一扇小门。我的手哆嗦着开了门,进去后又随手砰的一声将它关上。

十六

我步入的那个小房间里非常暗,我没有马上看见阿霞。她裹着一块长披肩,坐在窗前的一张椅子上,别转着脸,脑袋几乎藏了起来,活像一只受惊的小鸟。她呼吸急促,浑身打战。我对她产生了一种难以形容的怜悯感。我走到她跟前,她更加转过脸去……

“安娜·尼古拉耶芙娜!”我说。

她猛然挺直了身子,想正眼看我,但没有成功。我抓起她的手,那只手冰冷冰冷的,放在我手心里犹如死人手一般。

“我希望,”她开始说,竭力作出微笑的样子,然而她苍白的嘴唇却不听她使唤,“我想……不,我不能。”她说着就不响了。确实,她的声音,每说一个字便要停顿一下。

我坐到她身边。

"安娜·尼古拉耶芙娜。"我重复道,我同样再也说不出话来。

谁也不说话,我继续握住她的手,凝目望着她。

她依然全身瑟缩着,呼吸困难,轻轻咬住下唇,以便不哭出声来,噙住夺眶而出的眼泪……我望着她那怯生生纹丝不动的样子显出某种动人的无可奈何的神情,仿佛由于疲惫不堪,勉强拖着脚步来到椅子跟前,就这么一直瘫倒在上面了。我的心软了下来。

"阿霞!"我用几乎听不见的声音说……

她徐徐地向我抬起双眼……哦,一个堕入情网的女人的眼神——谁能描述得了?这双眼睛在祈祷、在表达信任的感情、在倾诉自己的疑虑、在表示顺从的意愿……我无力抗拒这双眼睛的魅力。一股淡淡的火焰燃遍我的全身,犹如一根根扎人的小针在刺。我俯下身去,贴在了她的手上……

听得一阵哆哆嗦嗦的声音,仿佛一阵断断续续的叹息,于是我感觉有一只虚弱无力、像一片树叶一样颤动的手在我的发际轻轻触摸。我抬起头,看见了她的脸。这张脸蓦然之间竟变得那么厉害!恐惧的表情已经荡然无存,目光投向不知名的远方,而且把我也带向那里,双唇微开,额头苍白,似大理石一般,鬈发垂向后方,仿佛被风吹过去似的。我忘乎所以,把她拉向自己的身边——她的手驯顺地服从了,她的身体跟着手一起被拉了过来,披肩从肩头滑落下去,她的头轻轻地靠在我的胸口,倚在我发热的双唇下面……

"您的……"她细声说,勉强能听得见。

我的两臂已经在她的腰部来回轻抚……然而猛然间我想起了加京,犹如闪电在我眼前一亮。

"我们在干什么啊!……"我大声说道,随即浑身一颤,向后退去,"您的哥哥……他可是什么都知道啦……他知道我和您约会。"

阿霞坐到椅子上。

"是的,"我站起来,走到房间的对面一角,继续说,"您的哥哥全明白啦……我必须把什么都告诉他。"

"必须?"她含糊不清地说,显然她还未能清醒过来,所以不太理解我说的话。

"对,对。"我以一种冷酷的口吻重复说,"而且这全是您一个人的错,您一个人。为什么您自己要泄漏咱们的秘密?是谁叫您向您哥哥和盘托出这一切的呢?今天上午他本人就在我那里,向我转述了您和他的谈话。"我努力不去看阿霞,大步大步地在房间里踱来踱去。"现在全完了,全完了,全完了。"

阿霞想从椅子里站起来。

"别起来,"我大声说,"别起来,我请求您。您现在结交的是一个诚实的人——是的,一个诚实的人。可是,看在上帝分上,是什么使您激动不安?难道您发觉我身上有什么变化?而我,当您哥哥今天来找我时,却不能对他瞒着不说啊!"

"看我说什么来着?"我心里想,认为我是个缺德的骗子,加京知道我们这次约会,一切都走了样、都暴露了的想法,一直在我脑海里萦回不去。

"我没有叫哥哥来,"阿霞惶恐不安地细语,"是他自己来的。"

"看您都干了些什么,"我继续说,"现在您却想走了……"

"不错,我应当走。"她同样轻声地说,"我请您来这里,只是为了和您告别。"

"您认为,"我回答说,"我和您分别就那么轻松?"

"可是您为什么要告诉哥哥?"阿霞大惑不解地重复说。

"我告诉您——我没有别的办法。如果不是您自己暴露了自己……"

"我把自己反锁在我的房间里,"她单纯地回答说,"我不知道房东太太还有一把钥匙……"

这样一个纯真无邪、情有可原的理由,出自她的口中,又在此时此刻——当时几乎使我勃然大怒……而如今我回忆起来却不能不为之心动。可怜、诚实、真诚的孩子!

"现在一切都结束了!"我重又开始说话,"一切。现在咱们应当分手了。"我偷偷看了阿霞一眼,她的脸迅速变红了。她变得既羞惭又害怕,我感觉得到这一点。我自己一边走一边说着,仿佛在打摆子似的,"您不让正在开始成熟起来的感情发展,您自己扯断了我们之间维系感情的纽带,您不信任我,对我怀疑……"

在我说话的时候,阿霞的身子越来越向前倾——蓦地一下跪了下来,把头扑在两个手掌上,大哭起来。我跑到她跟前,想扶她起来,她却不听我的。我忍受不了女人的眼泪,一见到女人的眼泪顿时就六神无主了。

"安娜·尼古拉耶芙娜,阿霞,"我反复说,"我求您了,看在上帝分上,请您别再哭了……"我又握住了她的手……

然而使我惊讶不止的是她猛地站立起来,似闪电一般迅步向门口跑去,随即就不见了……

几分钟以后,当露伊斯太太走进房来的时候,我还站在房间的中央,活像被雷电惊呆了似的。我不理解这次约会竟会这么迅速、这么愚蠢地结束——没等我把想要说的、应当说的话说出百分之一,连我自己也不知道可能会如何收场的时候就结束了……

“小姐走了吗?”露伊斯太太把她的黄眉毛高高地挺起,直到快碰到她的假发套,问我道。

我像傻子一般望了望她,出门走了。

十七

我走出城,径直往野地里走去。懊丧,疯狂的懊丧咬啮着我的心。我连连责备自己,我怎么竟会不明白使阿霞改变我们会面地点的原因,我怎么不去估计一下她究竟有什么必要到这个老太婆家里来,我怎么竟没有留住她!在这样一间静僻、勉强透进一丝光明的房间和她单独相处的时候,我竟会有力量、有勇气将她推开,甚至对她进行指责……而现在,她的形象却对我紧随不舍,我在请求她的宽恕,我回忆起那副苍白的脸容,那双泪水盈盈、胆小羞怯的眼睛,披散在俯倾下来的脖颈上的头发,她的头颅与我胸脯轻轻地接触——这一切使我如火烧般难过。“您的……”我依稀听到她的轻声细语。“我是凭良心做事,”我宽慰自己说……不对!难道我真的希望得此结局?难道我受得了与她分手?难道我能够失去她?“疯子!疯子!”我恨恨地反复说道……

这时夜正在临近。我大步流星地向阿霞寓居的屋子走去。

十八

加京迎着我走出屋来。

“见着我妹妹了吗?”老远他就向我大声喊道。

“难道她不在家?”我问。

“不在。”

“她没有回来过?”

“没有。是我不好,”加京继续说,“迫不及待了,我违反了我们事先的约定,径自去了教堂,她不在那里,也许她没有赴约?”

"她没有去教堂。"

"那您见着她了?"

我必须承认自己见过她了。

"在哪儿?"

"露伊斯太太家。我在一小时前才和她分手,"我补充说,"我当时相信她已经回家。"

"咱们等一等。"加京说。

我们走进屋,彼此靠近着坐下。我们没有说话,两个人都感到不自在。我们不停地回过头去向门口张望,仔细倾听着。最后加京站了起来。

"这太不像话了!"他大声喊道,"我的心思都搞乱了。她真的要了我的命……咱们找她去。"

我们走出屋子。外面天已全黑。

"您究竟和她谈了些什么?"加京把帽子低低地扣到眉头上,问我。

"我和她只见了五分钟的面,"我答道,"我就照我们说定的话对她讲。"

"您听我说,"加京对我说,"咱们最好分头走,这样就能快点儿碰上她。不管怎么样,请过一个小时再来这里。"

十九

我快步从葡萄园里下山,向城里跑去。我迅速走遍所有街道,探看了各个角落,甚至露伊斯太太的窗户,之后回到莱茵河边,沿河岸跑将起来……有时遇见女人的身影,但是无论何处都寻不见阿霞的踪迹。使我苦恼不安的已经不是沮丧的情绪——一种隐隐的恐惧心理折磨着我,而我所感受到的不仅仅是单一的恐惧……不,我感受到的是悔恨,最灼人的遗憾之心,爱情——是的!最温柔的爱情。我搓着双手,在越来越浓的夜色里呼唤着阿霞的名字,起先是轻轻地叫,继而越叫越响,我重复喊了一百遍,说我爱她,我发誓和她永不分离,只要能再握住她那冰凉的手,再听到她那轻轻的嗓音,再看见她站在我面前,我愿意献出人世间的一切……她曾经近在咫尺,她向我走来的时候满怀着决心,心灵和情感里没有丝毫杂念,她带给我的是她纯真无邪的青春……而我却没有将她紧紧地抱在怀里,我使自己丧失了目睹她欣喜万状、容光焕发、含情脉脉的芳姿时的那种至怡至乐……这么想着我不禁要疯了。

“她可能到哪儿去呢？她会发生什么事呢？”在无可奈何的绝望的愁苦中我大声说……突然岸边有一样白乎乎的东西闪了一下。我认识那个地方，那里，在七十多年前一个溺水而死的人的墓上，有一个一半埋进土里的石头十字架，上面有古老的题词。我的心揪紧不跳了……我跑到十字架跟前、白色的身影不见了。我喊了一声：“阿霞！”我粗野的声音连我自己也吓了一跳——然而一点回应的声音也没有。

我决计去了解一下加京有没有找到她。

二十

我沿葡萄园的小道迅步上山的时候，看见了阿霞房里的灯光……这使我稍稍放心了一点。

我走近屋子。楼下的门上了锁，我叩了叩门。底层一扇没有灯火的小窗小心地开了，探出了加京的脑袋。

“找到了？”我问他。

“她回来了。”他低声回答我，“她在自己房里，正在脱衣服。没事了。”

“谢天谢地！”我大声说，心里一阵说不出的高兴，“谢天谢地！现在都好了。不过您听我说，咱们还得再聊聊。”

“换个时间吧，”他轻轻向自己身边拉过窗子，回答说，“换个时间吧，现在，再见。”

“明天见。”我说，“明天一切都可以决定了。”

“再见。”加京又说了一遍。窗关上了。

我真想叩响窗户，告诉加京我要向他妹妹求婚。然而此时此刻提出这样一个要求……“等明天吧，”我想，“明天我就是个幸福的人了……”

明天我将是个幸福的人了！对幸福来说没有明天，幸福也没有昨天，幸福不记得既往，也不考虑未来，幸福只有现在——而且不是一天，而是片刻。

我记不得是怎么走到3城的，不是我的双脚在带我行走，也不是小舟在载我移步，是一双宽阔、强劲的翅膀驾着我腾空而飞。我经过夜莺在其间啼鸣的一丛灌木，我停住脚步谛听良久，我仿佛觉得夜莺在歌唱我的爱情，我的幸福。

二十一

第二天清晨当我开始走近那间熟识的小屋时，一幅景象使我惊讶不止——所有的窗户都洞开着，门也大开，门口散落着一些纸张，手持扫帚的女仆出现在门里面。

我向她走近前去。

“都走了！”没等我问她加京在不在家，她就抢着说了。

“走了？”我重复她的话，“怎么走的？去哪里？”

“今天早晨走的，六点钟，没说去哪儿。请等一等，您好像是 H 先生？”

“我是 H 先生。”

“房东太太那儿还有一封给您的信。”女仆说着走上楼去，回来时带着一封信，“请看，这就是。”

“不可能啊……怎么会这样呢？……”我刚想开口说。

女仆呆滞地望了望我，便开始扫地。

我打开信笺，是加京写给我的。阿霞一句话也没有。信开头他请求我不要为他的突然离去而生气。他相信，按照理智的考虑，我会赞同他的决定。他找不出其他办法来摆脱可能会变得狼狈和危险的境地。“昨天晚上，”他写道，“当我们两人默默地坐等阿霞的时候，我完全确信我们必须分离。有一种我所相信的预兆，我明白您不会娶阿霞。她什么都对我说了，为了让她安心，我对她再三提出的强烈请求应当作出让步。”信的结尾处他把我们的相识这么快就中断，引为憾事，祝愿我幸福，友好地握我的手并求我不要设法去追寻他们。

“什么样的预兆？”我喊道，仿佛他能听见似的，“真荒唐！谁给你权利将她从我身边拐走……”我用力揪住自己的头发……

女仆开始大声叫唤房东太太，她的惊恐使我清醒过来。我脑子里闪出一个念头：去寻找他们，无论天涯海角也要去寻找。接受这样的打击，平心静气地对待这样的分离是不可能的。我从房东太太那里得知他们早上六点乘上汽轮沿莱茵河到下游去了。我去找了售票处，那里告诉我他们买了去科隆的船票。我回去马上收拾行装，乘船去追踪他们。我途经露伊斯太太的屋子……忽然我听见有人叫我。我抬起头，正是在昨夜我和阿霞会面的房间的窗口，望见了市长的遗孀。她露出令人讨厌的笑容，正在叫我，我转过身，正准备走过去，但是她从后面喊我，说她有东西要给我。这使我停住了脚，并进了屋。当我再度目睹这个房间时，我真不知道如何表达自己的情感！

“照眼下的情况，”老太太拿出一张小纸条开始说，“只有在您亲自来找我的时候我才将它交给您，可是您是这样好的一个年轻人。拿着吧。”

我拿起纸条。

在这一小片纸上有铅笔匆匆忙忙写的下面几句话：

> 别了，我们再也见不到了。我不是出于骄傲才走的——不，我别无选择。昨晚当我在您面前哭泣的时候，您只要说出一句话，仅仅一句话，我可能就留下来了。您没有说。看来这样更好……永别了！

一句话……哦，我这个没脑子的人！这句话……昨晚我曾含着眼泪重复多遍，我曾对着风热情地倾诉过，我曾在空旷的田野一说再说……然而我没有对她说，我没有告诉她我爱她……是的，这句话当时我说不出口。当我与她在那间决定命运的房间里相会的时候，我还没有明确地意识到自己的爱情，即使在我和她的兄长坐在一起，处于无谓而难堪的沉默之中时，这种意识也尚未觉醒……只是在瞬间之后，当我被可能发生的不幸事件所震惊，我开始寻找她、呼唤她的时候，这种意识才以不可抗拒的力量迸发出来……然而此时此刻为时已晚。“不，这不可能！”有人会对我说。我不知道，这可不可能——我知道这是实话。如果阿霞身上有丝毫轻浮女子的影子，如果她的地位不是虚假的，她或许不会走。任何一个别的女人也许可以隐忍的东西她却忍受不了，而这一点我却未曾明了。我那心地不良的保护神在我与加京坐在昏暗的窗前最后一次会面的时候，阻止了我亲口承认我的爱，于是本来尚能抓得住的最后一根线从我手心滑脱了。

当日我提着整理好的手提箱回到Л城，乘船去科隆。我记得，当汽轮已经开始解缆起航时，我在心里与这些街道，与所有这些我永远也不应当忘记的地方作别——我看见了甘辛。她坐在岸边的一张长椅上，脸色苍白，却无愁容。一个漂亮的年轻后生站在她身边，脸含笑容，向她讲述着什么。莱茵河的对岸，我的小圣母依然神情凄楚地透过老梣树沉沉的绿阴向外凝目而望。

二十二

在科隆我找到了加京兄妹的踪迹，我得知他们去了伦敦。我追随而去，但是在伦敦我的寻踪觅迹依旧徒劳无功。我久久不甘心就此罢休，久久顽强地努力着，但是到最后我只得放弃追赶上他们的希望。

我再也没有见到过他们——我未能再见到阿霞。我曾听到一些关于加京的模糊不清的传闻，然而阿霞对于我却永远地销声匿迹了。我甚至不知她是否还活着。几年以后，有一次在国外的火车里，我眼前曾晃过一位妇女的身影，她的面容使我觉得酷似我不能忘怀的那张容貌……不过，也许我被一种偶然的相似所蒙骗了。在我的记忆里，阿霞依然是我一生中最好的岁月里所认识的那个小姑娘的样子，依然是我最后一次见到时俯身靠着那张低低的木制椅背的样子。

同时我也应当承认我没有过久地思念她，我甚至认为我没有和阿霞结合是命运的巧妙安排。当我想到和这样一个妻子一起生活未必会幸福，内心便感到宽慰。我正当年少，所以未来、短暂易逝的未来，在我心目中似乎是无穷无尽的。我曾想过，难道曾经发生过的事就不能再现，而且变得更好，更美？……我曾结识许多别的女人——然而阿霞在我身上激起的感情，那种炽烈、温柔、深沉的感情，已经不可能再度出现了。不！对我来说，没有一双眼睛能替代一度情意绵绵地凝视着我的那双眼睛！不管贴到我胸口的哪一个人的心，都不能叫我的心怀着如此欢愉、甜蜜和紧张的感应！我命中注定要过无家无室、形影相吊的单身生活，我正在苦挨寂寞无聊的岁月。我似圣物一般保藏着她的那些纸条，和一朵干枯的天竺葵花，就是当初她从窗口抛给我的那一朵。这朵花至今还发出淡淡的清香，而将这朵花抛给我的那只手，我只有一次机会将自己的嘴唇贴在上面的那只手，也许早就在坟墓里腐烂了……至于我自己——我又怎么样了呢？我，还有那些无比幸福又惶惑不安的时日、展翅飞翔的理想和追求，又留下了什么呢？一根微不足道的小草短暂的萎枯过程却感受着一个人的全部欢乐与苦痛——也感受着这个人的本身。

（全文完）

初　恋

献给 П. В. 安年科夫[①]

① 安年科夫(1813—1887),俄国文学评论家,回忆录作者,屠格涅夫同时代友人。

宾客早已散去。时钟敲过午夜十二点半。屋子里只剩下主人，还有谢尔盖·尼古拉耶维奇和弗拉基米尔·彼得罗维奇。

主人按了铃，吩咐收拾晚餐的残羹剩饭。

“这件事就这样说定了，”他点起一根雪茄烟，更深地坐进安乐椅里，一面说道，“咱们每个人都一定得讲讲自己初恋的故事。现在轮到您，谢尔盖·尼古拉耶维奇。”

谢尔盖·尼古拉耶维奇，一个浑身圆鼓隆咚的人，长着一头浅色头发，肿眼鼻泡的脸，他先看了看主人，然后抬起眼皮望望天花板。

“我没有初恋，”他终于开口说，“我的恋爱是直接从第二次开始的。”

“怎么个开始法？”

“很简单。我第一次追求一位十分可人的小姐的时候，正好十八岁。不过我向她献殷勤的样子，仿佛已是情场老手似的，就跟我后来向别的女人献殷勤的样子毫无二致。其实我第一次，也是最后一次钟情的，是我五六岁时照顾我的保姆。可是这是老早以前的事了，我们两人关系的细节在我记忆里已经磨灭，再说即使我还记得那些事，有谁会感兴趣呢？”

“那可怎么办呢？”主人开始说，“我的初恋也没有多少有趣的东西，在我跟安娜·伊凡诺芙娜——我现在的妻子认识以前，没爱上过任何人，而且我们的婚事进行得一帆风顺——由双方父亲做媒，我们很快就彼此相爱，毫不犹豫地结了婚。我的故事只消两句话就可以说完。先生们，说实话，我提出初恋的问题，是希望你们二位来讲讲，我不说老年单身汉，但也不是说年轻的单身汉。弗拉基米尔·彼得罗维奇，难道您就不能讲点让咱们逗乐的事儿？”

“我的初恋确实属于非同寻常的一类。”弗拉基米尔·彼得罗维奇稍有点结结巴巴地应道。他年届不惑，黑发里已杂有几根银丝了。

“啊！”主人和谢尔盖·尼古拉耶维奇异口同声地说，“那更好……讲讲吧。”

“那好吧……哦不，我不打算讲，我口才不好，说起来要么枯燥乏味、三言两语，要么啰啰唆唆，缺少真实感。如果允许，我把记得起来的事都写到一个本子上，然后念给你们听。”

起初朋友们不赞成这个办法，但弗拉基米尔·彼得罗维奇坚持不作让步，大家只好作罢。但两星期以后他们再度相聚时，弗拉基米尔·彼得罗维奇果然不爽前约。下面就是他写在本子上的故事。

一

事情发生在一八三三年夏季。当时我十六岁。

我住在莫斯科自己双亲的身边。在卡卢加门附近无愁园的对面，他们租有一幢别墅。我准备考大学，但是很少用功，而且心里也毫不着急。

没有人约束我的自由。我想干什么就干什么，尤其在我与我最后一位法国家庭教师分手以后，此公一想到自己“像颗炸弹一样”落到俄国，心里怎么也舒坦不起来，所以成天绷着脸躺在床上。父亲对我漠不关心，但态度和蔼，母亲对我几乎不闻不问，虽说除了我她没有别的孩子——其他一些要分心的事将她占据了。我父亲还是个年轻人，而且英俊漂亮，出于经济上的打算才娶她为妻。她比他大十岁。我妈妈过的是一种可悲的生活——无时无刻不在激动不安、吃醋、生气——但这是当父亲不在场的时候。她对他怕得厉害，而他的举止则表现为严厉、冷淡、叫人不好亲近……我未曾见过一个人比他更温文尔雅、安详自若、充满自信、刚愎自用。

我永远不会忘怀我在别墅度过的头几个星期。天气晴好，风和日丽，我们从城里乘车过来是在五月九日，正逢尼古拉[①]节。我四处漫游——有时在别墅花园里，有时在无愁园，有时在城门外。我常在身边随便带上一本书——比如卡依达诺夫[②]的教科书——不过很少去翻它，更多的是朗诵诗歌，这些诗我能背出许许多多。我心潮起伏，又黯然伤怀——既那么怡然自得，又那么滑稽可笑；我总是期待、担心着什么，对什么都大惊小怪，而且全身戒备；我浮想联翩，而且总是围绕几个相同的念头沉思遐想，犹如雨燕在晨曦中围绕钟楼穿梭往回；我心事重重，愁绪满怀，甚至伤心落泪，然而血气方刚的年轻生命的愉悦之情，却似春草一般透过泪水、透过愁绪——有时由铿锵悦耳的诗句，有时由黄昏时分的良辰美景所勾起的愁绪油然而生。

---

① 尼古拉，早期基督教圣人。

② 卡依达诺夫(1780—1843)，俄国教育家兼历史学家。1811—1816 年曾是皇村学校教授，是众多历史教科书的作者。

我有一匹马驹用作坐骑，我亲自给它备鞍，独自骑着它向远方任意驰骋，我纵马扬鞭，设想自己是个比武的骑士——风儿在耳边呼啸得多么欢乐！——或者仰首望天，敞开胸怀领受灿烂阳光的抚弄。

记得当时，女人的形象，女性情爱的影子，虽然尚未在我头脑里形成固定的轮廓，然而对于女性的未曾体验过的、说不出的、甜蜜的、朦朦胧胧、羞羞怯怯的感触，却蕴藏在我的心灵深处。

这种感触，这种期待，渗透于我的整个生活当中，伴随着我的一呼一吸，滚动于我血管的每一滴血液里，并注定要在尔后不久化为现实。

我家的别墅包括一幢主人住的有廊柱的木结构正屋和两所矮小的侧屋，左面的侧屋用作生产廉价糊墙纸的小工场……我不止一次溜到那里去，观看十个瘦骨伶仃、头发蓬乱、身穿沾满油污的长褂的小男孩做工，他们一脸倦容，不时跳到一根用于挤压压印机的木头杠杆上，借助瘦小身体的重量压印出糊墙纸上彩色的图案。右面的一间侧屋正闲置待租。有一天——五月九日后过了三个星期——这间侧屋的所有窗户的百叶窗打开了，出现了几个女人的面影——有一户人家搬进了这间屋子。记得当天午餐时母亲向管家打听过新邻居是什么人，当听到夫人姓查谢金娜时，先带有几分敬意地说："啊！是公爵夫人……"继而又说道，"看样子是一位穷贵族。"

"乘了三辆出租马车来的，"管家一面恭敬地上菜，一面说，"他们没有自备的轻便马车，太太，家具也是少得不能再少了。"

"是啊，"母亲答道，"不过那倒更好些。"

父亲冷冷地瞪了她一眼，她便不再吭声了。

确实，查谢金娜公爵夫人不可能是位富家女人，她所租用的那间侧屋既破旧又窄小低矮，家境稍微殷实的人家是不会愿意住进去的。不过这些话当时在我都不过是耳边风。公爵的头衔对我也起不了什么作用，前不久我刚读过席勒的《强盗》。

二

我有个习惯，每天傍晚带上猎枪在花园游荡，守候着打乌鸦。对这些机警、贪婪、狡猾的鸟儿我早就感到满腔仇恨。在故事中说到的那一天，我又到花园里去了，在那里我几乎走遍了所有林阴小径，却一无所获（乌鸦已认得出我，只在远处断断续续地叫几声）。偶然间，我走近一道低低的栅栏，这道栅栏是用于分隔花园里属于我们家的范围和伸展在右面的侧屋后头的一个狭长园子的，而这个园子则属于侧屋的范围。我低着头踽踽而行。蓦然间我听到有人语声，我隔着栅栏望过去，不禁怔住了……我看到了一幅奇特的景象。

在离我几步远的地方，林间空地上，几丛马林果灌木之间，站着一位个子高挑、身材苗条的少女，她身穿一件玫瑰红的条子连衣裙，头包一块白头巾。她的四周围站着四位年轻小伙子，她正用一小束灰色的花朵依次拍打每个人的额头。我叫不出这花的名称，但是小孩子对它却非常熟悉——这种花的形状像小袋子，只要将小袋子往硬东西上一敲，就会啪的一声张开。年轻后生们凑过自己的额头时是那么心甘情愿——少女一举手一投足（我是侧面看到她的），都具有一种力量，叫你心驰神往、俯首听命，让你感到爱抚之情、嘲弄之意，却又可亲可近。我几乎因惊喜交集而叫出声来，如果能让这迷人的手指也拍一下我的前额，那我会立即将世上的一切都奉献出去。我的猎枪滑落到草地上，我忘乎所以，眼睛呆呆地盯着那婀娜的腰肢、脖颈、美丽的双手、白色头巾下散乱的浅色头发、两只半开半闭的聪明眼睛、长长的眼睫毛以及睫毛下温柔的面颊……

“年轻人，喂，年轻人！”突然我附近有人说话，“难道作兴这样瞧别人家的小姐吗？”

我浑身一颤，吓呆了……我旁边，在栅栏的那一面站着一个蓄着剪得短短的黑发的人，用面露嘲讽的神情看着我。就在这一刹那间，少女向我转过脸来……我看见了长在活泼、欢乐的脸上的一双灰色大眼睛——蓦然间这整张脸颤动起来，露出了笑容，露出了皓齿，双眉一挺，似乎显得有点滑稽……我脸刷地一下红了，从地上抓起猎枪，随着后面跟来的响亮、然而并无恶意的笑声，拔腿向自己的房间跑去。我扑到床上，用双手捂住了脸，心一直跳个不停。我既害臊又高兴，我体验到一种前所未有的激动。

稍事休息以后，我梳了头，把身上清理了一下，便下楼喝茶去。年轻姑娘的倩影在我面前萦回，心虽已不再激烈跳动，却依然感到愉快和紧张。

“你怎么啦？”父亲突然问我，“打死了一只乌鸦？”

我曾想把一切都告诉他，但还是忍住没说，只微微笑了一下。快上床的时候，我自己也不明白什么原因，竟踮着一只脚转了两三次身，在脸上抹了香膏，然后才躺下，接着就整夜睡得跟死人一样了。天亮前我稍稍醒过来一会儿，但只仰了仰头，兴奋地望了望四周，立刻又重回梦乡。

三

“要是能跟他们家认识有多好?”这是早晨我一醒来就想到的事。早茶前我去花园里,但没有太靠近栅栏,一个人也没有见着。喝完早茶我在别墅前面的街道上走了几个来回,还从远处向窗户里面望过……我似乎看到窗帘后面有她的面孔,于是一惊之下赶快离开了。“不过总得跟她认识才是,”我思忖着,一面在无愁园前面一览无余的平坦沙地上漫无目的地来回踱步,“可怎么认识她呢? 问题就在这里。”我回忆昨日见面时极微小的细节,不知怎么搞的,她嘲笑我的那副模样我记得特别清晰……然而就在我心里躁动不安、构想各式各样计划的时候,命运却向我伸出了援助之手。

我不在家的时候母亲接到新邻居的一封信,信写在一页灰色的纸上,用咖啡色的火漆加了封,这种火漆只有在邮政通知单和廉价酒的瓶塞上才用到。在这封错别字连篇、字迹不整的信中,公爵夫人请求我母亲给予庇护,依照公爵夫人的说法,我母亲与许多有影响的人物颇有交情,而这些人物却决定着她和子女的命运,因为她正在打关系重大的官司。“我讨(叨)饶(扰)您,”她写道,“作为一位贵夫人讨饶一位贵夫人,同时,能利用这个机会,我感到飞(非)常高心(兴)。”结尾处她请求母亲允许她登门拜访。我见到母亲时她心情正不好,父亲不在家,她无人与之商量。对一位贵夫人,而且还是位公爵夫人,置之不理是不合适的。然而怎么回答,母亲却有些把握不定。用法语写条子对她似不相宜,而对俄文的书写规则我母亲自己也不熟悉——她有自知之明,并不想招来非议。我的到来使她大喜过望,当即要我到公爵夫人家去走一遭,口头告诉她,说家母愿意随时为公爵夫人效劳,并请她在一点钟左右光临寒舍。我秘藏心头的愿望竟意想不到地得以迅速实现,这使我又喜又惊。然而我没有流露浑身上下不自在的情绪,而先到自己房里去,以便打一条新领结,穿一件常礼服(平时在家里我只穿着一件短上衣,而且是翻领的),虽然觉得穿着挺不舒服。

四

在我不由自主浑身哆嗦地跨入那间窄小、凌乱的侧屋的前厅时,遇到的是头发花白的老仆人,他有一张古铜色的脸膛,一对猪一样闷闷不乐的小眼睛,前额和两鬓布满深深的皱纹，这样的皱纹我平生从来没有见到过。他拿着托盘，上面有一条啃干净的鲱鱼脊梁骨，他随身用脚把通向另间的房门带上，生硬地问我：

“您要干什么？”

“查谢金娜公爵夫人在家吗？”我问。

“伏尼法蒂！”门后面一道刺耳的发颤的女人声音喊了起来。

仆人默默地转过身去，背对着我，这时才露出他那件仆役制服穿得陈旧不堪的后背，背后只有孤零零的一颗褪成了红褐色的带纹章的纽扣，他将托盘放在地上，就走了。

“去过警察分局了？”还是这个女人的声音又一次说道。仆人咕咕哝哝地说了几句话。“啊？……有人来了？……”还是那个声音，“邻家的少爷？有请。”

“请，到客厅见。”仆人重新出现在我面前，一面从地上端起盘子，一面说。

我起步走进“客厅”。

我来到一间不太整洁的小房间，里面的简单陈设像是匆忙间草草布置的。窗前，断了一只扶手的安乐椅上，坐着一位五十岁上下的妇女，没有戴帽子，其貌不扬，穿一件绿色旧连衣裙，脖子上围一块粗毛线三角巾。她那双黑色的小眼睛紧紧地盯着我。

我走到她面前躬身行了个礼。

“我能有幸跟查谢金娜公爵夫人说话吗？”

“我就是查谢金娜公爵夫人，您是B先生的令郎吗？”

“正是，夫人。我到府上是受家母嘱托。”

“请坐。伏尼法蒂！我的钥匙在哪儿？你见过吗？”

我向查谢金娜报告了我母亲对她字条的答复。她用粗粗红红的手指敲击着窗台，听我说下去。待我讲完，她又一次盯着我看。

“很好，一定去。”她终于说道，“看您还那么年轻！请允许我问一声，您几岁了？”

“十六。”我不由得结结巴巴地回答。

公爵夫人从口袋里掏出一些写得密密麻麻、沾满油污的文书，凑到鼻子底下，开始一页页翻看。

“正是锦绣年华，”她在椅子里转来转去，坐不安宁，突然冒出一句，“您就请别客气，我是很随便的。”

“太随便了。”我寻思着，同时情不自禁地怀着厌恶的心情用目光审视她那难看的身影。

此时客厅的另一扇门急速打开了，门口出现了我昨天在花园里见到过的那位少女。她举着一只手，脸上掠过一丝冷笑。

“这就是小女，”公爵夫人用胳膊肘指了指她，说道，“季诺奇卡，咱们邻居B先生的公子。请问，您的大名？”

“弗拉基米尔。”我一面起身，一面由于心情激动而轻声嘟囔着回答。

“父名呢？”

“彼得罗维奇。”

“哦！我有一个熟悉的警察局局长，也叫弗拉基米尔·彼得罗维奇。伏尼法蒂！别找钥匙了，钥匙在我兜儿里。”

年轻姑娘继续含着先前的冷笑望着我，微微地眯起眼睛，稍稍斜歪着脑袋。

“我已经见过伏尔台玛尔先生了。”[①]她开始说，银铃般的嗓音犹如一阵甜丝丝的凉意流遍我全身，“您允许我这样称呼您吗？”

“请便，小姐！”我嘟囔着说。

“在哪儿见过？”公爵夫人问。

公爵小姐没有回答自己母亲的话。

“您现在有空吗？”她问我，眼睛依然瞧着我。

“一点事也没有，小姐。”

“您愿意帮我绕毛线吗？来，请到我这儿来。”

她向我点了点头，就走出客厅去。我跟着她出去。

我们步入的房间陈设稍好，布置得也较有情趣。其实当此时刻，我几乎什么也没能看见。我梦游般地移步而行，只感觉到全身有一种近乎愚蠢的心遂意如的紧张。

公爵小姐坐下来，取出一束红毛线，向我指了指她对面的椅子，就用心将线索解开，交到我手里。她默然无语地操作着，显出一副滑稽可笑的慢条斯理的样子，微微启开的唇间依然接着那一丝明快、狡黠的冷笑。她开始将毛线绕到一张折起来的卡片上，突然她的目光向我投来极其明亮、极其迅速的一瞥，使我身不由己地垂下了眼睑。当她那双大部分半开半眯的眼睛完全张大的时候，她的容颜便彻底变了样，宛如一道阳光从脸部喷涌而出。

“伏尔台玛尔先生，昨天您对我有什么看法？”过了一会儿她问我，“您也许对我进行了指摘？”

“我……公爵小姐……我什么也没有想……我怎么能……”我局促不安地说。

“您听着，”她回我的话说，“您还不了解我，我是个很乖僻的怪人，我希望别人永

---

① 原文为法文和法国式的俄文。

远对我说真话。我听说您才十六岁，而我却二十一了。您看我年纪比您大得多，正因为如此，您必须对我说实话……并且听从我，”她补充说，“请看着我——您干吗不看着我？”

我更加尴尬了，但是已抬起眼来望着她了。她露出了笑容，不过已不是先前的那种笑容，而是另一种赞许的笑容。

“看着我，”她和蔼地压低声音说，“不然我心里会不舒服……我喜欢您的脸，我预感到我们会成为朋友。可是您喜欢我吗？”她狡猾地补充说。

“公爵小姐……”我刚要开口。

“首先，叫我季娜伊达·亚历山大罗芙娜，其次，小孩儿（她立即改口说）——年轻人怎么会有这样一种习惯？——不直截了当说自己感觉到的事。对成年人来说这是好事。您究竟喜欢我吗？”

她如此对我开诚布公地说话，虽然使我感到非常舒心，但是我仍然觉得有点委屈。我想向她表示，她不是在跟一个小孩子打交道，于是便作出尽可能无拘无束和态度认真的样子说：“当然，您使我非常喜欢，季娜伊达·亚历山大罗芙娜，我不想隐讳。”

“您有家庭教师吗？”她突然问。

“没有，我早就没有家庭教师了。”

我撒了个谎：我和我的法国佬分开还不到一个月呢。

“哦！看得出来，您完全是个大人了。”

她轻轻拍了拍我的手指。

“把手伸直！”她便认真地开始绕起毛线团来。

利用她还没有抬眼的机会，我开始仔细端详她，起先是悄悄地看，后来就越来越大胆了。我觉得她的芳容比昨天更加迷人了，脸上的每一处都那么细腻、聪慧和可爱。她背窗而坐，窗上垂挂着白色帘幕，阳光透过帘幕将柔和的光线抛向她蓬松金黄的发丝，无可挑剔的脖颈，袒垂的双肩和温柔安详的酥胸。我望着她——她对于我变得多么珍贵和亲近！我觉得我早已认识她了，在她以前我什么也不知道，连做人也没有做过……她穿一件颜色稍深、已经穿旧的带罩裙的连衣裙。我似乎感到我是那么乐意地想抚弄一下这件连衣裙和罩裙的每一条褶裥。她连衣裙下露出皮鞋的鞋尖，我多么想以崇拜之情俯身去亲吻这对鞋尖……“现在我居然坐在她的面前，”我想道，“我和她认识了……多大的幸福，我的天哪！”我差点兴奋得要从椅子里跳将起来，不过只是像吃了美味佳肴的婴儿一般轻轻蹬了蹬脚。

我如鱼得水，欣喜万状，心想，最好我一辈子也别离开这间屋子，不离开这个位置。

她的眼皮轻轻抬了起来，于是她那水灵灵的眼睛又在我面前闪起和颜悦色的光芒——她又露出一丝冷笑。

“您为什么老盯着我?”她慢吞吞地说，同时伸出一根手指向我警示。

我脸红了……“她什么都明白，什么都看得见，”我脑子里闪过一个念头，“她怎么会什么也不明白，什么也看不见呢!”

忽然隔壁房里什么东西敲了一下——是军刀的声音。

“季娜!”客厅里公爵夫人喊道，“别洛符索罗夫给你送来了一只小猫崽。”

“小猫!”季娜伊达大声叫起来，同时急速从椅子里站起来，将线团往我大腿上一扔，便跑了出去。

我也站了起来，把毛线束和线团搁到窗台上，然后走到了客厅里，困惑莫解地止住了脚步。房间中央，一只有条纹毛色的小猫张开四肢趴在地上，季娜伊达跪在它前面，正在小心地将它的脸面扳起来。公爵夫人的旁边出现一位头发浅色、卷曲的英俊小伙子，这位面颊绯红、双眼暴突的骠骑兵，几乎挡住了两扇窗户之间的那块墙壁。

“多有趣!”季娜伊达说，“它的眼睛不是灰色，而是绿的，还有耳朵有多大！谢谢您，维克多·叶戈雷奇！您真可爱。”

我认出骠骑兵就是昨天我见到的年轻人中的一个，他微微一笑，鞠了一躬，同时啪的一声碰响了马刺，军刀上的小环也哐啷响了一下。

“昨天您说希望有一只大耳朵的小狸猫……这不是给您搞到了吗。您一句话，就等于法律呀。”说着他又鞠了一躬。

小猫轻微地叫了一声，开始在地上嗅来嗅去。

“它饿了!”季娜伊达大声说，“伏尼法蒂！索妮娅！拿牛奶来。”

女仆身穿一件黄色旧连衣裙，脖子上围一块褪了色的三角巾，手里拿着一盘牛奶走进屋来，将奶盘摆到小猫跟前。小猫抖了一下，眯了眯眼睛，开始舔奶吃。

“看它粉红色的舌头多有趣。”季娜伊达的脑袋几乎低低地凑近了地，她从侧面直望着猫的鼻子底下说道。

小猫吃饱了，开始发出呼噜呼噜的声音，装腔作势地伸了伸四只爪子。季娜伊达站起身，转脸向着女仆，表情冷漠地说:“把它带走。”

“为了小猫，请把小手给我。”骠骑兵咧开嘴笑着，将被新制服绷得紧紧的强壮身躯扭了扭，说道。

“给两只手。”季娜伊达向他伸过双手去回答道。在他吻这双手的时候，她隔着肩膀瞧着我。

我呆滞不动地站在那里，不知该笑、该说些什么，还是就这么一声不吭的好。突然我们家的听差费奥多尔的身影透过前厅敞开的门口扑入了我的视线。他向我招招手，我机械地向他走去。

“你有什么事?”我问。

“你妈妈派我来找您，”他小声说，“她正生气呢，说您怎么不带个回音给她。”

“难道我来这儿好久了?”

“一个多小时了。”

“一个多小时!”我不由得重复这句话，于是回到客厅，开始一一鞠躬告辞，同时开始拖着双脚走路。

“您去哪儿?”公爵小姐从骠骑兵后面望了望我问。

“我该回家了，小姐。那我就这么说，”我转向老太太补充说，“您两点钟光临寒舍。”

“就这么回话，老弟。”

公爵夫人急忙掏出鼻烟壶，大声嗅着，嗅得我甚至哆嗦了一下。

“就这么回话。”她泪汪汪地眨巴着眼，发出呼哧呼哧的声音重复说。

我再次鞠躬，转身走出屋去，出去时背部感到很不自在，当年纪很轻的后生得知背后有人在注意他时，他就会有这种不自在的感觉。

“记住，伏尔台玛尔先生，常来看我们啊!”季娜伊达喊道，说着又大笑起来。

“为什么她老是笑?”在费奥多尔陪同回家的路上我想道，费奥多尔不以为然地移步跟在我后面。妈妈骂了我，她弄不明白，我在这位公爵夫人家待这么久究竟有什么事好干?我什么话也没有回答，径自回房去了。我忽然感到非常难过……我努力不使自己哭出来……我吃骠骑兵的醋了。

五

公爵夫人如约拜访了我母亲，却未能叫母亲喜欢她。她们见面时我不在场，但吃饭的时候妈妈对父亲说，在她看来这位查谢金娜公爵夫人似乎是个非常俗气的女人[①]，她一再恳求母亲为她向谢尔盖公爵说情，这使母亲非常反感，她老是卷进一些诉

---

① 原文为法文。

讼案件里去——讨厌的金钱方面的案件[①],看样子她像是有打官司癖。但是母亲又说她已邀夫人明天带了女儿来吃饭(一听“带女儿”三个字,我忙埋头吃盘里的东西),因为她毕竟是位邻居,而且是有名望的人家。听到这儿父亲对母亲说现在他记起来,这位夫人是何许样人了,说他年轻时认识现已故世的查谢金公爵,一位受过良好教育然而内心空虚、荒唐无聊的人物,上流社会都称他为“巴黎人[②]”,因为他长住巴黎,他曾经相当富有,但是赌输了全部家产,“不知为什么,也许是为了钱财——其实他可以有更佳选择的,”父亲补充说道,并且冷漠地微微一笑,“娶了一个小官吏的女儿,结婚以后他做起了投机生意,彻底破了产。”

“她可别提出来借钱!”母亲指出。

“这非常可能。”父亲平静地说,“她会说法语吗?”

“很差。”

“嗯,不过这没什么关系。你好像对我说过你邀了她的女儿,有人告诉我她是一个可爱而有教养的姑娘。”

“啊!那她大概不像她母亲。”

“也不像她父亲。”父亲说,“她父亲也受过教育,但是冥顽不灵。”

母亲叹了口气,陷入了沉思。父亲闭上了嘴。在这番谈话过程中我觉得很不是味儿。午后我去到花园里,但没有带枪。我对自己说过一定不走近“查谢金家的花园”,然而一股不可抗拒的力量却将我引到了那里——而且这一趟没白走。我还未及走近栅栏,就看见了季娜伊达。她双手捧着本书,正在小道上慢慢行走。她没有发现我。

我差点就让她这样走过去了,但忽然心有所悟,便咳嗽了一声。

她转过脸来,但没有停步,只用手撩开圆草帽的蓝色宽带子,静静地向我莞尔一笑,又把目光盯住了书本。

我摘下鸭舌帽,站在原地犹豫了一会儿,怀着沉重的心情走开了。

“我对她算得了什么呢?[③]”我(天知道为什么)用法语低声说道。

我后面传来熟识的脚步声,我回过身去看——父亲正迈着轻松的步伐向我迅步走来。

“这就是公爵小姐?”他问我。

---

① 原文为法文。

② 原文为法文。

③ 原文为法文。

“是公爵小姐。”

“莫非你认识她?”

“今天早上在公爵夫人家见过她。”

父亲停住脚,接着脚跟猛地一转,往后走去,赶上季娜伊达后他彬彬有礼地向她躬身致意。她也欠身回了礼,脸上不无惊讶的神色,并且放下了书本。我看见她目送他的样子。我父亲的穿着总是非常优雅、别致而又质朴无华,但我从来没有感到他的身材比现在更英俊,他灰色的宽檐儿帽戴在毛发渐疏的头上从来没有比现在更漂亮。

我曾起步向季娜伊达走去,然而她连瞧也不瞧我一眼,又捧起书走开了。

六

整个晚间和翌日早晨都被我在垂头丧气的木然状态中打发过去。记得我曾试图看点儿功课,也捧起过卡依达诺夫的书,但是只见这本著名教科书中行距宽松的字行和书页在我眼前晃动,却一点也看不进去。我一连十遍念着同一行字:“尤里乌斯·恺撒以英勇善战而著称”——却一个字也没有领会。于是我把书丢在了一边。午餐前我又抹上香膏,穿上常礼服,系上领结。

“你这是干什么?”母亲问我,“你还没有当上大学生呢,天知道你通不通得过考试。再说那件上装做了才不久,不该把它扔了!”

“客人要来了。”我几乎绝望地低声说。

“胡说八道!这算什么客人!”

我只好服从,把常礼服换成短上衣,但是没有解下领结。公爵夫人和女儿于饭前半小时光临。老太太除了我昨天就已见过的那件绿色连衣裙,还披了块黄披肩,戴了顶有火黄色带子的老式包发帽。她马上就谈起了她的期票,连声叹气,叫穷诉苦,但丝毫不自检点,照样大声嗅鼻烟,照样无拘无束地转来转去,坐在椅子上片刻不宁,仿佛压根儿没有想到自己是公爵夫人。然而季娜伊达却表现得非常严肃,几乎傲慢,俨然一位名副其实的公爵小姐。她脸部现出冷漠端庄、傲视一切的表情——我简直认不出她,认不出她的目光、她的笑容了,虽然她的这番新的模样使我觉得极其美丽。她身穿一件有浅蓝色花纹图案的薄纱罗连衣裙,头发梳成一绺绺长鬈发沿面颊直垂而下——是英国风度,这样的发式正好同她脸部冷漠的表情相得益彰。午餐时我父亲坐在她旁边,并以他天生的优雅、温良的礼貌态度使自己的邻座不受冷落。他有时瞧她一眼——有时她也瞧他一眼，但神情是那样奇怪，几乎怀有敌意。他们之间用法语交谈。我记得季娜伊达纯正的发音令我惊诧不已。席间，公爵夫人依然毫不检点，不断对美味佳肴连连称道，并趁机大饱口福。母亲对于应付她显然感到厌烦，完全用一种闷闷不乐的不屑态度与她对答。父亲偶尔稍稍皱皱眉头。同样，母亲也不喜欢季娜伊达。

“这是个骄傲的女人。”第二天她说道，“可是你想想有什么好骄傲的——就凭她那葛里赛特习气！[①]”

“看样子你并没有真的见过葛里赛特！”父亲对她说。

“谢天谢地！”

“不错，谢天谢地……只不过你怎么可以对人家评头品足呢？”

季娜伊达根本就没有理睬我。餐后不久公爵夫人开始告辞。

“我将寄希望于得到你们的庇护，玛丽娅·尼古拉耶芙娜和彼得·瓦西里耶维奇，”她拉长了声调对我母亲和父亲说，“有什么办法！不是没有过过好日子，不过都成了过去。我就是这副样子——一位贵人。”她讨厌地笑着补充说，“假如连饭也吃不上，还顾得上什么面子呢！”

父亲恭敬地向她一鞠躬，一直送到前厅门口。我穿着那件嫌短的上装站在原地，眼睛望着地，仿佛一个被判处死刑的囚犯。季娜伊达对待我的态度使我彻底绝了，但是当她走过我身旁时，却含着先前那种和蔼可亲的眼神快速地对我悄悄说话时，我是多么的惊讶不已：

“八点钟到我们家来，听着，一定要来……”

我只是惊讶地摊了摊双手——但是她把一块白围巾往头上一披，已经离去了。

七

八点整我身穿常礼服，头上梳着高耸的头冠，走进公爵夫人寓居的侧屋的前室。老仆人愁眉苦脸地瞧了我一眼，不情愿地从长凳上站起身。客厅里传出欢声笑语。我推开门，惊讶得退了一步。房间中央，一张椅子上站着公爵小姐，将一顶男式宽檐

① 原文为法文。“葛里赛特”是当时法国文学作品中诸如女裁缝、女店员、女合唱团员之类城市少女的总称，有“轻佻女子”的意思。

儿帽擎在自己手中。椅子四周,围聚着五个男子。他们努力将手往帽子里伸,她却将帽子向上举起,使劲摇来晃去。见到我后她喊了一声:

“等一等,等一等! 新客人来了,也得给他一张票,”说着轻巧地从椅子上跳下,拉住了我常礼服的翻边袖口。“咱们过去,”她说,“您干吗站着不动? 先生们[①],请允许我给你们介绍:这位是伏尔台玛尔先生,我们邻居家的儿子。而这位,”她向我依次指着一个个客人,接着说,“是马列夫斯基伯爵,卢申医师,诗人马依达诺夫,骠骑兵,您已经见过面了。请相互多多关照。”

我窘得厉害,以致对谁也没有鞠躬致意。我认出卢申医师就是在花园里毫不留情地羞辱过我的那位黑皮肤的先生,其余的我都不认识。

“伯爵!”季娜伊达继续说,“给伏尔台玛尔先生写一张票券。”

“这不公平!”伯爵操着略带波兰口音的话语反对道。这是位非常英俊、衣着讲究的黑发男子,有一双富于表情的深棕色眼睛,一个窄窄白白的小鼻子,小嘴上留着淡淡的一撮唇髭。“他没有跟咱们玩过方特[②]。”

“不公平。”别洛符索罗夫和那位被称作退伍上尉的先生也说道,后者大约四十岁上下,一脸麻子,不堪入目,长一头黑人一样的鬈发,一双罗圈腿,穿一件没有肩章的军礼服,敞着胸。

“写票券,对您说,”公爵小姐重复说,“这算什么,反抗我? 伏尔台玛尔先生跟咱们还是头一遭玩,今天对他来说规则不起作用。没什么好唠叨的,写吧,我希望这么办。”

伯爵耸了耸肩,然而顺从地低下头去用戴了几只嵌宝石戒指的白白的手握起蘸水笔,扯下一片纸,开始在上面写。

“至少请允许我向伏尔台玛尔先生说明一下怎么个玩法,”卢申医生开始说,话音里带着嘲弄的意味,“要不他会完全傻了眼。您看到了吗,年轻人,咱们正在做方特游戏,现在公爵小姐受罚,谁要是摸到幸运券,就有权吻一吻她的手。我对您说的话您明白了吗?”

我只看了他一眼,如堕五里雾中,继续站着。公爵小姐重又跳上椅子,又开始摇晃那顶帽子。大家都被她吸引过去——我跟在别人后面。

“马依达诺夫,”公爵小姐对一个高个儿年轻人说,这个人瘦削的面孔,长一双视力不好的小眼睛,一头长得出奇的黑发,“您是诗人,应当宽宏大度,把您摸的券让给

---

① 原文为法文。

② 一种游戏。参加者需寻找被藏的物件或猜度某物,输者要表演节目。

伏尔台玛尔先生吧，这样他就不是一次机会，而是有两次机会了。”

可是马依达诺夫坚定地摇了摇头，同时抖动了一下他的长发。在别人都摸过后我也把手伸进帽子，拿起票券打了开来……老天！我看到票券上写着：“吻！”这时我还有什么好说！

“吻！”我不由自主地大声叫起来。

“好！他赢了，”公爵小姐接口说，“我真高兴！”她从椅子上下来，那么神采飞扬、温柔甜蜜地向我的眼望了一望，使我的心也激荡起来。

“那么，您高兴吗？”她问我。

“我？……”我讷讷地说。

“把您的券卖给我吧，”别洛符索罗夫突然凑到我耳朵边不知趣地说，“我付给您一百卢布。”

我回答骠骑兵的目光是那么怒不可遏，使得季娜伊达拍起掌来，卢申也大声叫了起来：

“好样儿的！”

“不过，”他继续说，“我作为节目主持人，必须监督所有规则执行不误。伏尔台玛尔先生，请跪下一条腿。这是我们规定的。”

季娜伊达站在我面前，低歪着头，仿佛是为了更清楚地看着我，郑重其事地向我伸过手来。我眼前一片模糊，我想跪下一条腿，却砰的一下双膝着地了，而且双唇轻触季娜伊达的手指时显得那么尴尬，甚至将她的指甲轻轻地戳着了我的鼻子尖。

“好！”卢申喊道，同时帮我站起来。

方特游戏在继续进行。季娜伊达让我坐在她身边，她什么样的处罚方法没有想出来！刚好她应当扮成一座雕像，于是她就趁势选中了丑八怪尼尔马茨基做她的底座，吩咐他俯身趴下，并缩起脑袋，将脸对着地。笑声一刻也没有停止过。我这个在名门贵族之家长大、在与外界隔绝的环境里教育出来的孩子，被所有这些喧嚷吵闹、无拘无束、甚至狂放不羁的取乐行动，与素不相识的人们从未有过的交往，搞得晕头转向，忘乎所以了。我简直如喝醉了酒一般。我开始放声大笑，胡言乱语比别人说得都响，致使正和一位从伊维尔门[①]请来商议事情的小官吏一起坐在隔壁房里的老公爵夫人也出来看我了。然而我感到极度幸福，真所谓无论什么人的讥笑或睥睨，都满不在乎也不屑一顾了。季娜伊达继续对我厚爱有加，将我安排在她身边寸步不离。一

① 位于莫斯科红场附近，今已不存，其位置在今历史博物馆和列宁博物馆之间。在19世纪，莫斯科为人代理诉讼和书写状子的小官吏或代理人，大多聚居在这一带。

次轮到受罚时我得以和她并排而坐，用原先那块绸方巾盖住两人的头部，我应当对她吐露自己的隐秘。现在我还记得，在那令人窒闷、半明不明、清香阵阵的昏暗中，我们两人的脑袋蓦然间相处在一起了，她那双光彩熠熠、如此贴近、如此温柔的双眸，呼着热气、笑口大开的双唇，清晰可辨的皓齿，还有那触得我痒呵呵、热辣辣的秀发，无不使我心旷神怡。她脸上挂着神秘而狡猾的笑容，悄悄对我说："喂，怎么样？"——我却只知红着脸微笑，并不得不扭过头去轻轻换口气，一句话也说不出来。我们玩腻了方特，就玩起绳圈来。我的天！我一走神她便在我的手指上猛地用力一击，后来我就故意装作走神的样子，而她却来逗我，对我伸在下面的双手碰也不碰，这时候，我感到的狂喜真是没法形容了！

这整整一个晚上各种游戏层出不穷。我们弹钢琴、唱歌、跳舞，还扮演了一群茨冈人。尼尔马茨基被穿戴成一头熊的样子，让别人给他喂盐水喝。马列夫斯基伯爵给我们表演纸牌魔术，在把纸牌洗乱以后，他竟能把四张K都发到自己手里，为此卢申向他表示祝贺。马依达诺夫向我们朗诵了他的长诗《杀人犯》的片断（故事发生在浪漫主义盛行的年代），这部长诗他打算出版时用黑色封面，配上血红色的大写字母做书名。我们从伊维尔门来的小官吏那里偷走他放在膝上的帽子，并硬要他跳哥萨克舞来赎回帽子，用一顶老年妇女的包发帽来装扮老伏尼法蒂，公爵小姐则戴上了一顶男式宽檐儿帽……玩的花样真是数也数不尽。只有别洛符索罗夫一人向隅，老坐在角落里，双眉紧蹙，怒气冲冲……有时他两眼充血，满脸通红，仿佛眼看着就要向我们大家猛扑过来，把我们像小木片一样抛向四面八方，但是公爵小姐常瞧他一眼，伸出一根指头向他发出警告，于是他又缩回到自己的角落里去。

终于我们都精疲力竭了。公爵夫人尽管自称颇有能耐——多响的喊叫声她都不在乎——也感到累了，想休息一会儿了。夜间十二点晚餐端上桌来。所谓晚餐就是一块陈年的干奶酪、几块用剁碎的火腿做馅的馅饼，这些馅饼我们觉得比哪一种酥饼都好吃。酒总共才一瓶，而且酒瓶奇形怪状——深深的颜色，瓶颈鼓得大大的，里面装的酒呈玫瑰色，不过谁也没喝一口。我从侧屋里出来，疲惫不堪，幸福得没了力气，分别的时候季娜伊达紧紧地握了握我的手，依然意味深长地向我莞尔一笑。

夜雾向我发热的脸上袭来，使我感到一种沉重而潮润的气息，看样子，一场雷雨正在酝酿中。黑色的云团冉冉升起，在天空缓缓爬行，正在明显地变幻着烟雾朦胧的形状。微风不安地在黑魆魆的树丛里瑟瑟抖动，天边外的远处，雷声仿佛自言自语似的，气呼呼、闷沉沉地在唠叨。

我经过后门的门廊走进自己的房间。我的男仆在地板上睡觉，我只好从他身上跨过去，他醒来见到我，向我报告说母亲又为我大发脾气，还想派人去把我叫回来，但是父亲制止了她。一向不和母亲道过晚安，并取得她的祝福，我是不上床的。但这次也没有办法了！

我对仆人说我自己脱衣上床——于是熄了蜡烛。然而我未曾脱衣，也未上床。

我在椅子上坐下，着了魔似的长久坐着。我所感受的东西是如此新鲜，如此甜蜜……我坐着，微微地顾视四周、纹丝不动，缓缓地呼吸着，有时不由自主地默默一笑，我在想我已经堕入情网，想到在我身上产生了爱情、千真万确的爱情时，我的心激动不已难以平静。季娜伊达的面容在黑暗中浮现在我面前——她的双唇依旧挂着意味深长的笑容，眼睛微微地斜睨着我，带着疑问、沉思和温情……就如我向她道别的那一瞬间。终于我站起身，踮起脚走到自己床前，小心翼翼地，连衣服也不脱，将头靠到枕上，仿佛担心动作猛烈了会惊动充溢我全身的幸福的感觉……

我躺下了，但是两眼仍没有合。不久我发现不断地有微弱的反光射进我的房间。我稍稍抬起身，向窗外望去。窗格子与神秘莫测、白茫茫的窗玻璃分得一清二楚。“雷雨，”我想道——真的是雷雨，只不过发生在很远的地方，所以连雷声也听不见，只有暗淡的、仿佛分叉的长长的闪电，不停地在空中闪烁，与其说闪烁，不如说在颤动，宛如濒死的小鸟在抽动翅膀一般。我起身走到窗前，在那里直站到天明……闪电一刻也没有停息，按民间的说法，这是一个“麻雀之夜”[①]。我眼望无声的沙地，眼望无愁园那边暗影幢幢的地方，眼望远处楼房淡黄色的墙面，每一次微弱的闪光下楼房似乎也在颤动……我望着，不曾再离开。这些无声的闪电，这些有节制的光亮，仿佛与我内心爆发的隐秘的冲动在交相呼应。黎明已经展开，太阳喷薄而出，照亮了团团鲜红的云朵。随着太阳的升起闪电越来越淡，颤动的次数越来越少，终于销声匿迹，淹没在业已开始的白昼那明朗、坚定的阳光里……

我内心的闪电也已消失。我开始觉得非常疲乏，一片寂静……但是季娜伊达的音容笑貌依然在我心头萦回不去，现出得意洋洋的样子。只是这个容貌本身看上去是安宁的，犹如一只起飞的天鹅——它从沼泽地的草丛里出来，离开了周围形象丑陋的身影。而我，在行将入眠的时候怀着惜别和信任的崇敬之情最后一次拜倒在它跟前……

哦，那柔声细语，脉脉温情，深受感动的心灵，春心初动的窃喜——你们在哪里，在哪里呢？

---

① 在俄文里“麻雀之夜”有“雷雨闪电不息之夜”和“最短的夜晚”两个意思，本书中当指前者，故亦可译为“雷雨之夜”。

八

次日早晨我下楼喝早茶时母亲骂了我——不过没有像我预料的骂得那么凶——还要我说说昨天晚上是怎么过的。我三言两语就应付过去了,隐瞒了许多细节,并且努力把事情说成毫无过错的样子。

“他们毕竟不像受过完美教育①的人,”母亲说,“你犯不着跟他们交往,倒不如去准备升学考试,做做功课。”

我知道母亲关心我的学业无非是这几句话,所以觉得没有必要去反驳她。但是早茶以后父亲挽起我的手,拉着我走进花园,要我叙述在查谢金家见到的一切。

父亲在我身上的影响是有点奇怪的,我们之间的关系也有点奇怪。他几乎对我的教育不闻不问,但是从来也不委屈我。他尊重我的自由——如果可以这样说的话,他对我甚至是彬彬有礼的……不过他不让我亲近他。我爱他,欣赏他,在我看来他是男子的典范——哦,我的天,如果不是经常感觉到他的手在推开我的话,我对他会何等的依恋!然而只要他愿意,他会在瞬息之间,只用一句话或一个举动,就激起我对他的无限信赖。我的心扉敞开了——我像对待一位深明事理的朋友,又如同面对一位宽容大度的教诲者,与他东拉西扯侃侃而谈……接着他会同样突如其来地离我而去——他的手依然会将我一把推开——和蔼、温柔,然而推开了我。

有时碰上他心情正好,这时他便肯和我嬉戏、胡闹,像个孩子一样(他喜欢各式各样的剧烈的体力运动)。一次——只有一次!他如此温和地抚爱我,几乎叫我感动得声泪俱下……然而他的好心情和慈爱心会消失得无影无踪——发生在我们两人之间的事不会让我对未来寄予任何希望——仿佛这一切我都是梦中所见似的。往往有这样的情况,我开始端详他那聪慧、漂亮、容光焕发的面庞……我的心颤动起来,我的全副身心都要向他扑去了……他似乎感觉得到我内心的活动,便顺便拍拍我的面颊——于是,或者离我而去,或者动手做别的什么事,或者突然间整个人都冷冰冰地呆住了,只有他一个人会那样冷冰冰地呆得出神。我也顿时缩小了,冷却了。他这种好情绪难得会骤然而至,从来不是我那默默无声然而一目了然的恳求所唤起,它总是

---

① 原文为法文。

骤然而至的。后来我在思索父亲的性格时得出这样一个结论：他顾不上我，也顾不上家庭生活。他喜欢别的事情，并完全陶醉于这些别的事情之中。“凡是你能拿到的就自己去拿，别把自己交给他人支配。你只属于自己——这就是生活的全部实质。”有一次他对我说。另外有一次，我作为一个年轻的民主主义者，当着他的面议论起自由来（那一天他正像我所谓的，显得“和蔼可亲”，这时便可随便和他谈天说地）。

“自由，”他重复说，“可你知道什么东西能给人以自由吗？”

“什么？”

“意志，自己的意志，它给人以权力，这比自由更好。要学会要求——你就获得了自由，便可以指挥别人。”

我的父亲首先考虑并且考虑得最多的是活下去——而他活过了……也许他预感到自己不可能长久利用生活的“实质”：他活到四十二岁便死了。

我向父亲详细叙述了拜访查谢金一家的情况。他坐在长靠椅上，一面用马鞭的梢头在沙地随意画着，漫不经心地听我说。有时他暗暗一笑，炯炯有神、饶有趣味地看看我，还用几个简短的问题或反对的意见来激我。起先我对季娜伊达的名字还不敢说出口，但说着说着便忍不住脱口而出了。父亲继续暗自窃笑。接着他沉思起来，伸了个懒腰便站了起来。

我记得他出门时吩咐给他备马。他是个骑马的好手——远在列里先生到来之前，他就会驯服性子最烈的马了。

“爸爸，我和你一起去吗？”我问他。

“不，”他答道，这时脸上露出了往常那种漫不经心又和蔼可亲的表情，“要是你愿意，就一个人去吧，不过要对马车夫说我不出门。”

他背对着我转过身去，很快就走远了。我目送着他消失在大门外。我看到他的帽子沿栅栏在移动，他走进查谢金家去了。

他在他们家逗留的时间不超过一个小时，不过马上又进城去，直到傍晚才回家。

午后我自己去到查谢金家。客厅里我只遇到公爵夫人老太太一个人。见到我后她用毛线针尖儿伸到帽子里搔了搔头，突然问我能不能帮她抄写一份申请书。

“非常乐意。”我答道，一面在椅子一端坐下。

“不过得注意把字写大些，”公爵夫人说着递给我一张密密麻麻写满字的纸，“还有，能今天就抄吗？老弟？”

“今天就抄。”

隔壁房间的门稍稍开了一点——门缝里露出季娜伊达的脸——苍白、若有所思，头发随随便便地拢在后头，她用她那双冷漠的大眼睛望了望我，便轻轻关上了门。

“季娜，唉，季娜！”老太太说。

季娜伊达没有应她。我带走老太太的申请书，一晚上都坐着抄写。

九

从那一天起我害上了相思病。记得那时候我感受到某种与一个人在供职谋生后才应当感受到的情感相似的心理，我不再仅仅是一个少年男孩，我堕入了情网。我说过从那天起我害上了相思病，我想我还能再加上一句话，即我的苦难也正是从那天开始的。不见她的时候我寝食难安，脑子里一片空白，手头什么事也做不成，成天苦苦地思念她一个人……然而有她在场时心情也不见得轻松些。我醋劲十足，明知自己微不足道，但却狂妄自大，或者低三下四愚不可及——但是仍然有种不可阻挡的力量将我吸引到她的身边。每一次当我跨进她房门时总会有一阵身不由己的幸福的战栗。季娜伊达一眼就猜出我爱上了她，而我也不想掩饰自己。我的春心使她高兴，她便愚弄我，纵容我，折磨我。给他人带来最大幸福与至深痛苦，并成为这种幸福与痛苦的根源，成为专横跋扈和颐指气使的主宰，真是赏心乐事——然而我却成了季娜伊达手中一块可以随意变形的蜡块。其实对她一往情深的并非我一个人，所有拜访她家的男人个个被她弄得神魂颠倒，而她则把他们牢牢地拴在自己的脚边。有时在他们心里唤起希望，有时激得他们提心吊胆，随心所欲地将他们戏弄得团团转，她就以此取乐（她把这称作“叫人家自相残杀”），而他们居然不曾想到过要反抗，还心甘情愿地对她俯首帖耳。在她整个人身上，在这个生气勃勃、婀娜多姿的人身上，掺和了狡黠诡诈与无忧无虑、矫揉造作与质朴纯真、安详宁谧与热情奔放，令人心驰神往。她做的每件事，说的每句话，一举手一投足，都洋溢出细腻纤巧的魅力，显示出别具一格、万分活跃的力量。她的脸部也在片刻不停地变化、活动，它可以几乎在同一时间里表现出冷嘲热讽、若有所思和春心荡漾。形形色色的情感，轻盈飘逸、如多风的晴日飘过的云影一般稍纵即逝的情感，有时会掠过她的双眸与两唇。

每一个拜倒在石榴裙下的人她都需要。别洛符索罗夫有时被她称作“我的野兽”，有时直截了当称作“我的”，却巴不得为她赴汤蹈火。他虽然对自己的智能和其他的长处心中没有把握，却还是一个劲地向她求婚，还暗示说别人说的话都是信口开河。对于她心灵的琴弦来说，马依达诺夫倒是心心相印的。像所有舞文弄墨的人一样，他是个冷淡无情的人物，但他却竭力要使她，或许也是使自己相信他对她是一往情深的，他用无休无止的诗句去讴歌她，怀着某种装腔作势、却又真心实意的激情向她朗诵诗句。她既同情他，又对他不无逗乐取笑。她不怎么相信他，在听够了他的肺腑之言后就叫他朗诵普希金的诗，照她的说法是为了净化空气。卢申这位喜欢冷嘲热讽、说话不知脸红的医生比谁都了解她——同时也比谁都爱她，虽然当面和背后常要骂她。她敬重他，可对他也毫不宽容，有时甚至怀着特有的幸灾乐祸的心理让他感觉到他也在她的掌握之中。“我是个弄情卖俏的女人，我不知好歹，我生性像个戏子，”有一次她当我的面对他说，“啊，这就是好人！既然这样，就把您的手伸给我，我在上面用大头针扎一下，您就会为这个年轻人而不好意思，您会觉得痛，尽管如此，您这位正直的好人先生，还是请面露笑容。”

卢申脸红了，别转头咬紧了嘴唇，但是最后还是伸过手去。她扎了他一下，而他也真的笑了……她在把大头针深深扎进去、并看着他那双故意向旁边扫视的眼睛时也笑了……

我最难以理解的是季娜伊达和马列夫斯基伯爵之间存在的那种关系。他英俊、机灵、聪慧，然而他身上的某种疑虑重重，虚情假意的东西，连我这个十六岁的少年也觉察到了，而令我惊讶的是季娜伊达竟没有发觉。也许她倒是感觉到这种虚情假意，但并不觉得讨厌。不正规的教育、不正常的结交和习惯、母亲的寸步不离、贫困和居室的杂乱无章，总之这一切种种，从年轻姑娘所享有的自由和意识到自己对周围人们所占的优势开始，都在她身上助长了某种凡事都不大在乎的漫不经心的态度和不太挑剔苛求的性格。往往有这样的情况，无论发生什么事——伏尼法蒂进来报告食糖用完了，或者传出了某一件丑闻，或者客人们争吵起来——她都只摇摇那头鬈发，说道：小事一桩！很少有叫她难受的事。

然而通常当马列夫斯基走到她跟前，像狐狸一样狡猾地摇头摆尾，仪态优雅地靠在她的椅子背上，带着洋洋自得、媚态十足的笑容，开始凑近她耳朵窃窃私语，而她则交叉着两臂放在胸前，专注地瞧着他，自己也脸含笑容，连连摇头，这时我便全身热血沸腾起来。

“您怎么这么喜欢接待马列夫斯基先生？”有一次我问她。

“因为他有这么漂亮的唇髭，”她答道，“而且这不关您的事。”

“您是否认为我在爱他呢？”另一次她对我说，“不，我不可能去爱那些我必须居高临下地看待的人。我需要他自己就能使我屈服的人……可是我碰不到那样的人，上帝是仁慈的！我不会屈服于任何人，绝不会！”

“也许您永远不会爱上哪个人？”

“就说您？难道我不爱您？”她说着用手套的指尖在我鼻子上一碰。

不错，季娜伊达老拿我寻开心。三个星期里我和她每天见面，她对我什么事没有干过！她不常来我们家，不过我对此并不惋惜，在我们家里她成了千金小姐，公爵家的女儿，我见了她会不好意思。我怕自己在母亲面前露马脚，她对季娜伊达非常看不上眼，总是不怀好意地注意着我们俩。对父亲我不怎么怕，他对我仿佛毫不在意，也很少跟她说话，不过说起话来似乎特别睿智和意味深长。我不再复习迎考，读书写字——我甚至不再在郊外散步、骑马。我犹如一只拴在凳脚上的甲虫，总是围着可爱的侧屋转个不停，似乎想永远留在那儿不走了……但这是不可能的。母亲常对我唠叨，季娜伊达自己有时也要赶我走。这时我便将自己关进房里，或者走到花园的边缘，爬上那座残存的高高的砖砌暖房的废墟，让两只脚从墙上向下挂着，一坐就是几个小时，看呀，看呀，就是什么也没有看进去。我附近沾满灰尘的荨麻上，一群白蝴蝶在懒洋洋地飞来飞去。不远处的一块断掉一半的红砖上，一只活泼的麻雀气冲冲地唧唧直叫，不停地将整个身子调来转去，还张开了尾羽。尚未消除疑虑的乌鸦高高地停在白桦树光秃秃的树梢上，有时叫上几声，白桦稀疏的枝叶间透进阳光和风儿。顿河修道院按时送来报时的钟声，安宁而凄婉——而我，坐着，望着，听着，全身充满了某种无以名状的感受，在这种感受里什么都有：有哀愁，有欢乐，有对未来的向往，有期待，也有生活的恐惧。然而由于在我内心里躁动不安的种种情绪，当时我对此丝毫不能领会，恐怕也不能尽道其详——或者，这一切我也许已经用一个人的名字——季娜伊达的名字道了出来。

而季娜伊达依然像猫捉老鼠一样玩弄我。有时她在我面前卖情弄俏，我被她搅得心旌摇荡，忘乎所以。有时她突然把我一把推开，我便不敢接近她，不敢看她一眼。

记得她曾一连几天对我很冷淡，我全然慌了神，就是胆战心惊地跑进侧屋去，也要千方百计待在公爵夫人老太太身边，尽管正是那几天她骂人骂得最凶、吆喝得也厉害——她那桩期票官司很不顺手，她已经向警察分局的局长作过两次说明。

一次我经过前已提到过的那个栅栏，见到了季娜伊达。她坐在草地上，用两手撑着，一动也不动。我曾想小心地离开，但是她猛地抬起头来，向我做了一个命令式的动作。我站在原地呆住了，一开始我没有弄明白她的意思，她再次做这个动作向我示意，我立刻跳过栅栏，欢天喜地地向她跑去，然而她用目光示意我停下来，并指着路上离她两步远的地方。我感到难堪，又不知怎么办才好，就在路边跪了下来。她脸色异常苍白，身上每一根线条都流露出如此痛苦的哀伤，如此深沉的疲惫，使我的心猛地抽紧了，我不由得喃喃问道：

“您怎么啦？”

季娜伊达伸出一只手摘了一根小草，放在嘴里咬了咬，又把它远远地扔了开去。

“您非常爱我?”她终于问道,“是吗?”

我一句话也没有回答——再说我干吗要回答呢?

“不错,”她重复说,依然那样望着我,“是这么回事。是那样一双眼睛,”她加一句说,便陷入了沉思,用两手捂住了脸。“我对什么都厌倦了,”她轻声说,“我还是走得远远地好,我受不了这些,也对付不了……前面等待我的是什么!……唉,我心里难受啊……老天,多难受啊!”

“为什么?”我怯生生地问。

季娜伊达没有回答我,只耸了耸肩。我继续跪着,非常忧伤地望着她。她的每句话都深深地割着我的心。此时此刻,只要能叫她不难过,我怕是连命都愿意豁出去的。我望着她,还是不明白她为什么心里难受,所以我便胡思乱想,想象一阵无法遏制的忧伤突然袭上她的心头,她就走进花园,于是像草被割倒一样,倒在了地上。周围一片晴朗,青翠欲滴,风儿在树叶间飒飒作响,有时摆动季娜伊达头顶上方马林果树长长的枝条。不知什么地方鸽子在咕咕鸣叫,蜜蜂在稀疏的草丛上往返飞舞,嗡嗡作响。上面是一抹赏心悦目的蓝天,而我却愁绪满怀。

“给我念首诗吧,”季娜伊达轻轻说,一面支着一只胳膊肘,“我喜欢听您朗诵诗。您会唱歌,但不怎么样,还显得稚嫩一点。您给我念《格鲁吉亚的山冈》①吧,不过先坐下。”

我坐下来朗诵《格鲁吉亚的山冈》。

“‘因为要它不爱怎么也做不到’,”季娜伊达重复着这句诗,“诗歌美就美在它告诉我们的是并不存在的事物,那事物不仅比存在的东西更好,甚至更像真理……因为要它不爱怎么也不可能——尽管它希望,但是做不到!”她又闭上了嘴,猛然间她身子一振,站了起来。“咱们走。马依达诺夫在妈妈那儿坐着,他给我送来了他写的长诗,我却把他撂在了那儿。现在他同样很伤心……怎么办!您往后会懂的……只不过请别生我的气!”

季娜伊达匆匆握了握我的手,就向前跑去。我们回到侧屋里。马依达诺夫开始朗诵刚刚出版的《凶杀犯》,但是我没有听。他拉长了声调大声朗诵自己的四音步抑扬格诗句,韵脚交替,铿锵有声,仿佛铃铛在辚辚作响,悠扬而响亮,而我还一直在看着季娜伊达,努力去理解她最后那几句话的意思。

---

① 指普希金1829年写的抒情诗《格鲁吉亚的山冈上夜色茫茫》。该诗末两行是:我的心又重新燃烧、爱恋,因为叫它不爱怎么可能。

或者，可能是一个暗中的对手
意外地将你征服？——

马依达诺夫突然用鼻音大声喊道——于是我和季娜伊达两人的眼睛相遇了。她垂下眼睑，轻轻地泛起了红晕。我见她脸红了，一惊之下冷静下来。我以前已经对她醋意在心，但是到此刻才在脑子里闪过她已经爱上他的念头："天啊，她爱上他了！"

十

我真正受煎熬的日子从那一刻开始。我绞尽脑汁，反复思量，苦思冥想，而且寸步不离地观察季娜伊达的动静，虽然尽可能隐蔽地进行。她内心发生了变化，这是显而易见的。她常一个人出去散步，而且散步得很久。有时她在客人面前不露面，守在自己房里一坐就是几个小时。以往见不到她有这种习惯。倏然之间我变得，或者是我似乎觉得我变得能洞察秋毫了。"莫非是他？或者说不定是他？"我问自己，同时惶惑不安地在心里对她的倾慕者一个个排队分析。我暗地里觉得马列夫斯基伯爵比别人更危险，虽然为了季娜伊达我不愿意承认这一点。

我的观察力达不到比自己鼻子更远的地方，再说我的隐蔽性也许瞒不过任何人，至少卢申医生不久就对我的深浅一清二楚了。不过最近他又变了，他瘦了，虽然照样笑声不断，但是那笑声不知怎么的有点低沉，缺乏善意，也较短促——一种情不自禁、神经质的激动易怒的情绪替代了先前那种轻松的讽嘲和故意放纵的厚颜无耻的态度。

"年轻人，您干吗老是往这儿钻？"一次他和我留在查谢金家客厅时，曾对我说（当时公爵小姐散步未归，而公爵夫人大呼小叫的声音正在顶楼里发作——她在骂她的女仆）。"您应当学习，干正经事，趁您还年轻——可您在干什么？"

"您不可能知道我在家里干不干正经事。"我回答他说，语气间颇有点鄙夷不屑，不过也不无局促不安的心情。

"什么正经事！您脑子里想的不是这个。好，我们不争……在您这样的年纪这是常情。可是您的选择太不妥当了，难道您看不出这间屋子是什么样的一个地方吗？"

"我不懂您的话。"我说道。

"不懂？那对您就更坏。我认为有责任提醒您，我们这些人，这些老光棍汉，可以来这儿走动走动，我们还会怎么样？我们是久经风浪了，还怕什么！可您皮肉还嫩着呢，这里的空气对您有害——相信我吧，您会沾染上的。”

“怎么会这样？”

“正是这样。难道现在您是健康的？难道您处在正常状态？难道您感觉到的事对您有益处，是好东西？”

“可是我究竟感觉到了什么呀？”我说道，其实心里却承认医生的话说得不错。

“唉，年轻人呀年轻人，”医生继续说道，说话时露出这样的表情，似乎这几个字里隐含着某种使我大受委屈的东西。“您要什么滑头来着，谢天谢地，好在您还处在心里想着什么就都摆在脸上的年纪。不过有什么好说的呢？假如（医生咬了咬牙）……假如我不是这么个古怪脾气，也许我也不来这儿了。只是有件事可真叫我纳闷，以您的聪明，您怎么就看不到自己周围发生的事？”

“到底发生了什么？”我接过话问，同时全身都紧张起来。

医生含着某种嘲弄、惋惜的目光看了看我。

“我还算是个好人，”他仿佛自言自语地说，“非常需要告诉您这个道理。总之，”他提高嗓门儿又说道，“我再对您说一遍：这里的气氛不适合您。您觉得在这里挺舒服，而且没有它还不行！温室里的香味挺叫人舒心，然而在那里人是不能生活的。喂！听我的话，继续捧起卡伊达诺夫的课本吧！”

公爵夫人走进屋来，开始向医生诉说牙齿痛。接着季娜伊达也到了。

“来得正好，”公爵夫人继续说，“医生先生，给我骂她几句。成天只知道喝加冰块的水，像她那样肺弱的人这样做对身体有好处吗？”

“您为什么要这样做？”卢申问。

“这样做会有什么结果？”

“什么结果？您会受凉、送命的。”

“真的？会这样吗？那又怎么样呢——人生必由之路嘛！”

“原来如此！”医生埋怨道。

公爵夫人离去。

“原来如此，”季娜伊达重复他的话，“难道活着就这么快活？回头看看四周吧……怎么样——很好？或者您以为我不明白这一点，没有感觉到？喝带冰块的水给我带来快感，而您却正儿八经地规劝我说，犯不着为了瞬间的快感拿这样的生活去冒险——我已经不谈幸福两个字了。”

“说得好，”卢申说，“任性和独立不羁……这两个字眼已将您概括无余了，您的全部天性都包含在这两个字眼中间了。”

季娜伊达神经质地笑起来。

“您的消息不及时了,可爱的医生。您的观察力不高明,您背时了。戴上眼镜瞧瞧吧,现在我还顾不上任性——作弄您,作弄自己……还有比这更可乐的吗！至于独立不羁……伏尔台玛尔先生,”季娜伊达忽然补充说,并且跺了跺脚,“收起您这副郁郁不乐的尊容,我受不了别人对我的怜悯。”她迅即离开了。

“有害呀,对您有害呀,这里的气氛,年轻人!”卢申再次对我说。

十一

当晚几位常客在查谢金家相聚,我也在其中。

话题转到马依达诺夫的长诗上。季娜伊达坦率地对它表示赞赏。

“可是您知道吗?”她对他说,“假如我是诗人,我取的情节就不是这样。也许这全然是胡说八道,可是我有时脑子里会想一些怪念头,尤其当我睡不着觉,到清晨以前,当天空开始变得绯红又白茫茫的时候。我可能,比如……你们不会笑我吧?”

“不,不!”我们大家异口同声大声说。

“我就设想,”她把双臂交叠在胸前,眼睛盯着旁边,继续说,“是整整一群年轻少女,夜间,在一条大船里,静静的河面上。月光皎洁,她们都身穿白衣,头戴白色花环,正在唱一首,告诉你们,类似赞歌那样的歌曲。”

“我懂,我懂,说下去。”马依达诺夫神色庄重又富有幻想地说。

“蓦然间——岸上出现喧闹声、笑声、火把、铃鼓……是一群酒神节祭神的女子唱着叫着跑过来。现在,诗人先生,描绘这幅景象是您的事了,我只希望火把是红的,冒着浓烟,祭神的女人们,花环下面的眼睛闪闪有光,而花环是深色的。别忘了还有老虎皮,酒碗,还有黄金,许多黄金。”

“黄金该放在什么地方呢?”马依达诺夫把一头扁平的发式往后一甩,两个鼻孔张得大大的,问道。

“什么地方？肩膀上,手上,脚上,到处都有。据说古代的妇女把金环套在脚踝上。祭酒神的女人们招呼少女们到自己身边去。少女们停止了唱着的赞歌——她们唱不下去了——但是纹丝不动,河水正把她们送到岸边。就在这时忽然其中一位少女悄悄站起来……这情节应当好生描写一番:她怎么在月光下悄悄起立,又怎么使女伴们大吃一惊……她跨过船舷,祭神的女人们将她团团围住,趁着夜色向黑暗处疾奔而去……设想这时有一团团浓烟，什么也看不清楚，仅仅能听见她们的尖叫声，还有就是那少女的花环留在了岸边。”

季娜伊达闭上了嘴。（“哦！她堕入情网了！”我想道。）

“仅仅如此？”马依达诺夫问。

“仅仅如此。”她回答。

“这不可能用作我整首长诗的题材，”他郑重地指出，“不过我会利用您的构思写一首抒情诗。”

“浪漫主义风格的？”马列夫斯基问。

“当然，浪漫主义风格的，拜伦式的。”

“可是我以为雨果比拜伦好！”年轻的伯爵随便说道。

“雨果是第一流的作家，”马依达诺夫反对道，“我的朋友通科舍耶夫在他的西班牙小说《艾尔—特罗瓦多尔》①里……”

“啊，就是那本问号倒写的书吗？”季娜伊达打断他的话说。

“不错，西班牙人习惯上这样写。我想说，通科舍耶夫……”

“得啦！你们又争起古典主义和浪漫主义了，”季娜伊达又一次打断他，“咱们还是玩……”

“打方特？”卢申接口说。

“不，打方特没意思，还是打比方（这种游戏是季娜伊达自己想出来的：报出一样东西，每个人都努力用另一样东西对它作比喻，谁举出的比喻好，就得奖）。”

她走到窗前。太阳刚下山，天空高悬着长长的红色云彩。

“这些云像什么？”季娜伊达问。未等我们回答，她又说道：“我认为像克雷奥巴特拉②驶去迎接安东尼的金色船舰上的紫帆。马依达诺夫，记得吗，您不久前给我讲过这个故事？”

我们大家都像《哈姆雷特》里的波乐纽斯③一样，一口咬定说云像紫帆，并且认为比这再好的比喻谁也找不出来。

“当时安东尼几岁？”季娜伊达问。

“大概是个年轻人吧！”马列夫斯基说。

---

① 指1883年通科切耶夫的小说《艾尔—特罗瓦多尔，或以牙还牙，西班牙真人真事》。文中，马依达诺夫把作家的姓念成了“通科舍耶夫”。

② 公元前69年—前30年为埃及女王，是罗马政治家兼统帅安东尼之妻。

③ 在莎士比亚的悲剧《哈姆雷特》第三幕第二场，哈姆雷特说云像骆驼、像鼬鼠、像鲸鱼，波乐纽斯都同意了。

“不错，是年轻人。”马依达诺夫肯定地说。

“对不起，”卢申嚷起来，“他已经四十岁出头啦。”

“四十出头。”季娜伊达重复一遍，迅疾的目光向他瞥了一下。

不久我就告辞回家。“她堕入情网了，”我身不由己地轻声说道，“可是爱上了谁呢？”

十二

日子一天天过去。季娜伊达变得越来越乖僻，越来越不可捉摸。一次我走进她屋里，见她坐在一张草黄色的椅子上，头紧靠在桌子起棱的边上。她挺直身子……满脸泪痕。

“啊！是您！”她露出冷峻的笑容说，“过来。”

我走到她跟前，她把一只手放到我头上，突然抓起我的头发开始拧起来。

“好痛……”我终于出声了。

“啊！好痛！我就不痛吗？不痛吗？”她重复说。

“唉！”她看到拔起了我的一小绺头发后大声说，“我做了什么啦？可怜的伏尔台玛尔先生！”

她小心翼翼地理直了拔起的头发，绕在一根手指上，做成了一个小圈。

“我要把您的头发放进我项链上的肖像盒里，我要戴上它，”她说着，眼眶里还挂着亮晶晶的泪花，“这对您也许是个小小的安慰……现在，再见吧。”

我回到家里，又遇到了不快的事。母亲正在对父亲作解释：她对他有所责怪，他则一如往常，冷冷地、彬彬有礼地一言不发，不久就走了。我听不清母亲说了些什么，而且我也无心去听她，我只记得解释结束后她吩咐把我叫进她房里，对我的经常拜访公爵夫人家大为不满，照她的说法公爵夫人是什么样的事都会做的女人[①]。我走近前去吻她的手（每当我想结束和她的谈话时我总是这样做的），接着就回自己房里去。季娜伊达的泪水使我如堕五里雾中。我全然不知该拿什么主意，而且我自己也真想哭一场——别看我长到了十六岁，毕竟还是个孩子。我已不再去想马列夫斯基，虽然

① 原文为法文。

别洛符索罗夫一天比一天虎视眈眈，像狼看羊一样盯着狡黠的伯爵，再说我什么东西什么人都不想。我茫然不知所措，一心想找一个能让我孤身独处的地方。我特别喜欢暖房的废墟。我常爬上高高的墙壁，坐下来，坐在那里完全成了个不幸、孤独和忧愁的少年，连我自己也不免顾影自怜起来——这种忧愁的心情使我感到如此快乐，如此陶醉！……

就这样有一次我正坐在颓墙上眺望远方，听着钟鸣……倏然之间有东西在我身上掠过，说风不是风，也不像是战栗，犹如微风在拂动，又如感觉到有人近在咫尺。我低头下望，下边路上，季娜伊达身穿轻盈的灰色连衣裙，肩头斜扛着一把玫瑰红的小伞，正在匆匆而行。她见到我，便停住了脚步，将草帽儿的帽檐儿向后一推，抬起那双温柔娇媚的眼睛来看我。

"您坐在那么高的地方干什么来着？"她脸上挂着某种奇异的笑容问我，"现在，"她接着说，"您还想让我相信您是爱我的——如果您当真爱我的话，就请跳下来，到我这边的路上来。"

没有等季娜伊达把这句话说完，我已经飞也似的跳将下去，犹如有人从背后推了一把似的。墙有两沙绳[①]高。我双脚着地，但是落地时的力量太大，我没能站稳，身子倒在地上，顿时失去了知觉。待我苏醒过来，虽然还没有睁开眼睛，却已感觉到季娜伊达在我身边。

"我亲爱的孩子，"她俯身向我说道，她的嗓音里流露出一腔焦灼不安的脉脉柔情，"你怎么能这样做呢？你怎么能听了我的话就做呢……要知道我是爱你的……起来吧。"

她的胸膛在我身边呼吸，她的手轻触我的头部，蓦然间——此时此刻我遇到了什么事啊！——她那柔软、新鲜的双唇开始用亲吻印遍我的脸庞……那嘴唇碰到了我的嘴唇……然而就在这时季娜伊达根据我脸部的表情大概猜测到我已经苏醒过来，虽然我的两眼尚未张开，——她迅即稍稍站起一点儿说道：

"好啦，起来吧，淘气鬼！简直疯啦，您干吗躺在尘土里？"

我站了起来。

"把伞拿给我，"季娜伊达说，"看，我把它丢在那边啦，别这样看我……这有多蠢？您没摔坏吧？也许让荨麻给刺痛了？对您说，别老盯着我……"我什么也不明白，也不回一句话，她仿佛自言自语地又说道，"伏尔台玛尔先生，回家去吧，去洗一

---

① 俄国旧制长度单位，1 沙绳合 2.134 米。

洗，可别再跟着我走——要不我会生气的，那就什么时候也别想再……”

她没说完话就麻利地走开了。我坐在路上……两只脚还站不起来。被荨麻刺伤的两手生痛，背部也有些酸痛，头还阵阵发晕。然而当时我经受到的巨大的幸福感，今生今世再也不会有第二次了。这种情感在我的四肢里留下甜蜜的疼痛，而最终化解为兴高采烈的欢呼与雀跃。毕竟我还是个孩子。

十三

整整这一天我是如此欢乐与骄傲，我记忆里如此鲜明地保留着季娜伊达亲吻我面颊的感受，我带着如此欣喜的战栗回味着她说的每句话，我如此珍惜这不期而至的幸福，甚至心里感到害怕，不想再见到她这位给我带来这些新感受的人。我仿佛觉得已经不可以再向命运要求什么了，现在最好“痛痛快快地吸上最后一口气，就马上死去”。然而当我第二天再去侧屋时，却浑身感到不自在。虽然，一个想让别人明白自己是善于保守机密的人，会相应地装出一副满不在乎的潇洒态度，但是我企图掩饰这种不自在的努力却毫无结果。季娜伊达平平常常地接待我，丝毫没有激动不安的样子，只是伸出一根指头向我警示，并问我跌伤处有没有乌青？我的潇洒自若和神秘心理顿时烟消云散，同时我的不自在情绪也无影无踪了。当然我并不期待非同寻常的事情发生，但是季娜伊达的冷静恰似一瓢冷水浇在我头上。我明白在她眼里我是个孩子，于是我心情变得非常沉重。季娜伊达在房间里来回踱步，每当她的目光触及到我，便匆匆一笑，然而她的心思却在远处，这一点我一眼看得清清楚楚……“为了彻底搞清原委，”我心里想道，“我得自己提起昨天那件事，问她那样急急匆匆上哪儿去……”但是我只挥了挥手，便坐到了一个角落里。

别洛符索罗夫进来了，我对他的来临感到高兴。

“我没有为您物色到一匹驯服的马，”他声音严肃地说，“弗列依塔格[①]向我保证能搞到一匹，但是我不大有把握。我担心。”

“您担心什么？”季娜伊达问，“能允许我问一句吗？”

“什么？您骑马可不是内行啊。可别出什么事！您脑子里怎么会忽发奇想的？”

---

① 19世纪30年代莫斯科著名的驯马师和练马场主人。

“这是我的事，我的野兽先生。既然这样我就去求彼得·瓦西里耶维奇……（我父亲名叫彼得·瓦西里耶维奇。我诧异她如此轻松自如地提到他，仿佛她对于他的乐意为他效劳胸有成竹似的）。”

“原来如此，”别洛符索罗夫问道，“您是想和他一起骑马？”

“和他还是和别人，这对您反正是一回事。只是不和您一起。”

“不和我一起！”别洛符索罗夫重复她的话说，“随您的便。我怎么样呢？我给您搞一匹马来就是了。”

“不过得留神，可别弄一匹像牛一样的马来。我预先告诉您，我是打算骑着又蹦又跑的。”

“好吧，也许……那您和谁一起骑马呢，该不是和马列夫斯基吧？”

“为什么就不能和他呢，当兵的？好啦，放心吧，”她又说，“也别瞪眼睛，我也会带您去。您知道马列夫斯基现在对我算什么——呸！”她摇了摇头。

“您说这句话是为了安慰我？”别洛符索罗夫说。

季娜伊达眯起了眼。

“这是安慰您吗？……哦……哦……哦……当兵的！”她终于说，似乎找不到别的字眼，“那么您，伏尔台玛尔先生，和我们一起骑马怎么样？”

“我不喜欢……稠人广众……”我吞吞吐吐地说，连眼皮也没有抬起来。

“您宁肯独自一个人？……好吧，自由属于自由的人，天堂……属于灵魂得救的人，”她叹口气说道，“别洛符索罗夫，走吧，去张罗去。我明天以前要搞到马匹。”

“对，可是哪来的钱呢？”公爵夫人插进话来。

季娜伊达皱起了眉头。

“我又不会向您来要钱，别洛符索罗夫相信我。”

“他相信你，他相信你……”公爵夫人唠唠叨叨说，突然她放大嗓子喊起来，“杜妮亚什卡！”

“妈妈，我送您一个小铃铛。”公爵小姐说。

“杜妮亚什卡！”老太太又喊道。

别洛符索罗夫鞠躬告辞，我和他一起告退。季娜伊达没有挽留我。

十四

翌日清晨我早早地起了床，给自己削了根木棒后便向城外出发，说是去排遣排遣自己的痛苦。天气晴好，阳光明媚，而且不太热。欢快清新的晨风在上空游荡，它的喧哗与戏耍恰到好处，既吹得万物簌簌轻动，却又对什么也不惊扰。我在山上、林间久久踯躅徘徊，我并不觉得自己幸福，出门离家的时候曾打算在愁绪中沉溺一番——然而青春晴朗的天气、新鲜的空气、迅步疾走的快意、如茵的碧草上孤身独卧的怡然自得，占了上风。对那些难以忘怀的话语的回味，对那些亲吻的回忆，一齐涌上了心头。我乐滋滋地想季娜伊达毕竟不会不公正地对待我的果敢精神和英勇行为……"对她来说，别人比我强，"我想着，"就算这样吧！可是别人只会说将要怎么办，我却做了！不仅如此，我还能再为她做！……"我开始浮想联翩。我开始想象我如何将她从敌人手中拯救出来，我如何浑身鲜血淋漓，将她从监狱里解救出来，又如何在她脚边死去。我想起了挂在我家客厅里的一幅画：带走玛蒂尔达的马列克-阿代尔①，于是马上开始想象有一只花色斑斓的大啄木鸟出现，那只鸟忙忙碌碌地沿一棵细细的桦树干上升，惶惑不安地从树干后面向外左顾右盼，宛如一个琴师在大提琴的琴颈后面左摇右晃。接着我唱起了《白雪不白》，继而转入当时著名的一首情歌《我等着你，当快乐的微风吹起的时候》，然后我开始大声朗诵霍米亚科夫的悲剧里叶尔马克向星星的致辞②。我曾试图写点儿富有情感的东西，甚至想好了用以作为全诗结尾的诗句："哦，季娜伊达！哦，季娜伊达！"这一切当然都毫无结果。到了午饭时分，我向山下的谷地走去，一条窄小的沙土小径在谷地里逶迤而过，一直通向城里。我正在这条小径走着，忽然，背后传来低沉的马蹄声。我回过头去，不由自主地停住了脚步，并摘下了鸭舌帽——我看见了我的父亲和季娜伊达。他们俩骑在马上并肩而行，父亲整个身子弯向她一边，一手靠在她的马颈上，正和她说着话。他脸上挂着笑容，季娜伊达神色严肃地垂下眼睑，紧闭双唇，默默地听着他。起先我只见到他们两个人，但是稍过不久，从谷地的拐角处出现了别洛符索罗夫，身穿带披肩的骠骑兵制服，

---

① 法国女作家玛丽·科登（1770—1807）的通俗小说《玛蒂尔达》（或名《十字军东征》）的主人公。

② 指俄国作家和诗人 A. C. 霍米亚科夫（1804—1860）所作的浪漫主义同名悲剧第五幕第三场中叶尔马克的独白。

骑一匹口吐白沫的黑马。善良的马脑袋不住地打转，打着响鼻，颠着四蹄。骑手一面勒住马头，一面又用马刺刺着它。我闪到了一边。这时，父亲提起马缰，离开了季娜伊达，季娜伊达随后也纵马驰去……别洛符索罗夫跟在他们后面追赶，军刀发出铿锵的碰击声。“他面孔红得像虾，”我想道，“而她……为什么脸色这么苍白？骑马走了一个上午，却会脸色发白？”

我也加紧步伐，在晚饭前赶回家里。父亲已经换过装，洗漱过，神清气爽，坐在母亲座椅的一旁，正用平稳洪亮的嗓音给她朗读《评论报》[①]上的一篇小品文，但是母亲却心不在焉地听着，见我进来便问我这一整天跑到哪儿去了，接着又说她不喜欢别人老是到天晓得的地方和天晓得的人一起乱跑。“可是我是一个人玩儿的。”我曾想这样回答，但是看了看父亲，不知为什么就闭口不说了。

十五

此后五六天内我几乎不大与季娜伊达照面，按照侧屋常客们的说法，她称病谢客，但是这于他们照例来此做客，倒是无所影响。只有马依达诺夫除外，他一听说失去了兴高采烈的逗乐机会，顿时垂头丧气，觉得寂寞无聊了。别洛符索罗夫闷闷不乐地坐在一角，他扣上了全部纽扣，满脸通红。马列夫斯基伯爵的瘦脸上总是浮现着一丝不怀好意的微笑。他确确实实在季娜伊达面前失了宠，所以便特别卖力地去巴结公爵老夫人，陪她乘驿车去晋见总督。不过此行并不顺利，马列夫斯基甚至遇上了一件扫兴事：有人向他提起他与几个道路公务员之间发生的一起纠纷，在作出自己的解释时他不得不承认当时自己缺乏经验。

卢申每天大约来两趟，不过待的时间不长。自从最近同他做过一番解释以后，我有点怕他，同时又真心实意地对他怀有好感。一次他和我一起去无愁园散步，显得非常温厚与和蔼可亲，告诉我各种草类和花朵的名称与特性，突然他拍了拍前额大声叫起来，这个举动真可谓有点无缘无故：“唉，我这个傻瓜蛋，竟认为她是个卖情弄俏的女人！乐滋滋地将自己作了牺牲——为了别人。”

“您这样说是想告诉我什么呢？”我问。

---

① 原文为法文。

“对您我什么也不想说。”卢申生硬地回答说。

季娜伊达对我避而不见，我不能不发现，我的出现给她留下的印象并不愉快。她见到我就不由自主地要躲避我……不由自主地，我感到痛苦的正是这一点。也正是这一点使我伤心欲绝，然而毫无办法，于是我便竭力不在她面前露面，只在远处暗暗守候着她，但是这一点也总是难以做到。她身上似乎发生着某种令人难以捉摸的变化，她的容颜变成另一番模样，整个的像换了一个人，叫我惊讶。那是在一个温和宁静的傍晚，我坐在一大丛接骨木下一张低低的长椅上，我喜欢这个地方，因为从那里望得见季娜伊达房间的窗户。我坐着，我的上方，在黑魆魆的枝叶间，一只小鸟正忙忙碌碌地转来转去，一头灰猫挺直了腰背小心翼翼地蹑着脚溜进园来，初生的甲虫在已经变暗的空中沉闷地嗡嗡飞叫。我凝视着那窗口，期待着窗户会忽然打开。果然，窗开了，窗口出现了季娜伊达。她身穿一套白衣服——她本人，她的脸庞、双肩、两手都苍白得毫无血色。她久久呆立不动，从紧皱的双眉下向远处凝望。我从未见过她这样的眼神。接着她握紧双手，紧紧地贴到双唇上、前额上……猛然间她又松开十指，把头发撩到耳朵后面，又摇头抖了抖，像是怀着某种决心一样点了点头，砰的一声关上了窗户。

两三天后她在花园里遇见我。我想闪到一边去，但是她叫住了我。

“把您的手伸给我，”她以往常的亲切口吻说，“我好久没有和您聊天了。”

我望了她一眼，她的双眼闪烁出宁静的光彩，脸含微笑，仿佛隔着烟雾。

“您身体仍然不舒服吗？”我问她。

“不，现在都过去了，”她一面回答一面摘下一朵较小的玫瑰花，“我有点累，不过就是这也会过去的。”

“那您还会像以前一模一样吗？”我问。

季娜伊达将玫瑰凑近脸面——于是我仿佛觉得鲜艳的花瓣的反光落到了她的面颊上。

“难道我变了吗？”她问我。

“是的，变了。”我轻声回答。

“我曾对您很冷淡，这我知道，”季娜伊达开始说，“但是您不应当介意这一点……我不能不这样做……得啦，这有什么好说的！”

“您不希望我爱您——这就是实质所在！”我闷闷不乐地嚷道，不由得激动起来。

“不，您爱我吧——然而不是像以前那样。”

“究竟怎么样？”

“我们交朋友吧——就这样！”季娜伊达让我闻闻玫瑰。“听着，我年纪比您大得多——够做您的姨妈,真的,就算不是姨妈,算姐姐吧。而您……”

“我对您来说是个小婴孩。”我打断她的话说。

“不错,是小婴孩,不过是个可亲可爱、又好又聪明、我非常喜爱的孩子。您可知道?正是从今天起我提升您作为我的侍从。您可别忘记,侍从是不能和自己的女主人分离的。这就是您新的头衔的特殊含义。”她一面把玫瑰插进我上衣的扣眼儿,一面补充说,“这是赐予您恩惠的标志。”

“我已经得到过您另外的恩惠。”我喃喃地说。

“啊!”季娜伊达说道,同时从侧面望了望我,“他这个人的记性真是可以!也好!现在我打算……”

于是她向我俯下身子,在我额头印上一个纯洁无邪、安安静静的吻。

我只看了看她,她则转过身去说了句“跟我走,我的侍从。”于是朝侧屋走去。我跟着她走,但心里却感到莫名其妙。“难道,”我想,“这个温柔可爱、通情达理的窈窕淑女就是我曾经认识的季娜伊达吗?”我觉得她的步态更加安详了——她的整个身影更加雍容华贵,更加亭亭玉立了……

哦,我的天!我心中的爱情之火又以多么强大的力量重新炽烈地燃烧起来!

十六

午后客人们又在侧屋里会聚——公爵小姐出来见他们了。如同那令我难忘的第一个夜晚那样,全体人马都到齐了,一个也不缺:尼尔马茨基也挣扎着来了,马依达诺夫这次比谁都到得早——他带来了他的新诗作。又开始做方特游戏,不过不再有像先前那样不顾体统、胡闹嬉戏、闹闹嚷嚷的乖张举动——茨冈人式的成分已荡然无存。季娜伊达给我们的聚会加入了新的情趣,我以侍从身份坐在她身边。她顺便提出建议,要求出题的人讲一个自己的梦,但是这个建议并不成功。大家讲的梦要么索然无味(别洛符索罗夫梦见用鲫鱼喂马,马头是木头做的),要么生搬硬套,是杜撰出来的东西。马依达诺夫给大家讲的故事比较完整:有墓穴、手拿七弦琴的天使、会说话的花朵、远方传来的声音等。但季娜伊达也没有让他讲完。

“既然已经到了编造的地步,”她说,“那就让每个人都讲个一定是杜撰出来的故事吧!”

轮到第一个讲的又是别洛符索罗夫。

年轻的骠骑兵犯愁了。

“我可什么也杜撰不出来!”他嚷道。

“那有什么了不起!”季娜伊达接他的话说,“您设想一下,比如您已经结婚,您就告诉我们您打算怎么和您妻子共度光阴。您想将她锁在屋里吗?”

“我想将她锁起来。”

“您自己愿和她坐在一起吗?”

“我一定会陪她一起坐。”

“好极了。那么假如她对您厌倦了,她背叛了您呢?”

“我会杀了她。”

“假如她逃跑了呢?”

“我会把她追回来,并且仍然会杀了她。”

“是这样。那么,假设我是您的妻子,这时您将怎么办呢?”

别洛符索罗夫沉默了。

“我会杀了自己……”

季娜伊达笑了起来。

“我看得出来,您这个人好对付。”

第二个轮到的是季娜伊达。她抬眼望着天花板,沉思起来。

“是这样,大家听着,”她终于开始了,“我想出来的故事是这样的……你们想象有座金碧辉煌的宫殿,一个夏夜,一个美不胜收的舞会。举办这个舞会的人是一位年轻的女王。到处是黄金、大理石、水晶、丝绸、火焰、宝石、鲜花、香烟,总之想得出的豪华的东西都有了。”

“您喜欢豪华吗?”卢申打断她的话。

“豪华是美,”她回答说,“我喜欢一切美的东西。”

“比最美的东西还要喜欢吗?”他问。

“这句话好狡猾,我不明白。别打岔。总之,是个豪华的舞会。嘉宾如云,个个都年轻、漂亮、英气勃勃,个个都对女王爱得神魂颠倒。”

“宾客里面没有女宾吗?”马列夫斯基问。

“没有——哦,请等一等——有。”

“而且不漂亮?”

“美得叫人着迷。但是个个男人都爱上了女王。她高挑个儿,身材苗条,黑头发上有一个小小的黄金头饰。”

我看了看季娜伊达——在这一瞬间,我觉得她远比我们大家高大,从她白皙的前额到凝聚不动的双眉都洋溢出如此辉煌的智慧和控制万物的力量，使我心里想道："你自己不就是这个女王吗！"

"大家聚在她周围。"季娜伊达继续说。

"大家都用尽所有阿谀奉承的言词来讨好她。"

"她喜欢奉承吗？"卢申说。

"真讨厌！老是打断别人说话……谁不爱听好话？"

"还有一个，最后一个问题，"马列夫斯基说，"女王有丈夫吗？"

"这一点我想也没想过。不，干吗要有丈夫？"

"当然，"马列夫斯基接口说，"干吗要有丈夫呢？"

"安静！[①]"马依达诺夫嚷道，他的法语说得很差。

"谢谢，[②]"季娜伊达对他说。"就这样，女王听大家说话，听音乐，但是对任何一位宾客都不看一眼。从上到下，从天花板到地板，六扇窗户洞开。窗外是闪着大星星的漆黑天空和栽满大树的黑魆魆的花园。树附近是一个喷泉，水柱在黑暗中泛着白光，长长的，长长的，好像一个幽灵。透过人声和音乐女王听得见轻轻的水溅声。她望着，心里想道：先生们，你们大家都高尚、聪明、富有，你们围着我，把我的每句话视为至宝，人人都愿意在我脚边死去，你们在我的掌握之中……可是那边，喷泉旁边，在那欢腾跳跃的水边，一个人站着，等着我，他是我所爱的，我在他的掌握之中。他身上既没有华贵的服饰，也没有宝石，谁也不认识他，然而他却在等待我，并且确信我会到来——我真的会到来，而且当我想到他那里去，想和他待在一起，和他一同在花园的暗处、在树叶沙沙的声响和喷泉水溅声的掩护下幽会时，没有一种权力能够制止我……"

季娜伊达停住不说了。

"这是臆想吗？"马列夫斯基狡狯地问。

季娜伊达连看也没有看他一眼。

"先生们，咱们会怎么行动呢，"卢申突然说，"假如咱们都身在宾客之列而且知道这位喷泉旁边的幸运者的情况的话？"

"等一等，等一等，"季娜伊达插话说，"让我自己告诉你们每个人该怎么办。您，别洛符索罗夫，向他挑起决斗。您，马依达诺夫，可以给他写一首题铭诗……不过，不，您不会写题铭诗，您还是像巴比埃那样写一首长长的抑扬格诗[③]给他，并且在《电

---

① 原文为法文。

② 原文为法文。

③ 指法国浪漫主义诗人居斯塔·巴比埃(1805—1882)的诗集《抑扬格诗集》(1831)。

讯》[1]杂志上发表。您，尼尔马茨基，向他借……不，您还是向他放债取利息。您，医生……"到这儿她止住不说了，"就是您该怎么办我可不知道了。"

"按照御医的身份，"卢申回答说，"既然女王无暇顾及来宾，我想建议女王取消舞会……"

"也许您是对的。那么您呢，伯爵？……"

"我？"马列夫斯基含着一丝不怀好意的笑容重复说。

"您会给他送去一块下了毒的糖。"

马列夫斯基的脸轻轻地扭动起来，一时间露出一副犹太人似的表情，不过立刻就大笑起来。

"至于您，伏尔台玛尔……"季娜伊达继续说，"不过，够了，让咱们玩别的游戏吧。"

"伏尔台玛尔先生，作为女皇的侍从，该在她向花园奔去的时候提起她的长裙。"马列夫斯基刻毒地说。

我的脸刷地一下红了起来，但是季娜伊达敏锐地把一只手放在我肩膀上，稍稍站起身子，用微颤的嗓音说道：

"我从来就没有给予过伯爵大人粗鲁无礼说话的权利，因此请您离开此地。"她向他指了指门口。

"请原谅，公爵小姐！"马列夫斯基脸色煞白，喃喃地说。

"公爵小姐说得对。"别洛符索罗夫也站起来大声说。

"我，说真的，怎么也没有想到，"马列夫斯基接着说，"我的话里头，似乎没有那样的……我压根儿脑子里想也没有想过要侮辱您……原谅我吧。"

季娜伊达用冷漠的眼光回头望了他一下，轻轻地发出一声冷笑。

"也许是这样，那就请留下吧！"她作出一个随随便便的手势说，"我和伏尔台玛尔先生真犯不着生气。您以恶语伤人为乐事……那就请便吧。"

"请原谅我！"马列夫斯基再次说，而我在回想季娜伊达的动作时却想道，真正的女王怕不会比她更加盛气凌人地向出言不逊者手指房门的。

这个场面过后，方特游戏持续了没有多久。大家都感到有点不自在，与其说是由于这个场面本身，倒不如说是由于另一种不十分清楚，却令人觉得沉重的感觉。谁也不提那种感觉，然而每个人都意识到它存在于自己和邻座的心里。马依达诺夫给我们朗诵他的诗——马列夫斯基以最大的热情给他捧场。"他现在多么想装出一副好

---

① 指1825—1834年间刊行的自由主义倾向的期刊《莫斯科电讯》。

心肠呵！”卢申对我耳语说。不久我们就分手了，季娜伊达忽然沉思起来，公爵夫人差人来说她头正痛着，尼尔马茨基开始诉说自己的风湿病……

我久久不能入睡，季娜伊达的故事令我惊异。

“故事里莫非隐含着暗示？”我自问道，“可是她暗示谁？暗示什么？如果确实有某种暗示……那怎么办？不，不，不可能。”我转身将头从一侧热辣辣的脸颊枕到另一侧脸颊上，轻声自语着。然后我想起了季娜伊达讲故事时的表情，想起了在无愁园卢申的大声呼喊，季娜伊达对我态度的骤然改变——我在东猜西想中茫然失措了。“他是谁？”这三个字犹如画在黑暗中一般，伫立不动地出现在我面前，仿佛有一朵不祥的阴云低垂在我的头顶——我已经感受到它的压迫——我正在等待它訇然压将下来。近来对查谢金家的许多事我已习以为常，许多事已见多不怪，他们家里的杂乱无章，脂油做的蜡烛头，折坏的刀叉，脸色阴沉的伏尼法蒂，衣衫褴褛的女仆，公爵夫人本人的举止风度——这一切奇怪生活已不再令我惊讶……但是对于今天我模模糊糊地感受到的东西，我还习惯不了……“风流女子。”一次我母亲这样说她。风流女子竟会是她，我的偶像，我崇拜的对象！这样的称谓刺痛了我，我用睡觉来千方百计避免再听到这个字眼儿，并为她愤愤不平。何况只要能成为喷泉旁边的那位幸运儿，究竟什么事我不能同意，什么东西我不能奉献呢！……

我心中热血沸腾起来。“花园……喷泉……”我想道，“我得到花园里去才是。”我利索地穿上衣服，溜出屋去。暗夜沉沉，树叶微微作响，静静的寒气自天而降，从菜园里飘来阵阵土茴香的气息。我走遍了所有的林阴道，轻细的脚步声使我既不安又兴奋，我停下脚步等着，听自己心脏的跳动——跳得又响又快。终于我走到了栅栏前，靠在一根细杆子上。蓦地——也许是我的幻觉？——离我几步远的地方闪过一个女人的身影……我努力向黑暗处凝视，我屏住了呼吸。这是什么？我听到了脚步声？或者这还是我自己的心跳？“谁在这儿？”我用几乎听不见的声音悄悄说。这又是什么？是强忍住的笑声？……还是树叶沙沙的轻响……还是耳边的嘘唏叹息？我感到害怕……“是谁在这里？”我又一次说，声音压得更低了。

片刻之后空气开始流动起来，天空闪过一道火红色的光带，是一颗流星的滚动。“季娜伊达？”我想问，但是话到嘴边又刹住了。骤然间，就如通常在夜深人静的时候那样，周围一切都变得寂然无声……连螽斯也不再在树丛里唧唧鸣叫，只听到某处传来闷沉沉的一声关窗的声音。我站了一会儿，又站了一会儿，便回到自己房间，走到已经变凉的床前。我感到一阵奇异的激动，宛如我去赴过约会了，但是只剩我孤零零的一个人，而且从别人的幸福旁边走过。

十七

第二天我见到了季娜伊达,但只是一晃而过,她和公爵夫人正乘马车到某一个地方去。不过我见到了卢申,他只勉强招呼了我一下,也见到了马列夫斯基。年轻的伯爵咧开嘴露了露笑容,友好地和我说起话来。所有拜访侧屋的客人中,只有他会转到我们家来,而且取得我母亲的好感。父亲对他则不屑一顾,对待他的态度简直带有侮辱性。

"啊,侍从先生,"①马列夫斯基开始说,"见到您非常高兴。您那美丽的女王怎么样?"

他那经过充分睡眠而显得生气勃勃、漂亮的脸蛋此时此刻使我反感透了——他瞧我的眼光是那么鄙夷和猥亵,所以我压根儿不理睬他。

"您还在生气?"他继续说,"毫无必要。您的侍从的头衔不是我叫出来的,而作为侍从对女王更应当常随左右。请允许我向您指出,您没有好生履行自己的职责。"

"这怎么说?"

"侍从和自己的女主人应当形影不离,侍从应当知道一切,知道主子在干什么,应当注视主子的一动一静,"说到这里他压低了声音补充了一句,"不分昼夜。"

"您想说什么?"

"我想说什么? 我好像已经表达得一清二楚了。不分昼夜。白天还勉强凑合得过去,白天又光明,人又多,可是夜间呀——恰恰得等待灾星降临。我建议您每到夜间就别睡觉,去观察动静,竭尽全力去观察动静。请记住——在花园里,夜间,喷泉边——正是这些地方需要去守候。您将会对我说声谢谢。"

马列夫斯基笑起来,背朝我转过身去。也许他对我说的话并没有什么特定的含义。他被公认为一个故弄玄虚的好手,在假面舞会上以擅长戏弄他人而著称,而那几乎渗透他全身的不经意的虚情假意则对此举大有裨益。他不过是想逗逗我,但是他说的每一个字却像毒汁一样流经了我的全身。血液冲上了我的脑门。"哦! 原来如此!"我自言自语道,"好! 看来我不是无缘无故才去花园的! 这样的事可不会经常发生的!"虽然我实际上并不知道什么事,我却大声嚷了一句,还用拳头捶了一下自己

---

① 原文为法文。

的胸脯。“光顾花园的是马列夫斯基本人呢?”我暗想(也许他说漏了嘴——这样的恶作剧他是干得出来的),“还是另有其人?(我家花园的栅栏是很低的,可以毫不费力地爬过去。)不过那人要是让我撞见,他不会有好下场!我可没有叫任何人在那里和我见面!我会向全世界,还有她这个叛徒(我终于把她称为叛徒了)证明,我是会报复的!”

我回到自己房间,从书桌抽屉里拿出不久前才买的一把英国小刀,摸了摸锋刃,便蹙紧眉头,怀着冷峻、专注的果敢心理将刀放进口袋,似乎这样的事在我早已司空见惯,不是首次。我怀着仇恨,情绪激昂,心如铁石,直到夜间我没有展过眉头,也没有松开过嘴唇,不时地来回踱步,手插在衣袋里紧握着温热的小刀,预先准备着去干一件可怕的事情。这种前所未有的新感受使我觉得有趣,快乐,所以关于季娜伊达本人我反而很少去想了。我眼前隐隐约约出现各种幻影:阿乐哥,这个年轻的茨冈人——“年轻的美人,你去哪儿?——躺下……”,然后是:“你浑身是血!……哦,你干了什么?……”——“没有什么!”[①]我脸上挂着何等残忍的笑容重复着这句话:“没有什么!”父亲不在家。母亲一段时间来一直不声不响、怒气冲冲,不过她却注意到了我那愁眉苦脸的样子,吃晚饭时对我说:“你干吗老撅着嘴?”我只用平静地冷冷一笑向她表示回答,心里却在想:“要是他们知道!”时钟敲响十一点。我回到自己房里,但没有脱衣,我在等待午夜的来临,终于敲响了午夜的钟声。“时间到了!”我从牙缝里默默挤出这几个字,然后把纽扣一直扣到领口,甚至挽起了袖子,向花园走去。

我已事先选定了守候的地点。在花园尽头,分隔我家和查谢金家范围的栅栏靠在公墙上的地方,长着一棵孤零零的云杉。站在云杉低垂稠密的枝叶下面,不管夜有多么黑,都能清楚地看到四周发生的事。这里有一条弯弯曲曲的小道,我总觉得它神秘莫测。小道像蛇一般从栅栏下蜿蜒而过,直通耸立在密密层层的合欢树间的一个圆圆的亭子,栅栏的这一处留有爬越的印痕。我来到云杉树边,依在树干上,开始守候。

夜,如同昨夜一样寂然无声,但是天空阴云却不多,所以灌木丛的树影,甚至长在高处的花影,更加清晰可辨。等候的最初时刻令人焦灼,几乎可怕。我已决计应付一切,我只一门心思地考虑自己如何采取行动。是大喝一声:“哪儿去?站住!放明白点,要不死路一条!”还是直接一刀捅过去?……每一个声音、每一声窸窸窣窣和树叶的响动,我都觉得事关重大,非同寻常……我严阵以待……我向前猫起了腰……然而过了半个小时,又过了一个小时,我的热血开始平静并冷却下来,认为自己在做一件

---

① 都是普希金1824写的长诗《茨冈人》中的诗句,“阿乐哥”为诗里男主人公的名字。

无聊的事情，认为我有点可笑，认为不过是马列夫斯基在调笑我。这样的意识开始潜入我的心中。我离开自己埋伏的地方，走遍了整个花园。仿佛有意似的，哪儿也没有丝毫声息，万物都安息了，连我家的狗也在篱笆门边缩成一团酣然入梦了。我爬上暖房的废墟，看到了展现在眼前的远处的田野，想起了与季娜伊达的邂逅，于是陷入了沉思……

我愣了一下……听到吱嘎一声开门的声音，然后是枯枝折断的轻细声响。我一下从废墟上跳下来，停在原地呆住了。花园里分明传来迅捷、轻细、然而小心翼翼的脚步声。脚步声渐渐向我逼近。“就是他……终于他来了！”我心里马上想道。我哆哆嗦嗦地从口袋里掏出刀子，哆哆嗦嗦地将它打开，眼里冒出一颗颗红色的火星，由于恐惧和仇恨头上的毛发都颤动起来……脚步声是直接向我这面来的——我弓起身子，迎上前去……出现一个人影……我的天！是我父亲！

我当即认出了他，尽管他浑身裹在一件深色的风衣里，宽檐儿帽低低地遮住了脸孔。他踮起脚从我身边走过。他没有发现我，尽管我毫无遮拦，不过我深深地弯着腰，紧缩成一团，几乎要够着地了。醋意十足、准备杀人的奥赛罗突然变成了一个中学生……父亲的突然出现太使我惊愕了，所以一开始我竟然没有发现他从哪里走来，又在哪里失去踪影。这时我才挺直身子想着：“父亲为什么夜间要在花园里走？”——想到这一点时四周已经复归寂静。我吓得把刀子掉进了草丛，但是没有去找它，我心里感到十分羞耻。我一下子清醒过来。我已经在回家的路上，但是我走到我那张位于接骨木树下的长椅前，望了一眼季娜伊达卧室的小窗。小小的一块块稍有点外凸的窗玻璃，在夜空的微光下泛出暗淡的蓝色。蓦然间——玻璃的颜色变了……玻璃后面——这一点我看见了，看得清清楚楚——小心翼翼，轻轻地放下了白茫茫的窗帘，一直下到窗台——然后就定位不动了。

“这是怎么回事？”当我重新来到自己房里时，几乎是情不自禁地出声说道，“是梦，偶然性，或者……”倏然间进入我脑海的设想是如此新鲜与奇怪，使我甚至不敢想下去。

十八

早晨起床时我感到头痛。昨夜的激情业已无影无踪，它已为沉重的困惑和某种前所未有的忧伤所替代，仿佛我心中的某种信念正在消亡。

“您干吗看起来像头被掏出了半边脑子的兔子?”卢申见到我时对我说。

早餐时我偷偷地一会儿望望父亲,一会儿望望母亲。他像往常一样,平心静气,她也像往常一样,暗暗生气。我等待着,看父亲会不会像他有时对待我的那样,开口和我说话……然而他连平日冷淡的爱抚也没有给我。“把这一切都告诉季娜伊达?……”我想道,“反正我和她之间的关系完了。”我便去她家里,但是不仅一句话也没有告诉她,连同她说话的机会也没有,尽管我非常想同她说话。公爵夫人的儿子从彼得堡来度假,他是中等军官学校的学生,大约十二岁。季娜伊达马上委托我来陪她的弟弟。

“现在向您,”她说道,“亲爱的伏洛佳(这是她第一次这样称呼我)介绍一个伙伴,他也叫伏洛佳,请和他好好相处,他还怕生,不过心地挺好。陪他看看无愁园,和他在那儿玩玩,照顾着他点儿。您会这样做的,是吗?您的心肠也那么好!”

她亲切地把一双手放在我的两肩,我便没了主意。这个小男孩的来临使我也变成了一个男孩。我一声不响地望着军官学校的学生,他也默然无语地盯着我看。季娜伊达开怀大笑,把我们两个人往对方彼此一推。

“拥抱一下吧,孩子们!”

我们拥抱了。

“我带您去花园里走走,好吗?”我问军官学校学生。

“请吧。”他回答我的嗓音是沙哑的,纯粹军官学校学生式的。

季娜伊达又大笑起来……我发现她的脸上从来没有过这么迷人的光彩。我和军官学校学生便出发了。我家花园里有一副挂了多年的秋千,我把他放到小木板上坐定,就帮他荡起来。他身穿一套饰有宽宽的金色绦带、用厚呢制作的新制服,坐着一动也不动,两手紧紧抓住绳子。

“您把领口解开吧。”我对他说。

“不要紧,先生,我们习惯了,先生。”他说道,咳了一声。

他酷似自己的姐姐,一双眼睛尤其相像。为他效劳我感到舒心,与此同时揪心的忧伤却在暗暗地啃啮我的心。“如今我真的成了一个小孩了,”我想着,“而昨天……”我想起了昨天夜间我失落小刀的地方,找到了它。军官学校学生向我要去小刀,摘了一根元叶当归的粗茎,把它削成一根吹管,吹了起来。奥赛罗也吹了起来。

然而晚上,正是这个奥赛罗,当季娜伊达在花园的一角找到他,问他为什么那么伤心时,他在她手上哭得有多厉害。我泪如泉涌,使她大吃一惊。

“您怎么啦?怎么啦,伏洛佳?”她接连说道,当看到我一句话也不答,止不住地哭泣时,她曾想来亲吻我湿润的面颊。

然而我转过了身子,透过哭声轻轻说道:

“我全知道了,您干吗玩弄我?……您需要我的爱情干什么?”

“我对不起您,伏洛佳……”季娜伊达说,“唉,我的过错太大了……”她又说道,用力握紧了两手,“我心里有多少不道德、阴暗和罪过的东西……不过现在我并不是在玩弄您,我爱您——您竟然不怀疑为什么和怎么样……可是您究竟知道了什么事?”

我能告诉她什么呢?她站在我面前,望着我——而我,从头到脚整个人都属于她,只要她望着我……一刻钟以后我和军官学校学生、和季娜伊达已经在你追我赶地奔跑嬉戏了。我没有哭,我在笑,虽然肿胀的眼皮下面笑得挤出了眼泪。我的颈上系着季娜伊达的带子,把它当成领带,当我抓住了她的腰肢时高兴得大叫起来。她和我做了她愿意做的一切。

十九

假如有人一定要我详细讲述自从那次失败的夜间探险以来一个星期内我的情况,我会十分难堪。这是一段奇怪的、躁动不安的时间,是一种混乱不堪的状态,在这种状态下各种截然相反的感情、思绪、怀疑、希寥、欢乐和痛苦,似旋风一般转个不停,如果一个十六岁的男孩已经能够反省自己的话,我却不敢,我不敢了解任何事情。我只是匆匆地度完傍晚前的白昼,而夜间我便进入梦乡……孩子般的缺乏深思熟虑的习性此时对我大有裨益。我不想知道别人是否爱我,也不愿意向自己承认别人不爱我——对父亲我避而不见,但是对季娜伊达我却无法回避……在她面前我如火烧一般难受……然而这团使我燃烧、使我融化的火究竟是什么东西,我有什么必要去了解呢——能甜甜美美地燃烧、融化,对我来说是一种幸运。我沉浸在这些感受中间,自己对自己耍滑头,避开一切回忆,对预感到今后要发生的事闭眼不看……这种醉生梦死的状态大概不会延续多久……雷鸣电击般的打击一下子会中止这一切并将我抛入一条新的轨道。

一次在午前经过相当长时间的散步回到家时,我惊奇地得知我将一个人用餐。父亲出门去了,母亲身体不好,不想吃,把自己关在了卧室里。从仆人们的表情我猜测发生了什么不寻常的事……向他们去打听我又不敢,不过我有一个朋友,掌管伙食的年轻人费利浦,他对诗歌喜欢得不得了,又是个吉他手,于是我便去找他。从他那里得知父亲和母亲大吵了一场(在女仆房里每句话都听得一清二楚,许多话都是用法语讲的,但是女仆玛莎在巴黎来的女裁缝那里住了五年,所以都听得懂)。母亲责备父亲行为不端,责备他去结交邻家的小姐,父亲起先为自己辩白,后来气急了,反过来说了一句很伤人的话,“好像是关于她的年纪”,为此母亲哭了起来,母亲还提到了存款单的事,似乎是给了老公爵夫人的,而且对她的评价极差,对小姐也一样,于是父亲向她发出了威胁。

“由于一封匿名信,”费利浦接着说,“不幸的事就都发生啦,可是谁写的,却不知道,要不这些事怎么会败露呢,什么原因也没有。”

“难道真的发生过什么事?”我吃力地说,与此同时我的手脚变得冰凉,胸口深处有什么东西开始发抖。

费利浦意味深长地眨了眨眼。

“发生过,这样的事是包不住的。虽然您爸爸已经够小心,但是他应当,比如说,雇一辆马车,或者在那里……没有人帮助也是不行的。”

我打发了费利浦,便倒在了床上。我没有大哭一场,也没有陷入绝望,我没有问自己这一切是在什么时候,又是如何发生的,我不感到奇怪,怎么以前就猜不出来呢——我甚至没有怨我的父亲……对于我知道的那件事,我是无能为力的,这突如其来的新的发现将我摧毁了……一切都结束了。我所有的花朵被一下子拔了起来,被撒得满地,备受践踏蹂躏,狼藉在我的四周。

二十

第二天母亲扬言要回城去。早晨父亲走进她的卧室,和她单独坐了很久。谁也没有听见他对她说了些什么,不过母亲已经不再哭泣,她平静下来,已要求进食,但是不露面,也不改变自己的决定。我记得我徘徊了一整天,不过花园里没有跨进过一步,也没有向侧屋望过一眼——可是到晚上我却目击了一个惊人的场面——我父亲挽着马列夫斯基伯爵的手出来,带他经过大厅来到前厅,当着仆人的面冷冰冰地对他说:“几天以前有人向大人指点一间屋子的一扇门,现在我不打算和您一起进去作解释,但是我有幸奉告您,如果您再光临寒舍的话,我就要将您从窗口扔出去。我不喜欢您的笔迹。”伯爵弯着腰,咬着牙,蜷缩着身子消失了。

开始收拾行李准备搬回城去,在阿尔巴特街那里,我们有一幢房子。想必父亲自己也不愿意再在别墅待下去,但是他显然已经恳求过母亲不要再闹事。一切进行得静静悄悄,不慌不忙,母亲甚至吩咐人去向公爵夫人致意并向她表示遗憾,由于身体不适不能在行前到她家拜望。我游来荡去像个呆子一样,心里只希望这一切尽快了结,脑子里有一个念头总是摆脱不了:她这样一个妙龄少女——而且终究还是一位公爵小姐——怎么会下决心走这一步,她明知我父亲是有家室牵累的人,而且明知自己有可能嫁给,比如说,就是别洛符索罗夫吧?她到底指望什么?她怎么不怕断送自己的前程?对了,我心里想,这就是爱情,这就是情欲,这就是忠贞不贰……于是我想起卢申说过的话:甜甜蜜蜜地为别人牺牲自己。有一次我有机会看见侧屋一扇窗户里的白糊糊的影子……"难道是季娜伊达的倩影?"我想道……一点不假,是她的面容。我忍不住了。我不能不对她最后说一声别了就与她分手。我找到了一个方便的时刻,便往侧屋走去。

在客厅里公爵夫人见到我时还是像她惯常那样不拘礼仪、随随便便地打招呼。

"什么事啊,老弟,这么早就惊动您啦?"她一面把鼻烟塞到两个鼻孔里,一面说。

我看了看她,心便宽了下来。费利浦说过的"存款单"这个字眼儿曾使我很难受。她什么也没有怀疑……至少我是这样感觉的。季娜伊达从隔壁房里出来,她身穿一件黑连衣裙,脸色苍白,披散着头发,她无声地拉起我的手,带我跟她走。

"我听见了您的声音,"她开始说,"马上就出来了。您就这么轻轻松松地撇下我们走了,黑心的孩子?"

"我是来向您辞行的,公爵小姐,"我回答说,"看来再也见不到您了。也许您已经听说我们要走了。"

季娜伊达专注地看了我一会儿。

"是的,我听说了。感谢您来看我。我已经想过见不到您了,请别在回想起我来的时候把我想得那么坏。有时我是折磨过您,但是毕竟我还没有您想象得那么坏。"

她转过身去,靠在窗户上。

"是的,我不是那样的。我知道您对我的看法不好。"

"我?"

"是,您……您。"

"我?"我再次伤心地说,我的心依然在一种不可抗拒、难以言状的力量的驱使下颤抖起来。"我?季娜伊达·亚历山大罗芙娜,请相信,不管您做了什么事,不管您曾经怎么折磨我,我将爱您,崇拜您,直至我生命的终结。"

她迅速转过身来,张大她的两臂,抱住我的头部,紧紧地、热烈地吻了我。天知道谁曾经是这长久的、诀别的亲吻所找寻的对象,然而我却贪婪地品味着它的快意与甜蜜。我知道这样的吻再也不会有第二次了。

“别了，别了！”我连连说。

她挣脱开去，走了。我也离别而去。我无法形容我离去时所怀的情感。我大概不会期望这种情感在今后会再现，但是如果我从来也没有领略过这种情感，我恐怕会认为自己是个不幸的人。

我们迁回了城里。我未能很快摆脱已经过去的那件事情，也不能很快就着手要做实事。我的创伤开始慢慢愈合。不过说实在的，我丝毫没有怨恨父亲的感情。相反，在我眼里，他似乎变得更高大了……这种矛盾现象只能让心理学家随他们所了解的情况去解释了。一次我在林阴路上散步，碰见了卢申，这使我说不出的高兴。我喜欢他直率、不伪善的性格，而且就他在我心里唤起的记忆而言，他对我是很珍贵的。我向他扑了过去。

“啊哈！”他说着皱起了眉头，“原来是您，年轻人！让我瞧瞧。您脸色还有点黄，不过看上去已经没有当初那种糟糕样子了。看起来像个人了，不像一头家养的小狗啦。这就好。嗯，您怎么样？在干什么事吧？”

我叹了口气。我不愿意说谎话，却又不好意思说实话。

“好啦，没关系，”卢申接着说，“别害怕。重要的是要正常地生活，不沉溺于卿卿我我。否则有什么好处？不管波浪把你打到什么地方，都不会有好结果。人即使站在石头上，也还是要用自己的腿站着。我还老咳嗽……哦，别洛符索罗夫——您听到过他的消息吗？”

“怎么回事？没听说过。”

“他音讯全无，看不见了。听说去高加索了。这对您是个教训，年轻人。问题的本质全在于人们不善于及时挥手作别，将网撕破。看来您已经顺利地跳了出来。注意，可别再掉进去。再见吧。”

“我不会再掉进去……”我想，“我再也见不着她了。”然而我注定要再一次见到季娜伊达。

二十一

我父亲每天要骑马外出。他有一匹了不起的掺有杂色的红棕色英国马，长长细细的脖子，长长的四条腿，不知疲乏，性子暴烈。这马叫艾列克特里克，除了父亲谁也甭想骑上去。有一次他向我走来，心情正好，这种情况好久没有过了。他打算出门去，连马刺也戴上了。我开始请求他带我一起走。

“咱们还是玩跳背游戏吧，”父亲回答我说，“否则你那匹矮脚马怎么赶得上呢。”

“赶得上，我也戴上了马刺。”

“那好，走吧。”

我们出发了。我骑的是匹公马，毛色乌黑，鬃毛修长，腿力强劲，跑得相当快。当然，如果艾列克特里克全速奔跑，它要拼命跑才能跟上，可是我毕竟没有落后。我没有见过像我父亲那样的骑手，他骑在马上是那么英俊、潇洒自如，似乎连他的坐骑也感觉到了这一点，并为他而洋洋自得。我们走过了所有的林阴路，到了处女原，跳跃了几个栅栏（起先我不敢跳，但是父亲看不起胆小的人，所以我就不再害怕了）。我们从莫斯科河上走过了两次，所以我已经在想，我们正在走回家去，而父亲也发现我的马累了，不料他离开我拐到了与克里木浅滩相反的方向，沿河径直纵马而去。我紧紧跟上。赶到堆放得高高的一堆旧原木前面时，他轻快地从艾列克特里克背上跳下，吩咐我也下马，然后把马缰交给我，要我就在这堆原木边等他一会儿，他自己则拐进一条小胡同，不见了。我开始在河岸上来回踱步，手里牵着马。艾列克特里克一面走着，一面不时地将脑袋摇来晃去，有时浑身哆嗦着，打着响鼻，发出嘶叫，到我停下不走时它又用蹄子轮流刨着土，尖叫着去咬我那匹马的脖子。总而言之，它的行动活像一匹娇惯了的纯种马[①]。父亲没有回来。从河上飘来令人不快的湿气，一阵小雨悄悄袭来，给我在一旁踯躅徘徊的那堆使我极其厌恶的、灰暗的原木染上小小的深色斑点。寂寞愁苦的情绪袭上我的心头，而父亲却还没有回来。一个芬兰人岗警，头戴一顶像瓦罐一般的硕大的旧高筒制帽，手持一柄长钺，向我走近前来（其实在莫斯科河岸上要岗警干什么！）。他那张老太婆样、皱皱巴巴的脸向着我，对我说：“少爷，您在这儿牵着马干什么？让我来牵吧。”

我没有理睬他。他向我讨烟抽，为了摆脱开他的纠缠（而且不耐烦的心情正在折磨我），我向父亲离去的方向走了几步，接着走完整条胡同，直到转过拐角才停了下来。在离我约四十步的地方，一幢小木屋敞开的窗前，父亲背朝我站在那里，小木屋里坐着一位身穿深色衣服的妇女，虽然她的一半身体被窗帘遮住了，但还是可以看出，这个女人就是季娜伊达，她正在和父亲交谈。

我呆住了。老实说这一着我怎么也没有料到。我的第一个行动就是逃跑。“要是父亲回过头来，”我想道，“我就完了……”然而一种奇怪的感情，比好奇心更为强

---

① 原文为法文。

烈的感情，甚至比醋意更为强烈、比恐惧更为强烈的感情，使我停了下来。我开始窥测他们的动静，努力谛听他们的话语。父亲似乎对某件事坚持不肯改变，季娜伊达则表示反对。我发现她的脸是凄楚、严肃、美丽的，含有难以言传的忠贞、忧郁、爱恋和某种绝望的表情——我举不出别的词汇来。她说的话都只是单个的字，也不抬起眼皮来，只是挂着一丝笑容——恭顺而固执。光凭这一丝笑容我便能认出我昔日的季娜伊达来。父亲耸耸肩，整整头上的帽子——这是他一向表示不耐烦的标志……接着我听到这样一句话："您应当和这……分手。"[①]季娜伊达挺直身子，伸出手去……突然我眼前发生了一件令人难以置信的事：父亲猛地举起掸礼服用的鞭子，接着便听到在裸露的手臂上啪地猛抽一下的声音。我好不容易忍住没有喊出声来，季娜伊达则抖了一下，默默地看了看我父亲，缓缓地将手举到自己唇边，亲了亲手上开始变红的伤痕。父亲将鞭子丢在一边，急匆匆地跑上门廊的台阶，冲进屋去……季娜伊达回过身去，伸出双手，把头向后一仰，也离开了窗口。

一惊之下我呆住了，我心里怀着莫名的恐惧，开始向后跑，跑完整条胡同后，差点放过艾列克特里克，我才回到了河边。我什么也猜测不出来。我知道我这位冷静而善于克制的父亲有时会突然爆发出某种疯狂的情绪，但是我仍然怎么也搞不清楚我所见到的究竟是怎么回事……不过我当时就感觉到，不论我能活多久，要我忘却季娜伊达的这个动作，她的目光、笑容，是永远也做不到的，她的形象，这个新的、突然出现在我面前的形象，永远地印在了我的记忆里。我茫然地望着河水，不知不觉淌下了泪水。她在挨打，我想着，挨打……挨打……

"喂，你怎么啦，把马给我！"响起了我父亲的声音。

我木然地将马缰交给他。他跳上艾列克特里克的脊背……受惊的马前蹄凌空而立，向前一纵跳出约一丈半远……但是父亲很快就制服了它，他用马刺刺了它的两胁，又用拳头打了一下它的颈部……"唉，鞭子没有了！"他说道。

我想起了那根鞭子刚才发出的呼啸声，身子不由一颤。

"你把鞭子放哪儿啦？"过了不久我问父亲。

父亲没有答理我，自顾往前奔去，我赶上了他。我想我非要见到他的脸部不可。

"我不在你感到冷清吗？"他从牙缝里挤出话来。

"有点儿。你把鞭子掉哪儿啦？"我又问他。

父亲迅速瞥了我一眼。

"我把它扔了。"他说。

---

① 原文为法文。

他沉思起来，低下了头……这时我才第一次，也几乎是最后一次看见他那严峻的面容竟能表现出几多温情和惋惜。

他又纵马而去，而且我已追赶不上。我比他晚一刻钟回到家。

“这就叫爱情!”夜间我坐在书桌前又对自己说，这时书桌上已开始有练习本和书籍，“这就叫情欲！……按理说怎么能不发火呢，不管挨了谁的打，怎么受得了呢！……何况是挨了最亲爱的人的打！不过看起来，如果你爱上了他，是能够忍受的……而我呢……我想象……”

最近一个月我老了许多——我心里另有一种难以揣测、使我惶惑不安和无以名状的情绪。这种情绪仿佛一张美丽、然而威严的面孔，你在半暗不明中竭力想看清它，却做不到……我觉得在这样一种情绪面前，我的爱情，曾使我满怀激情和痛苦的爱情，似乎都不过是一种渺小、幼稚和不足挂齿的东西……就在这天夜里我做了一个奇怪而可怕的梦。我梦见自己向一个低矮昏暗的房间里走去……父亲手执鞭子站着，跺着双脚，季娜伊达蜷缩在角落里，不是她手上，而是在她额头，有一条殷红的鞭痕……在他们俩的后面浑身鲜血淋漓的别洛符索罗夫正在站起来，张开毫无血色的嘴唇，怒不可遏地向父亲发出威胁。

两个月后我进了大学，半年以后我父亲在带母亲和我刚迁到彼得堡以后不久，就在那里与世长辞(由于中风)。死前几天，他收到一封莫斯科的来信，这封信曾使他激动不已……他曾到母亲那里求她一件事，据说他，我的父亲，居然怆然涕下！就在他中风那天早上，他曾提笔给我写了一封法文信。“我的儿子，”他写道，“你应当惧怕女人的爱情，惧怕这样的幸福，这样的有毒的东西……”在他死后母亲往莫斯科寄了相当可观的一笔钱。

二十二

过了大约四年。我刚大学毕业，还不太清楚自己该从哪里起步，走向社会，只能暂时赋闲在家。一天晚上我在剧院里与马依达诺夫不期而遇。他已经结婚并且已在供职谋生，但是我看不出他有什么变化。他依然会无缘无故地激动兴奋，依然会突如其来地垂头丧气。

“您知道吗，”他对我说，“顺便告诉您，多尔斯基夫人在这里。”

“哪位多尔斯基夫人?”

“您怎么忘了？以前的查谢金娜公爵小姐，我们大家都曾爱上了她，您也一样。记得吗，在别墅，无愁园附近？”

“她嫁给多尔斯基啦？”

“不错。”

“那么她在这儿，剧院里？”

“不，在彼得堡，这几天她来到这里，准备出国。”

“她丈夫是何许样人？”我问。

“一个挺不错的年轻人，有财产，是我在莫斯科时的同事。您知道，出了那件事以后……想必这件事您该是知道得一清二楚的……（马依达诺夫意味深长地莞尔一笑）她要给自己找个对象还不容易……凭她的机智什么事都是可能做到的。去看看她，她见着您会很高兴的。她变得更漂亮了。”

马依达诺夫给了我季娜伊达的地址——台姆特饭店。对旧事的回忆在我心里蠕动起来……我向自己许愿明天就去拜访我昔日的“情人”，然而偏巧遇上一些别的事情无法分身，过了一个星期，又过了一个星期，当我终于去往台姆特饭店询问多尔斯基夫人时，方才得知，四天以前她因难产猝然而死了。

我心里仿佛被什么东西推了一把。我想到我本来是能见到她的，却没有见到她，而且永远也见不到她了——这个痛苦的念头与强烈的、无可抗辩的自责心情，进入了我的脑海。“她死了！”我木然地望着看门人重复说，于是静静地走到街上，漫无目的地走了。全部往事一下子浮上脑际，出现在我眼前。这个年轻、热烈、灿烂的生命原来就这样地结束了，她急急匆匆、激动不安地向往追求的原来是这样一个目标！我思索着这个问题，想象着那个亲切的面容，那双明眸，那鬈发——就在一个拥挤的箱子里，在潮湿黑暗的地下——就在离苟活着的我不远的地方，也许就离我父亲几步之遥……我努力调动自己的想象力，一直这么想着，想着：

我从无动于衷的嘴里听到死讯，
我无动于衷地将它倾听——①

我心里响起这两行诗句。哦青春啊！青春！什么事都和你毫不相干，你似乎拥有宇宙间一切宝藏，连忧愁对你也是慰藉，哀伤于你也恰到好处，你自信自负，目空一切，你说：只有我一个能活下去——走着瞧！而在你自己身边，岁月却在流逝，在无影

---

① 普希金1826年的抒情诗《在自己祖国蓝天下》中的诗句。

无踪、难以胜数地消失，而且你心中的一切都在消失，犹如阳光下的蜡块，犹如积雪……或许你魅力的全部奥秘不在于有可能做到一切——而在于有可能认为你做得到一切，——恰恰在于你趁势释放了你不会用于做任何别的事情的力量，在于我们每个人都认真地认为自己是个浪费时间的人，都认真地认为他有权说："哦，假如我不白白地失去时间，我会做出什么样的事来！"

当我只用叹息、只用心酸的感受刚刚送走昙花一现的我初恋的幻影时，这就是我……我所寄予的希望，就是我的期待，就是我所预见的丰富多彩的前景？

而我的全部希望里又有什么已经实现了呢？如今，当我的生命已经开始蒙上黄昏的阴影时，除了对于那转瞬即逝的早晨的春雷的回忆，我还剩下什么比这更清新、更珍贵的东西呢？

然而我自谗自谤是没有用的。即使在当时，在那轻浮的年轻时代，对于呼唤我的凄凉的声音，对于从坟墓那一边传到我耳际的庄严的声音，我没有置若罔闻。记得在得知季娜伊达死讯那天后又过了几天，出于我自己不可抗拒的强烈愿望，我到场替一个和我们住在同一幢房屋里的贫苦老妇人送了终。她盖着破衣烂衫，躺在硬板上，头底下枕着一只袋子，艰难、沉重地离开了人间。她在与每日每时的贫困的痛苦斗争中度过了一生。她没有看见过欢乐，也没有品尝过甜蜜的幸福——按理说，她怎么能不为死亡、为自由、为安宁而高兴呢！然而只要她那奄奄一息的躯体还在顽强挣扎，只要她的胸脯还在搁在上面的那只冰凉的手下面起伏，只要她还没有失去最后的一丝力气，老妇人还在画十字，还在轻声喃喃而语："上帝，请饶恕我的罪过吧。"只有当意识闪过最后一个火花的时候，对死亡惊恐与惧怕的表情才从她眼里消失。我记得，站在这个干瘦可怜的老妇人身边时我开始为季娜伊达感到害怕，我开始想为她、为父亲——也为自己祈祷。

（全文完）

狗

“……假如一种超自然的现象可能存在，而且它还会影响现实的生活，那么请问除此以外健全的理智应当起什么作用呢?”安东·斯捷潘内奇问道，同时把两手交叉着搁到了肚子上。

安东·斯捷潘内奇是五等文官，在某个公务繁忙的厅里做事，说起话来抑扬顿挫、慢条斯理、声音低沉，大家对他敬重有加。据妒忌他的人说，不久前他“捞到了一枚圣斯坦尼斯拉夫勋章”。

“这是当之无愧的。”斯克沃列伊奇说。

“对此不会有任何争议。”基纳列维奇补充说。

“我也有同感。”这家的主人费诺普连托夫先生从室内的一角附和说，他的声音尖尖细细，像吹笛子似的。

“不过，说实话，我不敢苟同，因为我自己就遇到过一件超自然的事。”说话的是个中等个子的中年男子，他挺着一个大肚子，秃顶，在此以前一直不声不响地坐在炉子的那一边。

室内所有的人都用好奇和疑惑的目光朝向了他——顿时变得鸦雀无声。

这男子是卡卢加一位并不富有的地主，不久前刚到彼得堡。他曾于兵部队服役，后来在赌博中输光了钱，就退役迁到乡下居住。最近经营上的变化[1]使他收入减少，于是他到首都来寻找适当的位置。他既无任何本事，又无任何关系，然而他坚定地寄希望于一位旧日同事的交情，后者无缘无故地突然飞黄腾达了，而他曾帮后者将一个赌棍痛打过一顿。此外他还寄希望于时来运转——命运确实没有辜负他——几天以后他谋得了国家储备仓库监督的位置，这是个肥缺，令人肃然起敬的职位，而且不要求非凡的才能。仓库本身只是存在于设想之中，更不用准确地知道人们用什么货色去填充这些仓库，它们不过是人们以国家经济机构的形式臆想出来的东西。

安东·斯捷潘内奇首先打破了大家呆若木鸡的局面。

---

① 指1861年俄国的农民改革，废除农奴制后地主不再享有农民的无偿劳动。

“我的阁下！”他开始说，“既然您不是随便戏说，而是肯定自己遇到过一件超自然的事，那我想问，是违背自然规律的事吗？”

“我肯定，我的阁下。”他回答说，他的正式名字是波尔非里·卡比东内奇。

“是和自然规律背道而驰的事！”安东·斯捷潘内奇激动地重复说，他显然因自己的这句话而沾沾自喜。

“正是……不错，就是您说的那种事。”

“这可是令人惊奇的事啊！先生们，你们怎么看？”安东·斯捷潘内奇竭力想使自己的脸部装出揶揄讽嘲的表情，但是没有用——或者说正确一点，这样说的结果只是让五等文官先生感到不是味儿。“阁下，可否劳驾您，”他转向卡卢加的地主继续说，“向我们转述如此令人好奇的事件的详情细节？”

“为什么不呢？可以！”地主答道，说着无拘无束地把身子挪向房间的中央，开始讲述这样一件事：

“各位先生，你们可能知道，也可能不知道，我在科泽利斯克县有一处不大的领地。以前我从那里多多少少有些收益，但是如今，当然是除了麻烦以外就无可指望了。不过在那儿可以对政治不闻不问！还有，我的这处领地上有一座‘小可山庄’，有菜园，照例有一个生长着鲫鱼的小池塘，还有几间房屋，自然也有一间供我这个有罪之人栖身的厢屋……这是一种单身汉过的生活。就这样，有一次，大约在六年前吧，我回到家已经相当晚了——我在邻居家打牌，不过请你们注意，我当时神志可清醒着呢。我脱了衣服躺下，吹灭了蜡烛。可是各位先生，请你们想象一下，我刚吹灭了蜡烛，就发现我的床下有响动！我想：是老鼠？不对，不像是老鼠。它在那儿蹭痒，打滚，挠痒……最后响起了噼里啪啦扇耳朵的声音！

“明摆着的事，是条狗。可哪来的狗呢？我自己不养狗。我想莫非是‘野狗’钻进屋里来了？我叫来了自己的仆人，他叫菲尔卡。仆人举着蜡烛进了屋。‘这是怎么回事？’我说道，‘你怎么搞得这样乱七八糟！让狗钻到我床底下了。’‘咋样的一条狗？’他说。‘我怎么知道？’我说道，‘你的本分就是别让人搅了老爷的安宁。’我的菲尔卡弯下腰，开始拿着蜡烛在床底下照来照去。‘可这儿，’他说，‘什么狗也没有哇。’我也俯身去看，确实没有狗。‘真是奇了怪了！’我转眼看着菲尔卡，他脸上挂着笑容。‘傻瓜，’我对他说，‘你龇着牙笑啥？说不定是你刚一开门，那条狗就一溜烟钻到前厅去了。而你这个马大哈却什么也没看见，因为你总是在睡大觉。你是不是认为我喝醉了酒啦？’他还想申辩，但是我打发他走了，自己把身子缩成一团睡了，这一夜再也没有听见什么。

“可是第二天夜里——你们想想——又是老方一帖。我刚吹灭了蜡烛，它又在抓挠，扇耳朵。我又叫来菲尔卡，他又到床底下看了一会儿——还是什么也没有！我把他支走，吹灭了蜡烛——呸，真见了鬼了！狗明明就在这儿。看是怎么一条狗吧，明明听见它在喘气，用牙齿在皮毛上啃咬，寻找着跳蚤。再清楚不过了！‘菲尔卡！’我说道，‘你到这儿来，别点蜡！’他进了屋。‘怎么样，’我说，‘听见了吗？’‘听见了，’他说。他这个人我看不见，但是我感觉得到这小子心里害怕。我说：‘你说这是怎么回事？’‘波尔菲里·卡比东内齐，您要我说是怎么回事？——闹鬼了呗！’‘你这个人，’我说道，‘神神叨叨的，不许说你那闹鬼之类的鬼话……’可是我们两个人说话的声音轻得鸟叫似的，在黑暗中我们俩在瑟瑟发抖，像打摆子似的。我点亮了蜡烛，既没有狗也没有任何声音——就我和菲尔卡两个人——脸色白得像瓷土。于是我把蜡烛点到了早晨。我跟你们说，各位先生，不管你们相不相信我说的，反正从那天夜里起的六个星期里同样的事在我身边曾反复出现。最后我倒反而习惯于把蜡烛灭了，因为点着亮我睡不着觉。我说让它折腾去！反正它不会害我。”

“我看你可不是个胆小鬼，”安东·斯捷潘内奇半含鄙夷、半含宽容地笑着打断他的话，“现在看出一个骠骑兵的样子了。”

“我要是您，我怎么也不会害怕的，”波尔菲里·卡比东内奇说，一时间他看上去真的像个骠骑兵了，“不过请您继续往下听。我的一个邻居来看我，就是我和他打牌的那个。他正好在我家里吃饭，就像上帝安排似的，输给我五十来个卢布，就算是来访的礼物吧。外面已经夜幕垂空——该打道回府了。但是我有自己的打算。‘你留下来，我说，在我这儿过夜吧，瓦西里·瓦西里伊奇。上帝保佑，明天你还能把钱赢回来。’我的瓦西里·瓦西里伊奇考虑再三，留了下来。我吩咐在我的卧室里给他搭了张铺——于是我们躺下了，抽了会儿烟，聊了会儿天——聊得最多的是关于女人的话题，这在单身汉的群体是十分相宜的题目，当然还笑了一会儿。我看见瓦西里·瓦西里伊奇灭了自己的蜡烛，转身把背向着了我，那就是说‘施施拉芬齐沃尔’[①]了。我稍稍等了一会儿，也灭了蜡烛。你们瞧：还没等我想现在要开场的是什么样的好戏，那宝贝就开始折腾了。它肆无忌惮地折腾开了，从床底下爬了出来，走过了房间，爪子在地板上走得笃笃响，摇晃着两只耳朵，突然一下子碰到了瓦西里·瓦西里伊奇床边的椅子！‘波尔菲里·卡比东内奇，’他说话的声音，你们知道吗？是那样镇定自若，‘我居然不知道你弄到了一条狗，是条什么狗？是猎狗吧？’‘我告诉你，我什么狗也没有，从来也没有过！’‘怎么没有呢？这个是什么？’‘什么这个？’我说道，‘你把蜡烛

① 是德语“晚安”一词在俄语中的拟音。

点起来,自己就明白了。'‘这不是狗?'‘不是。'瓦西里·瓦西里伊奇在床上翻了个身。‘是你逗着玩,见鬼?'‘不是,我没逗你。'我听见他嚓嚓地在划火柴,而那家伙丝毫没有收敛,正在自己身体的一侧挠痒。灯亮了……万事大吉!踪影全无!瓦西里·瓦西里伊奇瞅着我——我也瞅着他。他说:‘你变的什么戏法?'‘这个呀,'我说道,‘是这样的一种戏法:你就是让苏格拉底①坐在一边,让弗里德里希大帝②坐在另一边,他们俩也弄不清是怎么回事。'这时我就把所有的事都一五一十地告诉了他。我的瓦西里·瓦西里伊奇一听跳了起来!他仿佛被火烫着了似的!他的脚连靴子都怎么也对不准了。‘套马!'他喊道,‘套马!',我开始劝他,这是上哪儿去呀!他拼命大喊大叫:‘我一分钟也待不了!出了这种事,你真是个瞎胡闹的家伙!套马!……'不过我勉强把他劝住了。但是把他的床铺搬到了另一个房间,到处都点燃了夜间的小灯。早晨喝茶时他变得平静了些,开始给我出主意。‘你不妨离家外出几天,波尔菲里·卡比东内奇,'他说,‘说不定那害人精以后就不再来纠缠你了。'我应当告诉你们,我的邻居可是个聪明绝顶的人!顺便说一下,他把自己的丈母娘哄得可好呢——偷偷塞给她一张期票,当然是选在一个最能起作用的时刻!她变得对他言听计从,放心地把全部产业交给他打理——还有比这更美的事吗?他倒管教起丈母娘来了,这成何体统,啊?你们自己去想想。不过他从我那儿离开时有点不大高兴,我又让他破费了一百来卢布。他甚至骂了我,说你这个人忘恩负义,自己还感觉不到。可我哪儿得罪他了?当然这是不言而喻——我接受了他的建议,当天就驱车到了城里,住进了一个认识的老头,一个分裂派③教徒开的旅店。这老头是个受人敬重的人,虽然由于性格孤僻有点古怪,因为他家的人都死光了。但是他非常反感烟草的气味,对狗更是厌恶得不得了,譬如说,如果有人允许放狗进入屋子,那似乎是要了他的命!‘这怎么行!'他说,‘我堂屋的墙上挂的正是圣母像,现在却让不洁的狗把渎神的嘴脸对着她。'谁都知道这是种无知无识的说法!不过顺便说一句,我倒是持这样的观点:一个人生就了怎么样的头脑,就凭怎么样的头脑行事!"

"我看您是位了不起的哲学家,"安东·斯捷潘内奇含着同样揶揄的笑容再次打断了他的话。

---

① 苏格拉底(前469—前399),古希腊哲学家。

② 弗里德里希大帝(1688—1740),普鲁士皇帝。

③ "分裂派"是俄罗斯正教(即东正教,系基督教三大派别之一)"旧礼仪派"的别称。17世纪中沙皇阿列克赛委派尼康为牧首,实行宗教改革,修改经文和仪式,遭到教徒们的反对,后来反对改革的教徒们从官方教会中分离出去,这些人就被称为"分裂派"教徒或"旧礼仪派"教徒。下文中出现的"尼康派教徒"就是指赞同尼康改革的人。

波尔菲里·卡比东内奇这一次甚至皱起了眉头。

“我算什么样的哲学家——这还不好说，”他说道，阴沉的脸上胡子在微微抖动，“可是我倒很乐意让您学点道理。”

我们都紧紧地盯住了安东·斯捷潘内奇，每个人都在等待他作出傲慢的反驳或者哪怕是投过去闪电般的一个眼神……然而五等文官先生的冷笑由轻蔑变成了淡漠，然后打了个哈欠，把一条腿晃悠了一会——仅此而已！

“就这样我在这个老头那儿住下了，”波尔菲里·卡比东内奇接着说，“因为是熟人，他腾了一个房间让我住，算不得是最好的房间，自己却住到了这间房的隔板后面——可我呢，正好求之不得。但是那时候我却开始受罪了！房间不大，热得够呛，又气闷，还有苍蝇，黏糊糊的。一个角落里有个和平常不一样的神龛，供的都是古老的圣像，圣像上的金属饰片暗淡无光，鼓鼓囊囊的。屋子里闻到一股浓浓的油味儿，还有药味儿。床上有两条羽绒被。你一动枕头，下面就有蟑螂跑出来……我百无聊赖，不知喝了多少茶——简直是受罪！我躺下了，睡是睡不着的，因为房东在隔板后面哼哼唧唧、长吁短叹、祷告不停。不过最终还是安静下来。我听到他开始打鼾——是那么轻声轻气，按老式做派，彬彬有礼。蜡烛我早就吹灭了，只有圣像前的油灯还亮着……这可是睡觉的大碍！我马上就悄悄起来，赤脚走过去，我走到油灯前，吹了口气……‘嘿嘿！’我自忖道，‘大概在别人家里它不会来吧。’可是我刚躺到床上，吓人的声音又开始了！又是咯吱咯吱直响，又是挠痒痒，又是啪嗒啪嗒扇耳朵……反正该怎么着还是怎么着！好吧。我就躺在那儿等着，看它还有什么花招？我听见老头醒了。‘老爷，’他说，‘老爷？’我说，‘干吗？’‘是您把油灯灭了吗？’还没等我回答他突然就叽里咕噜说开了：‘这是什么？什么东西？是狗吗？是狗！你这个该死的尼康派教徒！’‘我说老头，你等会儿再骂——你最好自己来这儿瞧瞧。我说这儿的事才值得你大惊小怪呢。’老头在隔板后面摸索了一会，点着一根用黄蜡做的细得不能再细的蜡烛走到了我这边。看着他那模样，我吓了一大跳！他整个儿都显得蓬蓬松松，耳朵毛茸茸的，一双恶狠狠的眼睛像黄鼠狼似的，头上戴着一顶白色小毡帽，大胡子长得垂到了腰间，也是白糊糊的，衬衫外面套了一件钉铜纽扣的坎肩，脚上穿了双毛皮的靴子，而且他身上发出一股桧球果的气味。他就这么个样子走到了圣像前面，用两根手指画了三遍十字①，点亮了油灯，又画了一遍十字，然后向我转过身来，只哼哼唧唧地说了六个字：说吧，怎么回事？这时我毫不迟疑地把什么都告诉

① 尼康的宗教改革包括宗教礼仪的变化，画十字时由原来的用两根手指改为用三根手指，分裂派教徒坚持旧礼仪，仍用两个手指画十字。

了他。老头仔细地听完了我的解释，生怕漏了一个字，只是一个劲儿地摇脑袋。后来他坐到了我床沿上，但是一直没有吱声。他抓抓胸口，后脑勺和其他地方，还是没有吱声。‘怎么样，’我说道，‘费杜尔·伊凡内奇，你怎么想的？该不是闹鬼吧？’老头看了看我，‘亏你想得出！还闹鬼呢！要是在你这个吸烟人的家里闹鬼倒还行，可那是在这儿！你只要想一想：这儿供着圣像呢！你倒想起闹鬼来了！’‘既然不是闹鬼，那是什么？’老头又不吱声了，又抓挠了一会，最后还是开了腔，不过声音很轻，因为要防止唇须往嘴里去：‘你到别廖夫城去吧。除了一个人，谁也帮不了你。这个人就住在别廖夫，他是我们教派的。如果他想帮你，算你运气；要是不想帮，那就只能这样了。’‘可是我怎么找到他呢，这个人？’我说道。‘我们会告诉你怎么走，’他说道，‘但这怎么会是闹鬼呢？这是显灵，要不就是预兆，你还理解不了，你没到那道行。现在睡觉吧，托基督的福。我要点会儿香。到早晨咱们再聊，你知道一日之计在于晨。’

“就这样到早晨我们聊了一会儿——只不过那香差点儿没把我熏死。老头对我作了这样一番嘱咐：到别廖夫后我得走到一个广场，在右边第二个铺子找一个叫普罗霍雷奇的，找到普罗霍雷奇后就把便信交给他，所谓信那整个儿就是一张小纸片，上面是这样几行字：‘以圣父圣子圣灵的名义。阿门。谢尔盖·普罗霍雷奇·彼尔甫申收。相信这个人。赞奥杜里·伊凡诺维奇上。’下端写着：‘捎点儿白菜来，看在上帝分上。’

“我向老头道了谢——没有再多说什么，就吩咐套了马车，启程去别廖夫了。因为我是这么想的：就算昨夜的不速之客没有给我带来大的麻烦，但是仍然觉得心里发毛，而且对于一个贵族和军官来说这件事毕竟不太光彩，你们说呢？”

“难道您去别廖夫了？”费诺普连托夫先生轻声说。

“直奔别廖夫。我到了广场，在右首第二家铺子打听了普罗霍雷奇这个人。‘请问有这个人吗？’‘有，’他们回答说。‘他住哪儿？’‘在奥卡河边，菜园后面。’‘他住在谁家的房子里？’‘自家的房子。’我向奥卡河边走去，找到了他的房子，其实那称不上是房子，不过是一间简陋的小屋。我看到一个人身穿一件打补丁的蓝长袍，头戴一顶破帽子，从那外表看就是大俗人一个，他背对我站着，正在菜地里松土。‘您就是信上说的人吗？’我说。他向我转过身来——我千真万确地告诉你们，那样的一种能把对方一眼看穿的目光我有生以来从未见过。同时他那张脸小得像个拳头，下巴上的胡子尖得像个木楔子，两片嘴唇瘪了进去，是个老人。‘我就是您要找的人，’他说，‘您有什么事？’‘这就是我要找您的事，’说着我把信交到了他手里。他专注地望望我，说道：‘请进屋里去，我没有眼镜看不了字。’就这样，各位先生，我们就进了他的陋室——那可真是一间陋室，一贫如洗，家徒四壁，屋子歪歪斜斜，勉勉强强地支撑着。墙上有一幅写着古老字体的圣像,黑得像炭,只有脸上的一双眼睛是闪亮闪亮的。他从小桌子抽屉里取出一副铁框圆眼镜,架到鼻梁上,读了来信,透过镜片仍然看了看我。'您有事找我?''不错,'我说,'确实有事麻烦您。''哦,'他说道,'既然有事找我,那就说吧,咱们听听。'你们设想一下当时的情景:他自己坐下了,从口袋里掏出一块方格手巾,铺在大腿上——那手绢上有破洞——那么郑重其事地望着我,仿佛一位枢密官或大臣似的,而且不叫我坐下。还有更叫人奇怪的是我突然觉得害怕起来,心里是那么害怕……简直丢了魂似的。他那双眼睛仿佛用一根线把我穿了起来,当时的情势就是这样的!不过我还是回过了神来,就把我遭遇的事情原原本本告诉了他。他没有吭声,身子瑟缩了一会儿,用嘴唇嚼了一会儿,接着仍然像个枢密官那样威风凛凛、从容不迫地问我。'您的名号?'他说道,'年龄?家里的亲人是谁?单身还是已婚?'然后他又把嘴唇咂吧了一会儿,蹙紧了眉头,用一根手指指着,说道:'向圣像行行礼,向至尊至圣的索洛韦茨圣徒圣佐西玛和圣萨瓦吉耶[①]行行礼。'我向他躬身一拜匍匐到地——而且就这样拜着没有起来。我感觉内心对这个人是那么恐惧,那么恭顺,似乎他对我无论发出什么指令,我都会立刻照办不误的!……现在我看到你们,先生们,在笑我,可我当时却顾不上笑,真的。'起来吧,先生,'他终于说道,'可以帮助您。这不是上帝对您的惩罚,而是对您的告诫,这意味着对您的佑护,大概是有人在为您祈祷。现在您到集市上去为自己买条小狗,日夜不离地把它带在自己身边。您不会再有幻觉,此外,这条狗以后您会用得上的。'

"我似乎顿时豁然开朗了,听了这些话我心里是多么高兴!我向普罗霍雷奇鞠了一躬,正想离去,忽然想到我不能不表示谢意,于是从兜里掏出三卢布纸币。但是他把我的手从身边推了开去,对我说:'您把钱捐给我们的教堂吧,或者给穷人,这样的效力是无法报偿的。'我又对他鞠了一躬——几乎弯成了九十度——拔腿就向集市走去!你们想象一下:我刚开始向集市走去,就有一个穿绒面粗纺呢外套的人,用一条胳膊夹着一只猎犬的小狗崽迎着我缓缓走来,这小狗两个月大,皮毛是咖啡色的,嘴唇是白的,两只前爪也是白的。'别走!'我对穿外套的人说,'卖多少钱?''两卢布。''三卢布你拿着!'我把钞票塞给它,一把抱过小狗就乘上了马车!车夫利索地套好马,当晚我就到家了。一路上小狗崽一直坐在我怀里,一声也不叫,我却不停地叫它:'小乖乖特列佐尔!小乖乖特列佐尔!'我当即给它喂了食,饮了水,吩咐拿来麦秸,

---

① 索洛韦茨修道院是位于俄国北部白海沿岸索洛韦茨群岛中索洛韦茨岛上的古建筑群,系基里尔·别泽尔斯基男子修道院的修士佐希玛和萨瓦吉耶于15世纪创建。在17世纪时这里是分裂派教徒的活动中心,1668—1676这里曾爆发修士们反对尼康改革的起义,修道院被千余人的征讨队围困达八年之久,最后被攻破。

给它安顿了住处，然后自己马上钻进了被窝！我吹灭了蜡烛，变得一片漆黑。‘好啦，开始闹腾吧！’我说道。没声音。‘闹起来呀！没出息的东西！怎么一声不吭，就是笑一声也好呀！我现在不怕了。你来闹呀，你这个最不要脸的东西，没出息的，坏东西！’但是事与愿违，算了吧！我只听见小狗在呼呼睡觉。‘菲尔卡！’我喊道，‘菲尔卡！到这儿来，蠢材！’他进了房间。‘你听见狗走动了吗？’‘没听见哇，老爷，什么也没听见’——他说着自己还在笑。‘你再也听不见了！半个卢布赏给你买酒喝！’‘请让我吻您的手，’这傻瓜蛋说着摸黑向我走来……我跟你们说，我那快乐劲儿真是没法说。”

“就这么万事大吉啦？”安东·斯捷潘内奇说这话时已没有讽刺意味了。

“幻觉确实没有了——再也没有任何东西搅得人心神不宁了，不过请别着急，整个故事还没完呢。我的小乖乖特列佐尔开始长大——它变得奸诈狡猾了。它的尾巴粗粗的，身子沉甸甸的，耷拉着两个耳朵，嘴唇厚厚的，两个嘴角向下挂着，总之是条真正‘会追会冲的猎狗’，而且它特别黏我。我们这一带并不是打猎的好去处，不过既然带了狗，也只好把猎枪也备上。我开始带着我的特列佐尔四下里溜达，有时会打伤一只兔子（它已经会追赶这些兔子了，我的天！）有时会打着一只鹌鹑或者野鸭。然而主要的是特列佐尔跟着我寸步不离。我往哪儿它也往哪儿，我连进澡堂都带着它——真的！我们那儿的一位夫人就曾为这条特列佐尔要把我从客厅里赶出去，我于是闹出了大乱子——打碎了她的一些玻璃器皿！事情是这样的，有一次，这事儿发生在夏天……我告诉你们，那时候正遇上大旱，以往谁也不曾见过那样的旱情。空气里升起的既不像是烟，又不像是雾，弥漫着一股焦味，看上去一片灰暗，太阳就像一个烧烫的火球，你就是吸进了灰尘，也打不出喷嚏！人们走路时张大了嘴巴直喘气，就跟乌鸦似的。我关着百叶窗，就这么衣衫不整地成天坐在屋里，觉得闷得慌，顺便说一句，这时热浪已经开始消退……于是我，我的先生们，便去拜访我邻家的一位女士。在离我家一俄里的地方住着邻家的一位女士——她确实是位乐善好施的女士。她还正当青春年少，相貌也着实迷人，只是脾气有点反复无常，不过这在女人身上并非坏事，甚至还会给人带来快乐……就这样我来到了她家门口的台阶前——我觉得对我来说这一趟走得实在倒霉！我想现在尼姆福多拉·谢苗诺夫娜一定会招待我喝越橘茶，要不就是别的清凉饮料。我已经抓住了门把手，突然在仆人住的一间农舍的角落后面响起了脚步声，小孩的尖叫和喊声……我回头看去。我的天哪！一头身高体大的棕红色野兽正向我冲来，我一时间还认不出这是条狗——大张着的嘴巴，血红的眼睛，竖起的毛……我还来不及喘上一口气，这怪物就已经跳上台阶，后脚着地站了起来，直接扑向我的胸口——形势是多么危急！我吓得不会动弹，手也抬不起来，完全没了主意……我只看见鼻子前面雪白的獠牙,血红的舌头,上面都是泡沫。然而就在同一瞬间另一个深色的身躯像球一样腾空而起窜到了我面前,这是我亲爱的特列佐尔来保护我了,它像蚂蟥一样咬住了那头野兽的喉咙!那一头喉咙哑了,牙齿咬得格格响,急忙闪到了一边……我猛地一下推开门,走进了前厅。我站在那儿难以自持,用全身顶住了门锁,而在台阶上我听到正在发生一场绝命的战斗。我开始喊叫,求助,满屋子的人都慌作了一团。尼姆福多拉·谢苗诺夫娜披头散发地跑了过来,院子里人声嘈杂,蓦地里我听见有人喊:'抓住它,抓住它,锁上大门!'我打开门——开那么一点儿——我往门缝里瞧:台阶上已经没有了怪物,人们乱糟糟地满院子打转转,挥舞着双手,从地上捡起劈柴——见什么捡什么,全傻了。'到村里去了,逃进村去了!'头戴大得出奇的双角帽的一个女人从气窗里探出身子尖声叫道。我从屋里走了出去。'特列佐尔在哪儿?'我说道,当场就看见了自己的救星。它正从大门口走来,一拐一拐地,被咬得满身是伤,鲜血淋漓……'这究竟是怎么回事?'我向那些人发问,可他们却在满院子打转,跟疯了似的。'疯狗!'他们回我的话说,'是伯爵家的狗,以昨天起就一直在这里乱窜了。'

"我们有位邻居,就是伯爵,他从国外运来了不少挺吓人的洋狗。我的两条腿直打哆嗦,赶紧冲到镜子前看自己是否被咬伤了。幸好,托上帝的福,什么伤痕也没有,但是被吓得整个脸都铁青了。尼姆福多拉·谢苗诺夫娜躺在沙发上像母鸡一样叫个不停。这不难理解——首先是她的神经有问题,其次她生性敏感。不过她还是回过神来了,便有气无力地问我是否还活着。我告诉她我活着,是特列佐尔救了我。她说:'啊,这是多么高尚的行为!也许疯狗把它咬死了?''没有,'我说道,'没有咬死,只是伤得很重。''啊,'她说道,'在这种情况下应当立即用枪把它打死!''嗳,'我说道,'不行,这我可不答应,我要想方设法治好它的伤……'这时特列佐尔开始在门上抓挠,我正打算去给它开门。'啊,'她说道,'您这是在干什么?它会把我们大家都咬伤的!''请放心,'我说道,'毒素不会那么快就发作的。''啊,'她说道,'这怎么可能!您一定是疯了!''尼姆福奇卡,'我说道,'你安静下来,你听我给你说个理儿……'但是她突然大叫起来:'请离开这儿,马上带着您那讨厌的狗离开这儿!''好,我离开,'我说道。'现在就离开,'她说道,'立马就离开!走得远远的,强盗,永远也别让我再见到你。你自己就可能会得狂犬病!''很好,夫人,'我说道,'不过您得给我派辆马车,因为现在我可不敢步行回家。''给他,给他四轮马车,轿式马车,轻便马车,要啥给啥,只求他快点从我眼前消失。哎哟,那双眼睛!哎哟,他那双眼睛有多吓人!'说着这些话她出了房间,还打了迎面走来的使女一个耳光——我听见她又发作了。先生们,不管你们是否相信我说的,反正就从那一天起我和尼姆福多拉·谢苗诺夫娜的交往便中止了。在仔细思考了所有情况以后，我不得不加上一句话，由于这件事我应当感谢我的朋友特列佐尔的生死情义。

“于是我吩咐套车，把特列佐尔安顿到车里，就启程回家了。在家里我对它作了仔细检查，清洗了它的伤口，我还想明天天一亮就带它去找叶夫列莫夫县的老太婆。而这个老太婆其实是个老农民，这个人神神叨叨的，她对着水说悄悄话，另一些人解释说她是在往水里放蛇的毒液，再让人喝下去——痛苦就消除了。顺便说一句，我想在叶夫列莫夫给自己放放血——这对治疗受惊症往往很有用，只是当然不是从手臂，而是从虎口放血。”

“虎口是什么位置？”费诺普连托夫先生不好意思地怀着好奇心问。

“您难道不知道？就在这个位置，在拳头上，靠近大拇指的地方，从烟筒里往那里撒鼻烟的地方，就是这儿！这是首选的放血点，因为，您自己想想，从手臂放出的是血管里的血，而这里血已用过又用了。医生不知道这一点，也不会。他们这些吃闲饭的德国佬怎么会懂呢？这活儿干得最多的是铁匠。他们的动作有多利索！拿凿子对准了，用小榔头笃地一下——成了！

“……就这样，当我这么胡思乱想的时候，外面天已经全黑，该睡觉了。我躺到床上，特列佐尔当然也在旁边。但是不知是因为受了惊吓，还是因为气闷，或者因为跳蚤，还是思虑过度，我就是睡不着，怎么着也不行！心里烦闷极了，简直无法形容。我水也喝了，窗也开了，带意大利变奏调的喀玛林舞曲也用吉他弹了……还是不行！非得把我逼出房间去不可！最后我打定主意：拿起枕头、毯子和褥子，穿过花园向干草棚走去，于是在那里安顿下来。

“先生们，这样我倒舒坦了。夜静静的，静极了，只有微风偶尔像一只女人的手在你面部轻轻拂过，是那么清新，干草发出的气味犹如茶香，苹果树上螽斯在唧唧鸣叫；那里突然响起了鹌鹑的叫声，于是你觉得这鬼精灵和它自己的女友一起坐在露水里有多舒心……而天空的景色是多么迷人——星星在闪烁，有时飘来一朵白云，白白的跟棉花一样，而且那朵白云依稀在微微地飘移……”

故事说到这儿斯克沃列伊奇打了个喷嚏，基纳列维奇无论何时何地从不落后于自己的同伴，也打了个喷嚏。安东·斯捷潘内奇赞许地看了看他们俩。

“于是，”波尔菲里·卡比东内奇接着说下去，“我就这么躺着，可还是睡不着。我开始胡思乱想，想得最多的是那些深奥莫测的事：就说普罗霍雷奇向我解释预兆这件事吧，说得可准了，可为什么那样的怪事偏偏出在我身上呢？……我自己感到纳闷的是我根本理解不了。特列佐尔时而发出几声尖叫，在干草上把身子蜷缩成一团，该是伤口痛的。我还要告诉你们，是什么使我无法入睡——你们不会相信：是月亮。它就直接面对着我，是这么圆，这么大，黄黄的，平平的，使我觉得它正盯着我看，真的，而且那么肆无忌惮、死乞白赖地盯着我……最后我甚至向它伸出了舌头，真的。我想：你好奇什么呢？我转身避开它，可它却钻进我耳朵，照到我后脑勺上，就如雨水淋身一样照着我。我干脆睁开眼——看你怎么办？每一根草茎，干草里每一根讨厌的小树枝，最微不足道的小蜘蛛网，都被它勾勒得一清二楚，明白无误！我说好吧，让你瞧！我百无聊赖，就把头靠在手上，索性看起来。还是不行。你们信不信，我的眼睛像兔子眼一样，瞪得圆圆的，睁得大大的，仿佛它们就不知道睡觉是怎么回事似的。我但愿用这双眼睛把什么都吞吃下去。干草棚的门是敞开着的，可以望到大约五俄里远的田野，既清晰又不清晰，在月夜它常常是这样的。我就这样望着，望着，眼睛连眨也不眨一下……突然我仿佛觉得有东西晃动了一下——在很远很远的地方……似乎有什么东西在时隐时现地活动。过了不多久，又见一个黑影跳了过去——已经稍稍近了些，过了会儿又出现了，而且更近。我想这是什么呢？是兔子还是别的什么？不，我想，这家伙比兔子要大，而且跑步的样子也不同。我一看：黑影又出现了，而且已经像一个硕大的黑点在牧场（月光下牧场显得白茫茫的）上移动了。明摆着的事：是野兽，狐狸或狼。我的心揪紧了……可是你说我有什么可怕的？夜间在田野上奔跑的各种野兽还少吗？不过好奇心比恐惧心还要厉害，我稍稍抬起了身子，睁大了眼睛，但是我忽然觉得浑身一阵冷，竟僵住不动了，仿佛我从脚一直到耳根被埋进了冰窟窿，可为了什么呢？天晓得！我看见黑影正在不断地大起来，大起来，这说明它是直接冲着干草棚来的……现在我明白了，这确确实实是一头野兽，躯体大大的，脑袋大大的……它奔跑的速度像旋风，像子弹。天哪！这是什么？它一下子停住了，似乎感觉到了什么……不错，这是……这是今天的那条疯狗！是它……是它！天哪！而我却连稍稍动弹一下都不会了，也喊不出来……它一纵身向门口跳来，双目闪闪发光，嗥叫起来——踩着干草向我直扑过来！

可是我的特列佐尔却像头狮子一样从干草堆里冲了出来——已到了面前！它们俩嘴对嘴就这么紧紧地咬住了，而且扭成一团滚倒在地！这时发生了什么，我已记不清了。我一个翻身从它们身上跳了过去，飞速跑进花园，赶紧进屋跑回了自己卧室！……我几乎要钻到床底下去——这点不必隐瞒。可知我在花园里是怎么连蹦带跳地亡命而逃的？就像骑在马上陡立纵跳似的！看来，就是在拿破仑皇帝命名日跳舞的首席芭蕾舞女演员，在我面前也会自叹弗如。但是等我稍稍清醒过来，我马上把屋子里所有人都叫了起来，吩咐他们拿起武器，我自己拿了马刀和手枪。（坦白地说，我这把手枪是在农奴解放不久为了防备万一而买的，但是我碰到的枪贩子是这样一个骗子手，这把枪打三枪有两枪是哑枪。）于是我把这两样都拿在了手里，我们闹闹嚷嚷的一群人都拿着棍棒、举着灯火向干草棚进发了。我们徐徐靠近，大声呼喊着——什么回响也没听见。最后我们走进了棚子……可我们见到了什么啦？我可怜的小乖乖特列佐尔躺在地上死了，被咬断了喉管，而那头该死的东西却不翼而飞了。

这时，先生们，我像小牛犊哞叫一样号哭起来，而且我不怕难为情，要对你们说，我伏到两次救我性命的救星身上，久久地亲着它的脑袋。我一直处在这样的状态，直到我管仓库钥匙的老女仆（她也赶来闹腾了）使我头脑清醒过来。'波尔菲里·卡比东内奇，'她说道，'您干吗要为一条狗这么伤心？再说您可别着了凉！（我穿得非常单薄。）至于这条狗为了救您而牺牲了性命，那么这可以看做是它做了一件大善事！'

"虽然我不赞同普拉斯科菲娅说的话，却回到了屋里。那条疯狗第二天被卫戍部队的士兵开枪打死了。这么说来，它的这个结局也是命中有定了——这个士兵是平生第一次开枪，尽管他有因1812年而颁发的奖章。这就是发生在我身上的一件超自然的事。"

讲故事的人停住不说了，开始往烟斗里装烟丝。而我们大家却面面相觑，满脸困惑。

"也许您在生活中是非常遵守宗教训诫的，"费诺普连托夫先生刚开始要说下去，"所以会有这样的报偿……"然而说到这里他结巴了，因为他看见波尔菲里·卡比东内奇双颊绷紧了，涨得通红，而眼睛却眯了起来——眼看着一个人要扑哧一声笑出来了……

"假如一种超自然的现象可能存在，而且还会影响，这么说吧，现实生活，"安东·斯捷潘内奇开始说，"那么除此以外健全的理智应当起什么作用呢？"

我们中间谁也想不出怎么回答——所以我们依然是一头雾水。

旅　长

一

读者，你是否熟悉二十五年或三十年前在我们大俄罗斯乌克兰大量存在的那些不大的贵族庄园？现在这些庄园已不大能看到，再过十年光景它们中仅存的那几座恐怕也要消失得无影无踪了。那里有长满柳条和芦苇的活水池塘，那是忙碌操劳的鸭子的自由天地，有时小水鸭也会凑到身边和它们做伴；池塘的后面是伸展着椴树林阴道的花园，它是我们黑土平原上的美景和荣耀，里面有荒芜已久的种植过“西班牙草莓”的一畦畦土地，然后是长满醋栗、茶藨子、马林果树丛的密林，在这样的林子里，在中午无风的炎热中，在那令人困倦的时刻，必然会有戴着花头巾的年轻女仆的一闪而过的身影，传出她清脆的歌声；这里有建在细脚伶仃的柱子上的小栈房，暖房，拾掇得并不好的菜园，篱笆的桩尖上停着一群麻雀，在坍塌的井台附近还有一只蜷缩着身子睡觉的猫咪；再往前看是枝繁叶茂的苹果树，俯瞰着下部碧绿、上部灰白的高高的野草，还有稀稀落落、从不结果的樱桃树，梨树；接着是花坛，种有罂粟、芍药、三色堇、鞑靼忍冬、黑种草、野茉莉、丁香和金合欢，还有蜜蜂、熊蜂在发散着清香、稠密而有黏性的枝叶间不停地嗡嗡飞鸣；最后是主人的房舍，是一层的平屋，建在砖砌的台基上，狭小的窗户上装着绿莹莹的玻璃，平缓的坡型屋顶不知是什么时候涂的颜色，从凉台下伸出的栏杆装有两头细中间粗的圆形栅子，它与主体已经有点脱开了；房舍还带有一间歪斜的中央顶楼[①]，台阶下面的土坑里有一条从不会吠叫的老狗。房舍后面是个宽敞的庭院，四角长着大麻、艾蒿、牛蒡，院内有门户被手摸脏的杂用间，它的草屋顶已有多处漏洞，上面散落着几只鸽子和寒鸦，还有地窖，上面立着一根生锈的风向标；两三棵白桦树上端光秃的树枝上筑着白嘴鸦的窝。再过去就是大路了，路上车辙的两边积起了像枕头那么厚的松软的尘土；再就是田野，围住大麻地的长长的篱笆，灰不溜丢的农舍，从远处浸水的草地传来鹅的叫声……这一切你熟悉吗，读者？在主人的房舍内所有东西都有点儿歪斜，有点儿衰败，不过这没有关系！房屋还结结实实地挺立着，里面也挺暖和，炉子大得像头大象，家具是临时凑合，家里自制的；上过漆的地板上从门口开始有一条脚步走出来的白白的印痕；前厅里挂着关黄雀和云雀的笼

① 增建在住宅中间部分的顶楼，通常带阳台，这是流行于19世纪的俄式建筑。

子；餐室的一角有一口硕大的英国钟，样子像座塔楼，上面有题字：Strike-silent[①]；客厅里挂着主人的油画肖像，砖青色的脸上露出威严吓人的表情，有时也会挂有翘曲的古画，画上的内容要么是鲜花和水果，要么是神话故事的情节；到处散发着克瓦斯[②]的酸味，苹果、干性油和皮革的气味。苍蝇在天花板下面和窗台上嗡嗡叫个不停。镜框里活泼勇敢的普鲁士人会突然抖动一下他的唇须…… 不成问题，这儿可以住下来——甚至可以过得相当不错。

二

大约三十年前我就造访过这样的一座庄园……就像您所见到的，这件事已过去很长时间了。这个庄园坐落的那块不大的领地，属于我的一个大学同学。不久前这份产业因为他一位堂叔父的故世刚传到他手上，那位堂叔是个单身汉，本人没有在这儿住过……离这儿不远是一大片辽阔的沼泽地，那里在夏季候鸟飞来的时节栖息着许多中沙锥[③]。我的同学和我两个人都酷爱打猎，所以就说定在这儿相聚——他从莫斯科出发，我则从我自己的村子出发，在圣彼得节[④]前到他的小屋。我的朋友在莫斯科耽搁了，所以晚到了两天。他不在我就不想去打猎。接待我的是一位名叫纳尔基斯·谢苗诺夫的老仆人，他已被事先告知我要到来。这位老仆人可一点儿也不像“萨维里奇”或者“卡列布”[⑤]，我的同学叫他“侯爵”[⑥]。他身上有一种自信和敏感的气质，不乏自尊心——他看我们年轻人持居高临下的态度，对其他的地主也不怎么恭敬，对原先的那位老爷评价一般，而对自己的同类简直嗤之以鼻，说他们无知无识。他自己能读会写，表达正确，明明白白，而且不喝酒。他不大上教堂，因此被认为是分裂派教徒。他瘦瘦高高的个子，脸长长的，品貌端庄，鼻子尖尖的，眉毛下垂，所以他不停地时而把眉头皱一下，时而又把眉毛挺一下。他穿一件宽大整齐的常礼服，一双齐膝的靴子，靴筒上刻有心形图案。

---

① 英文，意为“打过钟点就保持沉默”。

② 一种用面包屑或麦芽经发酵后制成的清凉饮料。

③ 一种鸟，属鸻科，体长约35厘米，栖息于沼泽地，曾经是狩猎的对象。

④ 东正教节日，在俄历6月29日。

⑤ 萨维里奇是普希金的长篇小说《上尉的女儿》中主人公格里尼约夫的忠诚老仆人；卡列布是英国作家戈德温的小说《事物的本来面目，或卡列布·威廉斯历险记》中的主人公，也是个忠诚仆人。

⑥ 在俄语里“侯爵”一词的发音是“马尔基斯”，与本文中的老仆纳尔基斯仅一音之差，故开此玩笑。

三

在我到达的当天纳尔基斯端来早餐让我吃了,收拾好桌子,然后站在门口,专心致志地看着我,动了动眉毛,说道:

“先生,您现在打算做什么呢?”

“说真的,我不知道要干什么。如果尼古拉·彼得罗维奇说话算数,现在会到,我们就一起打猎去了。”

“也许先生您希望他现在能如约到家?”

“当然希望。”

“嗯。”纳尔基斯又看着我,似乎惋惜地摇摇头,“要不您想读点什么?”他接着说,“原来的老爷留下来一些书,如果您愿意,我去拿来,不过想必您不会去读它。”

“为什么?”

“这些书没什么意思,不是为今天的先生们写的。”

“你读过?”

“没读过我就不说了。比如说解梦……这算什么书?当然还有别的……只不过您还是不会去读的。”

“是什么书?”

“宗教书。”

我没有说话,纳尔基斯也不吭声。

“主要是我心烦,”我开始说,“这么好的天,却在家里干坐。”

“您到花园里走走去,要不到林子里走走。我们这儿在打谷场后面有片林子。您喜欢钓鱼吗?”

“你们这儿有鱼?”

“有,在池塘里。能碰上红点鲑鱼、黝鱼、鲈鱼。现在真正钓鱼的季节过了——已经七月了。不过,还是可以试试……您吩咐准备渔竿吗?”

“那就辛苦你了。”

“我派个小厮陪您……让他装蚯蚓。要不我自己也去?”显然纳尔基斯怀疑我一个人是否对付得了。

“咱们一起去吧,请一起吧。”

纳尔基斯笑眯眯地没有说话，不过他是张大了整张嘴在笑，接着他突然挺了挺眉毛……就走出了房间。

四

半小时后我们出门去钓鱼。纳尔基斯戴了一顶不常见的有护耳的便帽，变得更神气了。他走在前面，迈着平稳的步子。两根钓竿扛在他肩头，有节奏地晃动着。一个赤脚的小厮跟在他后面，拿着网兜和装蚯蚓的瓦罐。

“为了方便，水坝旁边的木埠上安放了一张长凳。”纳尔基斯开始向我说明，他望了望前方，突然叫起来：“哎呀！我们的两个倒霉鬼已经在这儿了……他们老往这儿来！”

我从他的脑袋后面探头望去，看见木埠上，正是在他提到的那张长凳上背朝我们坐着两个人——他们极其悠闲地在那里钓鱼。

“这是什么人？”

“邻居，”纳尔基斯怏怏不乐地回答说，“他们在家里没什么可吃的，所以到咱们这儿来讨食了。”

“那允许他们来吗？”

“原先的那位老爷允许的……难道尼古拉·彼得罗维奇会不允许……高个儿的那个是编外的教堂执事，完全是个不务正业的家伙，而那一个，比较胖的那个，是旅长。”

“怎么是旅长？”我惊讶地重复他的话。这位“旅长”的穿着似乎比执事的更差。

“我回您的话：是旅长。他以前家境不错。而现在有人出于慈悲才给他一角栖身之所，他才过上……这种听天由命的日子。可是话说回来，怎么办呢？好位置让他们给占了……得惊动惊动这两位贵客了。”

“别介，纳尔基斯，请别惊动他们。咱们就这儿在一边儿坐下，他们碍不着咱们。我还想跟旅长认识认识呢。”

“请便。只是说到认识……先生，您可别指望会得到多少乐趣。他理解力很差，和人说话也很迟钝……跟一个小婴孩差不多。可也是，都活到快八十了。”

“他叫什么？”

“瓦西里·福米奇。姓古西科夫。”

“那么执事叫什么呢?”

“执事吗? ……给他起了个外号,叫‘黄瓜’。在这一带大家都这么恭维他,至于他的真名实姓——只有天知道了! 是个不务正业的家伙! 绝对是个坏蛋!”

“他们住在一起吗?”

“没有,不在一起。是鬼……您知道……把他们俩拴在了一起。”

五

我们走到了木埠前面。旅长瞟了我们一眼,马上又把目光盯在了浮子上。黄瓜猛一下站起来,从水里拉出钓竿,脱下破旧的教堂职工帽,用抖抖索索的手摸了摸黄黄的硬头发,然后把手向旁边一伸,鞠了一躬,尴尬地笑了起来。他那微微浮肿的脸表明他是个酒鬼,眯起眼皮的一双小眼睛低三下四地眨巴着。他在自己邻座的腰部推了推,仿佛在告诉他该走了……旅长在凳子上动起来。

“请坐着吧,别感到不安,”我急忙说道,“你们丝毫影响不了我们。我们就坐在这儿,坐着就是了。”

黄瓜掩上自己有洞的肥大外衣的衣襟,扭动了一下肩膀、嘴唇和下巴上的小胡子……有我们在场他显然感到局促不安……他巴不得偷偷溜之大吉,但是旅长重新沉浸到了对自己浮子的观察中……“外来客”咳了两下,坐到了长凳的最边沿,把帽子搁到膝上,把两条光腿缩到自己身下,谦恭地把钓竿抛了出去。

“鱼儿咬钩吗?”纳尔基斯神气地问,一面慢慢地倒出绕着的钓丝。

“钓到了五条鲑鱼,”黄瓜用有气无力、干哑的声音回答,“不过他钓到了挺不小的一条鲈鱼。”

“不错,一条鲈鱼。”旅长尖声尖气地说道。

六

我开始专注地打量——不是打量他,而是他在池塘里的倒影。它像在镜子里一样,清楚地映现在我的眼前,略显得暗些,微微有些发白。宽阔的池塘向我们送来阵阵凉意，陡峭而潮润的岸边同样洋溢着一片清凉。在头顶上，凝聚不散的暑气仿佛可以触摸的重负一样，悬挂在金光灿烂、苍苍茫茫的蓝天和树丛上方，这时候，这样的清凉就令人心旷神怡了。木埠旁边的池水纹丝未动，在岸边的灌木丛映入水中的婆娑树影里，水蜘蛛像一颗颗亮晶晶的小纽扣，在闪闪发光，描画自己永恒不变的网圈。只是偶尔在浮子旁边漾起依稀可见的些许涟漪，那是鱼儿在和蚯蚓“戏耍”。鱼儿很少上钩，整整一个小时中只钓到两条鲑鱼和一条鮈鱼。我原本说不出为什么旅长会激起我的好奇心，因为他的头衔对我不起作用，破落的贵族在当时也无人看做稀罕之物，就是他的外貌本身也毫无引人注目之处。在把脑袋的整个上半部盖到眉毛和耳朵的那顶厚帽子的下面，露出了他红红的、刮得光光的圆脸，脸上有个小小的鼻子，两片小小的嘴唇和一双炯炯有神的小眼睛。这张温和、几乎稚气未脱的脸上透露出朴实的性格和内心的软弱，以及某种郁积已久的无助的忧郁。那双白白胖胖、长着短短手指的小手同样表现出某种无助和笨拙的东西……我无论如何也想象不出这位穷困潦倒的老人怎么会一度成为一名军人，指挥部队和发号施令，而且还是在威严的叶卡捷琳娜①时代！我望着他——有时他像婴孩一样鼓鼓腮帮，轻轻吹出一口气，有时像所有衰迈的老人那样病态地使劲眯起眼睛。有一次他把眼睛睁得大大的，抬起来望着……这双眼从池水深处盯着看我，他那忧郁的眼神奇怪地使我感到那么动人，那么意味深长。

七

我力图和旅长搭上话……但是纳尔基斯没有骗我，因为可怜的老人对别人的话确实不大会理解。他问我的姓氏，打听了两三次，想了想，又想了想，最后说：“你说我们这儿大概有过这么一个法官吧？黄瓜，我们这儿有过这么一个法官，是吗？”“有过，有过，老爷，瓦西里·福米奇大人，”黄瓜回答他说，后者总是像对一个婴孩那样和他说话，“确实有过。您的渔竿儿让我瞧瞧——您的蚯蚓大概让鱼给吃了……吃了，是吃了。”

“您和洛莫夫家族认识吗？”旅长突然用紧张的语气问我。

---

① 在叶卡捷琳娜二世统治时期俄罗斯成功地进行了对土耳其和瑞典的战争。

“哪一个洛莫夫家族?”

“哪一个? ——喏,费奥多尔·伊凡内奇,叶夫斯季格涅依·伊凡内奇,犹太人阿历克赛·伊凡内奇,还有,女强盗费奥多莉亚·伊凡诺夫娜……还有……”

旅长突然闭口不说了,低下了头。

“这些是他最亲近的人,”纳尔基斯俯身凑过来对我小声说,“由于这些人,正是他称作犹太人的这个阿历克赛·伊凡内奇,还有阿历克赛·伊凡内奇的一个妹妹阿格拉费耶娜·伊凡诺夫娜,可以说使他落得个倾家荡产的下场。”

“你干吗说阿格拉费耶娜·伊凡诺夫娜?”旅长突然叫起来,同时抬起了头,蹙紧了白色的眉毛……“你看着我这儿! 哪来的你说的阿格拉费耶娜? 阿格里平娜·伊凡诺夫娜——该这么叫她……才对。”

“对,对,对,对,老爷。”黄瓜刚要开始嘟囔。

“你难道不知道诗人米洛诺夫为她写过诗?”老人继续说道,突然迸发出完全出乎我意料的激情,“‘不是新婚的蜡烛被点燃,’”他拉长了声调朗诵起来,发所有的元音时都带鼻音,“安”和“恩”两个音节都像法语一样读成 an 和 en,从他的口中听到如此连贯的语言,有点不可思议。“‘不是火炬……’不对,这不是那首诗里的,这样才对:

‘不是正在朽烂的短命偶像①,不是苋菜,也不是斑岩,
使他们如此陶醉心欢……
在他们俩心中唯有一事……’

这可是说我们来着。你听见了吗?

‘在他们俩心中唯有一事不可阻挡,
让人心醉,让人倦怠,让人渴望:
用热血把彼此的激情培养!’

可是说你呢——阿格拉费耶娜!”

纳尔基斯半带轻蔑,半带冷漠地冷笑了一声。

---

① 根据俄文原著编者的注释,俄国感伤主义诗人米洛诺夫(1792—1821)的诗集出版于 1819 年和 1849 年,其中没有屠格涅夫在本小说中引用的这首诗。

“唉,你这个白痴!”他是说的自己。不过旅长已经把头又低了下去——渔竿儿从他手里脱出,滑落到了水里。

八

“怎么样,依我看,咱们的生意经不妙哇,”黄瓜说,“你看鱼儿压根儿不咬钩。已经很热了,咱们的老爷心情也不好了。看来——还是回家。这样会好些。”他从口袋里小心地掏出带木塞的铁皮小烟壶,把它倒过来,在自己的虎口上撒上些烟草末,一下子用两个鼻孔吸了进去……“哎,好烟啊!”他找着了感觉,便呻吟着说道,“刚才我愁得牙都疼了!好了,亲爱的瓦西里·福米奇,起来吧——该走啦!”

旅长从凳子上站了起来。

“你们住的地方离这儿远吗?”我问黄瓜。

“他住得不远……不到一俄里。”

“您允许我陪您走走吗?”我对旅长说。我不愿意他就这么走了。

他看了我一眼,露出了一丝笑容,那笑容显得很特别,有派头,有礼貌,又带几分做作,我不知别人见到这样的笑容有什么感受,我每次见到这样的笑容就会联想起头发上的扑粉,钉着人造宝石纽扣的法国式束腰长外衣(全然是十八世纪的装束)。他用老式的抑扬顿挫的语气说道:“非——常——乐意!”……接着又马上坐了下去。叶卡捷琳娜时代男舞伴的形象只闪现了一瞬间,就消失了。

纳尔基斯对我的打算感到纳闷,但是我不在乎他摇动那戴着有护耳帽子的脑袋表示非议,还是和旅长一起走出了花园,黄瓜搀着他。老人走得挺快,样子像装着两条假腿。

九

我们沿着两片白桦林之间长满野草的谷地,在一条被慢慢踩出来的小路上行走。烈日烤人,翠绿的密林里黄莺在婉转啼鸣,长脚秧鸡在小路的近旁发出唧唧叫声,淡蓝色的蝴蝶成群地在低低的三叶草白色和红色的花丛间翻飞,蜜蜂似乎犯困了,在静止的草丛间乱飞,发出无力的嗡嗡声。黄瓜振作起精神,兴奋起来。他害怕纳尔基斯,因为生活在他的眼皮底下。我对他来说是陌生人,外来客,所以他很快就和我相处得自由自在了。"我告诉您,"他打开了话匣子,"我们的老爷吃素,这没什么可说的,可光靠吃鱼,怎么填饱肚子呢[①]? 难道大人您不打算慷慨一下吗? 现在马上到拐角了,那里一家小饭馆里有上好的精粉白面包。要是您开恩,那么我这个罪孽深重的人现在就可以为您的健康长寿喝上一小瓶伏特加。"我给了他二十戈比硬币,我还没撤回自己的手,他马上就捧起来亲吻了。他得知我是来打猎的,就说起他跟一个军官很熟悉,"他有一把瑞典造明丁顿海尔牌猎枪,枪管是铜的,就像你的大炮! 一开枪,野味就吓得晕头转向了——那是法国兵落下的! ……还有他的狗——简直是大自然的奇异造物! 他本人对打猎喜欢得要命,对这一点神父倒无所谓——常和他一起捉捉鹌鹑——可教区的监督司祭却无休无止地折磨他。……至于纳尔基斯·谢苗内奇,"他拉长了语调说,"如果他认为我是这个世界上靠不住的人,对这一点我倒要向您禀告:他的眉毛挂得比黑琴鸡的尾巴还长,还以为凭这一点他就有了满肚子的学问。"这时我们就来到了小饭馆前面。这是孤零零的一间乡村小屋,没有后院,也没有贮物间。窗下躺着一条蜷曲起身子的瘦狗,一只母鸡就在狗的鼻子前面的尘土里抓爬。黄瓜让旅长在贴墙的土台上坐下,一眨眼就进了小饭馆。在他买面包和酒的时候,我的目光一直没有离开旅长,天知道为什么,我总觉得他是个谜。"在这个人的生活中,"我思忖道,"也许发生过不同寻常的事件。"可他却仿佛根本没看见我似的。他弓着背坐在土台上,一面用手指整理着从我朋友家花园里采的几枝石竹花。黄瓜终于回来了,手里拿着一串面包。他出现的时候满面通红,汗涔涔的,露出惊喜的表情,犹如刚发现了一样使他异常快乐、他意想不到的东西。他立马建议旅长吃点儿面包,那一位也吃了。我们又继续往前走。

十

由于伏特加下肚,黄瓜正如常言所说,完全"醉"了。他开始哄旅长,后者继续在匆匆赶路,像装着假腿似的摇摇晃晃走着。

---

① 按俄国人的观念,鱼属于素食,牛奶和肉才是荤食。

"老爷,什么事让您不高兴,干吗垂头丧气的?要不我给您唱个曲儿。您立马心里就舒坦了……您不在意吧?"他转而对我说,"我们老爷挺逗的,哦,老天!昨天我看见一个娘们在木埠上洗裤子,而且碰见的是个肥婆,而他正站在她后面,结果笑得没了力气,真的!……现在我就来唱,那首关于兔子的歌您知道吗?您别看着我,觉得我长相难看。我们这儿城里有个茨冈女人,其貌不扬,可唱起歌来,好听得要命!"他张大了自己潮润、鲜红的嘴唇,歪着头,闭上眼睛,抖动着山羊胡子,唱了起来:

兔子躺在树丛下睡觉;
猎人骑马在原野上奔跑……
兔子躺着大气不出,
可耳朵却听得清楚——
死神就要来光顾!

猎人呀我何事惹你们烦恼?
还是何事害你们把罪遭?
虽然我常在菜园蹦跳,
也只吃菜叶把肚子填饱——
再说又不在你们家园里头!
我说的难道不是理由!

黄瓜唱得更来劲儿了:

兔子跳进了阴暗的森林——
把尾巴朝向了猎人。
猎人呀请多多原谅,
我只能让尾巴亮相——
我可不属你们所有!

这时黄瓜已不在唱歌……他发出了大声呼唤:

猎人们从白昼跑到明日天亮……
把兔子的行为仔细思量……

人人都把自己的意见发，
又彼此指着对方咒骂：
兔子不是我们所有！
这就是它骗我们的理由！

黄瓜唱每一节的前两行用的是悠扬的声调，其余三行则相反，唱得十分轻快有力，而且优雅地连蹦带跳，双脚交换着步子，到一节末了时步法就乱了，也就是脚后跟踩到了自己。放声喊出“这就是它骗我们的理由！”后，他翻了个跟头……他的预料没有错。旅长轻声笑了起来，笑出了眼泪，而且笑得那么会心，连路都走不下去了，便轻轻地坐下来，用双手轻轻地拍打着膝部。我看到他涨红了脸，面部抽搐扭歪了，也正是在这一刹那间，对他的怜悯之心在我心里油然升起。黄瓜陶醉在自己的成就之中，跳起了蹲腿舞[①]，不停地哼着：“施尔得—布得尔得和纳奇基—奇卡尔得！……”最后他鼻子碰着了地……旅长突然止住了笑声，开始一拐一拐向前走。

十一

我们又走了大约四分之一俄里。一条不深的冲沟边沿出现了一个小村庄。在村庄的一边望得见一间“小厢屋”，它的屋顶已破败不堪，上面立着一个孤零零的烟囱。厢屋内两个房间中的一个是旅长的居所。小村的领主，五等文官洛莫夫的妻子，长住彼得堡，她把这个角落划给旅长栖身——这和我后来了解到的是一样的。她吩咐按月发给他一份口粮，还从住在同村的女仆中派一个弱智的姑娘照料他的生活，这女仆虽然理解人的话语有问题，但文官夫人认为擦地板和煮菜汤的活她还是干得了的。在厢屋的门口旅长又对我露出了刚才那种叶卡捷琳娜时代的笑容，那是在问我是否方便进他的寒舍小坐。室内的一切显得极其肮脏和寒酸，那种肮脏和寒酸的程度，使旅长从我的面部表情就发现了他的住处给我产生了什么样的印象，所以耸了耸肩，眯缝起眼睛说：“赛—奈—帕……奥尔—德—配尔得里。”他究竟要告诉我什么，我至今仍然不明不白……我开始用法语和他交谈，但是没有得到他用这种语言表达的回应。住所内两

---

① 俄罗斯、乌克兰的一种民间舞蹈，跳时两腿下蹲，在跳跃中交替着把腿前伸再收拢。

件东西尤其使我感到惊讶:一件是装在黑边镜框内的一枚硕大的军官乔治十字勋章,上面盖着玻璃,有用古老字母书写的题词:“因1794年攻占布拉加之战[①]授予契尔尼科夫·代尔菲尔登团上校瓦西里·古西科夫”。另一件是一位漂亮黑眼女子的半身油画肖像,她有一张椭圆形的黝黑面孔,高高耸起、扑上粉的头发,鬓角和下巴上贴着俏皮膏[②],穿一身鲜艳的透花筒式连衣裙,裙上镶有浅蓝色皱边,是八十年代的装束。肖像画得很蹩脚,不过也许很像:这张脸上洋溢着极富生气和不容置疑的表情。脸上的目光并不向着看画人,却像在躲避他,而且不带笑容。狭窄的鼻梁,端正而扁平的双唇,几乎成直线状的紧蹙的浓眉都流露出颐指气使、目空一切和急躁易怒的脾性。不用花什么力气,就想象得出,这张脸会突然之间激情奔放或勃然大怒。画像正下方的床头小几上有一束插在厚玻璃罐内的半枯萎的普通野花。旅长走到小几跟前,把他带来的几支石竹花插入罐中,向我转过身来,向画像的方向抬手一指说道:“阿格里平娜·伊凡诺夫娜·捷列金娜,按娘家姓是洛莫娃。”我记起了纳尔基斯说的话,便加倍注意地去端详那张生动而不善的女人面孔,她曾使旅长失去全部家产。

“旅长先生,我看到您是攻克布拉加之战的参加者,”我指着乔治十字勋章,开始说话,“而且荣膺军功章,这种勋章在任何时候都是难得颁发的,那时候更不用说了。您可能还记得苏沃洛夫吧?”

“是亚历山大·瓦西里伊奇吧?”旅长静默了一会儿,似乎在凝神回忆,然后回答说,“怎么不记得呢?我记得他是个性情活泼的小老头。你站着纹丝不动,他却来来回回不停走动(说着旅长哈哈笑了起来)。他骑着一匹哥萨克的战马进入华沙城,全身的衣服上饰着钻石,却对波兰人说:‘我没有带表,落在彼得堡了,没有,没有!’可波兰人却喊道:‘万岁!万岁!’这些人真怪!唉!黄瓜,小子!”他突然改变了语气,提高了声音补充说(喜欢寻开心的教堂执事留在门外没有进来)。“面包呢,在哪儿呢?去对格鲁恩卡说……就是拿点克瓦斯来也好!”

“这就去,老爷。”听得出是黄瓜的声音。

他把一串面包交给旅长,走出厢屋后到一个破衣烂衫、蓬头散发的人跟前——想必就是那个叫格鲁恩卡的姑娘,根据我透过蒙尘的窗户看到的情况判断,他是在向她要克瓦斯,因为连续几次用一只手握成筒状凑到嘴边,另一只手比画着向我们这边挥动。

---

① 布拉加是波兰首都华沙城郊的地名,位于维斯拉河右岸。1794年11月4日由俄国统帅苏沃洛夫指挥的军队根据沙皇政府的命令,为镇压由杰出的爱国者科斯丘什科领导的波兰起义,攻占此地。

② 这是欧洲古老的摩登习俗:用一小块黑色膏药或塔夫绸贴在脸部冒充“美人痣”。

十二

我又试图与旅长交谈。然而他显然是走累了，呼哧呼哧地喘着气坐到了板床上，唉声叹气地嚷嚷："哎哟，哎哟，骨头，骨头都痛了。"一面解下袜带。我记得当时感到很惊讶，怎么男人也用袜带？我没有想到以前所有人都用袜带。旅长开始毫不掩饰地哈欠连连，而且神情呆滞的眼睛一直定定地看着我——只有很小的孩子才这样打哈欠。看来可怜的老人甚至没完全听明白我的问题。可他曾经攻占过布拉加！他曾长剑出鞘，冒着硝烟，脚踩风尘，冲在苏沃洛夫指挥的军队的前列，头顶飘扬着弹痕累累的战旗，脚下躺满形象歪曲的死尸……他……是他？这不令人惊异吗？不过我仍然觉得在旅长的一生中发生过更为不同凡响的事件。黄瓜拿来了一些盛在一只长柄小铁勺里的克瓦斯，旅长迫不及待地喝了下去——他的两只手在瑟瑟颤抖。黄瓜托着铁勺的底部。老人努力用两个手掌擦干净自己无牙的嘴巴，接着重新注视着我，一面嚼动和咂吧着双唇。我明白是怎么回事了，便深深鞠了一躬，退出了房间。

"现在他要睡觉了，"黄瓜在我后面边走边说，"今天他累坏了，早晨去了趟墓地。"

"谁的墓地？"

"去给阿格拉费耶娜·伊凡诺夫娜上坟……她葬在本地的教区公墓，离这儿大约五俄里。瓦西里·福米奇每星期一定去看她。是他给她下的葬，还用自己的钱给墓做了一个围栏。"

"她去世很久了吗？"

"是呀，算来快二十年了。"

"她是他的恋人，是吗？"

"和她过了一辈子……您别不信！说实在的，我自己并不认识那位太太，不过听说他们之间确有那档子事！先生，"看到我要转身离去，他急忙补充说，"您不发发慈悲，不赏点儿酒钱吗？要不我可要回我的破草棚去了——而且是钻到那条粗呢毯子下面睡觉。"

我认为已经不需要向黄瓜打听什么了，又给了他一个二十戈比的硬币，就回家了。

十三

在家里我找纳尔基斯了解情况。不出所料，他扭捏了一阵，摆了阵架子，说我对这样一些琐屑小事会感兴趣，真使他惊讶不已，最后把自己知道的事都说了出来。我听到了以下情况：

瓦西里·福米奇·古西科夫在莫斯科结识阿格拉费耶娜·伊凡诺夫娜·捷列金娜是在大败波兰军之后不久，她的丈夫在总督手下当差，而瓦西里·福米奇正在休假。他当时就爱上了她，但是没有退伍，因为他单身一人，才四十岁左右，而且家有产业。她丈夫不久就去世了。他死后她既没有子女，而且一贫如洗，还背了一身债务……瓦西里·福米奇得知她的景况后就赶紧退伍供职（他退伍时被授予旅长的军职），找到了自己倾心相爱的小寡妇，当时她刚过二十五岁。他替她还清了所有债务，赎回了领地……从此他和她便形影不离，最后住到了她家里。她似乎也爱上了他，却不愿意嫁给他。说到这儿纳尔基斯指出，"已故的她是个任性的女人，说她觉得自己的自由比什么都珍贵。"她在利用他，她方方面面都在利用他——他把自己所有的钱都像蚂蚁一样不断往她家里搬。但是阿格拉费耶娜·伊凡诺夫娜的任性有时会超出寻常的范围，因为她生性粗鲁，手段严厉。有一次她把自己的侍童推下了楼梯，后者摔断了两根肋骨和一条腿……阿格拉费耶娜·伊凡诺夫娜吓坏了……马上吩咐把侍童关进贮藏室，从此她自己就待在家里不出门，贮藏室的钥匙也不交给任何人，直到里面不再有呻吟声……侍童被悄悄地埋了……"如果这件事发生在叶卡捷琳娜女皇治下，"纳尔基斯弯腰凑近了悄悄补充说，"也许就这么过去了，当时许多这样的事情都被包起来无人知晓，可那是……"这时纳尔基斯挺直了腰杆，提高了嗓音，"当时正好泽被四方的一代明君亚历山大皇上[①]登了基……于是打起了官司……来了法院的人，挖出了尸体……还发现这里有参战的军功章……乱子就闹大了。您想会怎么样呢？瓦西里·福米奇把什么都揽到了自个儿身上，说：'过错在我，是我推了他，把他锁了起来。'现在所有的法官、法院的人员、警察……都把罪名加到了他头上，我告诉您，一直折腾到把他口袋里的最后一个子儿掏光为止。不，还不止，他们还抓住不放。一直闹到法国人来之前还在找他麻烦——眼看着法国人打到我们俄国了，这才撤了

① 指俄皇亚历山大一世（1777—1825），女皇叶卡捷琳娜二世的孙子，在他父亲俄皇保罗一世被杀的1801年登基，执政之初的措施带有自由主义色彩，曾想从法律上废除农奴制，后来渐趋反动。

手。可是他却确保了阿格拉费耶娜·伊凡诺夫娜安然无恙——真是这样的,应当说是他救了她。后来,直到她去世,他都住在她家里,据说她对他——也就是旅长——随意使唤,派过他徒步从莫斯科赶往乡下——也就是去收租,真有这样的事。为她,就是那个阿格拉费耶娜·伊凡诺夫娜,他和一个叫古赛·古兹的英国绅士打过架,英国绅士只好口头道歉。就在这时旅长从那里失足摔了下来。现在他当然算不得什么人物了。"

"这个使他破产的犹太人阿历克赛·伊凡内奇是谁?"我问道。

"阿格拉费耶娜·伊凡诺夫娜的哥哥。这是个贪得无厌的人,简直就是个犹太人。向自己的妹妹放债收利息,而瓦西里·福米奇却做了她的担保,也替她还清债务……真要命!"

"那么女强盗费奥多莉亚·伊凡诺夫娜呢?这……又是什么人呢?"

"也是姐妹……也是滑头。她被人称作'枪尖'……可厉害啦!"

十四

"原来这儿出了个维特[①]",第二天我重新去旅长住处的时候,这样想。我当时很年轻,也许正是因此我才认为不应该去相信爱情的持久性。我还在为自己听到的故事所震惊、困惑,所以我非常想把老人激起来,打开话匣子。"一开始我还是要向他提起苏沃洛夫,"我暗自思量着,"在他身上应当隐藏着往日的激情,哪怕一丁点儿火花,然后等他话多了,再把话题引到这个——叫什么来着?——阿格拉费耶娜·伊凡诺夫娜身上。对'夏绿蒂'[②]来说这个名字太古怪了——阿格拉费耶娜!"

我在一个小小的菜园中间碰见了维特·古西夫,离厢屋几步远的地方,在一堵长满了荨麻的旧木墙旁边,那里原来要盖小木屋的,却从来没有盖起来。在这木墙上层的几根发霉的原木上,几只瘦弱的小火鸡叽叽叫着走来走去,不停地脚下打滑,扑棱着翅膀。在两三垅地上长着一些瘦瘠的绿色植物。旅长刚从地里拔出一棵小胡萝卜,夹在自己胳肢窝里来回擦干净,然后就开始啃它细细的根部……我向他欠身致意,问他身体怎么样。

---

① 德国诗人歌德的作品《少年维特之烦恼》的主人公。

② 指夏绿蒂·布符,是歌德青年时代恋爱过的姑娘,后来成为《少年维特之烦恼》中女主人公绿蒂的原型。

他显然没有认出我，虽然也回了礼，也就是把手举到了帽檐，但还在咀嚼胡萝卜。

“今天您不来钓鱼吗?”我开始说，希望用这个问题让他想起我这个人的样子。

“今天?”他重复了这两个字，沉思起来……而塞进嘴里的胡萝卜却在一点点变短，“那是黄瓜去钓鱼了！……不过我钓鱼也是得到许可的。”

“当然，当然，最尊敬的瓦西里·伊凡内奇……我不是为这个……可是您不感到热吗……这样站在太阳下?”

旅长穿着一件厚棉袍。

“什么? 热?”他似乎没有听懂，又重复了一下，在把胡萝卜完全吞进肚子后，心不在焉地向上望着。

“您是否方便进寒舍小坐?”他突然开腔说话了。看来可怜的老人只有这句话会说。

我们从菜园走了出来……然而这时我突然停了下来。在我们和厢屋之间站着一头大公牛。它低头触到了地面，恶狠狠地用眼睛扫视着，艰难而吃力地从鼻孔出着粗气，同时迅速弯起一条前腿，用自己开成两半的大蹄刨起尘土，将尾巴往自己身体的两侧抽打，突然它稍稍后退了一下，顽强地抖动着领毛蓬松的脖子，发出哞哞的叫声，那叫声不响，却是哀怨而吓人的。我承认我不知所措了，但是瓦西里·福米奇极为镇静地走上前去，用严厉的声音说道：“嗨，你这个乡下佬，”说着挥了挥手帕。公牛又后退了几步，把两只角低下来，然后突然闪到旁边，把脑袋一左一右摇晃着，跑开了。

“他真的攻下了布拉加。”我想道。

我们进了房间。旅长从汗涔涔的头上脱下帽子，长叹一声：“哎哟！……”坐到椅子的边缘……低下了头……

“瓦西里·福米奇，我到府上，”我开始了自己转弯抹角的外交辞令，“其实是因为您曾经在伟大的苏沃洛夫麾下从事，而且如此重大的一些战事都亲历了，所以我对其中的详情细节非常感兴趣……”

旅长专注地看着我……他的脸上显露出奇异的兴奋表情——我已经在期待他说出即使不是一段故事，至少也应该是赞同和有同感的言辞……

“可是先生，我是很快要入土的人了。”他压低了声音说。

我说不下去了。

“瓦西里·福米奇，”我终于开口说话了，“您怎么，您为什么要……这么想呢?”

旅长突然一上一下地挥动起自己的双手来——仍然是小孩儿似的动作。

“是因为，先生……我……也许您知道。我怎么也逮不住已故的阿格里平娜·伊凡诺夫娜——愿她的灵魂进入天国——我一直在追赶她，可总逮不住她。昨天夜里我看见她这样侧身站在我面前，笑着……我立马向她跑去，而且逮着了她……她似乎把整个身子向我转了过来，对我说：‘好啦，瓦谢恩卡[①]，现在你把我逮住了。’

“您从中得出什么结论呢，瓦西里·福米奇？”

“先生，是这样的结论：看来我们要在一起了。而且我向您禀告，谢天谢地，感谢上帝，荣耀归于圣父圣子圣灵（旅长唱了起来）——从今直到永远，阿门！”

旅长开始画十字。我再也无法从他那里了解到任何东西，所以就离开了。

十五

第二天我的朋友到了……我向他提到了旅长，提到了我对他的造访……“哎呀，是吗！那还用说！我知道他的故事，”我的朋友回答说，“我和五等文官的夫人洛莫娃也十分熟悉，多亏她的慈悲为怀，他在这儿有了个栖身之所。对了，你等等，我这儿好像应该保存着一封他的信，就是写给那位五等文官夫人的。由于这封信她拨给了他一角之地。”我的朋友在他的文书里找了一会，真的找到了旅长的信。就是那封信，除了有拼写错误，倒是一字不落。旅长和那个时代所有的人一样，把字母 e 和另一个发音相同的字母相混淆，还写过一些拼写有误的词。保留这些错误没有必要，因为他的信本身就带有自己时代的印记。

仁慈的夫人
拉伊萨·帕甫洛夫娜大鉴：

由于我的一位朋友，您的姑妈的故世，我有幸给您奉上二函，首函写于一八一五年六月一日，次函写于七月六日，而她逝于当年五月六日。在上述二函中我向您袒露了我的心情，这些心情因忍受极度的污辱而倍显痛苦，充分描述了我在伤痛之余理所当然的绝望情绪。这两封信函均通过官方邮局挂号寄发，因而毋庸置疑已达尊览。信中我坦率地希望您给予我仁慈的关怀，然而您的同情之心尚迟迟未至我这苦命之人！在我唯一的朋友阿格里平娜·伊凡诺夫娜撇下我以后，在极度灰心和贫困的处境中，我只能按她所

---

① “瓦谢恩卡”是“瓦西里”的简称，“瓦夏”的昵称。

嘱，把我的全部希望寄托在您的同情之上。她在感到自己大限将至之时，对我说的正是这几句类似临终嘱咐的话语，这些话我将永铭不忘："我的朋友，我是害你的蛇，是造成你一切不幸的罪魁祸首，我感觉得到你为我作出了多大的牺牲，为此我使你陷于多灾多难和一贫如洗的境地。我死后你去找拉伊萨·帕甫洛夫娜，"——也就是找您，"向她求助，恳求！她有一颗同情之心，对此我有信心，她不会对你这个孤苦无告之人弃之不顾。"夫人，愿至高无上的造物主作证，请相信这是她说的话，而我是用她的语言来表达的。因此，由于确信您的高尚德行，我才首先给您写了我那两封发自肺腑、开诚布公的信函。然而长久等待以后未获回音，我只能认为您高尚的心灵对我尚未关注！您对我如此不屑一顾的态度更使我陷于绝望之中——我这个不幸之人该向何处、何人求告呢？——我不得而知。思考的能力已荡然无存，灵魂已然迷失，在我行将毁灭之际上天更乐于以最为残酷的方式将我惩罚，使我转而想到您已故的姑妈费奥多莉亚·伊凡诺夫娜，阿格里平娜·伊凡诺夫娜异父同母却不同心的姐妹！在想到自己为你们整个洛莫夫家族已经忠诚地奉献了二十年——尤其是为费奥多莉亚·伊凡诺夫娜，她称阿格里平娜·伊凡诺夫娜为"我的知心朋友"，此外别无他称，称我为"我们家族最尊敬的保护者"，——在充满叹息和泪水的寂静而悲哀的不眠之夜，当我想到这一切的时候，我心里思忖着：好啦，旅长！看来应该是这样一个结局！而当我以自己的书信向费奥多莉亚·伊凡诺夫娜一个人求助时，我得到她确切的文书，说会让我分享最后的一口饭食！她极其欣喜地接受了我带给她的价值超过五百卢布的礼物，而我作为自己生活费用带去的钱，费奥多莉亚·伊凡诺夫娜不便作为自己经管的财产，便以代为保存的形式收下了。她估计我对此不会提出异议。如若您向我询问：我如此的信任来自何处又壤缘于何因，——夫人，这个问题的答案只有一个：她是阿格里平娜·伊凡诺夫娜的姐妹，是洛莫夫家族的血脉！唉，无话可说！这笔钱不久我就丧失净尽，而我寄托在她身上的希望——企盼她与我分享最后一口饭食的希望，原来只是镜花水月，徒托空愿——她这位费奥多莉亚·伊凡诺夫娜把我的财产都攫为己有了。就在她的命名日，二月五日，我花五十卢布送给她一块法国产的绿色衣料，每俄尺①的价格是五卢布，我自己也得到她的回赠：价值

① 1俄尺合0.71米。

五卢布用以做坎肩的一块白色凸纹布和一块薄纱围巾,这两件礼物都是当我的面所购,而且我知道是用我的钱支付,这就是根据费奥多莉亚·伊凡诺夫娜的恩赐,我所享受的一切!这就是她所说的最后一口饭食!我还可以继续揭露费奥多莉亚·伊凡诺夫娜对我所做的所有善事的真相,——也附带地包括我自己所做的超乎能力的事情,比如买糖果和水果,这是费奥多莉亚·伊凡诺夫娜极喜欢吃的食物。然而所有这些事我至今避而不谈,那是为了不使您对有关死者的此类说明产生负面的印象。再则,由于上帝会把她召至审判台,她使我遭遇的一切已从我的内心忘却干净,作为一名基督徒我早已将她宽恕,也恳求上帝对她宽恕!

拉伊萨·帕甫洛夫娜夫人!我是你们家族忠诚无欺的朋友,我对阿格里平娜·伊凡诺夫娜的爱是如此博大,无可遏制,我为她牺牲我的一生、我的名誉和我的全部家产,难道您会因此而怪罪于我吗?我完全处于她的支配之下,因而既不能支配我本人,也不能支配我的财产——而她却随心所欲地支配着我以及我的财产!您很清楚由于她与自己仆人的关系我至今无辜地忍受着谋杀的污名——她死后我已将此案诉至枢密院第六厅,迄今此案尚未了结,因而我仍被认作她的同谋,我依然处于监管之下,仍由刑事法庭予以审判!以我的身份,我的年资,如此有损名誉的指控对我而言是不可忍受的,然而我能做的只有以如此痛苦的沉思来抚慰我的心灵,当然这也是阿格里平娜·伊凡诺夫娜死后我为她所蒙受的苦难,而这正是我对她始终不渝的爱情和崇高谢意的印记!

在上述我给您的信中我向您详细报告了阿格里平娜·伊凡诺夫娜的葬礼,以及对她的怀念。我对她的友谊和爱情是不惜代价的!为替她做四十天祈祷以及为期六周的诵圣诗(此外为支付置办墓碑的定金我花销了五十卢布纸币,此事已然向您告知),这一切花去了我自己七百五十卢布纸币,其中包括向教堂捐资的一百五十卢布!

您仁慈的心灵已经倾听了一个绝望和堕入深渊、受到最为残酷的磨难的人发出的声音!唯有您的同情和仁爱之心可以令人起死回生!我尽管还活着,然而对我心灵的苦难而言我已经死亡。说我已经死亡,是在我想起我过去和现在是怎样一个人的时候——我曾是个军人,作为一名名副其实的俄罗斯人和忠诚的臣民理所当然地为真理而报效祖国,正直为人,荣膺极高的奖赏,拥有与自己的出身和地位相当的财产。而现今我却为了糊口之粮而在人前折腰,尤其当我想到我失去了怎样的一个朋友……此后我何以聊生的时候，我更是已然死亡。然而人的大限之期自己是无法令其提前来临的，人世在化作墓石之前不会主动退让！因此我向您品行高尚的灵魂呼吁，请平息民间的传闻，请别加入众说纷纭的责难，说我的无限忠诚只落得竟无栖身之所的下场，请为自己对我的善心感到惊异，将心怀叵测者和忌妒成性者的语言化作对你美德的颂扬，我还要斗胆极其恭顺地补充，请让您最亲爱的姑妈、令人永不忘却的阿格里平娜·伊凡诺夫娜在九泉之下得到安慰，她会因您的及时帮助，我这个有罪之人的祈祷，而在您的头顶伸出祝福的双手，请让一个孤苦伶仃的老人安度晚年吧，他不能期待自己竟是如此下场！……不过我还是怀着极深的敬意有幸称呼自己为夫人您——

最为忠诚的奴仆
瓦西里·古西科夫
旅长及勋章获得者

十六

几年以后我又造访了我朋友的庄子……瓦西里·福米奇早已不在人世——在我认识他不久他就驾鹤西去了。黄瓜依然健在。他带我去看了阿格拉费耶娜·伊凡诺夫娜的墓。铁制围栏里面硕大的墓盖石上镌刻着有关死者的详尽而辞藻华丽的墓志铭。就地近旁，仿佛在她脚边似的，露出一个不大的土丘，上面竖着一个歪斜的十字架——上帝的仆人，旅长及勋章获得者瓦西里·古西科夫在这个土丘下安息……他的骨灰终于在那个人的骨灰旁边找到了栖身之地，他曾以如此无限、几乎不朽的爱情与后者相爱。